KB058800

자세히 보니
세 명의 손님은 낯이 익은
오랜 친구였던 것이다.
아무래도 솔로몬은
이 일을 비밀로 하고
있었던 모양이다.
루미나리아의 입장에서 보면
너무도 느닷없이 20년 만에
친구들과 재회하게 된 것이다.
아마도 만감이 교차하고 있으리라.

"아르테시아 씨에
카구라……
라스트까지 있잖아……?"

루미나리아는
그 자리에 늘어선 그리운 얼굴들을 번갈아 쳐다보고서
멋쩍게 웃으며 "아~ 오랜만"이라고 말했다.

She professed herself pupil of the wise man.
story by hirotsugu ryusen, illustration by fuzichoco

현자의 제자를
She professed herself
pupil of the wise man.
자칭하는 현자

14

학스트하우젠에서 맞은 아침은 몹시도 쾌청했다.

남작 호텔에서 하룻밤을 보낸 미라는 침대에서 벌떡 일어나자
마자 아침 준비를 해나갔다.

화장실에 갔다가 아침 목욕으로 정신을 차리고서 호화로워 보이는 아침 식사를 방에서 만끽했다.

"흐음~ 귀찮지만 가야 하겠지⋯⋯."

창밖으로 시선을 던져 맑고 푸른 하늘을 올려다보며 미라는 어제 있었던 일을 돌이켜 보았다.

알고 보니 퍼지다이스였던 아홉 현자의 일원, 라스트라다에게 협력했던 어제의 일을.

최종적으로 길리안록이라는 길드를 괴멸시키고 난 후, 아직 볼일이 있다는 라스트라다와 헤어진 미라는 그대로 학스트하우젠으로 돌아왔다.

그리고 남작 호텔로 향하고자 대성당 옆을 지나치던 그때였다.

성대한 식전 준비가 조용히 시작된 게 보인 것이다.

얼마 전. 퍼지다이스의 예고일 당일에 일대 행사인 절기 전례(典禮)가 행해지고 있었음에도 불구하고 다음 식전을 준비하고 있었다.

아무리 생각해도 큰 이벤트가 끝난 지 얼마 되지도 않았는데 다음 이벤트가 예정되어 있었을 리가 없을 듯했다.

다시 말해서 지금 준비하고 있는 것은 분명 미라가 '은천의 에우로스'를 기부하기 위한 행사── 기증식 준비일 거다.

"뭐어, 어쩔 수 없지이……."

귀찮기는 하지만 가는 수밖에. 기부하기로 마음을 먹은 미라는 우선 대성당의 상황을 살피러 가고자 자리에서 일어났다.

'스위트 버터 포테이토라……. 돌아가는 길에 사가는 것도 나쁘지 않겠군.'

미라는 대로를 걸으며 눈에 띈 디저트 가게를 바라보며 울프 소장에게 들었던 이야기를 되짚어보고 있었다.

어제는 그가 지금까지 먹어왔던 추천 디저트 랭킹을 이야기해주었는데, 아주 흥미로웠더랬다.

'몽블랑 도라야키라는 물건도 있다던데. 밤 양갱도 오랜만에 먹어보고 싶구나.'

소장의 말에 따르면 최근에는 일본풍 양식 과자라는 종류의 디저트가 유행이라고 한다.

까놓고 말하자면 화과자라는 뜻이다. 하지만 듣자 하니 서양의 요소가 더 강하다는 모양이다.

그렇게 디저트에 관해 생각하며 걷던 미라는 어떠한 사실을 알아챘다. 예고일로부터 이틀이 지났을 뿐인데 퍼지다이스의 팬들이 종적을 감춘 것이다.

어제는 굿즈 교환 모임 같은 이벤트가 개최되고 있었는데 오늘은 도무지 보이질 않는다.

그냥 단순히 축제가 끝나서 눈에 띄는 차림새를 하지 않게 된 것뿐일지도 모른다.

하지만 그런 것치고는 인구 밀도 자체가 눈에 띄게 줄어든 듯 느껴졌다.

그녀들의 정보망이라면 미라가 '은천의 에우로스'를 탈환했다는 소문이 전해졌을 텐데도.

퍼지다이스 팬들에게 원한을 샀어도 이상할 것이 없다.

미라는 그렇게 각오하고 있었다. 하지만 근처에 있던 경비병에게 슬쩍 물어보니 퍼지다이스 팬들은 아침 일찍 정기편을 타고 돌아갔다고 한다.

그 말을 듣고 안심한 미라는 그로부터 십여 분이 더 지나서야 목적지인 대성당에 도착했다. 아니, 도착하고 말았다고 해야 할까.

"그 뭣이냐, 그냥 샤샥 건네고 끝내도 될 것을……."

보아하니 식전 준비는 완벽하게 끝난 듯했다. 언제 시작해도 될 것 같은 상태다.

미라는 그것을 보고도 도저히 내키지 않아서 어떻게든 잽싸게 넘기고 돌아갈 수 없을지, 적당하게 받아줄 만한 인물은 없을지 대성당 주변을 살펴보기 시작했다.

"저어, 무슨 일이신가요?"

그런 짓을 하고 있던 참에 누군가가 미라를 불러 세웠다.

뒤를 돌아보니 수도복으로 몸을 감싼 수녀가 있었다. 심지어 척 봐도 견습 같은 분위기를 풍기는 소녀다.

이거 잘 됐다. 잘 구워삶아서 맡기고 가버리자. 미라가 속으로 그런 흉계를 꾸미고 있던 참에, 수녀는 미라를 물끄러미 쳐다보더니 문득 환한 미소를 지으며 말했다.

"아! 미라 님이시군요! 정령 여왕님이신! 와주셨군요, 말씀은 들었습니다! 이쪽으로 오세요!"

50억이나 하는 물건을 고아원 아이들을 위해 기부하기로 한 A랭크 모험가. 견습으로 보이는 소녀에게 그런 인물은 너무도 눈부신 동시에 존경하기에 충분한 인물이었던 모양이다.

환한 미소를 지은 소녀의 얼굴은 말 그대로 영웅을 보는 아이와 같았다.

"음…… 그, 그럴까."

그 순진한 소녀의 미소는 미라가 토를 달 수 없을 정도로 눈부셨다.

이거, 도망치기는 글렀다. 그렇게 깨달은 미라는 안내에 따라 관계자용 입구를 통해 대성당으로 들어갔다.

"정말 잘 오셨습니다."

견습 수녀가 미라를 곧장 데리고 간 곳은 대사교가 있는 방이었다.

그곳에서 만난 대사교는 초로의 영역에 도달했음에도 체격이 좋아, 지위에 걸맞은 위엄을 풍기고 있었다. 그러면서도 어린애로 보이는 미라에게도 예의를 갖춘 데다 표정도 온화했다.

"이쪽이야말로 만나게 되어 영광이로군."

인덕의 결정체 같은 인상을 풍기는 대사교에게 그렇게 인사를 한 후, 미라는 때는 지금이라는 듯 '은천의 에우로스'를 내밀었다. 이 자리에서 받아주었으면, 이라는 생각으로 최후의 저항을 시도한 것이다.

하지만 당연히 그 시도는 허무하게 끝나고 말았다.

"이번 일은 정말로 감사합니다. 그것이 이번에 기부해주신다는 물건이군요. 그럼 기증식 때 맹세를 올리며 받도록 하겠습니다."

그렇게 이 자리에서의 접수를 에둘러 거절한 것이다.

대사교와의 면회를 마치고 나서 미라가 안내를 받아 향한 곳은 접객실이었다.

"이건, 상당히 좋은 찻잎을 썼을 것 같군."

매우 편안한 소파에 앉아서 미라는 차를 마셨다. 대접받은 차는 향이 좋아서 소양이 없는 미라도 고급이라는 걸 알 수 있을 정도였다.

또한 접객실이라고 말하기는 했지만, 그곳은 마치 호텔에 있는 방과 같은 장소였다.

고액기부자에 대한 대응으로 흠잡을 데가 없을 정도다. 마치 귀빈 대접을 받는 기분이었다.

그렇게 접객실에서 기다리자 숙련 수녀가 다가왔다. 기증식의 절차를 설명하겠다는 모양이었다.

식의 진행 순서며 기부품을 전달할 타이밍과 같은 것을 들은 미라는 그제야 한숨을 돌렸다.

이 기증식에는 격식을 차려 취해야 할 행동이나 읊을 문구 같은 것이 없는 듯했기 때문이다.

기부자인 미라는 당당하게 서 있기만 하면 되고, 할 일이라고는 간단한 신호 후에 대사교에게 기부품을 건네는 것뿐이다. 미라가 걱정했던 성가실 것 같은 이런저런 일들은 일절 필요하지 않았다.

　'그렇다면야 뭐어, 상관없지.'

　내용을 파악한 미라는 긴장을 풀고서 고급스러운 차를 즐기며 기증식이 시작되기를 기다렸다.

　30분 정도가 지나자 좀 전에 봤던 견습 수녀가 찾아와 기증식 준비가 끝났다고 알려주었다.

　"음, 알겠다."

　의젓하게 기다리던 미라는 벌떡 일어나 기증식이 행해질 예배당으로 향했다.

　긴 복도는 호화롭다기보다는 신성한 분위기를 풍기고 있었다. 좋은 집안의 저택 같은 데에 흔히 장식되어 있을 듯한 항아리와 같은 집기품이 늘어서 있었는데, 어느 것 할 것 없이 모종의 종교적인 의미가 내포되어 있었다.

　삼신국 중 하나인 그림다트 진영에 소속된 링크슬롯 왕국은 삼신 중 하나인 정의의 신의 영향을 강하게 받았다.

　때문에 그 상징인 검과 방패의 문양을 여기저기서 찾아볼 수 있다.

　그리고 그러한 종교색은 예배당에 모두 집약되어 있었다.

　안내에 따라 예배당에 도착해 보니. 거대한 기사상이 한쪽 벽면에 주욱 늘어선 그곳에서는 엄숙한 분위기와 압도적인 박력이 느껴졌다.

'현실이 된 탓인가. 이전보다 훨씬 분위기가 무겁게 느껴지는구나…….'

미라는 그런 생각을 하며 사전에 전해 들은 대로 대사교에게 예를 갖춰 인사한 후, 준비되어 있던 자리에 앉았다. 그리고 다시금 예배당을 둘러보고는 사람이 꽤나 모여들었구나, 라는 생각이 들어 속으로 쓴웃음을 지었다.

보아하니 평범하게 예배를 보러 왔다가 기증식 준비가 시작되어 그대로 눌러앉은 신자도 있는 듯했다.

그러한 이들은 복장만 보아도 대충 알 수 있었다. 예배가 일상 속에 녹아든 탓에 대부분 평상복을 입고 있었기 때문이다.

하지만 명백하게 다른 이들이 일부 섞여 있었다. 그리고 미라는 사전에 그자들에 관한 이야기를 숙련 수녀에게 들었더랬다.

번듯하게 예복을 차려입고 척 보아도 고귀한 듯한 오라를 풍기고 있는 그들은 귀족이라고 한다. 이 기증식의 입회인을 자청하고 나선 이들이라는 모양이다.

입회인치고는 인원수가 다소 많은 듯하지만, 분명 미라의 활약상을 소문으로 들었기 때문일 거다. 그리고 그들의 속에는 수많은 의도가 소용돌이치고 있을 듯했다.

하지만 개중에는 속내를 알기 쉬운 자들도 있었다. 미라를 뚫어져라 쳐다보는 이들이다.

그런 자들은 다들 독신이었다. 겸사겸사 신붓감이라도 찾아보러 나온 것이리라.

다음으로 미라의 시선을 끈 것은 교회 관계자의 숫자였다. 예배당에 모여든 많은 이들 중 절반 이상이 교회 관계자였기 때문이다.

심지어 모두에게 모종의 역할이 있는지 누구 할 것 없이 제구 같은 것을 들고 있었다.

'이거 휴일인데도 출근한 자도 있을 듯하구나⋯⋯.'

그렇게 미라가 아무래도 좋은 것들에 관해 생각하는 동안에도 기증식은 진행되었다. 지금은 대사교가 현재 고아원의 상황과 그곳에서 사는 아이들의 상황을 설명하고 있다.

현재, 고아원의 운영 자금은 충분하다고 할 수 없고 식사와 옷은 최소한으로만 주어지고 있으며 생활 장소의 보수 등, 손이 미치지 못하는 부분이 아주 많다고 한다.

"하지만 오늘 이 기쁜 날에 한 줄기 광명이 비추었습니다──."

어둡고도 무거운 고아원의 실정(實情)을 한층 더 무겁게, 과장된 투로 말하던 대사교는 문득 분위기를 바꿔 목소리를 높였다.

광명. 그 단어가 바로 신호였다.

미라는 천천히 자리에서 일어나 사전에 계획한 대로 움직여 대사교 옆에 섰다.

그러자 대사교가 입을 열었다.

"이번에 정령 여왕으로 이름 높은 모험가, 미라 님이 고아원의 현황을 우려하여 구원의 손길을 뻗어주셨습니다."

그 말과 동시에 어디선가 음악 소리가 울려 퍼지기 시작했다.

연출에 상당히 공을 들였다는 생각을 하며 미라는 예정대로 '은천의 에우로스'를 높이 들어 보이고서 대사교에게 건넸다.

바로 그때. 한 줄기 바람이 불어 닥쳐 대사교는 순간적으로 놀란 듯한 표정을 지었다.

하지만 그것도 잠시뿐. 평정심을 되찾은 대사교가 '은천의 에우로스'를 들고 한 차례 고개를 끄덕이자, 성가대가 음악에 맞춰 노래하기 시작했다.

나아가 주변에서 대기하고 있던 수녀들도 움직였다. 그녀들이 손에 들고 있던 제구에서 빛이 넘쳐나 예배당 전체로 퍼져 나갔다. 실로 화려한 연출이 아닐 수 없었다.

그런 가운데 대사교가 말했다. 이 '은천의 에우로스'가 어떠한 물건인지를. 그리고 어느 정도의 가치를 지녔는지를.

"삼신교회는 미라 님에게 위탁받은 이 물건을, 아이들의 행복을 위해 사용하겠노라고 이 자리에서 선서합니다."

대사교가 선서문을 읊었다. 그러자 예배를 보러 온 이들뿐 아니라 귀족들이 술렁거리기 시작했다.

삼신교회에서 그것은 신에 대한 맹세이기도 해서 절대적인 의미를 지닌 행위였기 때문이다.

숙련 수녀의 말에 따르면, 대사교에 의한 선서가 이루어지는 경우는 그리 흔치 않다고 한다. 그렇기에 참가자들은 더더욱 놀랄 수밖에 없었던 것이다.

또한 대사교는 개인적으로도 고아원에 기부를 하고 있어서 미라의 이번 제안을 진심으로 기뻐했다는 모양이다.

그렇기에 이 선서는 그가 보일 수 있는 최대한의 성의인 셈이었다.

그리 흔치 않은 대사교의 선서. 기증식은 그칠 줄 모르는 박수 속에서 막을 내렸다.

기증식이 끝난 뒤, 미라는 접객실에서 대사교에게 '은천의 에우로스'를 어떻게 다룰 것인지에 관해 듣고 있었다.

대사교의 말에 따르면 손에 쥔 순간 이것이 **진품**이라는 걸 알았다는 모양이다.

사용된 보석의 진위 여부를 말하는 게 아니다. 상인을 수호하는 신의 가호라는 것이 담겨 있다는 일화에 관한 이야기였다.

듣자하니 은천의 에우로스는 신기에 가까운 물건으로, 경매에 출품했다면 분명 가격이 백억 이상으로 뛰었을 것이라 한다.

"허어, 그것참⋯⋯."

처음에 들었던 오십억도 터무니없는 금액이었건만 그것의 배를 넘는 값어치가 있다니 미라는 어안이 벙벙할 따름이었다.

그리고 최근 들어 귀로 들어오는 금액이 갈수록 뛰는 것 같다는 생각에 속으로 쓴웃음을 지었다.

"하지만 저는 경매에 내놓지 않고, 제가 신뢰하는 상회장님에게 파격적인 가격에 양도할 생각입니다."

상인을 보호해준다고 소문이 난 '은천의 에우로스'. 입에서 입으로 전해진 그 전설은 지금까지 한낱 징크스나 오컬트 정도로 치부되기 일쑤였다.

하지만 이번에 그 신의 가호가 실재한다는 사실을 대사교가 확인했다.

그 결과, 모든 상인에게 무엇과도 바꿀 수 없는 지보(至寶)가 된 것이다. 엄청난 가격이 붙을 토대가 갖춰진 거다.

하지만 대사교는 말했다. 그토록 귀한 효험이 있는 물건을 비싸게 파는 건 내키지 않는다고. 그리고 흑심을 품은 자에게 넘어가는 일도 피하고 싶다고.

그래서 그는 그것을 어떻게 취급할 것인지 상세히 설명했다. 미라를 납득시키기 위해서.

대사교가 '은천의 에우로스'를 파격적인 가격으로 양도할까 하는 상대는, 다름이 아니라 디누아르 상회의 상회장이라는 모양이다. 몇 번이나 얼굴을 마주한 적이 있어, 됨됨이를 비롯해서 충분히 믿을 수 있는 인물이라고 대사교는 단언했다.

또한 파격적인 가격으로 양도하며 한 가지 조건을 내걸 생각이라는 모양이다. 그것은 향후 영속적으로 고아원에 상품을 저렴하게 납품하는 것이다.

디누아르 상회는 모험가 용품으로 매우 유명하다. 그리고 모험가는 가혹한 직업이고, 그 기반을 지탱하기 위해 상회는 의식주 전반을 아우르는 상품을 내놓고 있다.

게다가 그런 디누아르 상회의 지점은 온 대륙에 있다. 그러니 많은 고아원이 그 혜택을 받을 수 있을 것이라는 게 대사교의 생각이었다.

"흐음, 옳거니."

백억이라는 금액으로 팔면 아이들의 식사와 생활 장소의 보수 문제 등이 단번에 해결될 거다.

하지만 그건 임시변통에 불과하다는 사실을 미라 또한 알고 있었다. '은천의 에우로스'를 팔아치운 금액이 바닥나면 다시 이전으로 돌아갈 뿐이다.

하지만 상회의 영속적인 지원을 받게 된다면 상황이 크게 개선되지는 않을지 몰라도, 향후의 생활 수준이 크게 향상될 것이 분명하다.

심지어 신의 가호의 효과로 이를 손에 넣은 디누아르 상회는 오래도록 번성할 거다. 그렇다면 고아원에 대한 지원도 계속될 것이다.

대사교의 제안에는 그런 장래성이 내포되어 있었다. 그리고 무엇보다도 미라 역시 디누아르 상회와는 인연이 없지 않다.

"음, 알겠네. 이 몸도 대사교님의 방안을 지지하도록 하지."

미라가 그렇게 찬성의 뜻을 밝히자 대사교는 안심한 듯 미소를 짓고서 "감사합니다"라고 말했다.

"그리고 이걸……. 저희 삼신교회에서 미라 님께 드리는 감사의 증표입니다."

'은천의 에우로스'에 대한 취급 방침이 정해지자 대사교는 그런 말을 입에 담으며 작고 얇은 나무상자를 내밀었다.

"음, 무엇이지?"

기부는 자신이 하고 싶어서 한 것뿐이다. 때문에 답례를 받을 생각은 없었지만, 누가 뭔가를 준다면 순순히 받자는 게 미라의 신조였다.

손바닥 크기 정도의 나무상자. 그 표면에는 삼신교회의 심벌마크가 각인되어 있었다. 정의와 용기와 자애가 세계를 이루고 있다는 의미를 지닌 심벌이다.

'호오…… 이렇게 작은 상자에 삼신의 각인이 새겨져 있다니…….'

그것을 본 순간, 미라는 긴장감으로 허리를 꼿꼿이 세웠다.

교회에서 주는 특별한 증정품에는 기본적으로 하나의 신의 상징이 새겨져 있기 마련이기 때문이다.

하지만 이번에 대사교가 내민 나무상자에는 삼신교의 세 신을 나타내는 상징이 모두 새겨져 있었다.

삼신을 의미하는 그 상징은 매우 존귀한 것이라 쓰이는 일이 많지 않다.

과거에 몇 번인가 삼신교회와 관계한 적이 있었던 미라는 당연히 그 사실을 알았고, 그렇기에 대체 무엇을 주려는 것인가 싶어서 조심스럽게 나무상자를 열어보았다.

"오오…… 이것은."

거기에는 손바닥 크기보다 조금 작은 은제 메달이 들어 있었다. 놀랍게도 거기에도 삼신의 상징이 새겨져 있어서 특별히 제작된 물건임을 짐작케 했다.

하지만 이 메달이 무엇을 의미하는 것인지는 알 수 없었다.

기부에 따른 기념품 같은 것일까. 그런 생각을 하며 대사교에게 물어보니, 그것은 역시나 평범한 기념품이 아니었다.

"그건 미라 님의 막대한 공헌에 대한, 저희 삼신교회의 성의입니다. 모쪼록 받아주시지요."

대사교는 빙긋 웃으며 그렇게 말했다. 그의 말에 의하면 이 메달은, 속된 말로 VIP의 증표 같은 것이라고 한다. 만약 뭔가 곤란한 일이 생겼을 때 이걸 가지고 근처에 있는 교회를 찾으면 삼신교회가 온 힘을 다해 도울 것이라고 한다.

다시 말해서 이걸 가지고 있다는 것은 삼신교회를 등에 업고 있다는 뜻과 같다.

대륙 최대의 규모를 지닌 삼신교. 그들의 후원은 곧 엄청난 권력이라고 바꿔 말할 수도 있으리라.

"이렇게 대단한 물건을 이 몸 같은 것에게 넘겨도 되는 겐가……?"

메달이 지닌 상상을 뛰어넘는 효력을 알고 나자 미라는 약간 겁이 났다.

메달은 마음만 먹으면 얼마든지 악용할 수 있는 위험한 물건이었고, 그렇기에 이걸 소유한다는 것은 커다란 책임이 따르는 일일 수밖에 없기 때문이다.

그리고 미라에게 이 메달을 건넨 대사교 역시 그러한 책임과 위험으로부터 자유로울 수 없었다.

"네에, 미라 님에게라면 맡길 수 있겠다고 저는 확신했습니다. 그리고 누가 뭐라 해도, 미라 님의 성의에 저도 최대한의 성의로 보답하지 않으면 천벌을 받을 것 같아서 말입니다."

대사교는 그러한 말로 웃어넘긴 후 "그리고 이건 비밀이지만—"

하고, 목소리를 죽여 고백했다. 가능하면 정령왕과 이어져 있는 미라와 인연을 만들어두고 싶다는 게 삼신교회의 의향이라고.

"그렇게 된 것이니 모쪼록 받아주십시오. 이걸 가지고 있다고 해서 저희가 미라 님에게 괜한 간섭을 할 일은 없을 터이니."

과연 그 말이 진심에서 비롯된 것인지, 아니면 미라가 사양하지 않도록 하기 위한 대사교의 핑계인지.

그 부분은 분명치 않았지만 그의 성의만큼은 또렷하게 전해져 왔다.

"그렇다면 이건 소중히 간직하도록 하지."

삼신의 맹우(盟友)라 일컬어지는 정령왕 역시 삼신교에서 중요한 존재이기는 마찬가지다. 미라는 납득했다는 뜻을 담아 고개를 끄덕여 답한 후, 그 선물을 받아들었다.

〈2〉

기부만 할 요량이었건만 생각지 못한 선물을 받은 미라는 삼신교 관계자들의 배웅을 받으며 대성당을 나선 후, 다음 목적지를 향해 걸음을 옮겼다.

"분명, 이 근처였을 텐데……."

퍼지다이스 포위망을 배치하기 위해 온 도시를 돌아다니던 중에 그 장소를 확인한 미라는 주변을 두리번거리며 대로를 걸었다.

미라가 찾고 있는 장소. 그것은 경비서다. 요전에 지하수로에서 이러저러한 일이 있은 뒤로 어떻게 되었을지 궁금해서 확인을 하러 온 것이다.

지금은 크리스티나가 보고한 부분까지밖에 알지 못했다.

지하수로 내부의 인신매매 거점에 있던 자와 저택 주인은 붙잡혔지만, 그곳에 있던 피해자 아이들은 어떻게 되었을까. 미라가 무엇보다도 궁금한 것은 바로 그 점이었다.

"오, 찾았다 찾았어."

돌과 철로 된 중후한 건조물이 있다. 그림다트와 링크슬롯의 국기가 내걸린 그곳은 다양한 색채를 띤 대로에 있음에도 매우 투박한 생김새를 하고 있었다. 그야말로 군부(軍部)라는 느낌이 풀풀 난다.

경비서(警備署). 경비병들의 거점인 그곳은 병영이자 사무소이자 상담 창구이기도 했다.

안에 들어가자 커다란 로비가 있고 끄트머리에는 접수 카운터가 늘어서 있었다. 또한 그곳에는 상담을 하러 온 이들의 모습도 드문드문 보였다.

살며시 귀를 기울여 보니 아무래도 가게 앞에서 곯아떨어진 주정뱅이들을 어떻게 해달라고 부탁하고 있는 듯했다.

괴도 소동에 편승해 부어라 마셔라 소란을 피워댄 것이리라. 실제로 이곳에 오는 도중에 그러한 주정뱅이들의 모습을 목격한 미라는 아침부터 고생이 많다는 생각에 쓴웃음을 지은 채 접수 카운터가 비기를 기다렸다.

그렇게 5분 정도를 기다리자 미라의 차례가 되었다.

"데즈몬드 병사장은 있는가?"

접수 카운터 앞에 서자마자 미라는 단도직입적으로 그렇게 말했다. 그 후의 경과를 들으려면 그때 있었던 데즈몬드에게 직접 묻는 게 가장 빠를 것이라 생각한 것이다.

"으음, 어떤 용건으로 오셨는지요?"

하지만 대화에서 필요한 단계를 여럿 건너뛴 탓인지 접수 담당은 난감하다는 표정을 지었다. 그 표정을 본 미라는 자신이 지나치게 서둘렀구나, 하고 생각을 고치고 뭐라고 설명하면 좋을지 고민했다.

바로 그때.

"아, 누군가 했더니 정령 여왕님 아니십니까. 일전에는 협력해 주셔서 감사합니다~."

접수처 뒤에 있던 병사 중 한 명이 불쑥 고개를 내밀더니 그렇게 인사를 건넸다.

"음? ……오오, 그대는 분명 그날 함께 있던 자였지."

그 남자는 데즈몬드와 함께 있던 유쾌한 동료 중 한 명인 경박해 보이는 병사였다.

분위기를 통해 그가 누구인지를 떠올린 미라는 마침 잘 됐다 싶어 그에게 데즈몬드가 어디에 있는지를 물었다.

"대장이라면 분명 제3 회의실에 있었을걸요. 저기서 왼쪽으로 가면 보이는 계단을 따라서 3층까지 올라가면 바로 나와요."

경박해 보이는 남자는 그렇게 친절하게 알려주었다.

그러자 접수 담당 여성이 그를 돌아보며 "저기, 괜찮은 건가요?"라고 물었다. 곰곰이 생각해 보니 방금 전 말은 외부인이 경찰서에 들어오도록 허락하겠다는 뜻과 다를 게 없었다. 오히려 이 경우에는 의문을 품는 접수 담당의 반응이 적절하다 할 수 있을 것이다.

하지만 일전의 사건으로 미라는 그들의 깊은 신뢰를 얻는 데 성공한 듯했다.

"괜찮아괜찮아. 게다가 거기 계신 정령 여왕님은 그때 함께 있었던 관계자라고."

그는 그렇게 말해서 미라가 안에 들어가는 걸 허가해 주었다.

"분명, 3층의 제3…… 오, 이곳이로구나."

경박해 보이는 남자가 알려준 대로 경비서의 3층까지 올라간 미라는 그곳의 약간 안쪽에서 '제3 회의실'이라 적힌 방을 발견했다. 듣자 하니 데즈몬드는 그곳에서 괴도 소동과 관련된 보고서를 쓰고 있다는 듯했다.

또한 경우에 따라서는 미라의 증언 등도 필요할지도 모르니 정리된 내용을 확인해 달라는 부탁도 받았다.

문 앞에 서서 세 번 문을 두드리자 얼마쯤 지나서 "네에네~ 들어오십시오~"라는 답변이 돌아왔다.

"그럼 실례하지."

문을 열자 조명 아래서 수많은 서류에 둘러싸여 있는 데즈몬드의 모습이 있었다.

"그래서 무슨━━…… 어? 미라 씨?!"

마침 휴식을 취하려던 참인지 기지개를 켜며 입구로 시선을 돌린 데즈몬드는 그곳에 미라가 있는 걸 보고 놀라서 말했다.

미라가 방문할 것이라고는 상상도 못 했던 모양이다.

"어어…… 어라? 아아, 우선은 여기 앉으시죠."

당황하기는 했지만 데즈몬드는 손님을 접대하기 시작했다.

"차가 어디 있었더라…… 아니, 코코아가 더 나으려나━━" 따위의 소리를 중얼거리며 회의실의 급탕실로 향했다.

"아니, 이 몸은 신경 쓰지 않아도 된다. 아이들이 어떻게 되었는지 잠시 물으러 온 것뿐이니까."

미라는 허둥대는 데즈몬드에게 이곳에 온 이유를 간결하게 이야기했다. 지하수로에서 헤어진 뒤에 있었던 일을 상세히 알고 싶다고.

"아하, 그런 거였습니까. 알겠습니다. 크리스티나 씨에게도 보고는 받으셨겠지만 이렇게 오셨으니 순서대로 이야기해드리죠!"

급탕실에서 이것저것 준비해온 데즈몬드는 미라가 앉은 소파 앞 테이블에 그것들을 늘어놓은 후, 좀 전까지 적고 있던 보고서를 들고 맞은편에 앉았다.

그리고 "나중에라도 상관없으니 미라 씨의 이야기도 들려주십시오"라고 말하고서 헤어진 뒤에 있었던 일을 데즈몬드는 이야기했다.

퍼지다이스가 남긴 흔적을 쫓아 10분 정도 지하수로를 따라간 참에 문 하나가 있었다고.

하지만 그곳에 있던 것은 문뿐이 아니었다. 놀랍게도 그 앞에 누군가가 쓰러져 있었다는 모양이다.

심지어 자세히 보니 그자는 퍼지다이스에 의해 잠든 상태라는 걸 알 수 있었다.

분명 자세한 사정을 알고 있을 거라는 생각에 냉큼 체포해 심문한 결과, 문 안에 인신매매 조직의 거점이 있다는 사실이 판명되었다.

또한 안에 있는 동료의 숫자를 캐문자 놀랍게도 거래 직전의 아이들까지 감금되어 있다는 사실까지 판명되었다.

거점 안에는 상당한 실력자가 있다는 모양이었지만 그건 이쪽도 마찬가지였다. 데즈몬드 일행은 용병들의 협력을 등에 업고 아이들을 구출하는 일을 최우선 목표로 움직였다.

문을 부수고 단숨에 거점에 돌입해보니 그곳에는 질 나빠 보이는 남자 여섯 명, 그리고 안쪽에는 열 명의 아이들이 있었다는 모양이다.

심지어 들이닥친 바로 그 순간은, 작은 여자아이가 질 나빠 보이는 남자 중 한 명에게 인형을 빼앗겨 울음을 터뜨린 참이었다고 한다.

"그리고 바로 그때였습니다. 그런 광경을 두고 한 줄기 바람이 불어 닥쳤다고 표현하는 거겠지요. 분명 저희 바로 옆에 있었던 크리스티나 씨가 어느샌가 안쪽에 가 있더군요."

데즈몬드는 자신이 본 바를 그대로 이야기했다. 크리스티나가 질 나빠 보이는 남자와 여자아이 사이에 끼어든 직후, 남자 쪽이 느닷없이 쓰러졌다고.

"무슨 일이 일어난 건지, 그때는 솔직히 말해서 도무지 모르겠더군요. 하지만 그 덕에 상대측은 엄청나게 동요해서 빈틈이 생겼습니다."

갑자기 쓰러진 남자의 모습에 질 나빠 보이는 자들은 당황했다. 데즈몬드 일행은 그 틈을 놓치지 않고 밀고 들어갔다.

상대는 심문을 통해 알아낸 바대로 모두 다 실력자들이었다. 하지만 숫자의 힘은 얕볼 수 없는 법이라 데즈몬드 일행은 어찌어찌 그들을 모두 체포하는 데 성공했다.

그렇게 상황이 수습되고 나서 새삼 쓰러진 남자를 보니, 아주 평온해 보였다고 한다. 하지만 자세히 확인해 보니 그 남자는 두 팔과 두 다리의 뼈가 말끔하게 부러져 있다는 걸 알 수 있었다.

"분명 크리스티나 씨라면 그 자리에서 모두를 손쉽게 베어버릴 수도 있었겠죠. 하지만 그렇게 하지 않은 건 그 남자의 상태만 봐도 알 수 있듯이, 아이들에게 그런 장면을 보여주지 않기 위해 배려했기 때문일 겁니다."

데즈몬드는 다정한 마음을 지닌 근사한 분이라고 감탄한 투로 말하더니 "그에 비해 저희는 그런 배려가 부족했죠"라면서 쓴웃음을 지었다.

적의 저항도 격렬해서 상당히 많은 피가 흐른 대대적인 체포 작전이 되고 말았다고 한다.

"아이들에게는 피비린내 나는, 그야말로 못 볼 꼴을 보여주고 말았습니다. ……하지만 아이들은 그런 저희를 영웅이라고 말해주더군요."

데즈몬드는 약간 침울해하면서도 기쁜 듯 미소를 지어 보였다.

그 전투로 인한 사망자는 없었다. 하지만 상대편 중 대부분은 중상을 입었다고 한다.

하지만 피비린내가 나든 구정물 냄새가 나든, 악당을 응징한 데즈몬드 일행은 아이들의 눈에 영웅으로 보였을 거다.

"아이들은 솔직하니 말이지. 그렇게 말했다면 그대들이야말로 그 아이들에게는 영웅일 것이야."

남자는 누구나 한 번은 영웅이 되기를 꿈꾸기 마련이다. 데즈몬드의 미소를 본 미라는 덩달아 웃으며 말했다.

'그나저나 일이 그렇게 되었을 줄이야. 역시 자세히 물어보고 볼 일이로구먼.'

아이들이 참혹한 광경을 보지 않도록 배려했다거나 하는 부분은 크리스티나의 보고에 포함되어 있지 않았다. 그저 제압했다는 결과만을 보고했을 뿐이다.

'의외로 겸허한 면도 있군그래.'

크리스티나는 무엇을 어떻게 노력했는지, 일일이 의기양양하게 떠벌이기 좋아한다는 인상이었는데, 아무래도 편견에 불과했던 모양이다. 미라는 나중에 그 멋진 크리스티나의 활약상을 알피나에게도 알려줘야겠다고 생각했다.

그리고 미라 역시 그러한 배려를 할 수 있도록 노력해야겠다고 속으로 거듭 다짐했다.

"해서, 그 아이들은 지금 어쩌고 있느냐?"

미라는 코코아를 입으로 옮기며 다시 한번 물었다.

지하수로에서 어떤 일이 있었는지는 대충 파악이 됐다. 그럼 다음은 가장 궁금했던 아이들에 관해 물을 차례다.

"그쪽은 안심하십시오. 국영 시설에서 안전하게 보호하고 있습니다. 그리고 이쪽에서 책임지고 부모를 찾아내서 보내줄 예정입니다."

분명 그건 퍼지다이스가 의도했던 일일 것이다. 국가 기관에서 발견했으니 끝까지 국가 쪽에서 책임을 져줄 거라 생각한 것이리라.

"그리고 어딘가를 다치거나 병이 든 아이도 일단은 없었습니다."

데즈몬드는 진심으로 안심한 듯한 얼굴로 현재 상황에 관해서도 이야기하기 시작했다.

한숨 자고 나자 아이들은 다소 진정되었다. 보호했을 당시에는 겁에 질려 있었지만 아침에는 그들을 돌보기로 한 담당자의 말도 잘 듣고 활기를 되찾았다고 한다.

그러나 눈에 띄는 부상은 없었다지만 어린 마음에 상처를 입은 것은 사실이라, 때때로 불안한 표정을 짓기도 한다는 모양이다.

"이것만은 시간을 들여 천천히 치유하는 수밖에 없겠죠. 되도록 빨리 부모를 찾을 수 있도록 노력해야겠습니다."

심적 스트레스에 의한 영향은 피할 수가 없었던 것 같다. 그럼에도 그 아이들이라면 분명 괜찮을 것이라고 데즈몬드는 말했다.

듣자 하니 구출한 뒤로 송환될 때까지 계속 크리스티나가 옆에서 아이들에게 기운을 불어넣어 줬다고 한다.

아이들은 입을 모아 멋진 검사가 되고 싶다고 말하고 있다는 모양이다.

"호오, 그러한 일이 있었을 줄이야."

그런 줄 알았다면 금방 송환하지는 않았을 텐데. 그런 생각을 하며 미라는 크리스티나의 다정함에 감동했다.

현재, 미라의 마음속에서는 크리스티나의 주가가 쑥쑥 오르고 있었다.

"그래서 지금은 손이 비는 녀석이 간단하게 검을 다루는 방법을 지도하고 있습니다."

그런 아이들을 위해 데즈몬드의 부하들이 자청하고 나섰다는 듯했다. 부모를 찾을 때까지 기초만이라도 가르칠 수 있으면 좋겠다고 데즈몬드는 웃으며 말했다.

그 후 미라는 30분 정도 동안 데즈몬드가 보고서를 쓰는 걸 도왔다. 주로 퍼지다이스의 움직임에 관한 진술이었다.

그리고 그 도중에, 아이들을 감금했던 자들과 수로의 입구가 있던 저택 사람들의 상태를 알게 되었다.

우선 감금하고 있던 자들은 뒤가 구린 일을 전문적으로 맡는 퇴물 용병이었다고 한다. 본격적인 취조는 아직 하지 않았지만 인신매매 조직에 관해 아는 바가 적지 않을 거라는 모양이다.

그래서 미라는 "우연히 주워들은 것이다만——"이라고 운을 떼어 어제 있었던 일에 관해 데즈몬드에게 이야기했다.

알고 보니 '길리언록'이라는 모험가 길드가 배후에서 관여하고 있었던 것 같다고.

또한 이 사건을 해결하기 위해 이미 모험가 종합 조합이 움직이고 있다는 사실도 전달했다.

"호오. 그러한 일이……."

데즈몬드는 놀란 눈치였지만 어쩐지 납득한 듯 보이기도 했다.

그 이유는 저택의 주인이었던 덴바롤 자작이 인신매매 조직과의 관계에 관해 말했기 때문이라고 한다.

다시 말해서 조직에 의한 범죄라고 진술한 것이다. 상부의 명령에 따른 것이라고.

또한 그 이상의 취조에는 조금 더 시간이 걸릴 것이라고 한다. 귀족인 탓에 성가신 절차가 많기 때문이라는 모양이다.

데즈몬드는 증거가 다 있는데 절차가 대체 왜 필요하단 말인가, 라고 푸념을 했다.

"바쁜 와중에 찾아와서 미안하군그래."

알고 싶었던 것에 관해서는 모두 들었다. 미라는 코코아를 남김없이 마시고서 자리에서 일어났다.

"아뇨아뇨, 이쪽이야말로 보고서 채우는 걸 도와주셔서 고맙습니다."

미라의 보충 설명과 '길리언록'의 정보 덕분에 불명확했던 부분을 다 메울 수 있었던 모양이다.

데즈몬드는 완성된 보고서를 정리하며 웃는 얼굴로 답했다.

아이들은 저들에게 맡겨두면 걱정 없을 것 같다. 그렇게 생각하고 안심한 미라는 데즈몬드 일행의 배웅을 받으며 경비서를 뒤로 했다.

하지만 이번 일에 관해서는 되도록 비밀로 해달라는 부탁을 받았다.

다름이 아니라 귀족이 인신매매 조직에 연루되어 있어서라고 한다. 그 귀족이 소속되어 있었다는 사실만으로 국가적인 체면이 깎여나가기에는 충분하기 때문이다.

"조직이라……. 아이들을 이용하려 들다니 용서할 수가 없군."

이번 지하수로 사건과 관계된 대형 인신매매 조직은 라스트라다의 표적이다.

데즈몬드에게서 아이들에 관한 이야기를 들은 탓에 미라는 한층 더 감정이 격해졌다.

그 덕에 어제는 본의 아니게 여왕님 같은 차림새를 하고 말았지만, 만약 또 도울 일이 있다면 협력하는 것도 나쁘지 않겠다고 긍정적으로 검토하게 되었다.

3

대로를 따라 십여 분을 걸어, 미라는 조합 앞에 도착했다.

하지만 이번에 용건이 있는 것은 조합이 아니다. 그 옆에 있는 건물 쪽이다.

"분명, 이곳 2층에 있다고 들었는데."

술사 조합의 우측에 자리한 그곳은, 얼핏 보면 숙소 같았다. 어지간한 귀족 저택보다 커다란 3층짜리 건물이지만 돌과 나무로 된 수수한 건물이다.

현관으로 들어서자 작은 홀이 나타났다. 정면에는 계단이 있고 복도가 좌우로 뻗어 있다. 그 광경은 어쩐지 학교를 연상케 했다.

그럭저럭 넓은 건물이지만 사람의 모습은 거의 보이지 않았다. 하지만 아무도 없는 것은 아니고 모두가 각각의 방에 있다는 사실을 미라는 알았다.

"2층으로 올라가서 오른쪽 막다른 곳에 있는 방……."

정면에 보이는 계단을 오른 후, 미라는 그대로 복도를 따라 걸었다. 그리고 방을 하나 지나칠 때마다 흐뭇한 미소를 짓고서 "열심히들 하고 있군그래"라고 중얼거렸다.

방에는 아이들이 있었다. 그것도 평범한 아이들이 아니다. 모험가가 되기를 꿈꾸는 견습 모험가 소년소녀들이다.

검을 다루는 법 말고도 약초를 구분하는 법과 소재를 모으는 법, 마물에 관한 지식 등, 이곳에서 여러 분야의 지식을 가르치고 있다는 이야기는 니나 일행에게 들었다.

그렇다. 술사 조합에 인접한 학교와 비슷한 이곳은 다름이 아니라 모험가 훈련 시설이었다.

"아마, 이 방이겠지."

미라가 그런 시설을 찾은 이유. 그것은 니나 일행과 한 약속을 지키기 위해서다.

자료실이라 적힌 문을 열고 미라는 안으로 들어갔다. 책장과 책상, 의자가 놓여 있는 그 방은 도서실 그 자체였다.

그리고 그곳에는 여섯 명의 아이들이 있었다. 조사는 물론이고 공부 등도 이곳에서 하는 듯했다.

"어디 보자…… 여기 있으려나."

모험가를 지망하는 아이들은 정령 여왕이라 불리는 미라에 관해서도 아는 듯했다. 아이들은 갑자기 찾아온 미라를 보자마자 닮은 사람일 뿐일지 진짜일지를 두고 술렁거리기 시작했다.

그런 가운데 미라는 간단하게 실내를 둘러보았다. 니나에게 들은 이야기에 따르면 그녀들의 여동생인 '리나'는 매일 이곳에서 소환술 공부를 하고 있다고 한다.

하지만 보아하니 그녀로 추측되는 아이는 없는 듯했다. 그래서 미라는 가장 가까운 곳에 있던 소년에게 물었다.

"여기 리나라는 여자아이는 없느냐?"

"아, 그게…… 아, 네. 있어요!"

정령 여왕이라는 거물 A랭크 모험가를 만난 탓인지, 아니면 미소녀가 말을 걸어와서인지. 소년은 매우 긴장한 얼굴로 답했다.

그러자 다음 순간. 문득 미라의 뒤쪽에서 무언가가 풀썩 떨어지는 소리가 났다.

무슨 소리인가 하고 돌아보니 그곳에는 책장 옆에 멀거니 선 소녀가 있었다. 그리고 그 발치에는 소리의 원인으로 보이는 책이 떨어져 있었다.

"쟤예요!"

소년이 목을 쥐어짜 내다시피 해서 말했다. 아무래도 그 여자애가 리나인 모양이다.

"그러냐. 고맙구나."

소년에게 빙긋 미소를 지은 채 감사 인사를 한 후, 미라는 곧바로 책장 옆에 있는 소녀에게 다가갔다. 그 등 뒤에서는 소년이 얼굴이 벌게진 채 뻣뻣하게 굳어져 있었다.

아무래도 순진한 소년 한 명이 또 이루어지지 않을 사랑에 빠진 것 같다.

하지만 미라는 그런 사실은 꿈에도 모른 채 소녀와 대면했다.

"그대가 니나 일행의 여동생인 리나로구나?"

니나 일행에게 전해 들은 리나의 특징과 눈앞에 있는 소녀의 특징이 일치한다는 사실을 확인한 미라는 다정하게 말을 붙였다.

하지만 소녀는 대답하지 않았다. 아니, 아무래도 좀 전에 봤던 소년보다 더 긴장한 모양이었다. 바들바들 입술만 달싹거리고 시선은 허공을 헤매고 있다.

'흠…… 분명 이 몸을 상당히 동경하고 있다고 했으니, 긴장할 만도 하지!'

가만히 생각해 보니 상당히 유명해진 것 같다. 미라는 감개무량해져서 그런 생각을 하며 책을 집어 들었다.

"가, 감사합니다! 제가 리나예요!"

미라가 내민 책을 받아든 리나는 힘껏 고개를 숙였다. 그리고 다시 들었을 때, 그 얼굴은 긴장감이 아니라 희색으로 물들어 있었다.

"저기, 저기! 언니한테 들었어! 들었는데요! 미라 씨가! 선생님 이──."

리나는 솟아나는 감정을 그대로 말로 바꿔 나갔다. 하지만 그런 탓에 두서가 없고 시끄럽기만 했다.

"음, 알았다알았어. 뭐어, 일단 진정하거라."

어떻게든 리나를 달랜 후, 미라는 "시끄럽게 해서 미안하구나"라고 사과하고서 그대로 자료실에서 리나를 데리고 나왔다.

그렇게 자료실을 나선 후, 미라 일행은 그 옆에 있는 회의실로 들어갔다.

"저기, 죄송해요. 제가, 너무 기뻐서⋯⋯."

리나는 부끄러운지 눈을 내리깐 채 몸을 비비적거리며 말했다. 하지만 미라는 미소를 지은 채 그런 건 신경 쓰지 않아도 된다고 달래주었고, 그렇게까지 기뻐해 주니 모험가가 된 보람이 있다고 웃어넘겼다.

"그럼 곧바로 시작해보도록 할까."

"네, 잘 부탁드립니다!"

니나 일행에게 부탁받은 일. 그것은 견습 소환술사인 리나에게 소환술 지도를 해주는 것이었다.

그리고 미라는 소환술에 관한 일에서는 타협을 하지 않는다.

그 지도는 리나의 현재 실력을 가늠하는 데서부터 시작되었다.

하지만 그것은 나이대에 걸맞은 결과로 끝났다. 그렇지만 소환술을 습득하지 않은 소환술사니 당연하다 할 수 있는 결과였다. 어린아이라면 더더욱 그렇다.

반면, 소환술에 관한 지식이 어느 정도인가에 대한 시험에서는 다른 결과가 나왔다.

시험은 미라가 낸 문제에 리나가 답해 나가는 형식으로 진행되었다. 20분 정도 후 결과가 나왔을 때, 미라는 "멋지군, 열심히 공부했구나!"라는 말로 결과를 칭찬했다.

"감사합니다!"

리나는 미소로 답했다. 그녀의 지식은 그 또래의 수준을 훌쩍 뛰어넘은 수준이었다.

특히 기초 부분은 완벽하다 해도 과언이 아니었다. 그야말로 장래가 유망한 소환술사라는 생각에 미라는 진심으로 감탄했다.

그리고 이러한 생각이 미라의 마음에 불을 지폈다.

"거기까지 안다면 강좌는 그냥 생략해도 되겠군. 그럼 바로 다음으로 넘어가도록 할까."

초심자가 아닌 중급자 수준의 기초 지식까지 익혔으니 현재로서는 충분하다는 생각에 미라는 훈련 시설에서 리나를 데리고 나갔다. 그리고 페가수스를 소환해, 그걸 보고 들뜬 리나를 등에 태우고 날아올랐다.

"굉장해요, 기분 좋아요!"

"암, 그렇고말고."

신이 난 리나의 모습에 흐뭇함을 느끼며 미라는 페가수스에게 정면에 보이는 유적 옆에 착륙하라고 지시했다. 학스트하우젠에서 10분 정도 날아간 곳에 있는 그 유적은 요새 같은 것이 있던 자리인 듯 보였다.

"저, 저기…… 저건 설마…….."

그렇게 인기척이 없는 폐허로 데려가자 리나는 미라의 손을 꼭 잡으며 약간 떨어진 장소에서 방황하고 있는 그것을 가리키며 입을 열었다.

"음, 맞다. 무구정령이다. 우선은 계약을 해야 본격적으로 시작을 할 수 있으니 말이다."

그렇다. 그곳에는 소환술사의 기초 계약 상대인 무구 정령이 있었다. 리나에게 강좌는 필요 없겠다고 판단한 미라는 무구 정령과 계약시키기 위해 이 옛 전장에 온 것이다.

"아, 쓰러뜨렸어요!"

미라의 지도에 따라 마봉폭석을 사용한 리나는 그 결과 앞에서 기쁜 듯이 소리쳤다.

자세히 보니 마봉폭석이 떨어진 장소를 중심으로 반경 5미터 이내의 지면은 초토화되었고, 그 자리에 있던 흑백의 무구정령은 일격에 사라진 상태였다.

"음, 잘하였다."

사실 미라가 건넨 마봉폭석은 소환 계약용으로 작성한 것이 아니라 실전용으로 미리 만들어둔 것이었다. 때문에 크레오스에게 제공한 돌과는 차원이 다른 위력을 지니고 있었다.

그렇게 무구 정령을 쓰러뜨린 데 성공했기에 미라는 곧바로 리나의 손을 잡아끌고 무구 정령의 그릇이 있는 장소로 향했다. 그리고 리나에게 다크나이트와 홀리나이트, 두 개체와 소환 계약을 맺게 했다.

"고맙습니다! 정말 감사합니다!"

확실하게 계약이 되었다는 느낌을 처음 느낀 탓인지, 리나는 그야말로 뛸 듯이 기뻐했다.

미라는 그런 리나를 손녀딸이라도 보듯 흐뭇한 얼굴로 쳐다보았다. 하지만 그것도 잠시뿐. 자아, 지금부터가 진짜라는 듯이 본격적인 지도가 시작되었다.

해가 반쯤 가라앉았을 즈음. 탁 트인 초원에 드러누운 리나의 입에 미라는 약병을 꽂아 넣고 있었다.

리나가 내용물을 벌컥 들이켰다. 그리고 잠시 후, 휘청거리며 일어나 "다시 한번, 부탁드릴게요……!"라고 목을 쥐어짜다시피 해서 말했다.

"음, 좋다."

미라는 그렇게 답하며 다크나이트를 소환해 전투태세를 갖추게 했다.

놀랍게도 리나가 처음으로 소환술을 습득한 이후부터 지금까지 두 사람은 계속 이렇게 특훈을 계속하고 있었다.

정확한 소환과 풋내기 다크나이트와 홀리나이트의 숙련도 상승을 겸한 특훈이다. 그것은 리나의 마나가 바닥날 때마다 미라가 마나 포션으로 회복시켜가며 거의 쉬지도 않고 계속되고 있었다.

아직 어린 리나에게는 상당히 혹독한 훈련이었을 거다. 하지만 미라라는 최고의 지도자와 리나의 노력이 맞물린 결과, 그녀가 지닌 재능의 편린을 엿볼 수 있을 정도의 속도로 숙달되고 있었다.

처음에는 10초가 걸렸던 소환도 지금은 3초 이내에 가능하게 되었다. 그리고 검을 휘둘러보기도 전에 공격을 당해 쓰러졌던 리나의 기사도 지금은 두 합, 세 합, 미라의 다크나이트와 맞설 수 있는 수준까지 성장해 있었다.

"자아, 이번에는 여기까지 해두도록 할까."

몇 번째인지 모를 마나 고갈로 또다시 쓰러진 리나를 안아 올린 미라는 마나 포션을 입에 꽂아 넣고 그렇게 중얼거렸다.

해는 저물어 주변에는 이미 밤의 장막이 드리워져 있었다. 아무리 그래도 이보다 늦은 시간까지 남의 집의 귀한 여동생을 끌고 다닐 수는 없는 일이다.

정신을 차린 리나에게 그렇게 말하자, 리나는 더 많이 배우고 싶다며 의욕을 내보였다. 하지만 아무리 마나를 회복시킨다 해도 정신적, 육체적인 피로는 쌓일 수밖에 없다.

시간적인 문제도 있지만 그런 의미에서 한계일 것이라 판단한 미라는 새삼스럽지만 쉬는 것도 특훈이라고 말했다. 그리고 다음 단계의 지도는 리나가 소환술사로서 더 성장한 다음에 하자고 타일렀다.

"알겠어요……."

그녀에게 자신이 동경했던 정령 여왕에게 개인지도를 받은 시간은 말 그대로 꿈만 같은 순간들이었을 거다.

하지만 그 꿈에서 깨어날 때가 온 것 같다. 매우 아쉬워하기는 했지만 리나는 미라의 말에 순순히 따랐다. 하지만 이대로 끝낼 수는 없다는 생각에 리나는 끝으로 말했다.

"저기…… 얼마만큼 성장하면, 또 가르쳐주실 건가요?"

이대로 가면 오늘은 그저 특별한 하루로 끝나고 말 거다.

상대는 그 유명한 정령 여왕이다. 보잘것없는 풋내기 소환술사는 감히 쳐다도 볼 수 없을 터였던, 동경의 대상이다. 그렇게 생각했던 리나는 조금이라도 재회의 여지를 만들고자 미라에게 물었다.

"흐음~ 글쎄다……. 우선은 1초 이내로 소환이 가능해지고 난 다음으로 정해둘까."

그렇게 답한 후, 미라는 "이런 식으로 말이다"라고 말하며 시선을 좌측으로 옮겼다. 그러자 그 순간, 다크나이트가 소환되었다.

소환 좌표의 확정과 소환을 동시에 행하는 이 기술이야말로 상급 소환술로의 등용문이라 해도 과언이 아니었고, 오늘의 지도 중 절반은 이걸 행하기 위한 기초 만들기 같은 것이었다.

하지만 미라의 가르침은 이 정도에서 끝이 아니었다.

"그 수준까지 성장하는 그날에는, 이걸 특훈 과제로 삼도록 하자꾸나."

그렇게 말하며 미라는 우측으로 시선을 옮겼다. 그 직후, 미라의 옆에 늘어서다시피 해서 다크나이트와 홀리나이트가 번갈아가며 다섯 개체씩 한꺼번에 나타났다.

미라의 장기인 동시 소환이다.

"우와아……!"

3초에 한 개체가 한계인 리나에게 그것은 너무도 머나먼 목표였다.

하지만 그 광경을 보는 그녀의 눈은 빛나고 있었다. 지금은 어떻게 하는 것인지 상상도 되지 않을 정도의 기술이다. 하지만 그것은 가능한 일이라는 걸 미라가 증명해주었다. 그렇기에 리나는 그 광경에서 희망을 본 것이다.

"그럼 돌아가도록 할까."

"네!"

미라가 소환한 페가수스의 등에 올라타며 리나는 쾌활하게 답했다. 그녀의 미래는 이제 끝없이 넓게 펼쳐져 있다.

또한 돌아가는 동안에는 미라 선생님이 소환술의 심도 있는 응용 방안에 관한 강좌를 해주었다. 짧은 시간도 허투루 쓰지 않은 결과, 도시에 도착했을 즈음에는 아주 우수한 리나조차도 머리가 터지기 직전의 상태가 되어 있었다.

4

"어서 와! 그리고 고마워요!"

리나를 숙소까지 바래다주자 리나의 언니인 니나가 마중을 나와 미라를 꼭 끌어안았다. 분명 리나가 전에 없이 보람찬 얼굴을 하고 있었기 때문이리라.

"되었다, 되었어. 약속하지 않았더냐. 게다가 이 몸도 새로운 재능과 만나 좋은 자극이 되었다. 그대들의 여동생은 장래가 유망해 보이더구나."

아주 싫지는 않은 얼굴로 포옹을 받으며 미라는 특훈을 하며 느낀 바를 솔직하게 말했다. 그러자 리나는 더더욱 기뻐했고, 뒤따라 나온 미나와 나나가 그런 미라의 말에 격하게 반응했다.

그건 다시 말해서, 정령 여왕이 봐도 리나에게 소환술사로서의 재능이 있는 것 같다는 뜻이냐면서.

"음, 그런 셈이다. 습득도 빠르고 이해력도 좋다. 그리고 무엇보다도 노력가더구나. 이대로 계속 노력하면 일류 소환술사가 될 수 있을 게야."

실제로 리나는 지금껏 미라가 보아온 이들 중 가장 이해력이 좋고 재능도 넘쳤다.

미라가 그렇게 말하자 니나 일행은 마치 자신의 일처럼 기뻐하며 리나를 끌어안았다.

"굉장해, 리나." "해냈구나, 열심히 했으니 당연하지만." "잘됐어."

언니들과 같은 모험가를 동경했으나 지금은 하향세인 소환술사의 재능밖에 없어서 망연자실했던 나날이 머리를 스친다. 그리고 그러던 중에 정령 여왕이라는 한 줄기 빛이 비추었다.

지나간 나날을 떠올린 것인지 리나는 눈물을 글썽거리며 "응!" 하고 미소를 지어 보였다.

하지만 그런 미소가 흐려질 때가 오고야 말았다. 그렇다. 이별의 시간이다.

"그럼 이만. 재능에 취하지 말고 열심히 정진하거라."

미라가 그렇게 말한 순간, 리나의 얼굴에 짙은 그림자가 드리웠다.

하지만 고개를 숙이고 눈을 내리깐 상태로 "네"라고 답했다.

미라가 계속 선생님으로서 가르침을 줄 리가 없다. 그 사실을 머리로는 알고 있지만 마음이 받아들이질 않는 모양이다.

그리고 미라 역시 그런 미라의 심정을 이해함과 동시에 생각하지 않을 수 없었다.

오늘은 자신이 직접 가르칠 수 있었고, 이만큼이나 그녀의 재능을 꽃피워냈다. 하지만 내일 이후에는 어떻게 해야 할까.

당분간은 오늘 배운 바를 반복하기만 해도 될 것이다. 하지만 사용할 수 있는 소환술이 늘어나고 선택할 수 있는 수단이 늘었을 때는 과연 그것들을 확실하게 심화시킬 수 있을까.

현재의 소환술에 부족한 것은 선배들의 가르침이다. 그런 생각을 하고 나자 미라는 그걸 보충하기 위한 교재가 너무 적다는 사실이 마음에 걸렸다.

리나는 기초적인 지식에 있어서는 완벽하다고 할 수 있었다. 하지만 응용, 발전과 같은 부분에서는 아직 멀었다.

그리고 그 원인은 깊은 연구 끝에 제작된 학술서나 교본이 소환술 분야에는 거의 없다는 것이다.

'좋은 스승을 만나 소환술을 배워 나가다 보면, 분명 크레오스의 수준에는 도달할 수 있을 터인데.'

아깝다고 느낀 미라는 이 재능을 이대로 내버려 둬도 될지 고민에 빠졌다. 그러자 다음 순간, 그 문제를 해결할 수 있을 듯한 묘안이 떠올랐다. 딱 알맞은 장소가 있지 않은가.

"헌데 그대들의 그룹은 이 도시를 거점으로 하고 있느냐?"

미라는 문득 그런 말을 입 밖에 냈다. 그러자 니나는 약간 의아한 표정을 한 채 "이곳에는 요즘 유명한 퍼지다이스를 구경하러 온 건데요"라고 다소 쑥스럽다는 투로 답했다.

또한 미나가 딱히 어느 한 곳을 거점으로 삼고 있지는 않다고 말을 이었다. 지금은 온 대륙을 돌아다니며 여기다 싶은 나라를 찾고 있는 단계라는 듯했다.

"흠, 그러하냐. 그렇다면 이번에는 알카이트로 가보는 게 어떠냐. 그곳의 수도에 있는 학원에는 우수한 지도자가 모여 있지. 분명 리나의 재능도 키울 수 있을 게야."

묘안이라 생각해 미라가 제안하자, 어째서인지 니나 일행의 얼굴에 문득 그늘이 드리웠다.

"알카이트 학원 말이죠? 한 번은 생각해 본 적도 있지만──."

아무래도 리나가 소환술에 관한 일로 고민에 빠졌을 때 학원에 입학시켜볼까 고민한 적이 있었던 모양이다.

알카이트 학원의 술사과는 술사를 지향하는 자에게 최고의 배움터다. 그렇기에 리나의 문제도 어찌어찌 해결할 수 있지 않을까 싶었던 것이다.

하지만 그 문은 무시무시하도록 좁았다고 한다. 조사를 하면 할수록 아무런 실적도 없는 모험가인 동생이 선뜻 들어갈 수 있는 곳이 아닌 듯해서 포기했다는 모양이다.

"흠…… 그런 문제라면 어떻게든 될지도 모른다만, 어찌하겠느냐?"

현재 알카이트 학원의 소환술과는 미라의 활약으로 인해 전에 없던 부흥기를 맞이했다. 그런 이유로 재능이 넘치는 리나라면 문제없이 들어갈 수 있을 것이다.

소환술과를 책임지고 있는 크레오스에게 한 마디 해두면 한두 명은 어떻게든 들여보낼 수 있을 거다.

또한 알카이트 학원에는 히나타 선생이라는 훌륭한 소환술과 교사도 있다. 그녀라면 리나를 올바르게 이끌어줄 거다.

그리고 무엇보다도 이만한 재능을 이대로 내버려 두는 건 아깝다고 생각한 것이 그렇게 제안한 이유 중 절반을 차지하고 있었다.

미라는 그러한 생각에 가볍게 제안한 것이었지만 니나 일행은 굉장히 놀란 듯한 반응을 보였다.

"어? 어떻게든 될 거라니, 그 유명한 알카이트 학원인데요? 응?"

너무나도 뜬금없는 제안인 탓인지 니나는 허둥대기 시작했다.

또한 미나와 나나도 무슨 소리인가 하고 얼굴을 마주 보았다.

왕립 알카이트 학원. 미라는 잘 알지 못했지만 그곳의 입학 기준은 상당히 높다. 특히 최대의 자랑거리인 각 술과의 수업 내용은 술사의 나라라는 이름에 부끄럽지 않을 정도로 충실하고, 당연히 배울 지식도 특출하게 많다.

그만큼 경쟁률도 높고 유행이 일고 있는 소환술과 또한 그 흐름에 따라 학생 수가 늘고 있다. 따라서 지금은 어지간한 사정이 아니고는 편입이 어려운 상황이다.

하지만 미라가 추천한다면 이야기가 달라진다.

소환술의 현자의 추천을 업신여길 수 있는 자는 학원에 한 명도 없고, 무엇보다도 크레오스가 그걸 무시할 수 있을 리가 없기 때문이다.

"학교, 갈 수 있는 거야?"

리나도 알카이트 학원에 관해서는 알고 있었던 모양인지 얼굴에 약간의 기대감이 떠올랐다. 그러자 니나 일행 역시 미라에게 확인을 하듯 물었다. "정말로 들어갈 수 있을까요?"라고.

"음. 살짝 연줄이 있어서 말이다. 정말로 배우고 싶은 마음이 있다면 저쪽에는 이 몸이 이야기를 해두마."

미라는 자신만만하게 웃어 보인 후, 자신의 거점도 본래는 알카이트 왕국이라고 말했다. 그리고 언젠가 시간이 되면 또 소환술을 가르칠 수 있는 날이 생길지도 모른다고 말을 이었다.

"나, 가고 싶어!"

동경의 대상인 정령 여왕에게 또 가르침을 받을 수 있다. 그런 이유가 크게 작용한 것인지 리나는 언니들을 보고 또렷하게 말했다. 그리고 모험가 일에 지장이 생길 것 같다면 혼자 보내도 좋다고 눈물까지 글썽거리며 말을 이었다.

니나 일행은 그런 리나를 다시금 끌어안았다.

"언니들도 갈게!"

"분명 다들 찬성해줄 거야."

"어떻게든 설득할게."

그렇게 한바탕 자매애가 듬뿍 담긴 말이 오간 후, 마음을 다잡은 니나는 "그럼, 꼭 좀 부탁드릴게요!"라고 미라를 향해 힘을 실어 말했다.

리나가 알카이트 학원에 입학할 수 있도록 주선하겠다고 약속한 미라는 그녀들과 웃는 얼굴로 헤어진 후, 남작 호텔로 돌아가 곧장 왜건에 올라탔다. 곧바로 그 뜻을 전하기 위해서다.

또한 니나 일행은 지금부터 모험가 그룹 사람들과 저녁 식사를 할 예정인데, 그때 알카이트행을 제안해 볼 생각이라고 한다. 그리고 퍼지다이스 관련 이벤트도 끝나서 다음에는 어디로 갈까 생각하던 참이니 그 성공률은 아마도 100퍼센트일 것이라고 니나는 호언장담했다.

"이런 일은 일찌감치 말해두어야지."

그런 소리를 중얼거리며 미라가 왜건의 벽장을 연 것은 물론 통신 장치 때문이었다.

이럴 때에도 편리하다는 생각을 하며 번호 버튼을 눌러 소환술의 탑에 연락을 취한다. 소환술과의 담당자인 크레오스에게 이야기를 해두면 그다음은 그가 준비를 해줄 것이라고 생각했기 때문이다.

『네, 소환술의 탑, 보좌관인 마리아나입니다.』

벨이 울리더니 마리아나가 통신 장치에 응답했다.

"오오, 마리아나냐! 이 몸이다, 이 몸."

며칠 만에 듣는 마리아나의 목소리에 기뻐진 미라는 그대로 학스트하우젠에서 있었던 이런저런 일들에 관해 이야기하기 시작했다.

단신 부임해서 사랑하는 부인에게 전화를 건 남편과도 같은 대화는 그로부터 한 시간이나 계속되었다.

만족한 미라는 수화기를 내려……놓으려다가 중요한 일이 있었음을 떠올렸다.

미라는 허둥지둥 크레오스를 불러내 리나를 입학시켜 달라고 말했다. 그러자 크레오스는 미라가 직접 추천한 탓에 큰 기대가 생긴 모양인지, 수화기 너머에서도 알 수 있을 정도로 기쁜 듯한 목소리로 수속을 밟아두겠다고 답했다.

퍼지다이스 소동이 끝나고 사흘이 지난날의 아침. 준비를 마치고 방을 나서려던 그때, 미라는 누군가가 문 아래로 밀어 넣은 봉투를 발견했다.

이틀 전의 상황과 같기에 집어서 훑어보니 예상한 대로 그것은 라스트라다가 보낸 편지였다.

첫 번째 장에는 이틀 전 일에 대한 감사 인사와 간단한 결과 보고가, 두 번째 장에는 하나의 좌표만 적혀 있었다.

편지에 의하면 그 중증 M(마조히스트) 길드장이 통솔하고 있던 '길리언록'은 모험가 종합 조합의 직원들에 의해 모두 붙잡혔다는 모양이다. 여죄 등도 차례차례 파헤치고 있다는 듯했다.

이 길드에 관한 일은 이제 저들에게 맡겨도 될 것 같다고 한다.

그렇게 정리하고 나니 좌표가 신경 쓰였다.

그 장소는 학스트하우젠에서 북동쪽 숲에 위치한 작은 호숫가다. 주변에는 아무 것도 없는, 무의미한 지점이었다.

하지만 굳이 그런 좌표를 전달해 온 걸 보면 무언가가 그곳에 있다는 뜻이리라.

"나 원, 번거로운 짓을 다 하는구먼."

그것이 의미하는 바를 알아챈 미라는 남작 호텔에서 체크아웃하고 여행 준비를 시작했다.

가디언애시에게 왜건을 끌게 해 대로를 따라가며 눈에 띄는 가게에 들러 여러 가지 물건들을 사들였다.

현재 아이템박스에는 편리한 모험가 용품이 갖춰져 있었다. 식량 또한 충분하고도 남을 정도로 가득하다.

하지만 미라는 주로 식량 쪽을 둘러보고 다녔다.

한 달 정도는 보급 없이 먹고 살 수 있을 만큼의 식량을 쟁여뒀음에도 미라는 추가로 물건을 사들였다. 하지만 거기에는 약간의 차이가 있었다.

이번에 미라가 보충한 것은 주식(主食)이 아니라 디저트 계열이었던 것이다. 마음에 든 팬케이크를 비롯해서 각종 케이크에 바바루아, 쇼콜라 등, 도시에 있는 디저트 가게를 이리저리 오갔다.

그리고 열 몇 번째로 방문한 빵집에서 미라는 눈에 익은 빵을 발견했다.

"오오, 이것은!"

그것은 예고일 당일, 온 도시가 떠들썩했던 그날 크리스티나를 '후퇴의 인도'로 불러들였을 때, 그녀가 손에 들고 있던 둥그런 빵이었다.

손바닥 크기의 작은 크림빵이다. 미라는 '특제 커스터드 크림이 듬뿍'이라고 적힌 POP카드에 홀려 곧바로 하나를 구입해 먹고 갈 수 있는 카페처럼 된 곳에서 먹어보았다.

그리고 그 맛에 감동했다.

"아~ 찾았다, 찾았어. 이 가게야~."

그러던 참에 두 명의 여성 손님이 가게에 들어왔다.

그녀들은 둥그런 빵이 놓인 진열대로 직행했다. 아무래도 보아하니 이 빵집의 둥그런 빵을 사러온 듯했다.

"이게 그때 나눠줬던 거지?"

"응응, 분명 그럴 거야."

두 사람이 나누는 대화로 미루어 볼 때, 역시 크리스티나가 먹고 있던 그 빵은 이게 맞는 것 같다. 그렇게 미라가 확신하던 참에 어쩐지 신경 쓰이는 대화가 귀에 들어왔다.

"근데 그 검사 같은 여자분 정말 대단했지?"

"아~ 그 트윈테일? 굉장했지이. 몇 개나 먹었을까?"

"보니까 열 개는 가볍게 넘은 것 같던데."

"뭐, 맛있었으니 어쩔 수 없지."

"근데 갑자기 사라진 것처럼 보였는데, 그건 무슨 술식이었을 까?"

"글쎄, 뭐였을까. 알고 보니 빵의 정령이었던 거 아닐까?"

"뭐야 그게~."

두 여성 손님은 즐거운 듯 대화를 나누며 쿡쿡 웃었다. 그리고 어떠한 생각이 그 대화를 들은 미라의 머리를 스쳤다.

미라는 슬그머니 주인장에게 물어보았다. 혹시 그날, 우리 동료가 신세를 지지 않았느냐고. 크리스티나의 특징을 말해주면서.

"아~ 그때 그?! 아주 그냥 엄청 맛있게 먹어주셔서, 저까지 다 행복하다는 생각이 들지 뭡니까~."

주인장은 긍정했다.

크리스티나는 그때 억지로 권하는 바람에 하나만 받았다고 했다. 하지만 아무래도 진실은 그렇지 않았던 모양이다.

미라는 둥그런 빵을 스무 개 정도 구입하고서 감사 인사를 한 후에 가게를 뒤로 했다. 그리고 알피나에게 고자질을 할 건수가 생겼다며 음흉한 미소를 지은 채 여행 준비를 재개했다.

커다란 회색 곰인 가디언애시는 볼 기회가 흔치 않은 탓인지 그 럭저럭 눈에 띠어서 미라의 왜건은 대로에서 주목을 받고 있었다.

또한 "저게 정령 여왕이야." "보면 볼수록 고귀한 분위기가 풍겨." 같은 소리도 곳곳에서 들려왔다.

퍼지다이스와 교회에 기부를 한 일로 더더욱 이름이 알려진 모양이다.

디저트를 충분히 보급한 미라는 자신을 주목하는 낌새를 느끼고는 옳지옳지 하고 웃었다. 그리고 일부러 과시라도 하듯 마부석에 앉아 가디언애시를 송환했다.

소환술의 가능성을 이해시킬 절호의 기회다. 그렇게 생각한 미라는 주목을 받으며 가루다를 소환해 보였다.

마법진이 떠오르더니 그곳에서 극채색의 날개를 지닌 괴조가 나타나 하늘을 날았다.

민중들이 술렁댔다. 하지만 다음 순간, 가루다가 왜건의 윗부분에 있는 기둥을 붙잡자 그 술렁거림이 놀라움으로 바뀌었다. 설마 나는 건가, 라는 소리도 새어 나왔다.

가루다가 날갯짓을 하자 포근한 바람이 후웅, 하고 불었다. 그리고 왜건은 천천히 상승을 시작했다.

이것 참 굉장하다며 사람들이 수런거렸다. 그리고 소환술은 이런 일도 가능했던 건가, 라고 누군가가 중얼거린 것을 계기로 그 소문은 널리 전파되어, 이내 모험가들의 귀에까지 들어갔다.

성장한 소환술사는 이렇게 하늘 여행도 할 수 있다. 민중들의 반응을 통해 그 사실을 알리는 데 성공했다고 확신한 미라는 가루다에게 목적지의 좌표를 전한 후, 상쾌한 기분으로 학스트하우젠을 뒤로 했다.

5

하늘을 몇 시간 동안 날아간 후. 미라가 탄 왜건은 그림다트 북동쪽에 펼쳐진 삼림지대 한복판에 착륙했다. 숲의 규모에 비해 손바닥만하게 느껴지는 호수가 펼쳐진 그 장소가 편지에 적힌 좌표에 해당하는 곳이었다.

"자아, 도착은 했다만 어떻게 하면 좋을는지."

호숫가에서 맞은편 물가까지의 거리는 백 미터 정도. 대충 둘러보았지만 딱히 이렇다 할 무언가는 보이지 않고, 누군가가 기다리고 있는 듯한 낌새도 없었다.

하지만 이 장소를 지정한 걸 보면 무언가가 있기는 할 것이다.

게다가 굳이 불러냈을 정도니 이곳에 있다 보면 조만간 접촉해 올 거다. 그렇게 생각한 미라는 시간이나 보낼 겸 주변을 대충 산책했다.

호수를 에워싼 무성한 숲. 하늘로 온 탓에 몰랐지만 숲은 상당히 깊고 복잡하게 뒤엉켜 있는 데다, 그곳에 솟아난 나무들은 하나같이 10미터는 족히 될 거목이었다.

또한 무성하게 자라난 잎가지로 인해 태양이 머리 위에서 빛날 오후임에도 숲속은 깜깜했다. 특히 북동쪽은 빛이 들지 않는지 더더욱 짙은 어둠에 둘러싸여 있었다.

"오오, 빨리 왔는데? 아니 뭐, 소환술이라면 그럴 만도 한가?! 기다리게 해서 미안해!"

그렇게 얼마간 기다리자 불러낸 본인이 쾌활한 목소리와 함께 나타났다.

라스트라다는 실로 열혈남아 같은 미소를 지은 채 등장했는데, 무슨 이유에서인지 마치 왕자 같은 차림새를 하고 있었다.

"무어냐, 그 차림새는……."

그의 취향으로는 보이지 않는 그 모습에 미라는 눈살을 찌푸렸다. 그러자 라스트라다는 애수 어린 눈빛으로 "아이들의 교육상 좋지 않다고 해서……"라고 중얼거렸다.

그는 아르테시아의 충고 때문에 이런 복장을 한 듯했다.

과거에 삼림경비대 등을 자칭하며 레인저에 ○○라이더 같은 것으로 변장을 하다 보니 소년들이 그걸 흉내 내고 싶어 했다고 한다.

현실에서는 경찰서 신세를 지고도 남을 차림새다. 도저히 간과할 수 없어서 굳이 변장을 해야겠다면 이런 걸로 하라고 내놓은 대안이 지금의 차림새라는 모양이다.

확실히 아이들이 특촬 계열을 흉내 내게 두는 것보다는 왕자 계열을 흉내 내게 하는 게 낫긴 할 것 같다. 그런 생각을 하면서도 미라는 별로 안 어울린다며 웃었다.

그렇게 합류한 후, 자세한 이야기는 저쪽에서 하자는 라스트라다를 따라서 어두운 숲속으로 들어갔다.

"──흠, 그러냐. 후우, 그렇다면 안심이로군."

미라와 라스트라다는 가디언애시가 끄는 왜건의 마부대에 앉아 이런저런 대화를 나누었다.

그것은 이틀 전. 미라가 밤의 여왕님이 되어 '길리언록'의 길드마스터인 록에게서 정보를 캐낸 뒤의 일이라고 한다.

모험가 종합 조합은 이 길드의 악행을 파악하자마자 이 '길리언록'이 관계한 인신매매의 추적 조사에 나서, 대규모로 움직이기 시작했다고 한다.

또한 록이 모든 것을 폭로한 계기가 된 다크히어로와 은발의 여왕님에 관해서는 그 정체를 알 수 없어 추궁하지 않기로 했다는 모양이다.

그런 사실이 알려지면 앞으로 지인들을 무슨 낯으로 보나 싶었던 미라는 그 보고에 가슴을 쓸어내렸다.

그러한 대화를 나누다 보니 어느새 희미한 빛도 닿지 않는 깊은 장소까지 들어와 있었다.

미라는 어두운 숲을 둘러보며 문득 과거에 들었던 현재 위치의 주변에 관한 이야기를 떠올렸다.

'그 약속장소에서 북쪽으로 한참 들어왔군. 그렇다면 이 근처는…… 사령의 흑림(黑林)인가?'

묘지니 고전장이니 하는 장소에는 불사 계열 마물이 만연하기 일쑤다.

하지만 무슨 이유 때문인지 이 주변의 숲에는 그보다 많은 불사 계열 마물이 날뛰고 있었다.

때문에 플레이어들 사이에서는 사령의 흑림이라 불리고 있는 장소다.

하지만 어떻게 된 일인지, 보이는 바로는 깜깜할 뿐 실로 평온한 숲이었다.

자신이 잘못 기억하고 있는 걸까. 그런 생각을 하던 참에 라스트라다가 여기서 멈추라고 말했다.

무형술로 만든 빛만이 칠흑 같은 숲을 비추는 가운데, 왜건이 멈추자 문득 한 줄기 빛이 들이쳤다.

그것은 너무도 신비로운 광경이었다. 갑자기 머리 위에 펼쳐진 숲에 구멍이 뚫린 것이다. 심지어 귀를 기울여 보니 끼릭끼릭 금속이 스치는 소리가 들려오는 것이 아닌가.

"허어, 이게 어찌 된 일이냐?"

탁 트인 머리 위로, 목제이기는 해도 튼튼해 보이는 리프트가 보였다.

"자, 여기에 타."

당연하다는 듯 라스트라다가 그 리프트로 유도했다.

깜깜한 숲속에 빛과 함께 리프트가 내려왔다. 미라는 그 사실에 당황하기는 했지만 시키는 대로 왜건을 몰았다.

리프트가 천천히 올라가기 시작하자 머리 위에 있던 빛의 구멍이 서서히 가까워졌다.

저 앞에는 대체 무엇이 있을까. 미라는 갈수록 가슴이 설레서 어딘가에 도착하기를 애타게 기다렸다.

하지만 리프트는 좀처럼 멈출 낌새를 보이지 않았고, 머리 위에 있는 빛도 한참이나 이어져 있었다. 상승 속도가 느리기는 해도 이미 10미터는 넘게 올라왔건만. 그럼에도 빛을 자세히 보니 아직 절반 정도밖에 오지 않은 듯했다.

"꽤나 높은 곳까지 올라가는군."

미라가 생각한 바를 그대로 말하자 "안전을 우선시한 결과야"라는 답변이 돌아왔다.

라스트라다의 말에 따르면 이 주변에는 마물이 얼씬도 하지 않지만, 가끔씩 길을 잃고 들어오는 일은 있다는 모양이다. 따라서 약간의 위험성도 남기지 않기 위해 지금의 형태가 되었다는 듯했다.

지금의 형태. 대체 어떤 형태를 말하는 걸까.

그렇게 미라가 물음표를 띄우고서 얼마쯤 지난 참에 드디어 리프트가 빛을 뚫고 목적지에 도착했다.

눈이 부실 정도의 햇볕에 눈을 가늘게 뜬 미라는 눈이 익자마자 펼쳐진 주변 광경에 숨을 죽였다.

"오오…… 이것 참 굉장하군그래."

사람의 온기가 느껴지는 풍경이 시야 가득 펼쳐졌다. 그렇다. 깊은 숲에서 리프트를 타고 올라가자 그곳에는 번듯한 마을이 있었던 것이다.

"자, 이쪽이야. 따라와."

미라가 그 광경에 감동하고 있던 것도 잠시뿐. 라스트라다는 또다시 앞장서서 걷기 시작했다.

이곳은 아직 입구일 뿐이고 지금부터 아르테시아가 있는 교회로 향할 것이라고 한다.

숲의 상부에 있던 마을의 지면은 잔디밭처럼 되어 있었다.

미라가 그곳으로 천천히 왜건을 몰자 지면은 그 정도 중량은 거뜬히 받아냈다. 나무 위의 지면이라니, 어쩐지 말이 이상한 듯하지만 바닥은 탄탄한 모양이다.

그렇게 미라가 감탄하자 새삼 기분이 좋아졌는지 라스트라다는 안전을 우선시한 결과가 이 나무 위의 마을이라고 거듭 말하고서 여러 가지를 설명해주었다.

우선 잔디밭 같은 지면은 나무들의 가지 등을 지주 삼아 특수한 거미줄을 여러 겹으로 친 데다 덩굴풀 등을 엮어서 만든 것이라는 듯했다.

물도 잘 빠지고 튼튼해서 밭도 만들 수 있다는 모양이다.

그리고 집은 모두 트리하우스 형식으로 되어 있었다. 시야에 보이는 나무들은 어느 것 할 것 없이 모두 20미터를 넘는 거목의 끄트머리라고 한다. 집은 그런 거목을 기둥 삼아 만들었다고 한다.

심지어 그것들은 모두 아르테시아의 설계하에 라스트라다가 직접 만들었다니 더더욱 놀라울 따름이다.

하지만 그래서인지 전체적으로 만듦새에서 손수 만든 듯한 느낌이 물씬 풍겼다.

"참으로, 훌륭한 완성도로구나."

뜻밖의 재능이 있었구나, 하는 생각에 미라는 더더욱 감탄했다.

트리하우스는 같은 것이 하나도 없어서 모두 다 개성적이었고, 그래서 대자연 속에 있음에도 사람이 사는 듯한 느낌이 더욱 두드러지는 듯 보였다.

하지만 그러면서도 신기하게도 일체화된 듯한 인상을 풍겼다.

분명 집에 몸을 의지하듯 잎가지가 곳곳에 퍼져 있기 때문이리

라. 나뭇잎 사이에서 살랑살랑 햇빛이 반짝이는 모습은 마치 나무가 웃고 있는 것처럼 보이기도 했다.

또한 하늘을 올려다보니 약간 부옇게 흐려져 있었는데, 미라는 그걸 보고 바로 어떠한 사실을 알아챘다. 마을의 위쪽에는 환술을 부여한 거미줄이 쳐져 있다는 사실을.

그렇게 이 마을은 지상과 하늘, 양쪽에서 보기 좋게 모습을 감춘 것이다. 이렇게까지 했으니 아무도 존재를 모를 만도 하다.

"헌데 오는 도중에 알아챈 것이다만, 이 근처는 분명 사령의 흑림이 아니었느냐? 보아하니 그러한 낌새가 전혀 없는 것 같다만."

미라는 어두운 숲을 나아갈 때 느꼈던 바를 입 밖에 내 물었다.

그러자 라스트라다는 "바로 맞혔어"라고 답하며 살며시 쓴웃음을 지어 보였다.

그의 말에 따르면 아무도 접근하지 않기에 이 장소를 택했고, 아이들의 안전을 위해 아르테시아가 광범위 정화 작업을 한 후, 성역의 결계로 둘러친 상태를 유지하고 있는 것이라고 한다.

"유지……라고?"

"그래, 유지……."

불사 계열 마물이 기어 나오게 된 땅은 그렇게 쉽게 원래대로 돌아가지 않는다. 정화를 한다 해도 조금만 지나면 다시 사령이 떠도는 장소로 돌아가고 만다.

따라서 아르테시아는 이곳의 주변 일대에 둘러친 결계를 계속 유지하고 있다는 듯했다.

분명 아이들을 돌보는 일에만 전념하고 있을 텐데 성술사로서의 실력은 더더욱 발전한 모양이다.

'이보다 안전한 마을도 없겠구나.'

미리는 그렇게 납득하며 마을을 둘러보았다.

그로부터 얼마쯤 지나 미라 일행을 태운 왜건은 마을에서 가장 큰 거목 앞에 도착했다.

그 교회는 나무 위의 마을의 중심부에 가까운 곳에 있었다.

볼품없는 목조 건물이기는 하지만 어느 집보다도 커다란 그곳은 라스트라다의 말에 따르면 교회인 동시에 학교라는 듯했다.

지금 정도의 시간이면 고아들은 이곳에서 열심히 공부를 하고 있을 것이라는 말도 덧붙였다. 그리고 그런 고아들에게 지식을 전달하고 있는 건 아르테시아, 그리고 그녀의 뜻에 동참해 자진해서 돕겠다고 나서준 교사들이라는 듯했다.

아이들이 배우는 내용에는 기본적인 교육 말고도 식물학과 생물학, 기사도 정신과 마물과 싸우는 법에 해체, 조각, 회화, 심지어는 함정 해체와 자물쇠 따기 등도 포함되어 있다. 교사가 늘어난 덕분에 넓은 분야의 것들을 가르치고 있다는 모양이었다.

아르테시아의 카리스마 덕분일까. 어쩌면 제법 번듯한 학교보다 질 좋은 교육 환경일지도 모르겠다.

"자아, 다음은 이쪽이야!"

미라가 감탄하고 있는 중에 라스트라다는 교회 안으로 들어가 안으로 향했다. 미라는 그런 그를 따라가며 교회 내부를 둘러보았다.

어제 방문했던 학스트하우젠의 교회와 비교하면 정말로 교회라고 불러도 될까 싶을 정도로 아무런 장식도 되어 있지 않은 장소였다.

예배당의 형태를 취하고는 있어도 전체적으로 장엄한 분위기는 느껴지지 않았다.

다만 안쪽에 안치되어 있는 신상(神象)은 제법 눈길을 끄는 분위기를 두르고 있었다. 분명 그럭저럭 유서가 깊은 신상일 것이다.

그렇게 구경을 하며 예배당 안쪽 문턱을 넘자 짧은 복도와 계단이 나타났다.

"이 시간이면 그 방에 있으려나⋯⋯."

라스트라다는 그런 말을 중얼거리며 앞에 보이는 계단을 올라갔다. 분명 여기가 배움터에 해당하는 곳이리라.

낡은 시골 학교 같은 인상을 풍기는 광경을 바라보며 미라는 뒤를 따랐다.

3층까지 올라가서 막다른 곳에 있는 방에 도착했다. 천사의 방, 이라고 적힌 문을 열고 안에 들어가자 그곳에는 갓난아이를 안은 채 아주아주 우스꽝스러운 표정을 지어 보이고 있는 여성의 모습이 있었다.

"──⋯⋯."

꺅꺅, 그야말로 천사와도 같은 미소를 지은 갓난아이의 웃음소리가 울리는 가운데 미라는 그 모습을, 할 말을 잃고 바라보았다.

설마 저렇게나 우스꽝스러운 얼굴을 한 동료와 재회하게 되리라고는 생각도 못 했기 때문이다.

"——어머, 어서 와. 혹시, 거기 있는 애가?"

우스꽝스러운 얼굴을 순식간에 거두고, 마치 성모와 같은 미소를 머금은 채 돌아본 여성은 미라를 살며시 바라보더니 약간 놀란 듯한 표정을 지었다.

"바로 맞혔어!"라고 라스트라다가 답하는 가운데, 미라는 그녀의 앞으로 걸어 나갔다.

"오랜만이로군, 아르테시아 씨."

그렇다. 간소한 로브를 걸친 채 갓난아이를 달래고 있는 그녀가 바로 그토록 찾아다녔던 아르테시아 본인이었다.

"라다 군한테 듣기는 했지만, 정말로 여자애가 되어버렸네. 지금은, 미라라고 불린다고 들었어."

어쩐지 흥미롭다는 눈으로 미라를 물끄러미 쳐다본 후, 아르테시아는 문득 손을 뻗어 미라의 머리를 쓰다듬었다. 심지어 어쩐지 황홀해 보이는 표정으로.

그 행위에 미라는 "이게 뭐 하는 짓이냐?!"라고 말하며 허둥지둥 거리를 벌렸다. 그리고 깨달았다.

매우 못마땅하지만 지금의 자신이 모성적인 의미에서 아이를 너무도 좋아하는 아르테시아의 유효 범위에 들어서고 만 듯하다는 사실을.

"잘 들어라, 이 몸은 어린애가 아니다. 착각하지 말거라."

미라는 딱 잘라 그렇게 말했다.

아르테시아는 생글생글 웃으며 "응, 나도 알아"라고 답했다. 하지만 그 눈은 흐뭇하다는 듯 미라를 바라보고 있었다. 한창나이

의 여자애를 지켜보는 듯한, 그런 눈빛이다.

미라에 관한 사정은 이미 라스트라다에게 들었을 터다. 그럼에도 미라를 그런 눈빛으로 바라보는 것은, 그녀가 지닌 가장 골치아픈 병의 증상이 분명했다.

모든 아이들을 사랑하는 아르테시아의 눈에는, 미라 또한 사랑하는 아이의 범주에 속하는 소녀인 것이다.

그렇게 작은 테이블을 둘러싸고 오랜만에 재회한 기쁨을 나눈 세 사람은 그대로 편히 쉬며 하잘것없는 이야기를 나누기 시작했다.

6

"──그런고로. 일단은 발렌틴과 카구라, 소울하울은 확보했다만, 억지력이라고 하기에는 부족한 감이 있어서 말이다."

라스트라다에게는 이미 이야기했지만, 미라는 알카이트 왕국의 현황을 다시 한번 아르테시아에게 설명했다.

그리고 지금까지 있었던 일에 관해서도 대충 이야기한 참에 라스트라다에게 시선을 던졌다.

라스트라다와 아르테시아가 싸우고 있다는 강대한 인신매매 조직의 존재. 그 건이 정리될 때까지는 안 돌아가려 하지 않을까 하는 예감이 들었기 때문이다.

"해서, 어떻게 되어가느냐? 금방 돌아갈 수 있을 것 같으냐?"

지금의 두 사람은 카구라 때와 비슷한 상황에 놓여 있다. 이틀 전에 헤어질 때, 라스트라다는 이제 괜찮다고 했지만 그게 어느 정도까지 괜찮다는 뜻인지는 알 수 없었다.

알카이트에 돌아갈 수 있을 정도라는 뜻인지, 아니면 일단 눈앞에 닥친 일은 처리했다는 뜻인지.

경우에 따라서는 다시 한번 도움을 줘서 문제를 잽싸게 해결해버리는 것도 괜찮겠다고 미라는 생각했다.

하지만 그건 아무래도 괜한 걱정이었던 모양이다.

"아니, 그럴 필요는 없어. 말했잖아, 이제 괜찮다고. 남은 일은 숨통을 끊는 것뿐이야."

지금까지 해온 일과 학스트하우젠에서의 괴도 임무, 그리고 '길리언록'을 처리한 일로 거대 인신매매 조직의 목을 물어뜯을 준비는 되었다는 것이다.

　다시 말해서 목적 달성 직전이니 미라에게 더 이상 수고를 끼칠 일은 없다는 뜻이다.

　"남은 일은 나한테 맡겨 줘. 듬직한 협력자도 있는 데다 조직을 박살 내기 위해 움직이고 있는 건 우리뿐이 아니거든."

　자신감이 있는 정도가 아니라, 그 말에는 확신이 담겨 있었다.

　온 대륙에 만연한 인신매매 조직. 강력한 악이기에 라스트라다 말고도 정의감 넘치는 자들이 당연하다는 듯 움직이고 있었던 것이다.

　"흐음…… 그대가 그렇다면 틀림없겠지. 해서, 그 협력자란 어떠한 자들이냐?"

　퍼지다이스는 괴도 사건을 빙자해 인신매매 조직을 쫓고 있었다.

　교회의 동향과 병사장 데즈몬드가 가지고 있던 강력한 권한 등, 커다란 권력의 흔적은 여러 장면에서 찾아볼 수 있었다. 대체 퍼지다이스의 이름은 어느 정도의 영향력을 지닌 것일까.

　궁금해진 미라는 솔직하게 그 점에 관해 물었다.

　"그건…….'

　"그것은……?"

　"정의의 시크릿이야."

　라스트라다가 느끼하게 입가에 둘째손가락을 가져다 대며 말했다.

　처음 만났을 당시부터 아무리 친한 상대라 해도, 설령 부모라 해도 비밀이나 약속한 일에 관해서는 말하지 않는 것. 그것이 그의 신조였다.

그에 반해 미라는 말없이 불만스러운 표정을 지었다.

"허나 그 뭣이냐. 주다스 왕은 협력자가 맞는 게지?"

비밀이라는 소릴 들으면 살짝 무너뜨리고 싶어지는 것이 인간의 본성이다.

미라는 예상하기 쉬웠던 인물의 이름을 한 명 언급해 보았다. 그러자 아주 알아보기 쉬울 정도로 라스트라다가 동요한 표정을 지었다.

예상한 대로 주다스 왕의 협력 덕분에 데즈몬드가 강권을 행사할 수 있었던 것이었다.

얼버무리면 그만인 것을, 솔직한 성격의 라스트라다는 어떻게 알아챘느냐고 물었다.

그 물음에 미라는 데즈몬드에게 그 상황에 관해 들은 덕에 간단히 예상할 수 있었다고 답했다.

"은밀하게 진행해달라고 했는데…… 어쩔 수 없나."

미라조차도 관련성을 알아챈 걸 보면, 그밖에도 그 정보를 통해 협력자의 정체에 도달한 이도 있었을지 모른다. 경우에 따라서는 인신매매 조직의 표적이 되는 사태로 이어질지도 모르는 상황이다.

하지만 그래서 더더욱 그렇게 한 것일 거라고 라스트라다는 투덜댔다.

협력을 제안했을 때, 주다스 왕은 다른 협력자들의 안전을 가장 먼저 걱정했다는 듯했다.

다시 말해서, 일부러 자신이 눈에 띄는 상황을 만들어 다른 협력자들의 존재감이 옅어지게끔 한 것이다. 라스트라다는 주다스 왕의 의도로 생각되는 바를 그렇게 추측해 보였다.

"뭐, 그 주다스라면 그냥 깜빡했을 가능성도 있겠지만."

"그도 그렇구나."

왕이 되기 이전의 주다스를 아는 미라와 라스트라다는 오히려 그쪽 가능성이 확률적으로 높을지 모른다며 쓴웃음을 지었다.

그런 가운데 아르테시아는 부지런히 티타임 준비를 하고 있었다. 그리고 미라 앞에는 달콤한 코코아와 케이크를 잔뜩 늘어놓기 시작했다.

아무리 보아도 겉모습에서 비롯된 특별 대우였다.

티타임에 차와 과자, 코코아와 케이크를 사이에 둔 상태로도 퍼지다이스 활동과 관련된 자세한 이야기는 이어졌다. 이전에 그렇게까지 깊은 대화를 하지 못했던 것을 벌충이라도 하듯이.

"뭐어, 그런고로 걱정할 것 없어. 심지어 정보에 의하면 슬슬 조직의 두목이 움직일 수밖에 없는 상황으로 몰고 갈 수 있을 것 같거든."

괴도 퍼지다이스와는 별개로, 협력 관계는 아니지만 인신매매 조직과 싸우고 있는 자들이 있다.

라스트라다의 이야기에 따르면 그 누군가의 책략으로 인해 현재 조직 내에서 문제가 발생하고 있다는 듯했다.

그 영향은 상당한 규모로 퍼지고 있어서 정보를 입수하고 있는 협력자의 말에 따르면, 작전이 잘 풀리면 목표인 인신매매 조직의 수장이 경계가 엄중한 장소에서 나올 수밖에 없는 상황이 벌어질 것이라는 모양이다.

"호오, 그러하냐."

"앞으로 얼마나 걸릴지는 모르겠지만 말이야."

라스트라다는 그렇게 말하더니 퍼지다이스로서 온 힘을 다할 처음이자 마지막 임무가 될 거라고 자신만만하게 단언해 보였다.

정체는 밝힐 수 없지만, 그 협력자의 정보망은 매우 신뢰성이 높다고 한다. 그러니 머지않아 결전의 날이 올 것이라고, 라스트라다는 확신에 찬 투로 말했다.

괴도 퍼지다이스의 임무에 관한 이야기는 정리가 되었다.

몇 년이나 조사해 증거를 모은 끝에 인신매매 조직의 두목을 발견해냈으니, 이제 가차 없이 짓밟는 일만 남았다.

그리고 그 일은 이미 라스트라다 쪽에서 준비를 하고 있다는 모양이다.

그러니 이번에는 미라가 나설 일이 없을 듯했다. 그렇다면 남은 문제는 알카이트로의 귀환 문제뿐이다.

"해서 귀국에 관해 묻겠는데, 어떻게 할 것이냐?"

괴도 임무 말고도 귀국할 수 없는 이유가 있지는 않을까. 그런 불안감 속에서 미라는 간결하게 그렇게 물었다.

그러자 라스트라다는 약간 난감하게 됐다는 듯 한숨을 내쉬고서 말을 이었다.

"아아, 그거 말인데 우리도 생각한 적이 있거든."

듣자 하니 두 사람은 알카이트 왕국으로의 귀환을 검토한 적이 있다고 한다.

벽촌이라 할 수 있는 숲보다는 안전한 나라 안에 있는 편이 아이들의 교육에도 좋을 거다. 그렇다면 자국이기도 하고 신뢰할 수 있는 왕도 있는 알카이트로 돌아가는 게 제일이다.

그 문제에 관한 라스트라다와 아르테시아의 의견은 일치했다.

하지만 그렇게 하려 해도 그럴 수가 없는 이유가 있었다. 그것은 바로 퍼지다이스 활동, 인신매매 조직과의 싸움이 아니라 고아원의 아이들이었다.

"운영비 쪽은 나랑 아르테시아 씨가 부담한다 치고, 일단은 총사령관에게 고아원을 준비해달라고 하자고 결론이 났어. 하지만 문제는 그보다 훨씬 가까운 데 있었지."

고아원을 그대로 내버려 둘 수는 없으니 귀국할 때는 당연히 아이들도 같이 가야 한다. 하지만 그건 생각보다 훨씬 어려운 일이라는 듯했다.

고아원 아이들은 백 명에 달한다. 그 모든 아이를 대륙 북부에 있는 이 장소에서 남부에 있는 알카이트까지 안전하게 이동시키는 건 쉬운 일이 아니기 때문이다.

심지어 아이들의 걸음 속도와 몸 상태를 기준으로 해야 하는지라 도착하려면 몇 개월이 걸릴 것이다.

여행 중의 안전도 문제지만 아이들의 건강적인 면도 문제다.

그 문제는 아홉 현자 두 사람의 힘으로도 어렵다고 할 수밖에 없어서 귀국을 단념했다는 모양이다.

"확실히 그렇군……. 그만한 아이들을 데리고 몇 개월 동안 여행을 하는 건 무모하기 그지없는 일이니."

비전투원인 데다 한 사람도 빠져서는 안 되는 보호 대상을 백 명 이상 이끌고 장거리 여행. 아이들은 물론이고 인솔자의 부담도 상당할 것 같아 미라는 신음했다.

하지만. 그 문제만 해결하면 두 사람을 한꺼번에 데려갈 수 있는 셈이다.

이 기회를 놓칠 수는 없다 싶어서 미라는 방법을 생각했다.

분명 고아원 설립 문제는 솔로몬이 어떻게든 해줄 거다. 다행히도 일전에 네뷸러폴리스 지하에서 발견한 보물 덕분에 국고는 여유로워졌을 터다.

게다가 키메라 클로젠과의 싸움에서 얻은 국교로 로즈라인과의 상거래도 시작되어 이익도 나기 시작했으리라.

그렇다면 고아원을 창립하는 것 정도는 아무것도 아닐 터다.

심지어 운영 자금은 아르테시아와 라스트라다가 부담한다고까지 하지 않는가. 그 정도 대가를 치러서 아홉 현자 둘이 돌아온다면 싸게 먹히는 장사일 것이다.

그러면 역시나 문제는 고아원 아이들을 어떻게 알카이트까지 데려갈 것인가, 하는 것이다.

백 명을 넘는 아이들을 안전하고도 신속하게 알카이트로 이송하기 위한 수단.

처음에 떠오른 것은 대륙 철도를 이용하는 방법이었다. 분명 그거라면 아이들도 기뻐하며 타줄 거다. 하지만 역은 매우 혼잡해서 미아가 될 우려가 있다.

그렇게 생각한 참에 미라는 또 다른 묘안이 떠올랐다.

"그거라면, 가능할지도 모르겠군."

씨익 웃으며 그렇게 중얼거린 미라는 "잠시 물어보고 오마"라고 말하더니 방에서 뛰쳐나갔다.

"……누구한테?"

"누구한테 말일까?"

아르테시아와 라스트라다는 고개를 갸웃하고서 말하고는, 궁금함을 못 이기고 자리에서 일어나 미라의 뒤를 쫓듯 방을 나섰다.

일단 이야기를 중단한 미라가 향한 곳은 왜건이었다.

교회 앞까지 타고 와서 그대로 두었던 왜건에 올라탄 미라는 곧장 벽장을 열어 그 안에 설치된 통신 장치를 집어 들었다.

그러자 조금 늦게 따라온 아르테시아와 라스트라다가 문이 열려 있는 왜건을 발견하고 그 안을 들여다보았다.

"아아, 이러면 못 써. 팬티가 다 보이잖아."

벽장에 상체를 쑤셔 넣은 미라를 본 아르테시아는 다정한 투로 그렇게 타이르며 미라를 벽장 안에서 뽑아냈다.

"우오?! 무어냐?!"

갑자기 끌려 나온 미라는 놀란 듯 소리쳤지만, 다음 순간 아르테시아의 얼굴을 보고 입을 다물었다.

그녀의 표정이 이전에 몇 번이나 봤던 설교 모드의 그것이었기 때문이다.

"여자애는 여러모로 조심해야 해. 그러지 못하겠다면 아래에 속치마를 입고."

그런 말로 시작된 설교는 미라가 팬티를 가릴 물건을 가지고 있다고 반론하자 더더욱 격해져서 10분 남짓 동안 계속되었다. 가지고 있다 해도 입지 않으면 의미가 없다는 것이다.

"여자애라면 더더욱 주의를 기울여야지. 귀여워서 나쁜 사람들이 노리면 어쩌려고. 요즘은 카메라 같은 것도 개발돼서 사진을 찍힐지도 몰라."

"음…… 앞으로는 조심하지."

설교를 하는 말투가 차분해진 걸 확인한 미라는 고개를 끄덕여 답한 후, 곧장 아르테시아가 시킨 대로 속바지를 꺼내 발을 집어넣었다. 그렇게 합격 판정을 받고서야 가슴을 쓸어내렸다.

"그럼, 다시……."

아르테시아의 눈이 있어서 지금껏 해온 것처럼 할 수는 없었다. 따라서 미라는 평소의 통신 자세를 포기하고 통신 장치를 벽장에서 꺼내 코타츠 위에 올려놓았다.

그리고 곧바로 번호를 눌러 솔로몬을 호출했다.

"오오, 통신 장치 아냐?"

"어머, 근사한 걸 가지고 있었네."

미라가 자주 사용하는 통신 장치는 사실 상당히 고급품이었다. 그런 물건이 벽장에서 불쑥 튀어나오자 라스트라다와 아르테시아는 놀란 표정을 지었다.

'그 녀석도 분명 놀랄 테지.'

미라는 그런 두 사람의 모습에 약간 의기양양해져서 거들먹거리는 자세로 수화기를 들었다.

『여기는 솔로몬.』

얼마쯤 지나 통신이 연결되어 왜건 안에 솔로몬의 목소리가 울렸다.

"오~ 이 몸이다, 이 몸~."

미라가 그렇게 말함과 동시에 아르테시아가 수화기에 얼굴을 가져다 대고 "오랜만이야, 솔로몬 군. 아르테시아야"라고 말을 이었다.

『어? 아, 아아~! 만났구나! 다행이다, 다행이야. 오랜만이에요.』

제아무리 솔로몬이라 해도 느닷없이 아르테시아가 등장하자 놀란 눈치였다. 그는 순간적으로 당황했지만 얼마 안 돼서 기쁜 듯한 투로 말했다.

하지만 솔로몬이 놀랄 일은 또 있었다.

"총사령관! 오랜만이야! 나야! 호시자키 스바루가 등장했다고!"

라스트라다가 그렇게 말하자 『어어?!』라는, 미라가 상상했던 이상적인 반응이 돌아왔다.

『혹시 레드 군도 같이 있어? 우와아, 이게 무슨 일이람. 정말 엄청나게 반가운걸!』

아르테시아에 관한 것으로 추측되는 소문을 확인하기 위해 보낸 곳에서 아르테시아뿐 아니라 라스트라다까지 합류했다는 소식이 들려왔다. 그건 솔로몬에게 예상을 훌쩍 뛰어넘는 길보(吉報)였기에 놀랄 만도 했다.

또한 레드라는 것은 라스트라다의 별명이다.

"실은 말이다. 괴도의 정체가 이 녀석이더구나."

미라는 솔로몬의 반응에 신이 나서 답했다.

그러자 라스트라다가 곧바로 미라에게 날카로운 시선을 날렸다.

"사령관, 그건 내가 말하려고 했는데……!"

히어로가 정체를 밝히는 것 또한 히어로물의 묘미이건만.

그런 중요한 사안을 미라가 아무렇지도 않게 폭로한 탓인지, 라스트라다의 원망으로 가득한 표정은 다크히어로도 겁을 먹고 새파랗게 질릴 정도였다.

"오오…… 그랬구나, 미안하다……."

라스트라다에게서 느껴지는 압박감에 압도되어 미라는 사과했다.

『오호라. 그래서 괴도 일을…….』

라스트라다는 어째서 퍼지다이스가 된 것인가.

그 이야기를 끝까지 들은 후, 솔로몬은 납득했다는 투로 말했다. 솔로몬 역시 사회 이면에 자리한 강대한 범죄조직에 관해 아는 눈치였다.

그래서인지 원흉의 꼬리를 잡았다는 이야기에 관심이 동한 듯했다.

하지만 솔로몬이 그 일에 관해 그 이상 자세하게 물어보는 일은 없었다. 그저 "신중하게 진행해"라고 말할 따름이었다.

"뭐 아무튼, 그런고로 무사히 만났다만, 고아원 일로 문제가 좀 있어서 말이다──."

퍼지다이스로서 하던 일은 이미 해결 직전인 상태라 문제없다.

강대한 조직이기는 하지만 라스트라다에게는 협력자들이 있다. 상당히 자신 있어 하는 걸 보니 이제 괜찮을 거다.

그렇다면 남은 문제는 고아원에 관한 것뿐이다. 미라는 그대로 아르테시아와 라스트라다가 알카이트 왕국으로 돌아가기 위한 조건 등에 관해 설명했다.

『그거라면 문제없어. 학원 뒤에 있는 저택을 고아원으로 쓸 수 있도록 준비해뒀거든.』

가장 중요한, 아르테시아가 돌아가기 위한 필수 조건인 고아들의 수용에 관해 솔로몬은 그렇게 즉답했다.

놀랍게도 미라에게 그 소문을 들었을 때부터 이렇게 될 것을 예상하고 사전준비를 해두었다는 듯했다.

운영 책임자 등록과 교회에 수속을 밟기만 하면 되는 단계까지 진행해 두었다고 한다.

학원 설립 전에 임시 교사로 이용했던 건물이 있어서 그걸 고아원으로 지정했다는 모양이다. 심지어 이미 예산도 확보해두었다는 듯했다.

"어머어머, 고마워 솔로몬 군. 기뻐."

"역시 총사령관이야, 일처리가 빠르다니까!"

최대의 필수 조건이 교섭을 하기도 전에 받아들여지자 아르테시아와 라스트라다는 반색하며 좋아했다.

두 사람 역시 알카이트 왕국으로 돌아가고 싶었던 모양인지, 그들의 얼굴에는 안도감이 가득했다.

솔로몬으로부터 고아들을 수용하겠다는 확약은 받아냈다.

조만간 돌아갈 수 있을 거라고 자신만만하게 선언하고서 통신을 끊은 후, 미라는 다시 수화기를 들었다. 그리고 메모를 꺼내 거기 적어두었던 번호를 눌렀다.

『네, 여기는 아리오트입니다.』

수화기에서 답변이 들려왔다. 그 목소리의 주인공은 이스즈 연맹의 간부인 아리오트였다.

그렇다, 여차할 때에 대비해 카구라와 연락을 취할 수 있도록 서로의 통신 장치를 등록하고 번호를 알아온 것이다.

"오랜만이구나. 이 몸이다, 미라."

미라가 그렇게 말하자『오오, 미라 님이십니까. 오랜만입니다』라는 밝은 목소리가 돌아왔다.

오랜만에 연락을 하면 이래저래 할 말이 많아지기 마련이다.

미라 역시 세인트폴리와 로즈라인은 어떻게 되었는지 궁금해서 여러모로 이야기가 탈선하고 말았다.

"그렇군. 순조롭다니 다행이로구나."

아리오트의 말에 의하면 작은 문제가 아직 남아 있기는 하지만 큰 걸림돌은 대부분 정리가 되었다는 듯했다. 지금은 로즈라인과 힘을 합쳐 조금씩 발전하고 있다는 모양이다.

『그나저나 다른 용건이 있으셨던 것 아닙니까?』

아리오트가 그렇게 말하자, 순조롭다는 말에 안심하고 있던 미라는 "오오, 그랬지 그랬어"라고 대꾸하고 겨우 본론을 떠올렸다.

"잠깐 카…… 우즈메에게 부탁하고 싶은 게 있어서 말이다."

그렇게 말하며 미라가 그녀와 연락할 수 없겠느냐고 묻자, 잠시 기다려달라는 답변이 돌아왔다.

듣자 하니 본거지에는 자리를 지키는 식신이 있어서, 용건을 전달하면 바꿔치기 술식으로 얼마든지 돌아올 수 있는 상태라는 듯했다.

정말이지 편리한 술식이 아닐 수 없다. 새삼 그런 생각을 하며 미라는 우즈메를 불러 달라고 부탁했다.

『네에~ 왜 불렀어~ 할아버지? 부탁하고 싶은 일이 있다니, 무슨 일 생겼어?』

잠시 기다리자 수화기에서 카구라의 목소리가 들렸다. 그야말로 평소와 같은, 태연하기 그지없는 목소리였다.

"오오, 실은 말이다, 살짝 그쪽의——."

"——그 목소리는 카구라 맞지?! 오랜만이야. 나야, 아르테시아. 잘 지내는 것 같아 다행이야."

미라가 단도직입적으로 용건을 말하려던 참에, 너무도 오랜만에 목소리를 들어 기뻤던 것인지 아르테시아가 끼어들었다.

그러자 거기에 호응하듯 "오랜만이야, 카구라!"라고 라스트라다도 이어서 말했다.

『어? 어라? 아르테시아 씨?! 그리고…… 으음, 그 목소리는 호시자키 스바루 씨?』

"바로 맞혔어!"

아르테시아는 우후후, 하고 웃었고 라스트라다는 과장된 투로 대꾸했다.

미라는 우선 그런 두 사람과 재회하게 된 경위를 간단하게 설명한 후, 다시금 카구라에게 부탁하고 싶은 일을 전달했다.

이스즈 연맹의 정령 비공선을, 고아들을 이송할 때 빌려달라고.

그렇다, 그것이 미라가 생각해낸 최선책이었다. 육로를 사용한 이동에는 아무래도 한계가 있다.

그렇다고 하늘길을 쓰려 한들, 현재로서는 미라가 타고 온 왜건과 페가수스에 히포그리프가 한계다.

육로와는 비교도 안 되게 빠르지만 한 번에 운반할 수 있는 건 여덟 명 정도뿐일 거다.

편도로 2, 3일 정도 걸린다 쳐도 백 명을 넘는 아이들을 안전하게 모두 보내려면 한 달도 더 걸린다.

아무리 생각해도 그렇게 긴 시간 동안 같은 일을 반복하는 건 고역이다.

아르테시아와 라스트라다를 찾아냈다는 공을 세웠으니 좀 쉬고 싶다는 게 미라의 속내였다.

아이젠파르드까지 합치면 효율은 올라가겠지만 국경을 넘을 때마다 난리가 날 게 뻔하다. 분명 괜히 일만 더 복잡해질 거다.

그래서 떠올린 게 카구라가 소유한 정령비공선이었다.

알카이트 왕국은 물론이고 소유하고 있는 국가 자체가 매우 적은 최신예 하늘을 나는 배. 이거라면 백 명을 넘는 아이들도 모두 태울 수 있을 것이다.

『응, 그런 거라면 괜찮아. 아이들을 위해서, 아르테시아 씨를 위해서 빌려줄게.』

미라의 이야기를 끝까지 들은 카구라는 딱히 고민도 하지 않고 정령비공선을 파견해 주기로 했다.

그녀가 말했다시피 아이들과 아르테시아를 위해서라는 이유도 있겠지만, 알카이트 왕국을 위해서이기도 할 것이다.

그렇게 정령비공선을 빌리기로 결정이 나자 통신 장치를 통한 회의가 시작되었다. 정령비공선을 띄우는 건 그리 간단한 일이 아닌 모양이다.

『그러면 나중에 봐. 그리고 일단 알기 쉬운 곳에 표시 좀 해 줘.』

"음, 알겠다."

대충 회의가 끝난 참에 통신이 끊겼다. 지금부터 정령비공선 발진 준비를 진행하면서 피스케를 이쪽으로 보내겠다는 듯했다.

이륙과 착륙이 가능한 장소를 확인하기 위해 직접 주변을 둘러보고 싶다는 모양이다.

대략적인 좌표는 카구라에게 전해두었다. 그 덕분에 피스케는 두세 시간 정도면 근처에 도착할 예정이다. 그리고 그 시간이 거의 다 되면 미라가 페가수스를 타고 하늘에서 대기하다가 피스케를 맞이하기로 했다.

"고마워, 미라. 곧바로 애들한테 알리고 올게."

아이들을 보다 넓고 풍족한 장소에서 키울 수 있다. 그 사실이 어지간히도 기뻤는지, 아르테시아는 아주 신이 나서 교회로 달려갔다.

"그러면 사령관. 나도 돌아갈게. 오늘은 연장자반 훈련일이거든. 이 이상 기다리게 하면 내 주가가 폭락할 거야. 저기 보이는 빨간 지붕 집을 준비해뒀으니 사령실로 써 줘."

교회에서 몇 채 옆에 있는 집을 가리키며 그렇게 말한 후, 라스트라다는 "저녁밥은 같이 먹자!"라는 말을 남기고 그대로 어디론가 떠나갔다.

아르테시아만큼은 아니지만 그 또한 아이들을 돌보는 걸 좋아하는 듯했다.

"흠…… 우선은 피스케를 기다리도록 할까."

일이 이렇게 되었으니 잠시 느긋하게 쉬도록 할까.

바빠 보이는 두 사람을 배웅한 미라는 우선 이스즈 연맹의 연락처 번호가 적힌 메모지를 주머니에 넣고 라스트라다가 말한 집으로 향하기로 했다.

가디언애시에게 왜건을 끌게 해서 도착한 빨간 지붕 집. 가까이서 보니 지붕에 빨갛고 예쁜 꽃이 지붕처럼 퍼져 있다는 걸 알 수 있었다.

또한 자세히 보니 그 근처에 있는 집은 하나 같이 지붕이 컬러풀했다. 나무 위에 자리한 마을에 컬러풀한 지붕을 지닌 트리 하우스. 참으로 동화 같은 광경이다.

"이거 제법 괜찮구나."

푸른 잎사귀와 꽃들의 색은 화려하면서도 조화를 이루고 있어서, 신기할 정도로 마음이 편안해졌다.

가디언애시를 송환한 미라는 그런 꽃들을 바라보며 빨간 지붕 집으로 들어갔다.

그러자 이번에는 풋풋한 나무 냄새가 코끝을 스쳤다.

그렇게 미라는 포근한 자연에 둘러싸인 채 기능대전을 들고 느긋하게 피스케가 도착하기를 기다렸다.

피스케를 맞이하기 위한 예정 시간보다 다소 일찍 하늘로 올라간 미라는 페가수스와 함께 주변을 둘러보았다.

"사람이 사는 마을은 근처에 하나도 없구면."

깊은 숲속에 있는 나무 위의 마을. 여태 발견되지 않은 것은 숨긴 방법 때문이기도 하겠지만, 사람이 지나는 길이 없다는 이유가 클 것이다.

소문만을 근거로 무턱대고 찾았다면 절대로 발견하지 못했을 거다.

퍼지다이스에 초점을 맞추길 잘했다. 새삼 그렇게 느끼며 문득 생각했다.

"그러고 보니 조직의 우두머리란 건 누구였을까."

라스트라다는 거대 인신매매 조직을 박살 낼 준비는 되었다고 했다. 언제나 정의를 수행해온 그가 그렇게 말할 정도였으니 더 이상 신경을 쓸 필요는 없을 거다.

하지만 세계의 이면에는 그러한 조직이 여럿 있다는 모양이다.

미라는 그중 하나였던 키메라 클로젠을 떠올리며 앞으로 또 그러한 조직이 나오려나, 하고 생각했다.

현자들은 여러모로 개성이 강하다. 어디선가 그들과 싸우고 있을지도 모를 일이다. 두 번이나 일어난 일인데 세 번이라고 안 일어날까. 그렇게 생각하자 미라는 앞으로 현자 탐색에 나설 일이 새삼 불안해졌다.

피스케는 거의 예정된 시간에 맞춰서 도착했다.

하늘 위에서 합류하고서 그대로 주변을 순회하며 정령비공선이 이착륙할 수 있을 듯한 장소를 찾았다.

『저기라면, 괜찮을 것 같아.』

마을에서 약간 북쪽에 위치한 커다란 호수. 카구라는 그곳을 점찍은 듯했다.

가까이 가서 조사해 보니 직경 200미터는 되었고 수심도 상당히 깊은 것 같다는 사실을 알 수 있었다.

정령비공선을 반드시 땅에 착륙시킬 필요는 없다. 배 선(船)자를 쓰는 만큼, 물가라도 상관이 없는 것이다.

나무들로 둘러싸인 깊은 숲속, 탁 트여 있어 하늘이 보이는 호수는 그야말로 절호의 장소라 할 수 있었다.

확인을 마친 미라는 작아진 피스케를 머리에 얹고 마을로 돌아갔다.

그때, 완벽한 위장 탓에 마을이 있는 곳을 못 찾기도 했지만, 걱정이 되어 마중을 나온 라스트라다 덕분에 무사히 귀환할 수 있었다.

그렇게 돌아간 교회의 어느 방. 아르테시아가 기다리는 그곳에서 카구라가 바꿔치기 술식을 사용하자, 아홉 현자 중 네 명이 한자리에 모이게 되었다.

미라에게는 불과 몇 개월 만이었지만 카구라와 아르테시아, 라스트라다에게는 몇 년 만의 재회인지…….

그렇다 보니 쌓인 이야기도 많을 수밖에 없었다. 이동 작전에 관해 이야기하기 전에 일단은 다 같이 재회의 기쁨과 대화를 나누었다.

이스즈 연맹에 관해서, 퍼지다이스에 관해서, 고아원에 관해서, 아홉 현자 탐색에 관해서. 지금까지의 상황과 현재의 상황에 관한 이야기가 대충 끝나자 드디어 알카이트 왕국으로의 고아 이송 작전에 관한 회의가 시작되었다.

말은 이렇게 해도 대략적인 회의는 통신 장치를 통해 마쳐둔 상태인지라 이 자리에서 이야기할 것은 그다지 많지 않았다.

기껏해야 정령비공선의 도착 예정 일시와 이착륙 장소인 호수까지의 이동 정도뿐이었다.

"그 호수 말이구나. 그러면 숲을 가로질러야 할 텐데."

"근처에 마물은 없지만 만약을 위해 네 팀 정도로 나누는 게 좋으려나."

이 마을에서 호수까지 가는 길은 없다. 다시 말해서 자연 그대로인 상태의 숲을 백 명 규모의 아이들을 데리고 가로질러야 한다.

그건 너무 위험하지 않나, 라는 분위기가 흐르던 참에 미라가 자신만 믿으라는 듯 나섰다.

"그 문제라면 코로포클 자매에게 호수까지 가는 길을 열어달라고 하면 될 게다."

숲 거닐기의 달인, 코로포클. 그 자매에게 부탁하면 아무리 험한 숲이라 해도 포장된 길처럼 편하게 걸을 수 있게 된다.

그런 미라의 제안은 바로 채용되어, 당일에는 미라와 라스트라다가 앞장을 서게 되었다.

그런 식으로 당일에 대한 회의는 진행되었고, 얼마 지나지 않아 끝났다.

카구라는 정령비공선을 준비하기 위해 돌아갔다. 그 대신 돌아온 피스케는 그대로 작은 새의 모습이 되어 대기 모드에 돌입했다.

그리고 미라 일행은 곧 저녁 식사 시간이라 교회에 있는 대식당을 찾았다.

"언니는 모험가야? 세?"

"형이랑 둘 중 누가 더 세?"

왁자지껄 소란스러운 대식당에는 온 마을의 아이들이 모여 있었고, 간단한 소개가 끝나자마자 미라는 소년소녀들에게 둘러싸여 질문세례를 받았다.

"당연히 이 몸이 더 세지."

미라가 어른스럽지 못하게 으스대며 답하자 아이들은 흥분했다.

또한 그런 미라에게 관심을 보이는 자들은 그밖에도 있었다. 교사들이다. 소녀임에도 A랭크 모험가인 것도 모자라 이명까지 지닌 미라의 실력이 궁금한 모양이다.

하지만 그 관심의 방향은 강한 녀석과 싸우고 싶다는 땀내 나는 부류의 것이 아니었다.

술자 교사 역할로서는 어떨까 하는, 실로 교사다운 관점에서의 관심이었다.

그렇게 떠들썩하면서도 어쩐지 따스한 저녁 식사 시간은 눈 깜짝할 새 지나갔다.

저녁식사 후. 장소가 바뀌어 미라는 교회 옆에 자리한 목욕탕에 있었다. 라스트라다가 연소자 스무 명 정도를 돌봐달라고 맡긴 것이다.

"정의 집행! 저스티스 다이브!"

"뗵, 얌전히 있지 못할까!"

누구의 무엇을 보고 배웠는지 대강 짐작이 갔지만, 미라는 욕조로 뛰어드는 남자애에게 주의를 줬다. 그런 미라의 등 뒤로 한 여자아이가 다가갔다.

"언니, 머리카락 예쁘다~."

"어허, 잡아당기지 마라!"

미라는 장난기 많은 남자아이와 여자아이를 붙잡아 머리를 감겼다. 한 명이 끝나면 다음으로 넘어가기를 반복했다.

그리고 대충 끝나자 욕조에 몸을 담그고 어깨를 주무르게 했다.

아이들은 동요를 부르며 미라의 어깨를 주물렀다. 인원수는 적음에도 저녁 식사 때보다 떠들썩한 입욕 시간이 되었다.

"나 원, 놀려거든 옷이라도 입고서 놀거라."

하지만 미라의 정신없는 시간은 계속되었다. 목욕을 마친 후, 알몸으로 뛰어다니는 아이들이 어찌나 많은지…….

그런 아이들을 쫓아다니며 붙잡아서 타월로 몸을 닦고 옷을 입혀 나갔는데, 그때 팬티 차림으로 뛰어다닌 미라 또한 아이들과 같아 보인다는 건 본인도 알아채지 모양이었다.

밤이 되어 아이들을 재운 미라는 라스트라다와 술잔을 나누고 있었다.

"오호……. 그런 단계에서부터 듣고 있었던 겐가."

얼마간 대화가 이어져, 두 사람은 지금 학스트하우젠에서 있었던 일에 관해 이야기하던 참이었다.

탐정과 괴도, 각자 다른 입장에 있었던 탓에 그 대화는 마치 답 맞추기 같았다.

라스트라다의 말에 의하면, 역시나라고 해야 할지 미라와 소장의 대화는 모조리 새어나가고 있었다는 듯했다.

일반인으로 변장해 바로 근처에서 작전 회의에 귀를 기울이고 있었다고 한다.

"하지만 그러리라는 것도 예상해서 움직이고 있어서 골치가 아프다니까."

사실 미라와 세웠던 작전은 양동이었고, 진짜 작전은 소장의 머릿속에만 있었다.

도망치는 데 성공했다고는 하나 정체를 간파당한 라스트라다는 횟수를 거듭할수록 소장의 책략은 날카롭고 성가셔진다며 한숨을 내쉬며 쓴웃음을 지어 보였다.

"헌데, 다음이면 목표를 달성할 수 있다고 했다만, 그게 끝나면 괴도도 폐업인 게냐?"

라스트라다가 괴도 라스트라다가 된 목적은 거대 인신매매 조직을 없애는 것이다. 이번 일로 조직의 우두머리를 결부시킬 수 있는 정보가 모여서, 다음 활동으로 모든 것이 완료된다고 했다.

"아니…… 정확히 말하자면 이번 활동으로 폐업이야."

완료하면 괴도 퍼지다이스는 어떻게 되는 것인가. 그런 미라의 질문에 라스트라다는 그렇게 답했다.

예고장을 보내고 그에 따라 범행을 저지르는 대담무쌍한 대괴도. 그 활동은 이번으로 끝이라고 그는 말했다.

놀랍게도 마지막 타깃에게는 예고장을 보내지 않고 범행을 끝낼 예정이라는 듯했다.

조직의 우두머리는 그 정도의 거물이라 경비를 엄중하게 강화할 경우, 파고들 틈이 없어진다는 것이다.

"그 정도의 상대인가……. 해서, 그 녀석은 누구냐?"

라스트라다 정도의 실력자도 경계를 해야 할 정도의 인물. 그게 누구인지 궁금해져서 묻자 놀라운 대답이 돌아왔다.

"공작이야. 그림다트의."

"허어……."

대륙의 삼대 국가 중 하나인 그림다트. 그곳의 공작이라면 어지간한 소국의 왕 정도는 가볍게 날려버릴 수 있을 정도로 강대한 힘을 지녔을 것이다.

그러한 거물을 상대하는 건 그 대단한 라스트라다—— 괴도 퍼지다이스라도 어렵지 않을까.

그렇게 느낀 미라는 한 번 더 도와줄까, 하고 다시 제안했다.

하지만 라스트라다는 대담한 미소를 지은 채 그 제안을 거절했다. 듣자 하니 이번에는 직접 맞붙지 않고 모두 뒤에서 손을 써서 처리할 것이라, 오히려 지금까지 해온 일들보다 쉬울지도 모른다고 한다.

그리고 무엇보다도 마무리라 할 수 있는 마지막 활동 때는 최고의 협력자가 움직일 것이라는 모양이다.

"결과는, 분명 특종이 되어서 온 대륙에 퍼질 테니 그걸 기대하고 있어 줘."

사전준비 기간이 길었던 만큼, 마무리 활동에는 상당히 자신감이 있는 모양이다. 라스트라다는 정의감에 불타는 얼굴로 그렇게 호언장담했다.

$$\langle 8 \rangle$$

나무 위의 마을에서 하루를 머물고 맞은 아침. 빨간 지붕 집에서 깨어난 미라는 아침 준비를 마치고 왜건에 올라탔다.

하지만 이동하려는 것이 아니다. 통신 장치를 쓰기 위해서다.

평소처럼 벽장에 상체를 처박고 장치의 번호판을 돌린다. 통신 상대는 솔로몬이다.

『여기는 솔로몬.』

"오, 이 몸이다 이 몸. 어제 말했던 일 말이다만──."

미라는 단도직입적으로 말을 꺼내 카구라에게 정령비공선을 빌리기로 했다고 솔로몬에게 전달했다.

『그랬구나. 인원수가 많다기에 어떻게 데려올지 걱정이었는데, 그렇다면 안심해도 되겠어. 알겠어, 그럼 이쪽도 수용할 준비를 해둘게. 도착일시가 정해지면 다시 말해줘~.』

"음, 알겠다."

두 사람의 이야기는 간결하게 끝났다.

통신 장치를 돌려놓고 왜건에서 내린 미라는 이제 오늘은 어쩔까, 하고 생각했다.

정령비공선이 도착하기를 기다렸다가 아이들을 알카이트 왕국으로 보낸다. 그러면 아르테시아와 라스트라도 귀환할 테고 미라의 이번 임무는 완료된다.

이제 기다리기만 하면 된다. 그런 상태인지라 딱히 할 일이 없었다.

'뭐어, 이렇게 자연에 둘러싸여 있는 곳에서 느긋하게 있는 것도 나쁘지 않지.'

지금까지 현자 탐색 활동으로 바쁘게 돌아다녔으니 이럴 때 정도는 무의미하게 시간을 낭비하는 것도 괜찮을 것 같다. 그렇게 마음을 휴식 모드로 전환하며 교회로 향했다.

아침 식사도 다 같이 먹는 것. 그게 이곳에서의 규칙이라고 아르테시아에게 들었기 때문이다.

교회의 대식당에는 이미 많은 아이들이 모여 있었다.

아침 식사 시간까지는 10분 남짓이 남았다. 꽤나 북적이던 그곳은 미라가 다가가자 더욱 떠들썩해졌다.

"아, 미라 누나다!"

누가 먼저랄 것 없이 그렇게 말하더니 아이들이 일제히 미라의 곁으로 달려왔다. 그러더니 "모험가 얘기해 줘~." "최근에 어떤 거랑 싸웠어~?" 하고 이야기를 해달라고 졸라댔다.

미라가 A랭크 모험가인 탓인지 아이들의 눈에서는 관심과 동경심이 흘러넘치고 있었다.

"저, 저기. 링크스 뉴스에서 봤어요. 사인해주세요!"

개중에는 그렇게 말하며 종이와 펜을 내미는 아이도 있었다. 아무래도 미라가 그 유명한 정령 여왕이라는 사실을 아는 모양이다.

외진 숲속에 있음에도 아이들이 멀리 떨어진 땅에서 일어난 일을 알고 있는 이유. 그건 소년이 말한 '링크스 뉴스'라는 것 덕분이었다.

온 대륙의 여러 가지 최근 뉴스가 정리된 잡지. 그것이 '링크스 뉴스'로, 연장자반은 그걸 곧잘 읽는 듯했다.

그 때문인지 붙임성 있는 연소자반과 달리 미라를 대하는 태도가 어쩐지 공손하게 느껴졌다.

"아침부터 기운도 좋구나."

아이들에게 에워싸인 미라는 쓴웃음을 지은 채 신이 나서 그러한 요청에 답해주었다.

최근에 갔던 고대지하도시. 그곳에서 싸웠던 마키나 가디언. 그러한 이야기를 하며 스륵스륵 사인도 해나간다. 그야말로 대인기 슈퍼스타라도 된 듯한 기분으로.

그렇게 떠들썩한 아침 식사 시간이 지난 후, 미라는 어느 교실의 교단에 서 있었다. 그리고 눈앞에는 스무 명 남짓의 연소자반이 눈을 빛내며 늘어서 있다.

아르테시아와 교사 일동이 요청했기 때문이다.

알카이트 왕국으로의 이동이 결정되어 이사 준비다 뭐다 해서 어른들은 상당히 바빠졌다. 또한 연장자반도 그 일을 거들고 있어 연소자반을 돌봐줄 사람이 부족해졌다.

처음에는 교사들이 순서대로 돌볼까 하는 이야기가 나왔지만, 마침 손이 비어 있던 미라가 자연스럽게 자청하고 나서자 부디 그렇게 해달라며 부탁을 하기에 이른 것이다.

"자아, 술법이라고 뭉뚱그려 말한들 사람이 다룰 수 있는 술법은 아홉 종류로 나뉜다──."

돌보기로 하기는 했지만 무엇을 하면 될까. 미라가 생각하던 참에 술사의 기본 지식과 정령과의 관계에 관해 가르쳐 줬으면 한다는 요청이 있었다.

따라서 미라는 특기 분야인 그 지식을 마음껏 활용해 수업을 진행하고 있는 중이었다.

"정령은, 무엇보다도 멋진 벗이라 부를 수 있는 존재로——."

미라는 실제로 워즈랑베르와 안루티네를 소환해 아이들에게 정령과 접할 기회를 주었고, 그 특이한 능력 덕에 곧장 인기를 끌기 시작한 둘에게 약간 질투를 하면서도 사이좋게 노는 아이들을 보고 미소를 지었다.

『다들 솔직하게 좋은 애들이네. 아아, 나도 끼고 싶어.』

『건강한 아이를 보고 있자면, 그것만으로 기분이 좋아지기 마련이지.』

모성과 부성이 자극을 받았는지, 마텔과 정령왕이 그런 말을 중얼거렸다.

그러자 그 목소리가 워즈랑베르와 안루티네에게도 들렸는지, 두 사람은 몸을 돌려 아이들을 데리고 미라의 곁으로 돌아왔다.

그리고 이번에는 미라도 참가시켜 정령마법실험을 하기 시작했다.

정적과 물에 의한 신비로운 현상들은 아이들을 즐겁게 하고, 많은 가르침을 주었다.

또한 눈앞에서 보는 아이들의 미소는 특히나 보기 좋아서, 마텔과 정령왕도 미라의 시야를 통해 보고 매우 기뻐했다.

미소와 웃음소리가 퍼져나가는, 누가 봐도 마음이 훈훈해지는 광경이 펼쳐졌다.

슬그머니 상황을 보러 온 교사 중 한 명은 미라에게 맡기길 잘했다고 확신하며 작업을 하러 돌아갔다.

하지만 그 직후. 교실의 분위기가 수상쩍은 방향으로 흘러가기 시작했다.

"자, 보다시피 듬직한 동료가 생기는 데다 공수와 보조에 모두 능한 특성을 지닌 소환술이야말로 최강이라 해도 과언이 아닐 게다!"

실컷 아이들을 즐겁게 한 후, 미라는 그 모든 게 소환술 덕분이라고 말하기 시작했다.

술사의 기초 지식 교육은 어느샌가 소환술사 영재교육으로 탈바꿈했다. 또한 정령 관련 이야기는 소환 계약이 가능한 성수, 영수 관련 이야기까지 범위를 넓혀 나갔다.

"잘 들어라. 싸움에서 이기기 위한 가장 단순하고도 확실한 방법은, 머릿수를 늘리는 게다——."

본격적이면서도 실전적인 소환술 강의가 시작되었다. 하지만 그러면서도 단원 1호와 멍슨, 페가수스에 구구와이즈, 가디언애시와 코로포클 자매에 발키리 자매 등, 아이들에게 인기가 있을 법한 자들을 연달아 선보인 덕인지 연소자반의 반응은 매우 양호했다.

아름다운 전쟁의 처녀와 성수. 날아다니는 단원 1호와 구구와 이즈. 그 광경은 마치 동화 속 한 장면 같아서, 몰래 상황을 살피러 온 다른 교사들은 놀라면서도 과연 정령 여왕이라 불릴 만하다며 만족스러운 얼굴로 떠나갔다.

하지만 실상은 얼핏 보이는 인상과 동떨어져 있었다.

"이렇게 주변을 둘러싸는 것이 숫자로 밀어붙이는 데 있어 가장 효과적인 포진인데——."

그것은 가디언애시를 적으로, 발키리 자매를 동료로 가정한 소환술사의 전투법 강좌였던 것이다.

사이좋게 둘러선 것처럼 보이지만 알고 보면 확실하게 적을 처리하기 위한 진형으로, 사각에서의 공격이 얼마나 유효한지를 가르치기 위한 것이었다.

소환술은 간단하게 머릿수를 늘릴 수 있다는 강점이 있었고, 그렇기에 진형이 중요하다.

미라는 실전을 예로 들어가며 그러한 이점들을 설명해 나갔다.

"허나 그렇다 한들 그것만으로는 상대가 이쪽의 작전을 알아챌 수도 있다. 따라서——."

수적 우위라는 것은 실제로 얼마만큼 유리한 것인지. 또한 그 활용법과 취할 수 있는 수단들을 미라는 꼼꼼하게 설명해 나갔다.

소환술에 편견을 가지고 있지 않은 지금이야말로 소환술의 장점을 머릿속에 심어둘 기회라는 생각 탓에 미라의 의욕은 하늘을 찌를 듯했다.

에워싸는 데 성공하고 나면 정면을 맡을 자가 중요해진다. 그

때는 방어가 장기인 자보다도 단순히 가장 강한 자를 배치하는 편이 적의 주의를 끌 수 있어 빈틈이 생기기 쉽다.

그런, 아이들에게는 아직 너무 이른 전술에 관해서까지 상세히 해설해 나간다.

그럼에도 아이들은 미라의 이야기에 귀를 기울이고 있었다. 내용을 이해하고 있는지 어떤지는 모를 일이었지만, 등 뒤에서 가디언애시에게 달려들어서는 이겼다며 좋아하고 있었다.

그렇게 연소자반 돌보기…… 소환술 영재교육을 시작하고서 며칠이 지난 후. 카구라가 연락을 해왔다.

내일 정오 무렵, 정령비공선이 목표 지점에 도착할 예정이라는 것이다.

그 연락을 받은 미라와 아르테시아, 라스트라다는 교회의 한 방에 모여 호수까지의 이동 계획에 대한 최종 회의를 했다.

말은 이렇게 했지만 그렇게 복잡한 내용은 아니었다. 아이들을 중심으로 어른들의 배치를 정한 게 전부다.

또한 최근 며칠 동안 상당히 인기를 얻은 탓인지, 연소자반은 미라가 맡게 되었다.

"이곳도 오늘로 마지막인가. 급히 만든 곳에서 오늘까지 잘도 버텼네."

고아원 이전 준비는 끝났다. 의자와 테이블만 남은 썰렁한 방에서 라스트라다는 나직한 목소리로 중얼거리며 약간 쓸쓸한 듯 웃었다.

사람들이 사는 곳에서 한참 떨어져 있어 불편하다고는 해도 오랫동안 살아온 장소다. 그러다 보니 정이 든 것이리라.

아르테시아 또한 "그러게"라고만 말하고서 살며시 눈웃음을 지었다.

다음 날 아침에는 일찍부터 아주 난리도 아니었다.

첫 집단 이동, 첫 이사인 탓에 아이들은 매우 흥분한 듯했다.

만감이 교차하는 얼굴로 볼품없는 교회를 바라보며 추억에 젖은 교사들과는 보이는 풍경이 다른 것이리라. 지금까지 살며 정든 장소를 떠난다는 불안감보다 새롭게 시작될 생활에 대한 희망 쪽이 더 큰 모양이었다.

들뜬 아이들을 몇 번에 걸쳐 나누어 리프트로 지상에 내린 후에야 미라가 이끄는 연소자반 차례가 되었다.

"바닥 조심하거라~…… 가만, 떽, 거기가 아니라 여기다, 나원."

가장 장난기가 많은 남자아이를 안아 올리며 미라도 리프트에 올라탔다.

얌전하게 있는 아이에 걸어 다니는 아이, 그리고 딱 달라붙어 떨어지질 않는 아이까지. 미라는 야외로 나온 아이들의 활발함에 쩔쩔매면서도 어찌어찌 수습해 나갔다.

그리고 그 과정에서 미라의 동료들이 큰 도움을 주었다.

지상에 내려온 뒤로도 연소자반은 가만히 있지를 않았다. 미라는 그런 아이들에게 말했다. 얌전하게 있으면 저들이 태워줄 것이라고.

미라가 말한 '저들'이란 페가수스와 히포그리프, 가룸에 가디언 애시와 같은 자들로, 그 말의 효과는 절대적이었다.

　히포그리프와 가룸에게는 남자아이들이 몰려들었다. 용맹하고 멋져 보이기 때문이리라.

　그리고 여자아이들에게는 페가수스를 비롯해서 가디언애시가 끄는 왜건이 인기였다.

　페가수스는 설명을 할 필요도 없고, 왜건은 아예 소꿉놀이의 무대가 되어 버렸다.

　"자아, 내일을 향해 출발하자고!"

　그런 라스트라다의 호령과 함께 대이동이 시작되었다. 목적지는 현재 지점에서 북쪽에 위치한 호수다.

　미라와 라스트라다를 선두 삼아 연소자반, 연장자반이 그 뒤를 따른다. 교사들은 각 반의 옆에 붙어 주변을 경계했다. 아르테시아는 최후미에서 낙오되는 아이가 없도록 눈을 빛내고 있다.

　울창하고도 깊은 숲속을 순조롭게 걸어 나간다. 원래는 거니는 것조차 힘든 곳이었지만, 코로포클 자매가 신비로운 힘으로 길을 열어나갔다.

　거목이 스스로 길을 열어주는 그 모습은 그야말로 신비롭다고 표현할 수밖에 없어서, 아이들뿐 아니라 교사들마저도 그 광경에 탄성을 질렀다.

　"이상 없는 거예요."

　"촌장, 이것 좀 봐봐. 맛있어, 이거."

출발하고서 한 시간 남짓이 지났을 즈음. 코로포클 자매인 우네코와 에테노아가 그렇게 보고했다.

코로포클답게 작고 귀여운 우네코와 어쩌다가 그렇게 된 것인지 갸루처럼 성장한 에테노아.

두 사람은 쌍둥이임에도 생김새가 전혀 달랐지만, 그럼에도 아주 사이가 좋고 호흡도 척척 맞아서 벌써 호수까지 가는 길은 이미 개통되어 있었다.

따라서 두 사람은 지금 주변을 경계 중이었는데, 그 방법은 서로 다소 다른 듯했다. 우네코는 주변의 기척을 살피고, 에테노아는 나무에 올라 육안으로 확인했다.

에테노아는 그러는 도중에 나무 열매를 따와서는 아이들에게 주자며 두고 갔다.

휴식 시간에는 에테노아가 나무 열매를 잘라서 아이들에게 나눠주었다. 모두 다 평가가 좋아서 에테노아는 실로 의기양양한 표정을 지어 보였다.

그로부터 계속해서 한 시간 정도 전진했을 즈음. 드디어 목적지인 호수에 도착했다. 그리고 그곳에 펼쳐진 광경을 본 아이들은 엄청나게 흥분했다.

그럴 만도 했다. 커다란 호수에, 역시나 커다란 정령비공선이 떡하니 자리하고 있었으니.

개중에는 분명 배를 보는 것도 처음인 아이도 있었을 것이다. 또한 예상했던 것보다도 훨씬 컸던 모양인지, 교사 중에는 압도

된 듯 눈이 휘둥그레진 자들도 드문드문 존재했다.

미라는 즉흥적인 생각으로 부탁을 한 것이었지만, 이스즈 연맹이 소유한 정령비공선은 본래 그 정도로 터무니없는 물건이었던 것이다.

"꿈과 희망의 방주에 온 걸 환영해요! 오늘은 여러분을 넓은 하늘로 초대할게요~!"

그런 말과 함께 카구라가 눈앞에 내려섰다. 심지어 정령들의 협력을 받은 것인지, 등 뒤에서는 물과 빛이 화려한 등장 장면을 연출해주고 있었다.

카구라의 뜬금없는 발언에 미라는 쓴웃음을 지었다. 하지만 아이들의 반응은 폭발적이었다.

분명 곧 하늘 여행이 시작된다는 생각에 불안했던 아이도 있었을 것이다. 하지만 지금은 모든 아이들이 정령들이 자아낸 광경에 푹 빠져 있다.

하지만 소환술 영재교육을 한 덕분인지, 연소자반 중 대부분은 정령들의 존재에 관심이 동한 모양이었다. 누가 어떤 효과를 담당하고 있는지 관찰하느라 여념이 없었다.

"이거 연출에 꽤나 공을 들였구나."

"아이들이 상대라고 했더니 다들 의욕적이지 뭐야."

아무래도 물과 빛의 쇼는 정령들이 제안한 것이었던 모양이다. 카구라는 웃으며 그렇게 말하더니, "마음껏 하늘 여행을 즐겨줘"라면서 다시 두둥실 떠올라 갑판으로 돌아갔다. 당연히 그것도 정령들의 연출이다.

아이들은 빨리 타고 싶다고 야단이었다. 머지않아 사다리가 내려오더니 컬러풀한 의상을 입은 선원들이 뛰어 내려왔다.

"자아, 발판 조심하고 순서대로 타렴."

이스즈 연맹에 소속된 이들이 웃는 얼굴로 안내를 했다.

이스즈 연맹이 소유한 정령비공선. 그것의 주된 사용 용도는 인원, 물자 수송으로 손님을 태우는 일은 그리 없었다. 심지어 이렇게 많은 아이들을 태우는 건 처음이다.

"자아~ 다음은 이쪽으로~."

그래서인지 미라는 선원들의 행동거지가 테마파크의 스태프들 같다는 사실을 알아챘고, 분명 카구라가 지도한 것이리라는 생각에 쓴웃음을 지었다.

모두가 올라타 한 사람의 결원도 없다는 걸 확인하고 나서야 드디어 정령비공선이 움직이기 시작했다.

아이들은 모두 선수에 위치한 전망실에 모여 있었다.

커다란 창으로 보이는 시점이 서서히 하늘 높은 곳으로 올라갈수록 아이들의 흥분감도 높아졌다.

이윽고 고도가 천 미터에 달했다.

숲에 둘러싸여 녹색밖에 보이지 않았던 장소에서 시야를 가로막는 것이 없는 하늘 전망실로 올라와서 내다보니 지금까지 있었던 곳과는 다른, 별세상 같은 광경이 펼쳐져 있었다.

아이들을 한없이 멀리, 저편까지 이어진 하늘을 넋을 놓고 쳐다보았다.

하지만 그러던 중에 사건이 일어났다.

아이들과 함께 전방에 펼쳐진 풍경을 바라보고 있던 미라 일행에게 한 정령이 달려온 것이다.

"우즈메 님, 여러분, 긴급사태입니다. 서둘러 선미(船尾)로 와주십시오."

아이들에게는 들리지 않게끔, 정령은 작은 목소리로 그렇게 말했다.

분위기로 미루어 뭔가 큰 문제가 발생한 것 같았다.

"알았어. 금방 갈게."

그렇게 대답하자마자 카구라는 슬그머니 선미로 향했다.

"흠, 이 몸도 가지."

"나도. 아르테시아 씨, 아이들을 부탁해."

그리고 미라 일행도 카구라를 따라 선미로 달려갔다.

그러자 그 모습을 발견한 남자아이 한 명이 고개를 돌리며 "엄마, 형이랑 누나는 어디 가?"라고 물었다.

"형이랑 누나는 화장실 가고 싶은 걸 참고 있었나 봐."

"그렇구나~. 나는, 아까 화장실 다녀왔으니까 괜찮아."

"그래, 착하기도 하지."

아르테시아가 가볍게 머리를 쓰다듬자, 남자아이는 기쁜 듯 웃었다.

"이거 원, 성가신 녀석이 나왔군그래………."

"왜 이런 게 쫓아온 거야? 엄청나게 강력한 원한 같은 게 느껴지는데."

"……아~ 아마 그것 때문인 것 같은데에."

선미에서. 긴급사태의 정체를 확인한 세 사람은 나란히 쓴웃음을 지은 채 그 광경을 바라보고 있었다.

고도 천 미터에 도달한 정령비공선을 쫓아오는 것이 그곳에 있었다.

그 정체는 커스드 레기온. 마물은 아니다. 동시에 마수도 아니다. 말 그대로 악령인데, 저건 그런 악령들의 집합체였다.

저주를 흩뿌리는 매우 위험한 존재로, 만약 따라잡히기라도 하면 대참사를 면할 수 없을 것이다.

심지어 성가시게도 커스드 레기온과 같은 악령이 상대일 경우에는 물리적인 힘이 통하지 않는다.

"천하의 이 몸이라도 이걸 어떻게 할 수 있을 정도의 '퇴치령주(退治靈酒)'는 없다만."

"내 술식으로도 따라잡히기 전에 정화할 수 있을지 어떨지……."

대(對) 악령용 아이템이나 술식 같은 것도 있지만 미라와 카구라는 이렇게까지 커다란 커스드 레기온을 상대로는 통하지 않을 것 같다며 뺨을 씰룩거렸다.

심지어 정령왕과 마텔도 이토록 거대해진 커스드 레기온은 처음 본다며 놀란 듯한 눈치였다.

그 악령의 덩어리는 지금, 정령들이 어찌어찌 밀쳐내고 있었다. 하지만 돌파당하는 건 시간문제일 것이다.

"그나저나 이런 게 대체 어디에 있었던 거람……."

카구라는 일단 자신이 지닌 식부를 모조리 늘어놓으며 왜 이런게 쫓아오는지 모르겠다는 표정을 지었다.

커스드 레기온은 기본적으로 제 자리를 벗어나는 일이 없다는 것이 일반적인 상식이기 때문이다.

하지만 정령비공선을 쫓아오는 그것은 그 크기를 비롯해 모든 면에서 이상했다.

"이건, 뭐라고 해야 할지…… 우리가 원인일걸."

마치 범행 자백이라도 하듯이 라스트라다가 그렇게 말했다.

그의 말에 따르면, 저 커스드 레기온은 사령의 흑림에 있던 악령이라는 듯했다.

"우리 마을이 점유하고 있던 장소는 아르테시아 씨가 한바탕 정화를 한 다음에 둘러친 성역의 결계로 보호되고 있었어. 하지만 알다시피 그런 장소를 정화한들 시간이 지나면 원상 복구되기 마련이지. 하지만 원래대로 돌아가려는데 결계가 있으면…… 뭐 어떻게 될지는 말 안 해도 알겠지?"

다시 말해서 솟아난 악령들은 그대로 결계에 억눌리게 된다.

그 결과, 수면 아래에 계속 억압되어 있던 악령들이 모여 커스드 레기온이 되었고, 그렇게 만든 아르테시아 일행을 노릴 정도로 원한이 쌓인 거다.

그것이 라스트라다의 추리였다.

"어머어머, 그러면 내가 똑바로 처리를 해야겠네."

미라 일행이 쩔쩔매고 있던 참에 문득 뒤에서 그런 목소리가 들렸다.

돌아보니 그곳에는 아르테시아가 있었다.

그녀는 "아이들을 노리는 듯한 낌새는 네 것이었구나"라고 중얼거렸다.

그 눈에 지금까지 자리했던 성모와도 같은 다정한 빛이 사라지더니, 그 대신 성난 귀자모신(鬼子母神) 같은 빛이 깃들었다.

아르테시아가 천천히 선미로 걸어 나온다. 미라 일행은 되도록 자극하지 않도록 슬그머니 그 자리를 벗어나 구석에서 뭉쳐 있었다.

『왼손에는 사랑을, 오른손에는 자비를. 이 눈에 비치는 가엾은 망자들에게 포옹을.』

【성술 : 루미너스 커런트】

직후, 태양 빛을 수십 배로 강화한 듯한 빛이 후방 일대를 비추었다.

너무도 눈이 부신 나머지 실눈을 뜨고 있던 미라 일행은, 다시 눈을 뜨고서 쓴웃음을 지었다.

미라와 카구라, 그리고 라스트라다까지 셋이 힘을 합쳐 덤벼도 완전히 정화하는 데 몇 시간은 걸렸을 게 분명한 커스드 레기온. 그 위험한 악령이 아르테시아의 일격에 완전히 소멸했기 때문이다.

"녀석의 패인(敗因)은, 아이들을 노리고 만 것이로군……."

"그러게, 그렇지 않았다면 아르테시아 씨는 아이들 곁을 떠나지 않았을 테니까."

아르테시아의 실력을 재확인한 미라와 카구라는 선미에서 보이는 맑게 갠 하늘 풍경을 바라보며 그녀의 무서움을 재인식하고 쓴웃음을 지었다.

커스드 레기온에 의한 소동이 끝난 후, 정령비공선은 창공을 우아하게 날아갔다.

대체 누가 기획한 것인지, 아이들을 알카이트 왕국으로 옮겨다 주는 게 목적이었을 텐데 정령비공선의 진로는 직선이 아니었다.

변화하는 풍경을 내려다보며 아이들은 저건 뭐냐며 시도 때도 없이 물어댔다.

그런 가운데, 문득 속도가 떨어졌다. 그리고 아이들의 목소리가 순식간에 커졌다.

전망실 정면에, 대륙에서도 최고라 일컬어지는 대폭포가 보이고 있었기 때문이다.

"이것 참, 엄청난 박력이로군."

미라는 연소자반에 에워싸인 채로 대륙에서도 손꼽히는 관광지를 보며 그렇게 중얼거렸다.

알카이트 왕국까지 가는 여행길은 평범한 귀환길이 아니라 몇몇 구경거리를 둘러보는 관광 여행이 되었다.

숲속의 폐쇄된 장소에서 살았던 아이들에게 넓은 세계를 보여주고 싶다. 카구라의 말에 의하면 동료들의 그런 말이 계기가 되어 이번 여행을 계획했다는 듯했다.

"뭐, 그중에는 자기들이 보고 싶었던 장소도 포함되어 있는 것 같지만 말이야."

지금까지는 긴급 이송과 물자 수송에만 정령비공선을 동원했지만 지금은 경우가 다르다. 그 때문인지 이스즈 연맹 멤버들도 아이들을 위해서라는 구실을 내세워 마음껏 즐기고 있는 듯했다.

"그런고로 말이다. 내일 정오 즈음에 도착할 예정이다."

『알겠어. 그럼 준비하고 기다리고 있을게~.』

통신장치로 도착 예정 시각을 솔로몬에게 전달한 미라는 그대로 정령비공선의 한 방으로 향했다.

그곳에는 이미 카구라와 아르테시아, 라스트라다가 모여 있었다.

늦은 밤. 정령비공선으로 곳곳을 돌아보는 관광 여행이 어지간히도 즐거웠는지, 실컷 놀다 지친 아이들은 일찌감치 잠자리에 들었다. 그런 아이들을 교사들과 정령들에게 맡기고, 미라 일행은 추억담으로 이야기꽃을 피웠다.

지금까지 있었던 일, 앞으로의 일. 분명 많은 일이 있을 향후의 예정 등도 화제 삼아가며, 네 사람은 늦은 밤까지 실컷 이야기를 나누었다.

한숨 자고 맞이한 새벽. 일찌감치 잠에서 깬 미라는 갑판에서 아침 햇살을 쬐며 서머시즌 오레를 즐기고 있었다. 사계의 숲에서 딴 여름의 과실을 듬뿍 썼다는 물건이다.

"미라 님. 시간 좀 내주실 수 있겠습니까?!"

적절한 신맛이 막 잠에서 깬 혀를 기분 좋게 자극했다. 그렇게 잠에서 깨어나기 시작한 대지를 바라보고 있던 중에, 미라를 찾아온 이가 있었다.

뒤를 돌아 확인해 보니 그건 이스즈 연맹에 협력하고 있는 정령이었다. 심지어 한 명이 아니었다. 많은 정령들이 그곳에 모여 있었던 것이다.

"무, 무어냐?"

어쩐지 오싹한 표정을 짓고 있는 정령들의 모습에 미라는 약간 압도되어 답했다.

그러자 정령 중 한 명이 대표로 용건을 말로 옮겼다. '제발, 한 번만 더 정령왕님의 목소리를 들려주십시오!'라고.

일전의 안루티네 건으로 짐작할 수 있듯, 정령들에게 정령왕은 특별한 존재다.

애원을 하는 정령들의 표정은 말 그대로 빛이 날 정도의 희망으로 가득했다.

흐음, 어쩔까. 방금 한 말을 들었느냐고 정령왕에게 묻자 『음, 무슨 일인가?』라는 답이 돌아왔다.

늘 미라를 통해 세상을 보고 있는 게 아닌 탓에 방금 전 정령들이 부탁한 것은 못 들은 모양이다. 하지만 물어보면 바로 답변을 할 수 있을 정도로는 이어져 있었다.

미라가 다시금 설명하자 정령왕은 기쁜 투로 『미라 공을 귀찮게 하다니, 난감한 권속들이로군』이라고 답했다.

그 후, 정령왕과 정령들의 대화는 아침 식사 시간이 될 때까지 이어졌다.

정령왕을 아버지처럼 따르는 정령들과 정령들을 아이처럼 아끼는 정령왕. 그 관계는 인간의 그것에 비해 넓고도 깊었다. 그러면서도 인간의 부모 자식 관계와 비슷한 온기가 있었다.

도중에 참을 수가 없어졌는지. 그 대화에 마텔이 참가하자 변화가 발생했다.

아무래도 정령들에게 시조 정령이라는 존재는 절대적인 누나나 형 같은 것인 듯했다.

심지어 인간과 연애를 하고 있다는 정령이 한 명 있어서, 그전까지는 가족 간의 대화였던 것이 연애 이야기로 돌변하고 말았다.

미라는 정령들의 생활과 연애관 같은 것을 느긋하게 들으며 하늘을 올려다본 채 오늘도 날씨가 좋을 것 같다는 생각을 했다.

"아하. 그래서 다들 그렇게 참가하려고 했던 거구나아."

아침 식사를 마치고 오늘도 관광지를 돌며 알카이트 왕국으로 향하던 도중. 미라가 아침에 있었던 일을 이야기하자 카구라는 납득했다는 듯이 쓴웃음을 지었다.

듣자하니 이번에 이스즈 연맹의 본거지에서 미라의 요청으로 정령비공선을 띄우게 됐다고 말하자, 그곳에 있던 정령들이 모두 꼭 동행하고 싶다고 나섰다는 듯했다.

그렇게까지 아이들을 걱정하다니, 라고 카구라는 생각했다는데 미라의 입을 통해 또 하나의 이유를 알고 나자 오히려 앞서 생각했던 이유보다 훨씬 납득이 가는 모양이었다.

어쩐지 초연(超然)한 존재처럼 느껴지기는 하지만 역시 정령들도 누군가의 자식이구나, 싶어서.

어제보다 활기차 보이는 정령들을 바라보며 카구라는 쿡, 하고 웃었다.

정령비공선은 여러 곳을 들르면서도 순조롭게 날아서, 정오가 조금 지났을 즈음에 드디어 알카이트 왕국 영내에 돌입했다.

이곳에서 역시 관광을 위해 이리저리 우회하고서 수도 루나틱 레이크로 향할 예정이라고 한다.

작은 산맥을 넘어 얼마간 더 날아가자, 전망실 창문으로 목적한 장소가 보이기 시작했다.

그것은 높이 솟은 아홉 개의 탑. 최강의 술사, 아홉 현자의 거점인 '은의 연탑'이다.

그리고 이 '은의 연탑'은 역시나 술사들에게 특별한 존재였다.

지금까지 관광지에 들렀을 때처럼 아이들이 나는 아느니, 나는 모르느니, 굉장하니, 안 굉장하니 떠들어대는 가운데, 승조원들 중 일부인 술사들이 아이들 못지않게 흥분해 있었다.

또한 정령비공선으로 아이들을 이송한 후, 승조원들은 자유 시간을 가지기로 했다. 술사들은 그 시간에 실버호른을 본격적으로 관광할 예정을 세워 두었다는 듯했다.

"뭔가, 반갑네."

"그러게 말이야."

"하나도 안 변했네."

몇 년 만에 다시 온 걸까. 라스트라다와 아르테시아, 카구라는 창밖에 보이는 광경 앞에서 감회에 젖어 그런 말들을 중얼거렸다.

"암, 그러할 테지."

안도한 듯한 표정을 지은 세 사람의 옆얼굴을 들여다보며 미라 또한 살며시 웃었다. 일찍이 모두가 있었던 그 장소에, 이렇게 다시 동료들이 모일 수 있기를 바라며.

예정된 관광을 마친 후, 일행은 루나틱레이크에 도착했다.

정령비공선은 솔로몬의 지시대로 알카이트 학원의 운동장 끄트머리에 착륙했다.

그곳에는 기술사로 보이는 자들이 대기하고 있었고, 착륙한 정령비공선을 익숙한 솜씨로 계류시키더니 비공선에서 내린 사다리까지 잽싸게 고정시켰다.

넓은 운동장도 아이들의 눈에는 신기하기만 한지. 아이들은 신이 나서 사다리를 내려가, 넓은 운동장이 떠나갈 듯 큰소리를 지르며 뛰어다녔다.

"알카이트 왕국에 오신 걸 환영합니다."

그렇게 환영 인사를 건넨 것은 슬레이만이었다. 솔로몬 대신 이런저런 것들을 안내하러 온 듯했다.

"이렇게 받아들여 주셔서 감사합니다. 앞으로 잘 부탁드려요."

"잘 부탁해!"

아르테시아와 라스트라다가 그렇게 답하자 슬레이만은 황송하다는 듯 "이렇게 맞이하게 되어서, 감개무량할 따름입니다"라며 고개를 숙였다.

아르테시아와 라스트라다. 두 아홉 현자가 귀환한 것이 진심으로 기쁜 모양이었다.

'그러고 보니 정식으로 귀환한 건 이번이 처음이로구먼.'

늘 냉정하고도 침착한 얼굴을 하고 있는 그가 눈에 띄게 기뻐하는 모습은 신선해서, 미라는 이번에도 열심히 일한 보람이 있다는 생각에 미소 지었다.

그렇게 대충 인사를 끝낸 후, 일행은 슬레이만의 안내에 따라 새로운 고아원으로 향했다.

또한 이스즈 연맹은 이로써 작전 완료인지라 저마다 도시로 몰려갔다. 개중에서도 술사들은 곧장 실버호른으로 가기 위한 마차를 빌리러 간 듯했다.

또한 미라의 왜건은 성의 기술부로 운반해 두겠다고 한다.

왜건을 만든 기술자들이 슬슬 정비를 하고 싶은 모양인지 도착하기를 이제나저제나 하고 기다리고 있다는 모양이다.

분명 데이터 채취를 겸한 정비일 것이다. 일단 오늘 하루면 끝난다는 모양이기는 했다.

새로운 고아원은 알카이트 학원의 뒤편에 있었다.

따라서 학원 부지를 그대로 가로질렀는데, 역시나 눈에 보이는 모든 것이 신기한 모양인지. 아이들은 관광지를 둘러볼 때만큼이나 들떠 있었다.

게다가 교사들도 학원의 규모와 충실한 시설을 보고 눈빛을 빛냈다. 그리고 이웃이 되었으니 조금이라도 사용 허가를 받을 수 있지 않을까 하는 생각에, 상당히 진지하게 교섭 계획을 세우기 시작했다.

또한 이토록 많은 손님이 온 것이 드문 일이기는 마찬가지인지. 무슨 일인가 하고 궁금해진 학생들이 여기저기서 고개를 내밀었다.

"음, 저기 있는 것은."

문득 보인 교실 창문. 10미터 정도 떨어진 장소. 몇 사람이나 되는 얼굴 속에 미라가 아는 인물이 있었다. 소환술과의 교사 히나타다.

그렇다면 혹시 같은 교실에서 이쪽을 내다보고 있는 자들은 소환술과 학생들일까.

소환술과는 최근 들어 궤도에 오르기 시작한 탓에 같은 1학년

생이라도 연령이 제각각이라고 들었는데, 자세히 보니 확실히 같은 학년이라는 게 믿기지 않을 정도로 나이 차가 나 보였다.

'흠…… 어디서 본 것 같은데?'

창문으로 보이는 학생 중, 금발 머리를 트윈테일로 묶은 소녀의 모습이 보였다.

약간 건방져 보이는 생김새에, 척 봐도 좋은 집안의 아가씨 같은 분위기를 풍기는 소녀가 미라는 어쩐지 낯이 익었다.

하지만 언제 어디서 보았는지를 떠올리지는 못했고, 그렇게까지 신경 쓸 일도 아닌 듯했다. 다만, 소녀 쪽은 그렇지도 않았던 모양이다.

미라의 모습을 발견한 히나타가 기쁜 듯이 손을 흔들어 보였다. 미라는 그걸 보고 손을 흔들어 답했다.

그 모습을 보고 안면이 있다는 걸 알아챈 것인지, 트윈테일 소녀가 히나타와 뭐라 이야기를 나누기 시작했다.

그 직후. 교실에 있던 학생들의 시선이 미라에게 집중되었다.

어째서인지 자기 자랑이라도 하듯 히나타가 자신만만한 표정을 짓고 있는 걸로 미루어, 미라에 관한 이야기를 한 것이리라. 덤블프의 제자라거나 술기심사회에서 있었던 일 같은 것을.

그걸 증명하듯 학생들의 얼굴에는 놀라움과 선망의 빛이 떠올라 있었다.

하지만 트윈테일 소녀의 반응은 약간 달랐다. 어쩐지 충격을 받은 듯 넋을 놓고 그 자리에 멀거니 서 있었던 것이다.

그렇게 주목을 받으며 얼마간 걸어서. 학원을 끝까지 가로지른 미라 일행은 드디어 목적지인 새로운 고아원에 도착했다.

"이것 참, 꽤나 좋은 곳이로구먼."

아르카이트 학원이 완성되기 전, 임시 교사로 사용되었다는 건물은 생각했던 것보다 훨씬 번듯했다.

튼튼한 돌로 지어진 그곳은 어지간한 저택은 비교도 되지 않을 정도로 넓은 데다 3층으로 되어 있어서, 고아원이라기보다는 숙박 시설처럼 보이기도 했다.

"이렇게 근사할 수가……."

교사들 중 한 명이 엉겁결에 그렇게 중얼거렸다. 모든 것이 손수 만든 듯한 느낌으로 넘쳐났던 이전의 고아원에서, 장인이 직접 지은 일류 건축물로 옮기게 되었으니 그럴 만도 했다.

그 변화가 꽤나 충격적이었는지. 교사들의 얼굴에서는 희망이 넘쳐나고 있었다.

"내가 일등으로 들어갈래~!"

오늘부터 이곳이 다 같이 살 곳이라고 슬레이만이 설명한 직후. 연장자반의 남자아이가 그런 소리를 하며 뛰쳐나갔다.

얌전히 있을 수가 없었던 모양이다. 환한 미소를 띤 채 달려나가자, 당연하다는 듯 다른 아이들도 신이 나서 웃으며 교사에 돌입하기 시작했다.

"아아, 이 녀석들! 정말이지, 소란스러운 애들이라 죄송합니다."

여성 교사 중 한 명이 슬레이만에게 그렇게 사과하고서 아이들을 쫓아가자, 몇 사람이 더 그 뒤를 따랐다.

그러던 그때. 문득 누군가가 스커트 자락을 잡아당기는 느낌이

들어 돌아본 미라의 눈에, 빛이 날 듯 환한 얼굴로 미라를 올려다보는 연소자반 아이들이 들어왔다.

그렇다. 연소자반은 따라서 달려가지는 않았다.

요 며칠 동안 미라가 열심히 교육한 덕분인지, 아이들은 주변 분위기에 휩쓸리지 않고 미라의 분부를 그럭저럭 잘 지키게 되었다.

하지만 아무래도 거의 한계에 달했는지, 발을 동동거리며 자꾸만 교사를 쳐다보았다.

"알았다, 알았어. 자, 그대들도 다녀오거라. 다만 위험하니까 뛰지는 말고."

미라가 허락을 해주자 연소자반은 "네!" 하고 힘차게 대답하더니, 지시한 대로 달리지는 않고 빠른 걸음으로 교사를 향해 걸어갔다.

10

"그러면 시설을 한 바퀴 돌아보도록 하죠."

그런 슬레이만의 말과 동시에 부지 내의 시설 순회가 시작되었다.

가로폭은 200미터, 세로폭은 150미터는 되는 커다란 저택에는 교사 말고도 여러 가지 시설이 세워져 있었다.

그중 하나는 마구간이다. 말이 다섯 마리는 넉넉하게 들어갈 정도로 넓고 설비도 갖추어져 있었다.

그 안에 말을 들여 아이들에게 돌보게 하는 것도 교육적으로 좋을지 모르겠다. 아르테시아와 교사들은 시설을 확인하며 그렇게 나중 일에 관해 이야기했다.

그밖에 훈련장과 창고, 공작소와 같은 시설 말고도 술사의 나라 알카이트 왕국답게 술기 실험실이라는 특별 제작된 오두막도 배치되어 있었다.

중급 정도의 술식이라면 밖으로 새어나가지 않게 할 만큼 튼튼한 특수 방벽이 설치되어 있다고 한다.

그리고 마지막으로 확인한 건 교사 옆에 병설된 목욕 시설이었다.

"오오, 이거 좋구나!"

목욕에 관해서는 일가견이 있는 솔로몬이 그런 시설을 잊을 리가 없었다. 최근 완성했다는 그곳은 아이들이 다소 날뛰어도 괜찮도록 각진 부분을 배제하여 안전하게 설계되어 있었다.

또한 한꺼번에 많은 인원이 들어갈 수 있을 정도로 넓었다.

심지어 마도 공학으로 만들어낸, 마동석을 연료로 사용하는 특별 제작 보일러를 사용해서 상당히 가성비가 좋다고 한다.

그 말을 들은 미라는 "그렇다면 얼마간은 이걸 쓰도록 해라"라면서 이사 축하 선물이라며 산더미처럼 많이 손에 넣었던 마동석의 일부를 아르테시아에게 선물했다.

외부 시설을 다 확인하고 난 후, 드디어 본관에 들어섰다.

"어머, 근사하네."

"이것 참 굉장하군!"

정면 현관으로 들어가자 그곳은 예배당이었다. 슬레이만이 슬그머니 들려준 이야기에 따르면 개축 당시 그렇게 한 덕에 삼신 교회에서 어느 정도의 원조를 받을 수 있었다고 한다.

어린 아이 시절부터 삼신교의 가르침을 접하게 해서 언젠가는 경건한 신자로. 이면에 숨은 뭐라 형용하기 꺼림칙한 어른들의 속내에 미라는 그저 쓴웃음을 지을 따름이었다.

그렇게 들어가서 바로 보이는 모습은 교회의 그것이었지만 복도로 나가 보면 완전히 학교 같았다.

그러면서도 고아원으로서 잘 운용할 수 있게끔 배려되어 있었다.

개축을 지휘한 건 슬레이만이었던 모양인데 그는 교사에서 찾을 수 있는 여러 가지 개량점에 관해 하나씩 설명해 나갔다.

교사를 돌며 부엌 겸 식당에 해당하는 급식실과 아이들의 놀이방으로 개조된 교실 등을 둘러보았다.

예상했던 대로 어느 곳 할 것 없이 구석구석에까지 배려의 손길이 미친 근사한 공간이 되어 있어서 아르테시아와 라스트라다는 크게 기뻐했다.

"자아, 지금부터 갈 3층은 모두 침실입니다. 백 명에 달하는 인원도 푹 쉴 수 있을 겁니다."

두 사람의 반응에 기분이 좋아졌는지 슬레이만은 자신만만하게 계단을 올라갔다. 미라 일행으로 말하자면 신축 건물의 모델하우스를 구경하는 기분으로 그 뒤를 따랐다.

도착한 3층에는 먼저 와 있던 아이들과 교사들이 있었다. 하지만 어쩐지 아이들이 다투고 있는 듯했다.

미라는 바로 무슨 일인지 짐작이 갔다.

"분명 누가 어디서 잘지를 정하고 있는 것일 테지."

그런 미라의 예상은 맞아 들어서 교사들에게 사정을 물어보니 창가와 2층 침대에서 어느 자리를 쓸 것인지를 두고 격렬한 쟁탈전이 펼쳐지고 있다고 했다.

"그러고 보니 전에도 이런 일이 있었지."

"맞아, 있었지."

두 사람은 어쩐지 그립다는 듯 미소를 지었다. 나무 위의 마을에서도 같은 이유로 다툼이 일어났던 모양이다.

얼마나 차이가 나기에 저럴까 궁금해져서 침실을 들여다본 직후, 세 사람은 납득했다. 이거 쟁탈전이 일어날 법도 하다고.

교실을 개조해 만든 침실은 네 개의 작은 방으로 나뉘어 있었다. 교실로 들어서면 바로 앞에 통로가 있고, 창가 쪽 벽을 따라 4개로 분할되어 있다.

그리고 창가 좌우에 2층 침대가 하나씩 놓여 있고, 통로 쪽에도 마찬가지로 좌우에 하나씩 배치되어 있다.

그러니 창가가 인기 있을 수밖에 없었던 것이다.

"이럴 수가……. 거기까지는 생각이 미치지 못했습니다, 죄송합니다."

분명 어린이의 심리에는 다소 어두웠던 것이리라. 미라가 이유를 설명해주자 슬레이만은 놀란 얼굴로 침실을 바라보고 있었다.

이 건은 추후에 검토해서 아이들이 만족하게끔 조치하겠다. 슬레이만이 아이들에게 그렇게 약속하자 다툼은 어느 정도 수그러들었다.

이제 별문제 없을 것이다.

여담이지만 며칠 후, 슬레이만의 제안으로 통로 측 2층 침대에 약간의 장치가 추가되어 아이들의 불만은 해소되었다고 한다.

한 번 맡은 일은 최선의 결과가 나올 때까지 철저하게 해치우자는 게 그의 신조였다.

"그러면 설명도 끝났으니 슬슬 왕성으로 가시지요."

3층을 모두 둘러본 참에 슬레이만이 새삼 그렇게 말했다.

시설은 대충 다 확인했다. 그럼 이번에는 정말 중요한 용건을 해결할 차례다.

그렇다. 솔로몬과의 알현…… 아니, 재회다.

미라 일행은 솔로몬왕에게 인사를 하고 오겠다고 교사들에게 전한 후, 일단 새 고아원을 떠나 왕성으로 향했다.

고아원 앞에 준비되어 있던 마차에 올라타 십여 분을 달린 끝에 마차에서 내리자 알카이트성이 당당하게 위용을 뽐내고 있었다.

"아아, 하나도 안 변했네!"

"그러게. 몇 년 만이더라. 그리워라."

주변에 몇몇 시설이 늘거나 하기는 했지만, 알카이트성의 외관은 예전 그대로다.

라스트라다와 아르테시아는 고향에 돌아온 것 마냥 안도한 표정으로 그것을 올려다보았다.

하지만 두 사람은 성내에 들어선 지 얼마 되지 않아 커다란 변화를 알아채게 되었다.

"아아! 미라 님, 어서 오셔요!"

"간식을 드시겠어요? 아니면 목욕 준비를 할까요?"

미라가 도착한다는 정보가 이미 다 알려졌는지 시녀 릴리와 타바사가 완벽한 타이밍에 마중을 나와 눈에 보이지 않을 정도의 속도로 미라에게 다가온 것이다.

"여러분? 손님 앞입니다."

슬레이만이 은근슬쩍 주의를 주자 두 사람은 놀란 얼굴로 고개를 돌렸다.

아무래도 아르테시아와 라스트라다뿐 아니라 슬레이만도 눈에 들어오지 않았던 모양인지, 두 사람은 "실례했습니다"라며 고개를 숙였다.

참고로 본인을 보는 게 처음인 탓인지 아르테시아와 라스트라다가 아홉 현자라는 사실은 모르는 눈치였다.

또한 슬레이만이 미라에게는 중요한 용건이 남아있다고 말하자 두 사람은 이 세상의 종말이라도 맞이한 듯 절망스러운 표정을 지어 보였다.

하지만 그렇게 오래 걸리지는 않을 것이라고 말을 잇자, 두 사람은 희망을 발견한 사람들처럼 환한 미소를 지었다.

"그럼 기다리고 있겠어요, 미라 님."

"맛있는 커스터드 케이크를 준비해둘게요~."

그런 말로 배웅을 하기에 미라는 분명 도망칠 수 없을 거라는 생각에 쓴웃음을 짓기는 했지만, 커스터드 케이크라는 단어에 기대감이 부풀어 올랐다.

"꽤나 바뀌었네."

"그러게. 이제 그때와는 다르구나."

겉모습은 같아도 속은 많이 바뀌어 있었다. 과거와 다른 성의 분위기에 개성적인 시녀의 존재. 그러한 것들을 확인한 아르테시아와 라스트라다는 그럼에도 어쩐지 즐거운 듯한 미소를 짓고 있었다.

한발 먼저 와 있었는지 솔로몬의 집무실에는 카구라도 있었다. 현재의 진척도에 관해 이런저런 이야기를 나누고 있었던 모양이다.

"어서 와. 다시 만나서 기뻐."

미라 일행이 도착하자 솔로몬은 국왕이 아니라 친구로서 그들을 맞이하며 기뻐했다.

"나도 마찬가지야. 돌아오니 마음이 놓이는 것 같아."

"이것도 다 사령관하고 총사령관 덕분이야. 고마워!"

아르테시아와 라스트라다 역시 솔로몬의 얼굴을 보더니 이제 한 시름 놓았다는 듯한 태도로 소파에 앉았다.

"이로써 대충은 일단락이 되었군."

의문의 고아원에는 예상한 대로 아르테시아가 있었다. 게다가 괴도 퍼지다이스로 활약하고 있던 라스트라다까지 찾아냈다.

이로써 현재까지 입수된 아홉 현자의 단서가 될 만한 소문과 정보는 모두 확인한 셈이다.

카구라는 얼마간은 더 돌아다닐 필요가 있는 듯했지만, 겨울이 되기 전에는 끝날 것 같다는 모양이었다.

또한 연내에는 소울하울도 용건을 마치고 돌아올 예정이다. 그렇다면 처음에 솔로몬이 말했던 올해 안에 절반을 모으자는 목표는 달성되었다 해도 과언이 아닐 것이다.

"그러게. 정말 덕분에 살았어. 고마워."

그 때문에 일단락되었다고 할 수 있었고, 솔로몬 역시 그 일을 해낸 미라에게 순순히 감사 인사를 했다.

그렇게 재회를 기뻐한 후. 간단한 보고와 퍼지다이스 활동에 관해서, 그리고 새로운 고아원 운영에 관해서도 이런저런 이야기를 나누었다.

우선 퍼지다이스 활동에 관한 이야기를 하자면, 인신매매 조직과 결판을 내기 위해 라스트라다는 고아원이 안정되면 다시 저쪽으로 돌아가겠다고 한다.

사전 준비를 비롯해서 여러 가지 일들을 진행해 두었으니 이 일은 걱정하지 않아도 된다는 모양이다.

고아원은 본인의 의사를 존중해서 이대로 아르테시아가 주축이 되어 운영해 나가기로 했다.

운영 자금은 교회와 귀족들에게 어느 정도 원조를 받을 것이라고 한다. 그리고 부족한 몫은 아르테시아가 본인의 급여로 충당하기로 했다.

남은 문제는 아르테시아와 라스트라다의 귀환 사실을 어느 타이밍에 고지하느냐 하는 것이었다.

그 부분은 두 사람과 고아원이 자리를 잡을 때까지 기다리기로 했다.

하지만 기다리기로 한 이유가 하나 더 있었다.

바로 4개월 후에 있을 건국제(建國祭)다. 그것은 국민들도 애타게 기다렸던, 아홉 현자의 귀환을 발표하는 데 있어 최적의 무대라 할 수 있을 것이다.

더불어 솔로몬은 가능하면 그 무렵까지 카구라와 소울하울도 용건을 마친 상태였으면 좋겠다며 대담한 미소를 지어 보였다.

한꺼번에 네 명이 귀환했다는 사실을 발표하면 큰 뉴스가 될 테고, 곧이어 아홉 현자 귀환 기념 축제를 개최하면 관광객들이 몰려올 게 분명하다면서.

"그리고 아직 4개월이나 있으니, 어쩌면 더 늘어날 가능성도 충분히 있겠지?"

그렇게 말하며 솔로몬은 기대가 담긴 눈빛으로 미라를 바라보았다.

현재, 미라가 발견한 아홉 현자는 다섯 명. 남은 건 선술의 메이린과 무형술의 플로네뿐이다.

미라의 노력 여하에 따라서는 4개월 이내에 전원을 찾아내 건국제를 최고의 모양새로 맞을 수 있는 것이다.

하지만 나머지 멤버들에 관한 단서는 현재까지 거의 없다고 할 수 있었다.

이전에 전차단 부단장인 가렛이 메이린으로 추측되는 인물에게 도움을 받았다는 말은 들었지만, 그 후의 동향은 전혀 알 수 없었다.

"정보에 달렸지."

잠시 생각한 끝에 미라는 그렇게 말하며 슬그머니 시선을 피했다.

또한 카구라도 "노력해 볼게요"라고만 말하고 반드시 기한 안에 오겠다고 분명히 말하지는 않았다. 복잡한 문제니 그럴 수밖에 없을 것이다.

솔로몬도 그 점은 이해하고 있어서인지 그 이상 재촉하지 않고 "어려운 일이 있으면 언제든지 말해"라고만 말했다.

또한 건국제까지 남은 4개월 동안 아르테시아는 고아원의 원장, 라스트라다는 그 보좌로 지내기로 했다.

"만반의 준비 끝에 정체를 밝히자 이거지? 그거 멋지다!"

라스트라다는 그 축제 깜짝 이벤트의 내용을 듣고는 아주 신이 났다. 등장 장면을 어떻게 연출할지 벌써부터 생각하기 시작했을 정도다.

아르테시아로 말하자면 딱히 이렇다 할 감상은 없어 보였다. 아이들만 있으면 그로 족하다고 생각하기 때문이리라.

그러한 이야기가 끝난 다음에는 자연스럽게 잡담이 시작되었다.

미라 일행은 지금까지 떨어져 지낸 세월을 벌충하기라도 하듯이 세계에 오고서 생긴 서로의 추억담을 이야기했다.

그러던 중에 한 사람이 더 나타나 그 무리에 끼었다.

"야, 미라땅이 돌아왔다면서?"

시녀들의 정보망을 통해 소문을 들은 것인지. 루미나리아가 옅은 미소를 띤 채 그런 말을 하며 들어왔다.

살짝 놀려줘야지. 그녀의 얼굴에는 그런 생각이 가득해 보였는데, 집무실에 모인 면면들을 보고는 움직임이 멈춰버렸다.

루미나리아가 들은 건 미라가 성에 돌아왔다는 정보뿐이고 다른 세 명에 관한 이야기는 듣지 못한 듯했다.

뭐, 시녀들의 정보망인 탓에 정보가 편중되어 손님들에 관한 내용이 쏙 빠져 있었던 것이리라.

그 때문에 미라 이외의 사람들이 있다는 사실에 루미나리아는 놀랐다. 하지만 놀라운 사실은 그것뿐이 아니었다.

"아르테시아 씨에 카구라…… 라스트까지 있잖아……?"

자세히 보니 세 명의 손님은 낯이 익은 오랜 친구였던 것이다.

아무래도 솔로몬은 이 일을 비밀로 하고 있었던 모양이다. 루미나리아의 입장에서 보면 너무도 느닷없이 20년 만에 친구들과 재회하게 된 것이다.

아마도 만감이 교차하고 있으리라.

루미나리아는 그 자리에 늘어선 그리운 얼굴들을 번갈아 쳐다보고서 멋쩍게 웃으며 "아~ 오랜만"이라고 말했다.

11

저녁 시간. 다 같이 저녁이나 먹자는 쪽으로 이야기가 흘러갔지만, 아이들이 최우선인 아르테시아는 고아원에서 먹고 오겠다고 말했다.

그러자. 솔로몬도 함께 자리에서 일어나 "그러면 나도 같이 갈까?"라는 소리를 했다. 말이 나온 김에 시찰을 겸해 아이들을 봐두고 싶다는 것이다.

그런 이유라면 같이 가자며 루미나리아도 찬성해서 결과적으로 다 같이 고아원에 가게 되었다.

미라는 차분한 옷차림으로 갈아입은 솔로몬 일행을 데리고 마차를 타고 얼마쯤 달려 고아원으로 돌아왔다.

마침 저녁 식사 준비가 시작된 참이었는지 요리를 할 줄 아는 교사들이 조리장에서 실력 발휘를 하고 있었다.

하지만 주력 멤버인 아르테시아가 없는 탓인지 상당히 분주해 보였다.

"그러면 느긋하게 기다리고 있어."

아르테시아는 그렇게 말하며 조리장으로 향했다.

그러자 솔로몬이 "도울게"라면서 뒤를 따랐다.

하지만 거기에 동조하는 목소리는 나오지 않았다. 미라 일행 중에서 '도울게'라는 말을 할 수 있을 정도로 요리에 자신이 있는 자는 없는 듯했다.

나머지는 "네에~"라고만 대답하고서 두 사람의 뒷모습을 배웅했다.

조리장은 몇 개의 방이 이어져 있는 식당이다. 백 명은 거뜬하게 들어갈 그곳에는 이미 아이들이 모여 있었고, 미라 일행이 얼굴을 비추자 우르르 달려왔다.

라스트라다는 연장자반 소년들에게 매우 인기가 있었다.

하지만 오늘은 그 인기가 둘로 갈라졌다. 대항마는 루미나리아였다.

최강의 마술사라는 지위와 아름다운 외모에 소년들 중 절반이 매료되고 만 것이다.

사춘기에 접어들 나이대이기도 하거니와 지금까지 폐쇄된 마을이라는 생활환경에서 살아온 영향 탓인지. 속은 둘째 치고 압도적인 외모가 아이들의 마음을 휘어잡은 듯했다.

카구라는 연장자반 여자아이들과 놀고 있다.

알게 모르게 파장이 맞는지 사랑 이야기 같은 걸로 꺅꺅거리며 이야기꽃을 피우고 있었다. 오늘의 여자 아이들은 갑자기 나타난 솔로몬이 신경 쓰이는 듯했다.

조리장을 들여다보고는 신이 나서 "멋있어"라느니 "귀여워" 따위의 소리를 하고 있다.

미라로 말하자면 역시나 연소자반에게 에워싸인 채로 책을 읽어주고 있었다.

"그렇게 동료들까지 몽땅 날려버린 루미나리아는 나는 모른다는 얼굴로——."

미라가 들고 있는 책은 어린이용으로 편집된 아홉 현자 이야기다. 알카이트 왕국에 온 기념으로 좀 전에 교사들 중 한 명이 전권을 한꺼번에 사 왔다는 듯했다.

미라는 그 책에 그려진 이야기를 조금씩 사실로 수정해서 읽어 나갔고, 그런 한편 중간중간 소환술에 관한 이야기도 미화해서 끼워 넣었다.

그 덕분에 연소자반에서 소환술에 대한 인기는 요 며칠 동안 비약적으로 올라 있었다.

"덤블프 할아버지 굉장해~."

"검은 기사님 세다~."

그런 아이들의 순진한 말에 미라는 신이 나서 "아암, 그렇고말고!"라고 맞장구를 쳐주었다.

저녁 식사 다음은 입욕 시간이다.

처음 순서는 연소자반이었다. 그리고 연소자반의 입욕 시간에는 누군가가 반드시 보살펴주기로 되어 있다는 모양이다.

평소에는 순서를 정해서 돌아가면서 하고 있다는 듯했는데, 오늘은 이전에 이어 미라가 지명을 받았다.

"나 원, 어쩔 수 없지."

미라는 이전의 경험으로 스무 명은 되는 아이들을 씻기는 건 거의 중노동이라는 사실을 뼈저리게 깨달았다.

하지만 입으로는 그렇게 말해도 "갈아입을 옷은 챙겼느냐? 그럼 가자꾸나" 등의 말을 건네며 아이들을 잘 챙겨주었다.

무엇보다 오늘도 미라가 목욕 담당을 하게 된 건 아이들이 그러기를 바랐기 때문이다.

자신을 따르는 아이들을 어떻게 떼쳐낸다는 말인가. 미라는 순수한 호의를 보내오는 소년소녀들을 데리고 의기양양하게 욕실로 향했다.

오늘도 입욕 시간은 떠들썩했다. 하지만 요전과 달리 아이들은 미라의 말을 잘 들어서 그럭저럭 쉽게 끝났다.

"아아~ 천국이 따로 없구나아."

맡은 일을 마친 미라는 욕조에 느긋하게 몸을 담갔다. 그러자 아이들이 주면에 모여들어 "천국이 따로 없구나~" 하고 미라를 따라 했다.

목욕을 마치고 나오니 식기 정리까지 다 끝나 있었다. 연장자반이 연소자반과 교대해 목욕탕으로 향한 참에 남은 일은 교사들에게 맡기기로 하고, 미라 일행은 원장실에 모였다.

"그러면, 모처럼 모였으니 건배를 할까?"

미라와 솔로몬, 루미나리아에 카구라, 아르테시아와 라스트라다. 뿔뿔이 흩어졌던 친구가 이 자리에 여섯 명이나 모였다. 그게 어지간히도 기뻤는지 솔로몬은 "아껴뒀던 걸 가져왔어"라고 말하며 병의 마개를 열었다.

"그럼 오늘의 재회를 기뻐하고 새로운 재회를 기대하며——."

건배사와 함께 유리잔을 부딪치는 시원한 소리가 울렸다. 솔로몬은 그 자리에 모인 면면들을 둘러보며 아주 잠시, 평소 보이지 않던 진심 어린 기쁨이 담긴 미소를 지어 보였다.

쌓인 이야기는 말 그대로 지내온 세월만큼 있었다. 때문에 이야기만 했을 뿐인데 그러한 시간이 늦은 밤까지 이어졌다.

사소한 웃음거리나 모험담, 레어 아이템을 손에 넣었느니 어쩌니 하는 이야기부터 각자의 현황, 국가의 정세, 수상쩍은 소문들까지.

이야깃거리는 끝이 없어서 때로는 웃고, 때로는 정보 교환도 하다 보니 시간이 눈 깜짝할 새 흘렀다.

그리고 날짜가 바뀌었을 즈음. 미라의 입에서 새어 나온 커다란 하품 소리를 신호로 오늘은 이만 해산하기로 했다.

"이번 일은 정말로 고마웠어, 카구라. 친구들한테도 그렇게 전달해 줘."

"그래, 정말 덕분에 살았어. 고마워!"

아르테시아와 라스트라다가 다시금 감사 인사를 하자 카구라는 쑥스러운지 웃으며 "별 것도 아닌데요, 뭘"이라고 말하더니 "그럼 안녕히 주무세요~"라는 말과 함께 식신과 교대해서 돌아갔다.

이어서 아르테시아 일행은 솔로몬에게 감사 인사를 했다. 그러자 솔로몬은 동료로서 당연한 일을 했을 뿐이라고 답하고는, 자리가 잡히면 아홉 현자로 복귀하는 일에 관해 이야기하자고 말을 이었다.

"그래, 알았어."

"우리가 돌아왔으니 이제 걱정할 것 없어."

두 사람이 그렇게 대답하자 솔로몬은 만족스럽게 고개를 끄덕였다. 그리고 미라에게 주고 싶은 것이 있으니 내일 얼굴을 내밀라고 말하고서 성으로 돌아갔다.

주고 싶은 것. 그게 무엇일까. 추가 군자금일까. 그런 기대로 가슴을 부풀린 채, 미라는 "잘 자거라~" 하고 아르테시아 일행에게 인사하고서 잠자리에 들었다.

"미라 누나~. 아침이야~. 아~침~."

잠결에 아이들의 목소리가 들렸다. 미라는 그 목소리에 이끌려 의식을 되찾았다.

"끄응…… 그래, 아침이로군……."

눈을 떠 보니 아침부터 기운이 넘치는 아이들의 미소가 눈앞에 있었다.

벌떡 침대에서 몸을 일으킨 미라는 "누나가 일어났다~"라며 웃는 얼굴로 달려든 아이들의 환영을 받아 다시 쓰러졌다.

"이 녀석들, 그만 화장실에 가게 해다오."

일어났다가 쓰러지기를 몇 번인가 반복한 참에 미라는 그렇게 말하며 아이들을 살며시 침대에 내려주었다.

집기품도 슬레이만이 선택한 물건다워서 손님방의 침대는 실로 질이 좋은 듯했다. 탄력성을 유감없이 발휘해서 디잉디잉, 하고 아이들을 받아냈다.

그게 재미있었는지 한 번만 더 해 달라고 조르는 아이들을 다시 몇 번인가 던져준 후, 미라는 화장실에서 한숨을 돌렸다.

"아침부터 기운들이 넘치는구먼."

이렇게나 떠들썩한 아침은 처음일지도 모르겠다. 미라는 미소를 지은 채 그런 생각을 하며 볼일을 본 후, 책의 뒷부분을 읽어주며 아침 식사가 시작될 때까지 아이들과 시간을 보냈다. 실로 한적한 아침의 한때였다.

"이것 참, 난감하게 됐구먼……."

다 함께 아침 식사를 마치자 아이들은 공부할 시간이 되었다. 그리고 그건 동시에 이별의 시간이기도 했다.

무사히 아이들을 알카이트 왕국으로 데려오는 데 성공했으니 이로써 임무를 완수한 셈인 미라는, 어제 이야기했던 대로 솔로몬에게 얼굴을 비추고서 마리아나가 기다리는 소환술의 탑으로 돌아갈 예정이다.

다시 말해서 이 시간을 기해 아이들, 특히 연소자반 보모 역할을 그만두게 된 것이다.

그래서인지 "잘 지내거라"라고 작별 인사를 하자 연소자반이 울음을 터뜨렸다.

심지어는 미라를 꼭 끌어안고서 "가지 마" 하고 떼를 쓰기 시작했다.

"다음에 또 만나러 오마. 그러니 그치거라……."

아이들의 목소리는 한없이 올곧아서, 미라는 한 명씩 안아주며 살며시 머리를 쓰다듬어주었다.

하지만 짧은 시간 동안 꽤나 정이 들었는지 아무도 미라에게서 떨어지려 하지 않았다.

그렇다고 억지로 뿌리칠 수도 없는 노릇이라 미라는 아이들을 품에 안은 채 어쩌면 좋을까, 하고 쓴웃음을 지었다.

"자아~ 얘들아. 미라 언니는 할 일이 잔뜩 있어요. 그러니까 가야만 해. 하지만 괜찮아. 미라 언니는 또 와줄 테니까. 오늘은 나중에 봐요, 하고 보내주자. 응?"

보다 못해서, 라기보다는 타이밍을 살피고 있었던 듯이 아르테시아가 그렇게 말했다.

그러자 가지 말라고 합창을 해대던 아이들이 조용해졌다. 그리고 "또 와줄거야?"라고 한 사람이 말하자 모두가 그 말을 따라서 했다.

슬픔을 꾹 억누르고 재회하기를 바라는 아이들의 순수한 그 목소리를 부정할 수 있는 이가 과연 있기는 할까. "음, 또 오마. 다음에는 선물도 잔뜩 싸들고 오마. 그러나 말 잘 듣고 있어야 한다?"

미라는 다시 한번 아이들을 안아준 후, 자신도 감정이 벅차올라 눈물을 글썽거리며 아이들에게 그렇게 약속했다.

고아원 앞에 난 길. 성으로 향하던 도중에 뒤를 돌아본 미라는 아직도 손을 흔들고 있는 아이들을 향해 힘껏 손을 흔들어 답해주었다. 그와 동시에 아르테시아와 라스트라다의 모습이 눈에 들어왔다. 어렵사리 알카이트 왕국에 돌아온 두 아홉 현자의 모습이.

'착한 아이들로 키웠군. 역시 아이들은 좋구나.'

상대를 해주다 보면 피곤하다. 하지만 이상하게도 기운이 차오른다.

임무를 달성했다는 만족감과 상반되는 듯한 그런 감각을 동시에 느끼며 미라는 아이들이 보이지 않게 될 때까지 조금 가다가 돌아보고 손을 흔들어주기를 몇 번이나 반복했다.

솔로몬의 집무실. 어제와 달리 오늘은 혼자서 찾아온 미라는, 그곳에서 어제 건네지 못했던 여행 선물을 테이블에 늘어놓았다.

"와아, 굉장한걸. 이런 걸 팔고 있구나."

학스트하우젠까지 갔으면서 선물 중 대부분은 지역색이 희미한 디저트 계열이었다.

하지만 솔로몬이 특히나 관심을 보인 것은, 예상대로라고 해야 할지 어떨지 모르겠지만 디누아르 상회에서 사온 가스마스크와 미채 망토, 그리고 암시 고글이었다.

"심지어 모험가용이라 성능도 확실하더구나."

미라는 자신의 몫도 꺼내서 한 세트를 장착해 보였다. 그러자 곧바로 특수 부대의 일원으로 탈바꿈한 듯 보였다.

밀리터리 오타쿠 기질이 있는 솔로몬에게 그 모습은 아주 특별해 보였는지, 곧장 그것들을 장착하고는 전신거울 앞으로 달려가 신이 난 투로 "우와아, 멋져!"라고 외쳤다.

그로부터 얼마 동안 두 사람은 그 물건들의 성능을 실컷 즐겼다.

"그리고 일전에 이야기했던 비장의 선물 말이다만, 보관할 장소는 준비되었느냐?"

겨우 마음을 가라앉히고 나서야 특수 부대로 변장했던 미라가 이게 진짜 알짜라는 듯이 물었다.

"물론이지."

솔로몬은 그렇게 답하더니 연락을 받은 다음 날에 인원을 총동원해 정리해두었다며 자리에서 일어났다.

그렇게 집무실을 뒤로 한 두 사람이 향한 곳은 왕성 지하에 위치한 커다란 창고였다. 정리를 해둔 덕인지 그곳은 텅 비어 있어서, 휑뎅그렁한 공간만이 펼쳐져 있었다.

"흠…… 이만큼 넓으면 괜찮을 것 같구나."

그곳을 확인한 미라는 문득 생각이 난 듯, 본론에 들어가기에 앞서 그것을 아이템박스에서 꺼냈다.

"일단 이걸 먼저 건네두도록 하마."

그렇게 말하며 미라가 내민 것은 검은 금속판 하나와 너덜너덜한 일기였다.

고대지하도시의 최하층에서 쓰러뜨린 마키나 가디언. 그 안에서 나온 기계 인형이 가지고 있던 것과 잔해에서 발굴한 물건이다.

"아아, 연락했을 때 말한 그거구나. ……과연, 이건 정말 의문덩어리네……."

새까만 금속판에는 불가사의한 도형이 그려져 있다. 그냥 보기만 해서는 무엇을 뜻하는 것인지 짐작도 가지 않았다.

그리고 일기 또한 현 단계에서 해독할 수 있는 부분은 얼마 되지 않았다. 하지만 일본이라는 단어가 등장하기도 하여 호기심을 자극할뿐더러 중요한 정보가 숨겨져 있을 가능성도 컸다.

이것들에서는 세계의 비밀로 이어지는 정보를 알아낼 수 있을지도 모른다.

"이건 나중에 히노모토 위원회 쪽에 전달해둘게. 이런 건 저쪽 전문이니까."

솔로몬은 그렇게 말을 잇고서 금속판과 일기를 조심스럽게 아이템박스에 수납했다.

그리고 이어서 기대에 찬 눈빛으로 미라를 쳐다보았다. 마키나 가디언에서 나온 선물은 이것뿐이 아니지 않으냐는 뜻을 담아서.

"자아, 보면 깜짝 놀랄 게다."

솔로몬의 기대를 한 몸에 받으며 미라는 아이템박스에서 그 물건들을 꺼내놓기 시작했다.

거대한 금속 덩어리들이 차례로 미라의 앞에 쌓여갔다.

그렇다. 최상의 소재가 될 수도 있는 마키나 가디언의 잔해다.

철이나 미스릴 등과는 다른 수수께끼의 금속. 그것을 잘 활용하려면 특성을 해명할 필요가 있으니, 바로 무언가로 가공하기는 어려울 것이다.

하지만 그 마키나 가디언을 구축하고 있던 금속이다. 그걸 이용하는 게 가능해지면 분명 알카이트 왕국에 큰 힘이 될 것이다.

"이렇게 보니 정말 굉장한걸……."

아이템박스에서 꺼내는 데만 30분이 걸린 금속 더미를 바라보며 솔로몬은 감탄한 듯 그렇게 말했다.

얼핏 보면 그것들은 한낱 잔해에 불과했다. 하지만 토막 났을 뿐인 그 내부에는 미지의 기술이 사용된 장치가 남아있었다. 지식이 있는 이가 보면 그것에서도 큰 가치를 발견해낼 수 있을 것이다.

"이거 연구하는 보람이 있겠어."

평범한 금속으로만 이용하기에는 아깝다. 그렇게 말했던 솔로몬은 멋진 선물이라면서 눈을 황황히 빛내며 기뻐했다.

"어렵게 가져 왔으니, 제대로 활용하거라."

미라가 보란 듯이 가슴을 젖힌 채 말하자 솔로몬은 "물론이지"라고 답하고서, 이것도 히노모토 위원회에 연락하는 게 좋을 것 같다고 말을 이었다. 하지만 금속 장갑 부분만은 전부 확보해 둘 것이라며 대담한 미소를 지어 보였다.

12

비장의 선물을 건네주고 난 후, 솔로몬은 또 하나의 전리품인 마키나 가디언의 희소 소재 쪽도 언제든 히노모토 위원회가 수거해 갈 수 있게끔 해두겠다고 약속해주었다.

그런 다음 미라 일행은 다시 집무실로 돌아왔다.

"헌데 어제, 주고 싶은 게 있다고 했는데 그게 무엇이냐?"고급스러운 디저트와 최고급 홍차가 언제나 세트로 놓여 있는 집무실에서, 곧장 케이크를 먹기 시작한 미라는 그제야 생각이 났다는 투로 물었다.

"그건 말이야, 분명 너에게 도움이 될 물건이야."

솔로몬이 자신만만하게 테이블에 내려놓은 것은 손바닥 크기의 상자였다.

"무어냐, 이게?"

겉으로 보기에는 평범한 상자다. 하지만 솔로몬의 말에 따르면 그건 실로 획기적인 발명품이라는 모양이었다.

"이건 요전에 히노모토 위원회에서 개발된 수납 계열 아이템의 시작품이야."

솔로몬은 그렇게 운을 떼고서 설명을 하기 시작했다. 그것은 분명 획기적이었고, 지금의 미라에게도 도움이 될 만한 성능을 지니고 있었다.

그 상자는 특별한 사양을 지닌 아이템박스라고 한다.

현재 미라 일행이 사용하는 아이템박스는 아이템으로 분류된 물건이 아니면 수납을 할 수 없게끔 되어 있다.

하지만 그 점은 무형술인 '아이템화'만 있으면 그다지 문제가 되지 않는다. 어지간한 물건은 아이템으로 분류가 가능하기 때문이다.

그럼 무엇이 획기적인가 하면, 지금까지 아이템으로는 수납할 수 없었던 물건이라도 수납이 가능해졌다는 점이었다.

테이블에 놓인 상자. 그것은 '탈 것'만을 수납할 수 있게끔 조정된 것이라고 솔로몬은 말했다.

"무게는 2톤, 크기는 가로세로 길이와 높이가 5미터 이내까지라는 제한이 있기는 하지만 이걸 사용하면 그 왜건도 아이템박스에 넣어 다닐 수 있어."

상자의 최대의 이점. 그것은 상자 자체를 아이템으로 분류할 수 있게끔 되어 있다는 것이었다.

다시 말해서 왜건을 이 상자에 수납하면 아이템박스를 주차장처럼 사용할 수 있는 것이다.

또한, 탈것 이외에도 여러 종류에 적용되는 상자가 연구 개발 중이라는 모양이다. 언젠가는 용량도 확대되어 지금까지 운반이 불가능했던 여러 가지 물건들이 운반 가능해질 것이라고 솔로몬은 말했다.

"그거 확실히 편리할 것 같구나!"

지금까지 여행을 다니며 왜건을 세워두기 위한 주차장을 찾아 다니던 미라는 그 유용성에 감탄했다.

"꼭 사용해 봐. 그리고 다음에 감상을 들려줘. 저쪽에 전달할 테니까."

솔로몬의 말투로 미루어 아무래도 그냥 선물은 아니고 실험을 겸해 받아온 것인 듯했다. 하지만 편리하다는 데에 변함은 없다. 미라는 그 정도는 일도 아니라며 받아들였다.

그 후, 미라와 솔로몬은 선물로 사 온 디저트를 맛보고 하잘것 없는 잡담을 나누며 느긋하게 시간을 보냈다.

"뭐, 그런고로 일단은 푹 쉬어."

"음. 당연히 그럴 생각이다!"

미라가 받아들였던 아홉 현자 탐색 임무는 이번 귀환으로 대충은 일단락이 되었다. 우선 미라는 둘째 치고 예정대로 카구라와 소울하울이 귀환하면 알카이트 왕국을 떠받칠 기둥이 다섯 명으로 늘어난다.

루미나리아뿐이었던 무렵에 비해 전력이 다섯 배가 되는 셈이니 전쟁의 억지력으로는 충분할 것이다.

문제의 한정 부전조약이 만료되더라도 금방 사태가 벌어지지는 않을 터다.

또한 현재 상황으로 미루어 보았을 때, 메이린은 언젠가 훌쩍 돌아올 것 같았지만 플로네의 동향은 단서조차 없어서 전혀 예상이 되지 않았다. 그러한 사정도 맞물려 미라에게는 상당한 여유 시간이 생기고 말았다.

눈앞에 닥친 위기는 회피한 것이나 다름없고. 남은 아홉 현자도 찾을 예정이기는 하지만 그렇게까지 급하지는 않게 되었다.

따라서 미라는 전에 없이 커다란 해방감을 느끼며 실로 상쾌한 미소를 띤 채 선물로 사온 디저트를 베어 물었다.

"그래서, 이제 뭘 할 예정이야?"

그냥 궁금해서 물어보는 거라는 투로 솔로몬이 묻자, 미라는 얼마간 생각하고서 쾌활하게 답했다.

"탑으로 돌아가 느긋하게 생각해 볼까 한다만."

"아하, 그렇구나. 당분간은 탑에 있을 거란 말이지? 응, 그것도 나쁘지 않겠어. 가끔은 가족끼리 오붓한 시간도 가져야지."

탑에서 기다리고 있을 마리아나를 위해서 말이야, 라고 놀리듯이 솔로몬이 웃으며 말했다.

"무슨 바보 같은 소릴 하는 게야."

말은 그렇게 했지만 미라도 아주 싫은 눈치는 아니었다.

그 후로도 잡담은 이어져, 화제는 마리아나와의 한때에 끼어든 크레오스라는 존재, 그리고 학원에 관한 것으로 옮겨갔다.

듣자하니 솔로몬은 일전에 루미나리아와 함께 학원을 시찰하고 왔다는 듯했다.

미라를 습격했던 카이로스 사건 이후, 루미나리아가 눈을 부라리고 있는 덕분인지 마술과는 정신을 차린 듯 오만함을 버리고 성실하게 노력하고 있다는 모양이다.

또한 이전에 크레오스에게 들었을 때는 소환술과에서 파벌이니 뭐니 하는 문제가 일어났던 것 같았지만, 지금은 그런 부분도 진정되기 시작한 데다 다른 술과로 불똥이 튀는 일도 감소했다고 한다.

"——그래서. 무슨 소리가 들려서 문을 열어봤더니——."

계속해서 화제가 바뀌어 이번에는 왕성 지하에 있는 연구실에 관한 이야기로 넘어왔다.

그곳에서 밤마다 수상한 소리가 들린다기에 루미나리아와 함께 확인을 하러 갔을 때의 일이라고 한다.

그에 관한 이야기를 하던 도중. 문을 두드리는 소리가 들렸다.

이야기를 중간에 끊고 솔로몬이 답하자 문을 두드린 이는 슬레이만이었다. 회담이 예정된 중요한 손님이 도착했다는 모양이었다.

"벌써 시간이 그렇게 됐었구나. 그럼 이 얘기는 다음에 계속하도록 할까?"

이야기는 결말에 도달하기 직전이었지만 솔로몬은 오히려 잘 됐다는 듯 웃으며 일어났다.

그에 반해 미라는 "뭐라? 이렇게 궁금하게 해놓고 끝내겠다는 게냐?"라면서 항의했다.

"그러면, 그래…… 릴리한테라도 물어보도록 해."

솔로몬은 꽤나 즐거운 듯한 얼굴로 그렇게 답한 후, 집무실의 문을 열었다. 그러자 그곳에는 슬레이만뿐 아니라 릴리도 있었다.

"그럼 나중에 다시 느긋하게 얘기하자."

그 말을 끝으로 솔로몬은 슬레이만과 함께 회담을 하러 갔다. 그러자 그 자리에는 미라와 릴리만 남았다.

미라가 쭈뼛거리며 따라가지 않아도 되는 거냐고 묻자, 릴리는 "저는 미라 님을 모시러 온 것뿐이라서요"라고 딱 부러지게 답했다.

중요한 손님이 왔다면 시녀장도 가야 하지 않을까. 미라는 그런 생각을 하며 릴리의 안내에 따라 시녀들의 소굴로 끌려갔다. 저항은 무의미했다.

　"설마, 이런 일이 기다리고 있었을 줄이야……."

　시녀 구획에 자리한 어느 방. 릴리 일행에게 끌려간 그곳에서 여러 명의 시녀에게 둘러싸인 미라는 현재, 수영복 차림이 되어 있었다.

　흐름상 또 새로운 의상이라도 입히려는 거겠지, 라고 예상은 했지만 이번에는 평소와 다소 다른 의상 발표회가 열리고 말았다.

　신작 마법소녀풍 의상이 아니라 수영복이었던 것이다. 심지어 비키니 타입의.

　"아아, 해변에 강림한 여신 같아요!"

　시녀 중 한 명이 익숙한 손놀림으로 카메라를 다루는 가운데, 릴리가 황홀한 투로 외쳤다.

　청색과 백색으로 이루어진 수영복은 분명 미라의 매력을 한층 더 끌어올려 하늘과 바다에 뒤지지 않을 정도의 존재감을 내뿜게 했다.

　어째서 이번에는 이런 옷을 만든 걸까. 그 이유는 바로, 한여름이기 때문이다.

　왕성 부지 안에는 실내 수영장이 있다. 주로 훈련용으로 쓰이는 곳이었지만, 여름이 되면 레저 시설 대신 개방되어서 더위를 피하기 위해 이용하는 이도 많았다.

　그리고 그건 시녀들도 마찬가지여서 개중에는 옷 안에 수영복을 입고 일하는 이도 있을 정도다.

그것은 이번 사건의 계기 중 하나로 작용하기도 했다.

실은 미라용 신작 의상 회의와 병행하여 이너 팬츠 회의도 열리고 있었는데, 속바지파, 블루머파, 스타킹파, 속치마파, 핫팬츠파 등, 여러 파벌의 의견이 충돌해 합의점을 도출하지 못하고 있었다고 한다.

그런 가운데, 계절의 도래와 함께 나타난 것이 바로 수영복파였다.

차라리 속옷 대신 수영복을 만들어버리면 되지 않겠느냐. 밤낮을 가리지 않고 수영장을 다니던 시녀들의 그러한 주장은, 처음에만 해도 헛소리로 치부되어 무시되었다고 한다.

하지만 신작 의상으로 수영복을 만드는 건 괜찮지 않을까.

무더운 여름 날씨 탓에 더위라도 먹었는지, 그런 방향으로 이야기가 진행된 결과 이러한 신작이 탄생한 것이다.

"더운 계절이잖아요? 바다나 강이나 폭포나 수영장에 뛰어들고 싶어지는 날도 있을 거예요. 그런 날에 사용해주세요!"

릴리에 필적하는 시녀 중 한 명인 타바사는 그것 말고도 몇 벌의 수영복을 손에 들고 있었다.

아무래도 속옷 대용이라는 요소도 어느 정도 반영된 모양인지, 날마다 갈아입을 수 있게끔 제작된 듯했다.

당연히 그것들까지 모두 착용당한 미라는 결국 최종적으로 각종 이너 팬츠 시험 제작품도 입게 되었고, 시녀들은 그런 미라의 모습을 남김없이 사진에 담았다.

또한 그 사진은 다음 회의의 참고 자료로 사용될 예정이라는 듯했다.

"가을 의상 신작이라⋯⋯. 머지않아 또 이런 일이 벌어지겠군 그래⋯⋯."

여름이 지나면 가을. 수영복 다음은 가을 의상. 릴리의 말에 따르면 가을옷 개발도 이미 시작되었다고 한다.

어떻게 보면 당연한 사실에 한숨을 내쉬기는 했지만, 미라는 현재 행복감에 취해 있었다.

지나치게 열렬한 시녀들의 환영은 다소 부담스럽다. 하지만 그와 동시에 대령하는 디저트는 미라의 취향이 왕창 반영되어 있어서 그 괴로움을 그럭저럭 상쇄할 수 있었다.

"역시 시녀 식당의 케이크는 최고로구나."

늘 그랬듯 옷 갈아입히기 인형 신세가 되기는 했지만 오후의 디저트를 마음껏 즐긴 미라는 시녀들의 배웅을 받으며 그 자리를 뒤로 했다.

이번에 입수한 것은 세 벌의 수영복이다. 지금이 여름이라는 점을 고려하면 조만간 입을 가능성이 컸다.

오히려 타이밍상으로는 적절했을지도 모른다. 미라는 깊이 생각하지 않고 그냥 그렇게 여기기로 했다.

또한 솔로몬의 말대로 릴리에게 지하 연구실에 관한 진상을 물어보았지만 결국 그 답은 들을 수가 없었다.

릴리뿐 아니라 타바사와 다른 시녀들에게 물어도 어째서인지 얼버무렸기 때문이다.

그 사건에는 어떤 진실이 숨겨져 있는 것일까. 시녀들이 연루되어 있음을 대충 짐작한 미라는 긁어 부스럼 만들지 말자는 생각에, 그 사건에 관한 이야기는 잊기로 했다.

다음으로 미라가 찾은 곳은 왕성의 서쪽에 위치한 작업장이었다. 정비를 위해 맡겼던 왜건을 가지러 온 것이다.

미라가 얼굴을 비추자 책임자인 더그가 나왔다. 정비 결과, 왜건에는 딱히 문제가 없었다고 한다.

가장 많은 힘이 실리는 상부의 기둥은 완성 당시의 상태를 유지하고 있어, 유격도 전혀 없고 각 부위에도 이상은 없다는 듯했다.

그래서 구동부에 기름을 치고 전체적으로 세차만 하고 작업을 완료했다는 모양이었다.

왜건의 사용 상황 등에 관한 몇 가지 질문에 답하고 난 후, 정비를 하며 왜건에 추가했다는 장치에 관한 설명을 들은 미라는 매우 감동했다.

실제로 차고에 놓인 왜건을 확인해 보니, 그것은 모서리의 천장 부근에 설치되어 있었다. 성의 마도공학 기술자가 만들어낸 공기 조절 장치였다. 왜건 여행을 한층 더 쾌적하게 만들어줄 추가요소였다.

그리고 그 또한 시험 제작품이니 나중에 감상을 들려달라는 부탁도 받았다.

그렇게 왜건은 정비를 마치고 돌아왔다. 더그에게 감사 인사를 하고서 헤어진 미라는 왜건을 앞에 두고 곧바로 상자를 꺼냈다.

그렇다. 솔로몬에게 받은 탈것용 수납 상자다.

"오오, 이것 참 굉장하군!"

배운 대로 조작해 보니 놀랍게도 커다란 왜건이 상자 안에 들어갔다.

또한 꺼내기도 간단했다. 뚜껑 부분을 열고 땅에 내려놓으면 열린 방향으로 나오도록 되어 있었다.

몇 번인가 넣었다 꺼내기를 반복한 후, 미라는 그 유용성에 만족했다.

앞으로는 주차장 걱정 없이 숙소를 찾을 수 있다. 그리고 무엇보다도 주차장 요금을 절약할 수 있겠다면서.

참으로 좋은 물건을 받았다. 이왕 가지고 다닐 수 있게 되었으니 자주 써먹어야겠다고 생각한 미라는 왜건을 아이템박스에 수납해, 그대로 의기양양하게 왕성을 뒤로했다.

왕성을 나선 미라가 곧장 향한 장소. 그것은 루나틱레이크에서 가장 발전한 상점가다.

임무를 마친 덕에 얼마간은 시간적 여유가 생겼다. 그래서 미라는 이전부터 생각으로만 그쳤던 루나틱레이크 관광을 하고자 나선 것이다.

이러니저러니 해도 새로운 시설은 아직 학원 정도밖에 본 적이 없다. 하지만 도시는 여러모로 진화했으니, 그러한 것들을 확인할 겸 산책을 하기로 한 것이다.

"음음. 참으로 북적거리는구나."

마치 성장한 제 자식을 지켜보는 부모와 같은 심정으로 미라는 그러한 것들을 구경하고 다녔다.

30년 전보다 밀도가 훌쩍 높아진 도시 풍경을 보고 있자니 본인의 일처럼 기뻐졌다. 그리고 이 도시를 지켜온 솔로몬의 노고를 다시 한번 속으로 치하했다.

"오, 그러했지."

대로를 걷다가 나란히 늘어선 모험가 종합 조합 앞에 도착했을 즈음, 미라는 어떠한 사실이 떠올랐다.

그건 고대지하도시가 있던 그란 링스에서 있었던 일이다. 저쪽 모험가 종합 조합에서 팬이 선물을 보냈다는 이야기를 듣고, 수령할 곳으로 이 루나틱레이크의 접수처를 지정해두었더랬다.

유명해지고 볼 일이라고 생각하며 미라는 가벼운 발걸음으로 술사 조합 쪽으로 들어갔다.

루나틱레이크에 있는 조합 시설은 도서관과 비슷한 분위기를 띠고 있었다. 모험가 활동에 도움이 될 듯한 책이 책장에 꽂혀 있었는데, 조합 안에서라면 마음껏 읽을 수 있다는 모양이었다.

심지어 모험가뿐 아니라 모험가가 되고 싶어하는 아이들의 모습도 드문드문 보였다.

열심히 책을 읽는 아이는 물론이고 조합원으로 보이는 여성과 함께 있는 아이도 있었다. 아무래도 선생님처럼 공부하는 걸 도와주고 있는 듯했다.

과연 술사 육성에 있어서는 대륙 제일이라 일컬어지는 알카이트 학원이 위치한 나라라 해야 할까.

미라는 술사 조합의 분위기와 열심히 공부하는 아이들의 모습이 감탄하며 조합 창구로 향했다.

"팬이 이 몸에게 보낸 선물이 있다고 들었다만."

미라는 창구에 도착하자마자 모험가증을 내밀며 약간 의기양양하게 말했다.

팬이 보낸 선물. 그 단어에는 우쭐할 수밖에 없다고 할 만한, 신비로운 힘이 담겨 있는 듯했다.

"네, 확인해 볼 테니 잠시 기다려주십시오."

창구를 맡은 여성은 기대로 가득한 얼굴의 미라에게 살며시 미소를 지어 보이며 답하더니, 익숙한 손놀림으로 모험가증을 어떤 장치에 통과시켰다. 그리고 뭔가를 확인하더니 어디론가 걸어갔다.

"오래 기다리셨습니다. 이게 미라 님께 도착한 물건입니다."

그렇게 말하며 창구 담당 여성이 카운터에 내려놓은 것은 선물용으로 포장된 작은 상자와 편지봉투였다.

자세히 보니 상자와 봉투의 발송인은 각각 다른 모양인지, "이쪽에 있는 수취 확인란에 사인해주십시오"라면서 내민 서류도 두 통이었다.

"흠, 알겠다."

팬이 보낸 선물과 편지를 수령하는 데 수취 확인 사인이 필요하다니 어쩐지 신기했다.

미라는 사인을 하며 그 점에 관해 물어보았다.

그러자 매우 단순한 답이 돌아와서 미라는 허탈함에 쓴웃음을 지었다.

그 이유는, 과거에 조합원이 횡령을 한 적이 있기 때문이라는 듯했다.

'흐음…… 셀로나 그 잭그레이브인가 하는 작자나 엘레오노라 같은 유명인들은 고생이 많을 것 같군그래.'

그 정도 인기라면 분명 팬이 보낸 선물도 상당히 많을 것이다.

사인을 하는 것도 큰일일 것 같다는 생각이 들기도 했지만, 선물을 받아든 미라의 얼굴에는 웃음이 걸려 있었다.

13

"이거 참으로 신기하군."

술사 조합의 구석진 곳. 미라는 그곳에서 상자 안에 든 것을 맛보며 놀란 투로 말했다.

겉으로 보기에는 달콤한 냄새가 나는 엄지손가락 크기의 종이 같았다. 하지만 혀 위에서 한 번 굴리면 사르르 녹아버렸다.

그렇다. 상자 안에 든 선물은 바로 캔디였다.

참으로 세련된 캔디도 다 있다는 생각에 미라는 감탄해서 두 장, 세 장, 계속해서 맛보며 방금 수령한 편지를 집어 들었다.

대체 어떤 팬이 보낸 편지일까.

러브레터라면 답장을 못 할 듯한데. 인기인은 괴롭구나. 따위의 생각을 하며 발신인을 확인해보니, 미라에게도 실로 반가운 상대가 보낸 것이었다.

"오오, 타쿠토로구나!"

이 세계에 온지 얼마 되지 않았을 무렵. 소울하울을 찾으러 고대신전으로 갔을 때 만난 소년, 타쿠토. 에카르라트 카리용의 면면들과 만난 계기가 된 그가 보낸 편지였다.

그 편지에는 타쿠토의 현재 상황에 관한 이런저런 이야기가 적혀 있었다.

성술사가 되기 위해 열심히 공부하고 있다고. 몸을 단련하기 위해 매일 훈련하고 있다고. 그리고 그 과정을 모두 에카르라트 카리용 멤버들이 도와주고 있다고.

아직 모르는 게 많아서 공부는 어렵고 훈련도 힘들지만 그래도 하루하루가 즐겁다고. 편지에는 아직 서툴지만 반듯한 글씨로, 본인의 충족감이 고스란히 전해지는 듯한 문장이 잔뜩 적혀 있었다.

그리고 가장 많이 적혀 있던 것은 부모님에 관한 이야기였다.

"음음, 잘 되었구나."

행방불명되었던 타쿠토의 부모가 이스즈 연맹의 보호를 받고 있다는 사실을 미라가 알게 된 것은 키메라 클로젠과의 결전으로부터 얼마간 시간이 지난 후였다.

뒤처리 등으로 분주했던 무렵, 아론을 비롯한 몇몇 이스즈 연맹 관계자들과 한잔했을 때. 이스즈 연맹의 본거지에서 만났던 애슐리와 리네가 무사히 아들과 재회했다는 이야기가 오갔었다.

그런 가운데 미라는 알아챘다. 당시, 어디선가 두 사람을 만났거나 이름을 들어본 것 같다고 느꼈었는데, 타쿠토의 부모였기 때문이라는 것을.

아무리 이름을 외우는 게 서툴다지만 어쩜 이렇게나 둔할 수가 있다는 말인가.

하지만 미라는 그런 당시의 일은 몽땅 잊고 편지에서 전해지는 타쿠토의 행복감에 흐뭇한 미소를 지었다.

부모님과 함께 특훈을 받고 있다는 모양이었다. 어떨 때는 에카르라트 카리용의 단장인 셀로가 직접 상대를 해줄 때도 있다고 한다.

심지어 아버지인 애슐리는 셀로를 존경하고 있어서, 그런 날은 더더욱 기합이 들어가 있는 것 같다고도 한다.

또한 어머니인 리네도 셀로의 팬이라는 모양이다.

잘 보이고자 노력하기는 하지만 보기 좋게 허탕만 치는 아버지와 굉장하다는 말을 연발하며 셀로를 칭찬하는 어머니.

편지에는 그런 모습을 보고 있자면 다소 심경이 복잡해진다고 적혀 있었다.

"타쿠토도 열심히 살고 있는 듯하군그래."

편지에서는 타쿠토의 여러 가지 감정이 전해져 왔다. 에카르라트 카리용이 얼마나 그들을 잘 돌봐주고 있는지도 엿볼 수 있었다. 그리고 분주한 듯하면서도 평화로운 분위기가 느껴지는 듯한 말도 잔뜩 적혀 있었다.

미라는 그 모든 것들을 음미한 후, 곧바로 종이와 펜을 꺼내 답장을 적기 시작했다.

편지의 답장을 접수처에 맡긴 미라는 대로 선책을 재개했다.

"오오, 이곳은!"

그렇게 걷다가 미라가 발견한 것은 대로 한복판에 있는 아주 큰 가게였다.

미술관 같은 그 가게는 겉모습부터 기품이 넘쳤다. 또한, 취급하고 있는 물건도 겉모습에 걸맞는 것들이 갖춰져 있을 것 같은 분위기를 풍겼다.

이 가게를 발견한 순간, 어떠한 가능성이 미라의 뇌리를 스쳤다. 바로 요전에 생각해낸 확장 요소다.

"흐음, 있을지 모르겠군."

미라는 중후한 검은 문을 열고 가게 안에 발을 들였다. 그러자 예스러운, 하지만 어쩐지 그리운 냄새가 코끝을 간질였다.

"어서 오십시오."

자신을 맞이하는 차분한 점원의 목소리를 들으며 가게 안을 둘러본 미라는 그 순간 숨을 죽이고 "오오~" 하고 작은 목소리로 탄성을 흘렸다.

그 가게의 이름은 '카페 크래프트 벨 골동품점'. 그렇다, 오래된 여러 가지 물품을 취급하는 앤티크 숍이다.

심지어 카페라는 이름이 말해주듯, 가게의 우측과 이어져 있는 공간에는 카페가 병설되어 있었다. 앤티크와 카페. 그 융합으로 인해 가게 안에는 마치 동화 속 세상 같은 분위기가 감돌고 있었다.

'이거이거, 꽤나 종류가 많군그래.'

카페에서 달콤한 향기가 풍겨왔지만, 그 유혹을 간신히 참으며 미라가 향한 곳은 앤티크 물품들이 늘어선 구획이었다.

그렇다, 미라의 목적은 디저트가 아니었다.

현재의 목표는 정령이 깃든 가구다.

오래도록 애정을 쏟은 물건에는 정령이 깃드는 경우도 있다. 그렇다면 오래된 앤티크 가구 중에는 저택정령을 더욱 쾌적한 환경으로 꾸미기 위한 가구 정령이 있을지도 모른다. 미라는 그렇게 생각했더랬다.

하지만 아무래도 지금 눈에 보이는 범위에 있는 것 중 가구 정령은 존재하지 않는 듯했다.

때문에 가구 이외의 것들도 얼마간 돌아본 후, 가구 정령과의 만남을 포기하고 가게를 나서려던—— 바로 그때.

"근사한 물건들이더군. 특히 카테노프 시대의 물건을 저만큼이나 수집하다니. 아무래도 자네와는 취향이 맞는 것 같군."

"감사합니다. 저도 오늘의 만남은 운명이 아닐까 싶었습니다."

그런 말소리와 함께 주인장으로 보이는 남자와 옷을 잘 차려입은 신사풍 남자가 출입금지라는 팻말이 걸린 계단에서 내려왔다.

그리고 신사풍 남자는 "조만간 다시 오지"라고 인사한 후 가게를 떠났다.

주인장은 꽤나 좋은 거래를 했는지, 미소를 지은 채 카운터로 돌아가 서류를 작성하기 시작했다.

그런 두 사람의 모습을 지켜보던 미라는 확인이라도 하듯 계단 쪽으로 시선을 옮겼다. 그리고 좀 전의 대화에 등장했던 '카테노프 시대'라는 단어에 관한 기억을 되짚어 보았다.

카테노프 시대. 그것은 이 세계의 역사 중 한 부분으로, 미라는 그 단어를 알고 있었다.

아는 이유는 역시나 역사 애호가 친구, 아우토디 돌핀 때문이다.

그는 신이 나서 카테노프 시대에 관해 이야기했었다. 어쩌면 좀 전의 두 사람과 죽이 맞지 않을까 싶을 정도로 상세하게, 그리고 수다스럽게 떠들었던 당시의 일이 떠올라서 미라는 쓴웃음을 지었다.

아우토디 돌핀 또한 카테노프 시대에 심취했었는지, 그 시대에 관한 이야기를 다른 시대의 것보다 훨씬 자주 언급했다.

때문에 미라도 억지로 익힌 지식이기는 해도 다소의 소양은 있었다.

카테노프 시대라는 단어는 어스 대륙 북서부, 그림다트에서 보았을 때 서쪽 끄트머리에서 번영했던 왕국의 역사에 등장한다.

400년 정도 과거에 멸망한 왕국이지만 역사 연구가와 돌핀의 말에 따르면 멸망한 계기가 된 사건이 100년 전에 있었다고 한다.

그리고 그 원인으로 지목된 그 시기가 바로 카테노프 시대였다.

지금으로부터 500년 전. 왕위에 오른 23대 국왕. 그 이름이 바로 '카테노프 사핀 듀카야'였다.

카테노프 시대란 그 왕이 나라를 다스렸던 시기를 표현할 때 사용되는 말이다.

나라가 멸망한 원인으로 여겨지는 카테노프왕은 예술을 무엇보다도 사랑했다. 때문에 도를 넘어선 왕명을 내렸다.

그것은 왕도(王都)를 예술로 가득 채우기 위한 법이었다. 커다란 저택에서 일상생활에 쓰이는 소품에 이르기까지 모든 것에 예술적인 요소를 가미시키라는 터무니없는 법이었다.

그 법으로 인해 나라에는 커다란 변화가 생겼다.

예술가의 지위도 마찬가지였다.

부와 명성을 얻을 수 있을 뿐 아니라, 자신의 예술을 마음껏 표현할 수 있는 장소라는 소문에 온 대륙의 예술가들이 카테노프 시대의 왕국으로 모여들었다.

모든 예술이 그곳에 있다고 해도 과언이 아닐 정도로 왕국은 엄청난 발전을 거두었다고 한다.

하지만 예술가들을 지나치게 우대한 나머지 귀족들의 불만이 폭발했고, 카테노프 왕은 왕자인 레오로프에게 왕좌를 양위하고 물러나게 되었다.

그런 카테노프 상왕은 별채 저택에서 여생을 보냈다고 한다. 그리고 이때, 열 개의 명품을 소지하는 것을 허락받았다고 역사서에는 적혀 있었다는 모양이다.

카테노프의 십대 비보. 그것이 바로 고고학자들 사이에서도 유명한 보물의 명칭이었다.

'과연, 이제는 발견이 되었을까?'

돌핀 또한 그 보물에 많은 관심을 가지고 있었다. 하지만 당시에는 결국 찾지 못했다.

기억을 되짚어본 미라는 어지간히도 많이 시달렸던 것 같다는 생각에 쓴웃음을 지었다. 그리고 프렌드 리스트를 열고 그는 지금 어디서 무엇을 하고 있을까, 라는 생각을 했다.

돌핀의 이름은 온라인으로 표시되어 있었다.

카테노프 시대의 번영과 쇠퇴. 그리운 마음으로 친구에 관해 생각하며 미라는 계단 쪽으로 다가갔다.

'500년 전의 명품이라면, 정령이 깃들어 있을 가능성도 있을 것 같군……'

카테노프 시대의 물건이라면 정령이 깃들기에는 충분할 정도로 오래되었을 거다. 뭐라도 보이지 않을까 싶어서 계단을 훔쳐보았지만 막다른 길에 있는 벽이 보일 따름이었다.

'이야기의 내용으로 미루어 볼 때, 이 위에도 상품이 있는 것 같다만⋯⋯.'

미라는 좀 전에 주인장과 손님이 나누었던 대화를 되짚어 보았다. 특히 손님이 입 밖에 냈던 '근사한 물건들이더군'이라는 말을.

물건들. 다시 말해서 이 위층에는 좀 전에 이야기했던 카테노프 시대의 여러 가지 골동품이 모여 있다는 뜻일 거다. 어쩌면 다른 골동품도 있을지 모른다.

그렇게 위층을 물끄러미 쳐다보던 중에.

"어라, 왜 그러시는지요?"

어쩐지 수상쩍어 보이는 미라의 움직임이 눈에 들어왔는지, 주인장이 웃는 얼굴로 말을 걸어왔다.

"아~ 실은 말이네――."

미라는 단도직입적으로 목적을 입 밖에 냈다. 정령이 깃들 정도로 오래된 가구가 혹시 2층에 있지 않느냐고.

"정령이 깃들 정도라⋯⋯."

주인장은 그 말을 듣고 생각에 잠기더니 문득 미라의 얼굴을 살펴보고 얼마쯤 뜸을 들이다가 정중한 투로 물었다.

"그런데 혹시나 해서 말인데, 손님의 모습을 보아하니 정령 여왕님이 아닐까 싶습니다만⋯⋯ 본인이 맞으신지요?"

아무래도 골동품점의 주인장도 알 정도로 정령 여왕이라는 이름이 알려진 모양이다.

"아~ 음. 세간에서는 그리 불리고 있는 듯하더군."

딱히 부정할 필요는 없다. 오히려 유명한 상급 모험가라는 사실을 알면 신뢰를 살 수 있을지도 모른다고 생각한 미라는 다소 과장스럽게 고개를 끄덕여 보였다.

"아아, 역시 그랬군요! 소문대로 아름답고 청순가련하시군요. 제 눈이 정확했던 모양입니다! 이것 참, 소문이 자자한 분을 이렇게 뵙게 되다니, 영광스러울 따름이군요! 아, 잠시만 기다려 주십시오."

주인장은 예상이 들어맞아서인지, 소원성취했다는 듯 환한 미소를 지어 보이더니 그런 소리를 하며 우당탕탕 카운터까지 달려갔다.

미라는 그 뒷모습을 바라보며 고개를 갸웃했다. 반응이, 어쩐지 생각했던 것과 다른 것 같다.

조금 전 주인장의 표정은 거금을 내줄 가능성이 있는 귀한 손님을 맞이한 사람의 반응이라기보다는 그냥 유명인을 만나 기뻐하는 사람처럼만 보였기 때문이다.

그리고 아무래도 그런 예상이 들어맞았는지, 가벼운 발걸음으로 돌아온 주인장은 사인용 색지와 펜을 들고 있었다.

"실은 딸이 정령 여왕님의 열렬한 팬이라 말입니다. 괜찮으시다면 사인을 좀 해주실 수 있겠습니까?"

주인장이 애원이라도 하는 듯한 눈빛과 더욱 환해진 얼굴로 사인용지와 펜을 내밀었다. 과연 사인을 받고 싶어하는 건 정말로 딸일까, 아니면 주인장 본인일까.

하지만 그걸 추궁해 봐야 의미는 없다. 미라는 잠시 생각한 끝에 "음, 안 될 것 없지"라고 답하고서 사인용지와 펜을 받아들었다.

'흐음~ 사인이라……. 벌써 써먹을 때가 왔구나!'

미라는 신이 났지만 애써 냉정한 태도를 유지한 채 마치 익숙한 사람처럼 펜을 놀렸다.

그란 링스에서 학스트하우젠까지 가던 도중에 미라는 '정령 여왕 미라'로서 열심히 사인을 연습했더랬다.

그란 링스에서 정령 여왕이라는 이명으로 불리고 있다는 사실을 알고는 언젠가 분명 필요해질 거라 생각했기 때문이다.

오만하기 그지없는 생각이었지만, 이번에는 그 덕분에 보란 듯이 그럴싸하게 사인을 하는 데 성공했으니 세상일은 어떻게 될지 정말 모를 일인 것 같다.

사인을 건네자 기분이 좋아진 주인장은 미라를 위층으로 들여보내 주었다.

심지어 "이렇게나 운이 좋을 수가! 그 유명한 정령 여왕님의 중요한 임무를 완수하는 데 보탬이 될 기회가 제게 찾아오다니!"라는 소리를 하며 혼자서 잔뜩 흥분해 있었다.

대체 무엇이 그를 흥분시킨 것인지 그 기세는 수그러들 줄을 몰라서 "정령 여왕님의 역사에 내가 관여할 날이 오다니!"라느니 "내가 하는 일이 정령 여왕님에게 보탬이 될 날이 오다니!" 따위의 소리를 하며 아주 의기양양해져서 안내까지 해주었다.

"이것 참…… 하나같이 훌륭한 물건들뿐이로군."

2층에 들어선 미라는 그곳에 펼쳐진 광경에 숨을 죽였다.

1층도 상당히 구경할 맛이 나는 곳이었지만 그런 1층은 맛보기라고 할 수도 없을 정도였다는 생각이 들 만큼, 2층은 역사적인 물건들로 넘쳐나고 있었다.

2층의 칸막이가 없고 널찍한 공간에는 여러 가지 골동품이 늘어서 있었다. 그리고 그것들은 아무래도 어떠한 기준으로 분류하여 나누어둔 모양이었는데, 구획에 따라 인상이 확 바뀌는 걸 느낄 수 있었다.

미라는 앤티크라는 장르에 관해서는 거의 지식이 없었다. 아는 것이라고는 친구인 돌핀이 말해준 내용 중 극히 일부와 무구류에 관한 한정된 지식뿐이었다.

하지만 지금 눈앞에 있는 물건들은 하나같이 그런 미라의 눈에도 특별해 보였다.

우선 카테노프 시대의 앤티크로 말하자면. 그것들은 금은과 같은 알기 쉬운 호화찬란하고 반짝이는 것들과 달리, 사람의 기술만으로 빚어낸 웅장하고 화려한 아름다움을 지니고 있었다.

왕은 예술을 즐길 여유가 없는 서민층에 이르기까지 생활에 예술이 스며들게 하라고 명령을 내렸다.

그래서인지 조각칼 한 자루로도 만들 수 있는 세공품이 잔뜩 존재했고, 이 가게는 그러한 물건들을 왕창 모으고 있는 듯했다.

그러나 대충 둘러보아도, 목적했던 정령의 모습은 결국 찾을 수가 없었다.

『인간의 감성이란 참으로 근사하군. 하지만 그렇기에 미라 공이 찾는 나의 권속은 그곳에 없을 것이야.』

아무래도 정령왕도 감상하고 있었는지 감탄한 듯한 목소리가 미라의 뇌리에 울렸다. 그와 동시에 정령왕은 카테노프 시대의 가구에 정령은 깃들지 않을 것이라고 말을 이었다.

들자 하니 예술성이 너무 높아서 가구로서의 본질이 애매해졌다는 모양이다.

아무리 소중히 여겼다 해도 그 물건이 계속 본래의 용도로 소중하게 취급되지 않았다면, 정령이 깃들 그릇이 될 수 없다는 듯했다.

그것이 만들어졌을 때 제조자가 담은 염원과 그것을 손에 넣은 자의 감정이 가장 중요하고, 그것들이 합쳐져 오랜 세월이 흘러야 비로소 그릇이 되어 정령이 깃드는 것이라고 한다.

『과연. 소중히 여기는 마음과 취급하는 방법 또한 영향을 미친다는 것이로군.』

『바로 그거다.』

세월도 중요하지만 어떻게 사용되었는가 하는 것 또한 정령이 깃드는 데 있어 중요한 요인이라고 정령왕은 말했다.

카테노프 시대의 가구는 억지로 예술적인 요소를 보태어 제작된 물건들이다. 그렇게 생각하자 확실히 정령이 깃들기에는 무리가 있을 듯했다.

다음으로 주인장이 안내해준 것은 카테노프 시대의 재현 운동에서 비롯된 레발리기(期)라는 시대의 골동품들이었다.

카테노프 시대에 매료된 장인들이 제작한 물건들이다.

그것들에서는 중기에서 후기로 갈수록 색채가 풍부해져 가는 경향이 있음을 알 수 있었다.

주인장의 말에 따르면 중기에서 후기에 걸쳐, 안료와 염료의 가격이 크게 떨어진 덕에 색채가 풍요로운 명품이 차례차례 만들어졌다는 듯했다.

그 결과, 재현 운동이 시작된 도시에는 마치 무지개에 둘러싸인 듯 컬러풀한 광경이 펼쳐져 있었다고 한다. 때문에 지상의 무지개라 불렸다는 모양이다.

하지만 그랬던 도시도 지금은 대전으로 인해 멸망했다는 듯했다.

또한 현대에도 그 도시 광경을 재현하고자 하는 운동이 일어났는데, 스트라이프 왕국에 있는 포네이쇼라는 마을은 꼭 볼 가치가 있다는 모양이다.

그렇게 상세하고도 알기 쉽게 설명해 나가던 주인장은 동선의 종점에 자리한 가장 크고 번듯한 그림 앞에서 멈춰 섰다.

그 그림은 자물쇠가 달린 커다란 쇼케이스에 들어 있었고, 방범용으로 추측되는 술구가 주변을 에워싸고 있었다.

어지간히 귀한 물건인지, 지금까지 둘러본 것들 중 가장 엄중한 경비 태세가 갖춰져 있었다.

"호오, 이것이……. 확실히 근사하군그래."

미라는 그 그림을 보자마자 탄성을 흘렸다. 그리고 주인장은 매우 의기양양한 얼굴로 웃으며 "그렇고말고요"라고 말했다.

그 그림은 150호 정도로—— 폭이 2미터는 더 되었다.

커다란 캔버스에는 말 그대로 무지개가 드리운 듯 풍부한 색채를 띤 도시 풍경이 섬세하게 그려져 있었다.

그렇다. 이것이 바로 지상의 무지개라 불렸던 옛 도시의 모습인 것이다.

그 박력과 화사함은 예술에 관심이 없는 이라 해도 걸음을 멈추고 말 만큼 매력적이었고, 미라의 마음까지도 사로잡을 정도였다.

"저는 이 그림을 처음 보았을 때, 그 재현 운동은 모두 이걸 만들어내기 위한 것이 아니었을까 생각했습니다."

주인장은 감회에 젖어 그림을 바라보며 무언가를 상상하듯 눈을 감았다.

"이러한, 카테노프 시대에 뒤지지 않을 명품을 만들어낸 200년 전을, 우리는 그 발기인(發起人)인 블랑슈 라 레발리 백작에 대한 경의를 담아 레발리기라 부르지요."

그렇게 설명을 마무리한 후, 주인장은 천천히 눈을 뜨며 카테노프 시대의 도시 풍경도 보고 싶었다고 중얼거렸다.

"보이지가 않는군그래……."

레발리기의 골동품들 중에서도 정령이 깃들어 있는 물건은 없었다.

"무구뿐 아니라 가구와 같은 물건들에도 정령이 깃든다는 것은 우리 골동품상들에게도 유명한 이야기지요. 하지만 저도 직접 본 적은 없어서 말입니다. 정령 여왕님의 눈이라면 발견할 수 있지 않을까 싶었지만, 역시 소문은 소문이려나요……."

주인장 역시 아쉽다는 표정을 지었다.

그래서 미라는 정령왕에게 몇 가지 질문을 더 하여 가구에 정령이 깃드는 조건을 알아내, 주인장에게 말해주었다.

가구로서 사랑을 받았으며 평온한 환경에 있었어야 한다고.

"평온함과 애정이라……."

미라가 제시한 조건을 들은 후, 주인장은 가게에 시선을 고정한 채 숙고하기 시작했다. 그리고 연대, 역사와 관련된 단어를 차례로 중얼거리며 이리저리 시선을 옮겼다.

그런 주인장의 분주한 시선은 서서히 차분해졌고, 이윽고 정답을 찾았다는 듯 한 곳에 고정되었다.

"저기 있는, 매리 기프트라면 있을지도 모르겠군요!"

주인장은 그렇게 말하자마자 달려나가더니 가장 안쪽에 위치한 구획에 도착해 얼마간 주변을 둘러보고서 뒤를 돌아보더니 "이쪽입니다!"라면서 미라를 불렀다. 그 모습은 마치 주인을 기다리는 개 같았다.

"흠, 알았네."

꽤나 섬세한 조건이었지만 아무래도 해당하는 물건이 있었던 모양이다. 미라는 잘했다는 듯한 얼굴로 걸음을 떼어 주인장이 기다리는 안쪽으로 향했다.

"이곳에는 450년 정도 전인 그롤리 크롤리 왕국에서 결혼 축하선물로 쓰였던 물건이 모여 있습니다."

미라가 그 구획으로 시선을 옮기자마자 주인장은 그렇게 운을 떼더니 "이러한 물건들은 모두 매리 기프트라 불리고 있으며──"라고 상세히 설명하기 시작했다.

매리 기프트. 그것은 그롤리 크롤리 왕국에서 결혼한 부부에게 보낸 축하 선물이었다.

국가가 축하 선물을 보냈다니 꽤나 통이 큰 것도 같지만 그렇게 하게 된 데에는 이유가 있었다.

모든 것은 결벽증이 몹시도 심했던 왕이 발령한 불륜 즉사죄라는 극단적인 법에서 비롯되었다.

그 법으로 인해 혼인뿐 아니라 출생률까지도 격감했고, 다음 시대를 짊어질 아이들이 눈에 띄게 줄어들자 허겁지겁 시행한 것이 바로 결혼과 출산을 장려하는 여러 가지 방책인 매리 프로젝트였다.

그중 하나가 매리 기프트로, 결혼을 국가에 신고하면 향후 필요해질 가구 등을 나라가 선물했었다고 주인장은 말했다.

"나라에서 선물한 이 물건들은 모두 다 일류 장인이 제작한 것이었지요. 때문에 그 품질은 보시다시피 400년 이상의 시간이 흐른 지금도 색이 바래지 않을 정도로 훌륭했습니다. 또한 일반 가정에 맞게 디자인도 간소해, 실용성을 한계까지 추구해 제작하였음을 알 수 있지요. 그리고 무엇보다도 글로리 클로리 왕국은 전쟁도 없이 평화로운 나라였습니다."

거기까지 술술 말한 후, 주인장은 기대가 가득한 얼굴로 미라에게 고개를 돌리며 "어떻습니까!"라고 말했다.

"흠, 조건은 모두 충족한 것 같군."

시대 배경으로만 치면 정령이 깃들 가능성은 클 것이라 말할 수 있을 듯했다. 하지만 정령왕의 말에 따르면 가구에 정령이 깃들 정도로 지속적으로 소중히 다루는 경우는 드물어서 이 중 하나라도 있을까 말까 한 수준이라고 한다.

얼마나 소중히 아껴가며 사용했는가. 미라는 작은 가능성을 믿고 그곳에 있는 모든 매리 기프트를 확인하기 시작했다.

"이것 참 갈 길이 멀군그래……."

대충 확인을 마친 미라는 다시금 주변을 둘러보며 그렇게 중얼거렸다. 최적의 조건인 듯했던 매리 기프트 중에서도 정령이 깃든 가구는 하나도 보이지 않았기 때문이다.

저택정령을 완전하게 만들려면 대체 얼마나 시간이 걸릴까. 어디서든 완전하고도 완벽한 주거 공간을 꿈꾸고 있는 미라는 갈 길이 까마득한 것 같아 다소 침울해졌다.

그리고 그런 미라의 표정을 통해 상황을 알아챈 것인지 주인장 역시 살며시 고개를 숙였다.

"주인장, 오랫동안 폐를──."

이렇게나 큰 가게에도 정령이 깃든 가구는 하나도 없었다. 이번에는 포기해야 할 것 같다.

얼마나 희소한 존재인지를 뼈저리게 깨달으며 가구 정령 찾기에 어울려준 주인장에게 감사인사를 하고자 고개를 돌린 그때. 미라의 시선 끝에 2인용 소파가 들어왔다.

"으음? 저것은……."

미라는 무의식중에 중얼거렸다. 그 소파는 마치 구석으로 쫓겨난 것처럼 자리하고 있었다.

매리 기프트는 분명 하나씩 모두 확인했다. 하지만 그중에 저 소파는 없었던 것 같다는 생각에 미라는 고개를 갸웃했다.

미라가 발견한 소파는 매리 기프트 구획의 구석에 있었다. 그곳은 근사한 가구들이 늘어선 구획에서 약간 떨어져 있어서 전혀 눈에 띄지 않았다.

마치 고립되어 있는 것 같다고 해야 할지…… 상관없는 물건인 양 놓여 있다.

하지만 이 구획에 놓여 있는 것을 보면 저 소파 역시 매리 기프트 중 하나라는 뜻이리라.

그렇게 생각한 미라는 마지막 기회라 생각하며 걸음을 떼었다.

"아, 그건——."

미라가 무언가를 발견하고 어디론가 가려 하고 있다는 걸 알아챈 주인장은 어쩐지 말하기 껄끄럽다는 듯한 얼굴로 미라에게 말했다. 하지만 소파에 마지막 희망을 건 미라는 그 목소리를 뒤로하고 구석진 곳까지 걸어갔다.

올리브색을 띤 아름다운 2인용 소파. 천 재질로 되어 있고 디자인도 간소한 그것은 폭신폭신하게 부풀어 있어서, 척 보아도 편안할 것 같은 일품이었다. 심지어 어쩐지 안심감마저 느껴지는 듯한 기운을 두르고 있었다.

"호오, 과연. 이런 느낌인가."

미라는 그 소파를 보자마자 알아챘다. 그것에 정령이 깃들어 있다는 사실을.

그리고 동시에 이해했다. 정령이 깃든 가구란 어떠한 것인지를.

하지만 의아하기도 했다. 어째서 정령이 깃든 소파만 이렇게 다른 가구들과 격리해둔 걸까.

"주인장. 어찌하여 이 소파는 이런 장소에 둔 것인가?"

혼자서 생각하는 것보다 물어보는 게 빠를 거다.

미라가 돌아보며 그렇게 묻자 주인장은 다소 복잡한 표정을 지은 채 "사실 그건——" 하고 이유를 설명하기 시작했다.

2인용 소파가 눈에 띄지 않는 구석에 놓여 있던 이유. 그것은 과거에 두 번 정도 팔렸지만, 두 번 모두 며칠도 채 되지 않아 되사게 되었기 때문이라고 한다.

"보시다시피 상태도 좋고 디자인과 색도 차분해서, 어느 곳에나 어울릴 물건이죠. 당연히 가격도 그럭저럭 나갔습니다만, 들여놓기 무섭게 단골손님께서 구매해주셨습니다."

주인장은 어느샌가 장사꾼 특유의 말투로 돌아가 그렇게 말했다. 하지만 다음 순간, 갑자기 괴담이라도 자아내는 듯한 목소리 톤으로 "그리고 며칠 뒤에 있었던 일입니다"라고 말을 이었다.

다름이 아니라 이 소파를 구입해간 단골손님이 며칠 후에 되팔러 왔다는 것이다.

그리고 이유는 '어쩐지 무언가가 감시하고 있는 듯한 기분이 들어 불안하다'는 것이었다.

주인장의 말에 따르면 이러한 물건을 취급하다 보면 때때로 만나게 된다는 모양이었다. 사연 있는 물건이라는 것을.

"하지만 저희 같은 가게에는 전속 성술사나 퇴마술사분이 있어서, 대부분의 경우에는 정화할 수 있지요."

이 세계에는 유령이니 뭐니 하는 오컬트스러운 요소에 대한 확고한 대처법이 있었다. 결과는 술자의 역량에 달렸지만 사연 있는 물건이라 해도 어떻게든 할 수 있는 것이다.

하지만 이 소파는 수준이 달랐다고 주인장은 말했다.

전속 술사에 의한 정화로는 해결이 되지 않았고, 그들의 스승인 두 명의 술사에게도 의뢰했지만 대처가 불가하다는 말을 들었다고 한다.

"하지만 그때, 그 두 분은 분명 무언가를 느낀 듯했습니다."

대체 무엇이 씐 것인지. 그 정체는 알 수 없었지만, 평범하지 않다는 것은 똑똑히 증명되었다.

스승인 두 명의 술사는 사연 있는 물건 중에서도 이렇게 특정이 불가능한 물건과 만나는 경우가 때때로 있다고 말했다고 한다.

그리고 두 사람은 주인장에게 이 소파를 교회에 맡겨보는 게 어떻겠냐는 권유를 했다는 모양이다. 교회에는 주물(呪物) 등을 보관하기 위한 결계의 방이 있고, 그곳이라면 조용히 안치할 수 있을 것이라면서.

"흐음…… 출입이 금지된 그 장소 말이로군."

미라는 그 장소에 관해 알았다. 아니, 몇 번인가 본 적도 있었다.

몇몇 대도시에 있는 대교회의 지하에 존재하는 그곳은 동서고금부터 모아들인 주물 등을 봉인하기 위한 장소로, '성비뢰(聖秘牢)의 방'이라 불렸다.

또한, 미라가 그 장소를 찾은 것은 아르테시아를 돕기 위해서였다. 그 장소에서 성술사용 퀘스트를 실행해야 했기 때문이다.

어쨌든 주인장은 그러한 장소에 보내는 건 가엾다는 생각에, 눈에 띄지 않는 구석에 안치해 두기로 했다고 한다.

언젠가 정화될 날이 올 거라 믿으며.

"오호라."

미라는 맞장구를 치며 그 스승이라는 두 사람에게 감탄했다.

그 두 사람이 어렴풋이나마 느낀 것은 가구 정령의 기운일 것이다.

정령왕의 말에 의하면 가구 정령은 밖에 잘 나오려 하지 않아 매우 찾기 어려운 정령이라고 한다. 가구에 깃들어 소중하게 사용해주는 자를 조용히 지켜볼 뿐인, 그런 존재이기 때문이다.

"헌데 이런 경우에는 교회에 맡기는 것이 일반적인 해결법인가? 다른 가게에서는 보통 어떻게 하는가?"

모든 골동품을 사랑하는 '카페 크래프트 벨 골동품점'의 주인장은 골동품을 사랑하는 나머지 주물과 함께 취급하기를 거절하고 가게의 눈에 띄지 않는 곳에 둔다는 방법을 택했다.

그럼 이곳 이외의 골동품점은 어떨까. 미라가 그렇게 묻자 주인장의 얼굴에 어렴풋이 그늘이 졌다.

"다른 곳 말씀이십니까. 글쎄요……. 희망 사항을 말하자면 소중히 보관해 주었으면 합니다만, 폐기해 버리는 분들도 있을 겁니다. 또한 용납할 수 없는 일이기는 하지만, 사정을 숨기고 먼 곳으로 출하해 버리는 일도 있지 않을까 싶군요. 교회에 맡기려 해도 상당한 양의 기부금이 필요해서 말입니다."

골동품을 소중히 여기는 마음이 있어도 가게로서의 입장 또한 이해하기 때문인지 주인장은 씁쓸한 투로, 하지만 어쩔 수 없다는 듯이 일반적인 처리 방법을 말해주었다.

"역시 그러한가……."

존재가 알려지지 않은 탓에 가구 정령은 질 나쁜 원령 같은 것으로 오해를 받고 있다. 그 사실을 알게 된 미라는 고뇌에 빠졌다. 어쩌면 과거에 정령이 깃들어 있는 줄 모르고 처분해 버린 것도 있을지 모른다는 생각 때문에.

"헌데 주인장. 이 몸이 이 소파를 팔아달라고 하면, 팔아 주겠는가?"

잠시 생각한 후, 미라는 큰 결심을 한 듯한 표정으로 주인장에게 물었다. 미라는 가구 정령들을 이대로 둘 수 없다고 생각한 것이다.

"이걸 말씀이십니까. 하지만 이건 좀 전에 말씀드렸다시피 처치가 곤란한, 사연 있는 물건입니다. 그 사실을 아시는 분께 팔수는 없지요."

미라의 물음에 주인장은 솔직하게 그렇게 답했다.

만약 악덕 상인이었다면 팔기 꺼림칙하다고 하면서도 '정 그러시다면'이라고 일일이 이유를 붙여가며 팔려 들었을 것이다.

하지만 주인장은 자신이 취급하는 상품에 남다른 책임감을 가지고 있었다. 가게의 입장에서는 성가실 따름인 물건을 사준다면 그보다 반가울 수가 없을 텐데, 주인장은 그 물건이 어떠한 악영향을 미칠지 모른다며 딱 잘라 거절했다.

주인장의 선량한 인간성이 엿보인 순간이다. 하지만 그것은 우연한 결과에 불과했고 미라가 던진 질문의 의도와도 다소 거리가 있었다.

"그럼, 이게 바로 이 몸이 찾던 물건이라면?"

성실한 성격 탓에 둔감한 걸까. 이렇게 된 김에 직접 알려주기보다는 스스로 알아채고 놀라게 하고 싶다. 그런 생각을 하며 미라는 핵심에 가까운 힌트를 입 밖에 냈다.

"정령 여왕님이 찾고 있던 물건……."

그러자 그 말을 들은 주인장은 얼마간 움직임을 멈추고 소파를 물끄러미 쳐다보더니 다시 미라에게로 시선을 옮겼다.

그리고 그런 행동을 얼마 동안 반복하고서야 '설마'하고 눈을 둥그렇게 떴다.

"앗?! 그런 겁니까?! 이것이…… 이 소파에 가구 정령이 깃들어 있다고요?! 아니…… 하지만 스승 술사분들은 딱히 아무 말도……. 술사들의 눈에는 정령이 보이는 게 아니었습니까? 이 소파에 깃들어 있다면 그분들이 놓쳤을 리가……."

눈에 띄게 놀란 것도 잠시뿐. 자신이 아는 지식과 미라의 말에 차이가 있자, 주인장은 곤혹스러운 얼굴로 깊은 생각에 빠졌다.

'복잡하구나…….'

주인장이 한 말을 통해 미라 또한 정령이 깃든 가구가 어째서 이런 취급을 받고 있는지를 알아챘다.

모든 것은 정령이 보인다, 정령과 대화를 나눌 수 있다는 술사의 일반적인 상식이 안 좋은 방향으로 작용한 탓이다.

술사의 재능을 지닌 자라면 누구나 정령을 인식할 수 있다.

또한 숙련도에 따라 다르기는 하지만 정령검과 같은 정령 그 자체가 아닌 물건을 통해서도 인식은 가능하다. 그리고 실제로 이러한 것은 상식이라 모든 이가 인정하는 바였다.

하지만 이 상식이 이번 일에서는 역효과를 낳았다.

주인장은 두 명의 우수한 술사에게 의뢰를 했다. 하지만 그들이 보인다고 알려진 정령을 보지 못하고, 방법이 없다고 선언하면 어떻게 될까.

과연 우수한 술사조차도 보이지 않는다는 정령의 존재를 그 누가 알아챌 수 있을까.

이는 매우 난감한 일이 아닐 수 없다.

결과적으로 아무도 가구 정령이 깃들어 있다고는 생각지 않게 되고, 다른 모종의 원인을 상상해내어 두려워할 수밖에 없으니 말이다. 그것이 현재 눈앞에 있는 소파가 처한 상황이고, 과거에 처분되었을지도 모르는 골동품들의 경우였다.

"정말…… 정말로 이 소파에 가구 정령이 깃들어 있습니까?"

여러모로 생각해보았지만 어리둥절할 따름인 주인장은 미라를 똑바로 바라보며 그렇게 말했다.

하지만 그런 주인장의 얼굴에는 당혹감을 크게 웃도는 기대감…… 아니, 희망이 떠올라 있었다.

미라의 말이 사실이라면 불쌍한 소파와 같은 상태인 골동품들의 처우가 확 바뀔 것이기 때문이다.

가구 정령을 비롯한 인공정령은 인류의 좋은 이웃이라 일컬어지는 정령과 달리 명확한 의사소통이 불가능하다.

하지만 사람들에게 그건 사소한 일에 불과했다. 오랫동안 함께 존재해온 원초 정령들의 권속인 인공정령 역시 좋은 이웃이 될 수 있다고 믿기 때문이다.

"음, 깃들어 있네. 이 몸의 눈에는 정령의 존재가 또렷이 보이거든."

미라는 주인장의 기대에 응하듯 힘껏 고개를 끄덕였다. 그리고 보란 듯이 정령왕의 가호 문양을 온몸에 떠오르게 한 채 그 근거를 말했다.

가구 정령은 매우 발견하기가 어렵다고. 그런 것을 자신이 인식할 수 있었던 것은 정령과의 유대감 때문이기도 하지만 정령왕의 가호 덕분이라고.

"오오, 오오! 그럴 수가! 그럼 정말로 가구 정령이! 아아, 멋지군요. 감사합니다! 다행이다, 다행이야."

온몸에 떠오른 가호 문양이 엄청난 설득력을 가져다주었는지, 주인장은 미라의 말을 있는 그대로 받아들였다. 그리고 주인장은 희색이 가득한 얼굴로 껑충껑충 뛰며 눈물이 그렁그렁해져서 소파에게 말했다.

처분하지 않아서, 교회에 보내지 않아서 정말 다행이라고. 만약 그런 짓을 했다면 상냥한 정령에게 고초를 겪게 할 뻔했다고. 주인장은 자신의 일처럼 기뻐하며 몇 번이고 미라에게 감사 인사를 했다.

정체불명의 사연 있는 물건이라 생각했던 소파에게 실은 가구 정령이 깃들어 있었다니. 상상도 못 했던 그 사실에 주인장은 흥분을 감추지 못했다.

"해서, 주인장. 다시 한번 묻겠네만, 이 소파를 팔아 주겠나?"

소파에 뺨까지 비비기 시작한 주인장에게 미라는 다시금 그렇게 물었다.

그러자 주인장은 정신을 차렸는지 멋쩍은 표정을 짓더니 만면의 미소를 띤 채 "물론이지요!"라고 답했다.

과연 이 소파는 얼마나 할까.

정체불명의 무서운 무언가가 아니라 가구 정령이 깃들어 있었다.

이 사실은 분명 향후 골동품 시장에 커다란 영향을 미치게 될 것이다. 그리고 이것이 주지의 사실이 되면 애물단지 취급을 받아온 그러한 물건들의 가치가 말 그대로 송두리째 뒤집어질 것이다.

미라가 그 사실을 알려줌으로 인해 소파의 잠재 가치는 비약적으로 높아졌다.

그러면 당연히 가격도 그에 상응하게 상승했을 것이다.

"백만 리프 정도면 어떻습니까?"

생각에 잠겼던 주인장은 진지한 눈빛을 띤 채 부드러운 미소를 지으며 소파의 가격을 제시했다.

그것은 가구치고는 고가라고 말하지 않을 수 없는 금액이다.

하지만 정령이 깃든 앤티크 가구라는 가치에 지금까지 들어간 경비 등을 고려하면 파격적으로 저렴하다 할 수 있는 가격이었다.

"흐음, 괜찮겠나?"

미라는 확인이라도 하듯 그렇게 되물었다. 이번 일은 가게의 입장에서 보자면 한몫 잡을 기회일 것이다. 그런 기회를 잡지 않아도 되겠냐는 뜻으로 물은 것이다.

그러자 주인장은 조용히, 하지만 당당하게 고개를 끄덕이며 "괜찮습니다"라고 말했다.

"이 소파에 얽힌 의혹을 걷어내 주신 데다 다른 의심을 받고 있는 물건들에게 희망을 주시지 않았습니까. 정령 여왕님께는 이미 많은 것을 받았습니다."

주인장은 환한 미소를 지은 채 마치 사랑하는 자식을 대하듯 소파의 등받이 부분을 쓰다듬었다. 그리고 "정령 여왕님께 도움이 된다면, 기꺼이 원가에 넘기겠습니다"라고 힘을 실어 말했다.

소파를 구입하기로 결심한 미라는 테이블과 의자가 놓인 공간에서 계약용 서류를 가져오겠다는 주인장을 기다렸다.

이 일상적인 장소에도 앤티크 소품 등이 놓여 있어서 매우 편안한 분위기를 자아내고 있었다. 골동품에 대한 주인장의 애정이 전해져오는 듯했다.

"이거이거, 오래 기다리셨습니다."

꽤나 서둘러 준비한 것인지 다소 황급히 돌아온 주인장은 이마에 난 땀을 손수건으로 닦았다. 그 손에는 서류 한 벌이, 그리고 등 뒤에는 수레에 실린 소파가 있었다.

"그럼 매매 수속을 시작하지요."

"음."

미라가 의자에 앉기를 기다렸다가 자리에 앉은 주인장은 그대로 잽싸게 서류 한 벌을 테이블 위에 펼쳐놓았다. 그리고 미라는 주인장의 안내에 따라 보증서며 감정서 등의 확인을 대충 끝내고 동의서에 사인했다.

"이로써 수속은 끝났습니다. 금일, 이 시간부로 이 물건은 정령 여왕님의 것입니다!"

주인장은 갑갑한 사무 작업은 끝이라는 듯 환한, 실로 기쁜 듯한 미소를 지으며 말했다. 그러고는 소파를 향해 "다행이다, 정말로 다행이야아"라고 말했다. 그 모습은 마치 애지중지하는 딸을 시집보내는 부모 같았다.

"그런데 정령 여왕님. 부탁이 하나 있는데 말씀드려도 될지요?"

기뻐하던 도중, 주인장이 문득 미라에게 고개를 돌리더니 격식을 차려 말했다.

그 표정은 실로 진지하기 그지없었고, 침착한 목소리임에도 긴박감이 담겨 있었다.

"흠, 부탁이라? 무엇인가?"

주인장은 모든 골동품을 사랑하는 사람이니 손질 같은 것을 철저히 해달라고 하려는 것일까? 미라는 그렇게 생각했지만 주인장이 입 밖에 낸 부탁은 미라가 예상치 못한 것이었고, 동시에 어느 정도는 납득이 가는 내용이었다.

"부디 기념사진을 찍어주십시오!"

테이블에 서류 한 벌과 함께 놓여 있는 커다란 상자에서 사진기를 꺼낸 주인장은 기대로 가득한 눈으로 미라를 쳐다보았다.

주인장은 열변을 토했다. 오늘 이날은 골동품 업계의 역사에

남을 전환기가 될 것이라고. 지금까지 대처법이 없어 사연 있는 물건으로 여겨졌던, 골동품 업계에서 애물단지 취급이나 받아온 앤티크들. 그것들이 앞으로는 각광을 받게 될 것이라고.

"모든 물건이 그렇지는 않겠지요. 분명 교회에 봉인된 물건 중에는 정말로 위험한 상태인 물건들도 있겠지요. 하지만 정령이 깃들어 있는 물건이 착오로 인해 봉인되어 있을 가능성이 더 크다고 저는 생각합니다. 그런 물건들이 모두 오늘 이날을 경계로 정령 여왕님의 말씀 덕분에 구원을 얻을 겁니다. 이런 일을 기념하지 않으면 뭘 기념하겠습니까!"

주인장은 아주 감개무량하다는 투로 말을 쏟아냈다. 그 말에는 골동품들에 대한 사랑이 듬뿍 담겨 있었다.

"뭐어, 그대가 그렇다면 그러할 테지……."

골동품 업계에 관해서는 전혀 아는 바가 없는지라 미라는 호들갑이 심하다는 생각에 쓴웃음만 지었다.

동시에 봉인되어 있는 정령들이 구원을 얻을 것이라는 말을 듣고 덩달아 기뻐졌다.

하지만 주인장은 한 가지 걱정이 있다고 말했다.

그것은 설득력의 유무다.

정령 여왕에게 들은 말이라는 증거를 확실하게 남기고자 주인장은 기념사진을 찍고 싶다고 열변을 토했다.

"오호라……."

기념사진을 찍어두면 주인장의 말대로 사연 있는 물건으로 여겨지고 있는 골동품과 정령을 억울한 처지에서 확실하게 해방해

줄 수 있지 않을까.

무엇보다도 그러한 상황에 놓인 정령들을 내버려 둘 수는 없는 일이다. 할 수 있는 일이 있다면 뭐든 해야 한다.

원래부터 그렇게 생각하고 있던 미라는 "음, 알겠네. 찍도록 하지"라고 말해 기념사진 촬영을 승낙했다. 무엇보다도 불우한 상황에 처한 가구 정령들을 위해서.

"감사합니다!"

미라의 답변에 기뻐진 주인장은 곧장 촬영을 위한 준비를 하겠다고 말을 이었다. 최대한 철저하게 준비를 하려는 것인지 두 시간쯤 뒤에 다시 가게로 와달라고도 했다.

또한 모델비도 지불하겠다는 모양이었다.

그래서 일단 골동품 가게를 나서려던 참이었다.

통로 중간에 보기 좋게 늘어선 골동품들의 건너편이 눈에 들어왔다.

그곳에는 많은 수의 그림이 걸려 있었다.

대, 중 소, 여러 가지 사이즈의 그림들은 하나같이 훌륭해서 당장에라도 움직일 듯 생생하게 그려져 있었다.

또한, 얼핏 보기에 필치가 같아 보여서 동일 작가의 작품인 듯했다.

"……이건, 주인장의 취미인가……?"

그곳에 걸린 그림들을 바라보며 미라는 살며시 쓴웃음을 지었다.

같은 터치로 그려진 그림. 그 작가의 취향이었는지 그림들은 하나같이 소녀를 소재로 하고 있었다.

예술적으로 뛰어난, 훌륭한 기교로 그려진 소녀의 그림이 이 중 한두 장뿐이었다면 그냥저냥 보기 좋았을 거다. 하지만 같은 부류의 그림이 이렇게 많이 모여 있으니 다소 이질적인 공간으로만 보였다.

"뭐어…… 사람의 취향은 저마다 다른 법이니 말이지."

미라는 이상하리만치 기운이 넘쳤던 주인장의 모습이 떠올랐지만 어찌어찌 그것을 떨쳐내고, 골동품을 사랑하는 주인장의 이미지만 남겨두고서 그 이상은 생각하지 않기로 했다.

주인장이 촬영준비를 마칠 때까지 기다리기 위해 일단 밖으로 나온 미라는 정령왕 일행과 대화를 나누고 있었다. 내용은 골동품에 깃든 정령들에 관해서다.

오래된 물건에 깃든 정령이 그런 처지에 놓여 있을 줄이야. 정령왕과 마텔은 씁쓸하다는 투로 그렇게 말했다.

듣자 하니 과거—— 지금으로부터 수천 년 전, 숫자는 적었지만 그러한 인공정령들의 존재를 알아채고 소중히 다뤄준 자들이 없지는 않았다고 한다.

하지만 주인장의 말을 통해 추측건대, 지금은 그런 경우가 없는 듯했다.

만약 누군가가 정령의 존재를 알아챘다면 그토록 골동품을 사랑하는 주인장이 그 사실을 모를 리가 없기 때문이다.

『그 주인장의 말이 사실이라면, 교회에 있는 자들조차 그 존재를 알아채지 못하고 봉인해버리고 있다는 것이로군. 신위(神威)에

가까운 자라면 미약할지라도 그에 가까운 존재인 우리를 알아볼 수도 있을 터인데…… 현재 상황으로 미루어 보건대 교회도 꽤나 바뀌어버린 모양이야.』

미라를 만날 때까지 매우 기나긴 시간을 인간 세상과 떨어진 장소에서 보낸 정령왕은 한탄이라도 하는 듯한 투로 '하지만 그것도 어쩔 수 없는 일'이라는 듯이 중얼거렸다.

『그러게요, 확실히 그 무렵과는 바뀐 것 같아요. 풍경뿐 아니라 인간들의 존재 방식도.』

지금껏 미라의 눈을 빌려 현재의 세상을 보아온 마텔은 그렇게 말하며 『어째서일까요』라고 말을 이었다. 그런 마텔의 목소리는 평소의 다정하고도 새침한 듯한 인상이 아니라, 다소 차분한 분위기를 띠고 있었다.

『글쎄, 어째서일까.』

정령왕은 그렇게 답하더니 그대로 『미라 공은 어떻게 생각하는가?』라고 물어왔다.

애초에 정령왕과 마텔조차도 모르는 것을 미라가 알 리가 없건만. 갑자기 말을 걸어오는 바람에 미라는 그런 생각이 들어서 당황하기는 했지만 『깊은 신앙심을 가진 자가 줄어들었기 때문이 아닐까』라고 곧바로 떠오른 답을 입 밖에 냈다.

그 말에는 딱히 이렇다 할 근거가 없었지만, 일단은 현실 세계 인류의 역사를 되짚어 보고 떠오른 인상을 토대로 한 것이었다.

신과 정령이 분명 존재하고, 마물과 악마까지 있는 이 세계에서 신앙은 분명 그 존재 방식이 현실 세계와는 근본부터 다를 것이다. 하지만 깊이 얽힌 적이 없는 미라는 그에 관한 인식이 상당히 애매했다.

『흐음, 신앙심의 저하라……. 아니, 그렇다면…… 아주 있을 수 없는 일은 아닌가…….』

정령왕의 반응 또한 어정쩡했다. 하지만 한편으로는 무언가가 떠오르기도 한 눈치다. 그는 나중에 조금 조사해 보겠다고 했다. 그리고 이 일에 관해서는 언젠가 진전이 있으면 말해주겠다는 말도 덧붙였다.

<15>

　사진촬영 준비가 끝날 때까지, 미라는 이리저리 어슬렁어슬렁 마음이 이끄는 대로 윈도쇼핑을 즐기고 있었다.

　'흐음…… 약품류는 역시 어딜 가나 가격이 비슷하군그래. 하지만 기호품류는 천차만별이고.'

　판매되는 물건들을 확인하는 김에 가격 조사도 하고 있던 미라는 그 차이는 어디에서 오는 걸까 생각했다.

　하지만 그렇게까지 진지하지는 않았다. 관광을 첫째로 생각하고 있는 미라는 곧장 그런 생각을 떨쳐내고 다음 관심사로 넘어갔다.

　상점가의 가게 안내도에 있던 커다란 건물. 그곳에는 '아스테리아 홈'이라는 간판이 걸려 있었다.

　"오오, 이건 카드숍인가."

　가게 안을 들여다보자 눈에 익은 광경이 펼쳐져 있어서, 미라는 그 가게가 무엇을 취급하는 곳인지 한눈에 알아보았다.

　'그나저나 이거 꽤나…….'

　입구에서 보이는 가게 안 정경을 둘러보며 미라는 이전과 다른 모습에 쓴웃음을 지었다.

　그날 보았던 카드숍에는 미라의 매력에 빠져버린 마리안 소년을 비롯해서 아이들이 많았다.

　하지만 어떻게 된 일인지 눈앞에 있는 가게는 그와 정반대로 손님 중 대부분이 어른이었다.

심지어 게임 공간에서 다들 신나게 즐기고 있었다.

우선 카드숍이 보이면 자신(덤블프)의 카드가 있는지 어떤지 확인해 보자.

그렇게 결심했던 미라는 신이 난 어른들을 곁눈질하며 쇼케이스를 둘러보았다.

'흐음…… 루나마리아 녀석은 있었건만!'

그 결과, 이번에도 찾는 데는 실패했다.

돌아갈 때 또 카드팩이나 몇 개 사갈까. 그런 생각을 하던 참에 어른들 집단에서 환호성이 터져 나왔다.

'그나저나 이상하리만치 열기가 뜨겁군.'

다시금 집단 쪽으로 시선을 돌린 미라는 그제야 그 원인이 무엇인지 알 수 있었다.

어른들이 모여 있는 게임 공간 안쪽에 자리한 벽에는 큼지막한 포스터가 붙어 있었다.

그곳에는 '제1회 레전드 오브 아스테리아 대륙 제일 결정전 제1예선'이라 적혀 있었던 것이다.

과연, 큰 대회가 열린 건가. 그렇게 납득한 미라는 포스터 끄트머리에 기재된 상품 일람을 보고 경악했다.

대회 상품은 대회 한정 프리미엄 레어 카드 말고도 좋아하는 카드 세트나 신작 카드의 모델 지정권 등, 상당히 파격적인 구성으로 되어 있었다.

하지만 무엇보다도 눈길을 끈 것은 우승 상금이었다.

"허어…… 삼천만 리프라니……."

카드 게임치고는 파격적인 금액이다. 이만한 고액 상금은 현실 세계에서도 흔치 않다.

그렇게 과거를 돌아보는 동시에 미라는 괜히 저 돈이 있으면 무얼 할까 상상해보았다.

하지만 그것도 잠시뿐. 삼천만 리프를 위해 허겁지겁 열심히 카드를 모아 전략을 짜기보다는 소환술을 써서 요란하게 날뛰는 편이 성미에 맞다는 사실을 깨달았다.

'애초에 이 몸은 솔로몬 녀석에게 한 번도 이긴 적이 없으니 말이지…….'

이전에 솔로몬에게 무참하게 패한 적이 있는 미라는 자신의 카드 게임 실력이 어느 정도인지 잘 알았다. 그러니 미련 같은 건 없었지만 그래도 신경은 쓰이는지 뜨겁게 달아오른 예선 경기를 잠깐이라도 구경하고자 어른들 집단 속으로 들어갔다.

남녀의 비율은 대충 반반. 작은 몸집 덕분에 미라는 어른들의 틈새를 비집고 들어갈 수가 있었다.

여성이 많은 쪽으로 파고든 것은 과연 우연일까 본능에 충실했던 결과일까. 그렇게 제일 앞쪽 줄에 고개를 쏙 내밀어 보니, 눈 앞에 있는 테이블에는 미남과 미녀가 마주앉아 있었다.

"버텨내면 드디어 본선이야. 긴장 풀지 말라고!"

청년의 친구로 보이는 남자가 성원을 보냈다. 하지만 직후, 스태프가 주의를 줬다. 조언에 해당되는 말은 금지라면서.

'오호라, 접전이로군…….'

테이블을 사이에 두고 보이는 건너편에는 대진표가 있었다. 그 옆에는 시합 상황이 기록되어 있다.

보아하니 아무래도 이 경기가 예선 결승인 모양이다. 3전 2선 승제에 양쪽 모두 1승 1패. 그리고 남은 라이프 포인트는 양쪽 모두 20.

게임 필드에는 그 20포인트를 날려버리기에 충분한 전력을 지닌 카드가 나와 있고, 플레이어는 두 미남미녀.

참으로 그럴싸한 그림이 아닐 수 없다. 사람들이 흥분한 것도 납득이 될 정도다.

"이 턴에서 결판이 나겠군."

설명서 등을 보고 규칙을 익혀둔 미라는 그렇게 잘 아는 척 중얼거리고서 게임의 흐름을 지켜보았다.

하지만 그때, 명확하게 흐름이 바뀌었다. 미남이 승부수를 던지겠다는 듯 레전드 레어 카드를 내놓은 것이다.

오오. 관객들이 웅성거리는 가운데, 미남의 팬으로 보이는 여성들이 새된 목소리로 성원을 보냈다.

동시에 미라 또한 "오" 하고 신음을 흘렸다. 미남이 내놓은 카드. 그것이 이름 없는 사십팔 장군(네임리스 라인) 중 한 명인 '저격수 시모네크리스'였기 때문이다.

플레이어가 일으킨 최대의 국가, 아틀란티스 왕국. 소속 플레이어도 당연히 알카디아 왕국과는 비교도 되지 않을 정도로 많아, 톱클래스라 일컬어질 정도로 유명한 인재의 보고라 할 수 있었다.

그런 나라에서 특히나 뛰어난 사십팔 명으로 구성된 것이 이 이름 없는 사십팔 장군(네임리스 라인)이다.

정예 중에서도 정예에 속하는 이름 없는 사십팔 장군(네임리스 라인)은 누구 할 것 없이 상상을 뛰어넘는 전투력을 보유했다.

당연히 시모네크리스도 예외가 아니라 창을 던져 초장거리에서 헤드샷을 박아 넣는 괴물 중 한 명이다.

합동 연습 당시, 보이지 않을 정도로 먼 거리에서 홀리나이트를 방패째 꿰뚫은 대형 창을 본 적이 있는 미라는 쓴웃음을 지은채, 그날부로 친구가 된 시모네크리스에 관해 생각했다. 그는 잘 지내고 있을까.

그런 생각을 하는 동안 시합은 계속해서 진행되었다. 미녀의 팬으로 보이는 남자 집단에서 환호성이 터졌다.

이번에는 미녀 쪽이 레전드 레어를 내놓은 것이다.

레전드 레어의 응수. 레전드 레어 대 레전드 레어. 상당히 뜨거운 전개가 된 탓인지 팬을 비롯한 모든 관객들이 좀 전보다 더욱 흥분했다.

하지만 무엇보다도, 누구보다도 흥분한 이는 미라였다.

"오오오~!"

놀란 미라는 무의식중에 큰소리로 외쳤다.

그럴 만도 한 것이, 놀랍게도 미녀가 내놓은 카드가 '군세의 텀블프'였기 때문이다.

'실재했구나, 이 몸의 카드가! 저렇게 멋질 수가. 이 몸, 최고로 멋지구나!'

카드 속 그림은 덤블프 시절에 아이젠파르드와 함께 찍은 스크린샷과 같은 구도로 되어 있었다.

자신도 마음에 들었던 최고로 멋진 한 장이 카드화된 것이다. 좀처럼 찾을 수가 없었던 만큼 기쁨도 한없이 컸다.

미라는 엉겁결에 반짝반짝 빛나는 눈으로 울타리에서 몸을 내밀어 덤블프 카드를 쳐다보았다. 하지만 그 직후, 스태프가 위험하다고 살며시 주의를 주었다.

'여기서 만나게 될 줄이야. 심지어 미녀가 이 몸의 카드를. 므흐흐흐.'

주의를 받은 건 신경도 안 쓰였다. 얌전히 몸을 뒤로 무르면서도 미라는 참지 못하고 웃음소리를 흘리며 마음속으로 미녀를 열심히 응원했다.

하지만 이때, 시합 상황에 집중하기 시작한 미라는 알지 못했다. 쓸데없이 주목을 끈 탓에 지금까지 시합을 지켜보던 관객 중 제법 많은 수의 시선이 자신에게 집중되었다는 사실을.

"저 미소녀는 누구 지인이지?" "이 근처에서는 못 보던 애인데." "저렇게 생긴 애가 있다는 소문을 들었던 것 같은데." "친해지고 싶다아."

두 명의 선수도 꽤나 미남미녀였지만 어른들만 모인 대회인 탓인지 소녀인 미라는 엄청나게 눈에 띌 수밖에 없었다.

그렇게 소곤소곤 미라에 관해 말하는 이야기 소리는 이윽고 관객들 전체로 퍼져나갔다.

또한, 그 목소리는 시합에 집중하고 있던 미남의 귀로도 들어 갔다. 그것도 약간 변질된 내용으로.

필드에 내놓은 두 장의 레전드 레어로 인해 전황은 순식간에 격변했다. 한순간의 방심이 목숨을 앗아갈 수 있을 정도로 치밀한 전략의 응수다.

하지만 '군세의 덤블프'의 특수 효과로 인해 형세는 서서히 미녀 쪽으로 기울어지고 있었다.

그런 가운데 미남의 귀에 어떠한 말이 들려왔다. 바로 '천사처럼 귀여운 미소녀가 미남 팬들 사이에 끼어 있다'는 것이었다.

현재 미남이 손에 든 패는 썩 좋지 않아서 열세라는 사실을 부정할 수 없는 상황이었다. 그래서 그는 자신이 이기기를 바라고 있는 팬들에게서 힘을 얻고자 살짝 고개를 들었다.

그리고 그의 팬들이 모여 있는 집단 쪽으로 시선을 옮겼다.

"천사……."

미남을 응원하는 팬들의 무리, 그중에는 분명 천사라 해도 과언이 아닐 정도의 미소녀가 있었다.

순간, 미남의 가슴에 봄바람이 불어왔다.

미남은 투지가 솟구쳐 올랐다. 열세임에도 환한 미소로 응원해 주고 있는 천사 같은 미소녀의 모습에서 포기하지 않기 위한 용기를 얻은 것이다.

'이런 위기는 몇 번이나 겪었어. 이런 곳에서 꼴사나운 모습을 보일 수는 없지!'

미녀의 턴은 어찌어찌 버텨냈다. 그리고 이제 미남의 턴이다.

천사의 미소를 가슴에 새긴 후, 미남은 턴을 개시하여 혼신의 기백을 담아 카드를 뽑았다.

카드 게임 '레전드 오브 아스테리아'의 대회 예선 결승. 미라는 조마조마한 얼굴로 그 승부의 행방을 지켜보고 있었다.

미녀가 내놓은 '군세의 덤블프' 카드로 인해 전황은 일시적으로 미녀에게 유리한 쪽으로 기울어졌다.

하지만 미남이 뽑은 한 장의 카드로 그 우위성이 모두 날아가 버렸다.

'이놈, 끈질기기도 하구나……!'

당연히 미라는 덤블프 카드를 지녔으며 미녀이기까지 한 여자 쪽을 응원하고 있었다.

하지만 미남이 벼랑 끝에서 근성을 발휘하는 바람에 안타깝게도 마무리를 짓지 못했다. 3대0, 9회 말 2아웃 상황에서 하나씩 차근차근 안타를 뽑아내고 있는 것 같은 상태다.

그에 반해 미라의 주변에 있는 모든 여성들은 미남이 반격할 때마다 성원을 보냈다.

그러한 장면이 얼마쯤 반복되고 나서야 미라는 알아챘다. 아무래도 지금 자신이 있는 곳은 미남의 팬들이 모여 있는 장소인 듯하다는 사실을.

여성들에게 둘러싸여 있는 상태는 매우 기분이 좋았지만, 적지 한복판에 떨어진 듯한 느낌이었다. 그런 곳 한복판에서 미녀를 응원하고 있다는 사실이 알려지면 어떻게 될까.

열렬한 여성들의 모습을 다시금 확인한 미라는 들키지 않도록 슬그머니 몸을 빼서 장소를 옮겼다.

'흐음…… 과연. 알기 쉽군.'

이동하던 중, 관객들을 관찰한 미라는 그들이 어떤 식으로 분포되어 있는지를 알아챘다.

관객층은 단순하게 셋으로 이루어져 있다. 미남의 팬과 미녀의 팬, 그리고 평범한 대회 관전자.

평범한 관전자 쪽의 남녀 비율은 얼핏 보았을 때 반반 정도인 듯했다. 일반인부터 모험가, 그리고 유복해 보이는 차림새를 한 사람까지, 상당히 여러 계층으로 되어 있고 회장 전체에 넓게 퍼져 있다.

그에 반해 미남의 팬들은 응원 굿즈(goods)를 든 여성들이 모여 있어서 떨어져서 보면 한눈에 알아볼 수 있을 정도였다.

미녀의 팬들도 마찬가지다. 마치 아이돌 응원단처럼 같은 망토를 두른, 남자 밀도가 이상하리만치 높은 집단이라 척 봐도 알아볼 수 있었다.

그런 세 관객층의 파악을 마친 미라는 무난한 일반층 사이로 끼어들어, 이번에도 작은 몸집을 살려 앞으로 앞으로 나아갔다.

이때, 미라는 자신이 틈새를 잘 찾아내 비집고 들어가고 있다고 생각했다. 하지만 사실은 작은 미라를 위해 관객들이 슬그머니 길을 비켜주고 따스한 눈빛으로 바라보고 있었던 것이었다.

그렇게 다시 제일 앞줄에 고개를 내민 미라는 관전을 재개했다.

그리고 그 순간, 또 하나의 세력이 있다는 사실을 알아챘다. 그 것은 옆에 있던 다섯 명의 그룹이다.

평범한 대회 관전자들 속에 섞여 있던 그 자들은 범상치 않은 분위기를 풍기며 결승전을 지켜보고 있었다.

흐음, 저 심상치 않은 기운을 두른 자들은 무엇일까. 혹 미녀를 노리고 있는 스토커 집단인가? 미라는 그런 생각에 경계했지만, 그건 기우에 불과했다.

그들이 때때로 나누는 말을 통해 미라는 그자들의 정체를 알아 챘다.

"좋은 수로군." "그렇군, 하지만 미적지근해." "이 정도도 버텨 내지 못한다면 결국 거기까지란 소리지." "상당히 인기가 있다기 에 와봤더니, 겉모습만 번지르르했군." "하지만 아홉 현자의 카 드를 가지고 있을 줄은 몰랐는걸." "덤블프 카드인가. 숫자가 적 은 탓에 대책을 세우기 어려워 성가시지." "소환술사가 어떤 술 자인지 실제로 잘 모르겠기도 하고." "그런 것도 있었지, 정도의 인상이지."

그런 대화 끝에 그들은 하하하, 하고 웃었다.

아무래도 저들 역시 대회 출장자인 듯했다. 분명 본선에서 붙 게 될 상대를 정찰하러 온 것이리라.

미라는 대화의 내용을 통해 그렇게 추측한 동시에 그들을 노려 보았다. 그들이 자연스럽게 소환술을 깎아내리는 말도 들었기 때 문이다.

"이봐, 어째 엄청나게 노려보는데." "음? 기분 탓이겠지." "우리가 누구인지 알아본 거 아냐?" "그럴지도 모르지. 우승 후보인 탓에 여러모로 정보가 나돌고 있는 듯하니까."

미소녀의 뜨거운 눈빛을 받은 대회 출장자들은 들뜬 투로 말했다. 하지만 그건 착각에 불과했고 미라의 눈빛에는 원망이 있는 대로 담겨 있었다. 귀여운 외모 탓에 박력이 떨어지는 탓인 듯했다.

그러나 다음 순간, 미라의 눈빛이 바뀌었다.

"어, 어아…… 애아——."

직후, 그들 중 한 명이 어눌한 목소리로 말했다. 그 모습을 본 다른 남자가 "뭐야, 왜 그래?"라고 물었다.

이어서 또 한 사람도 "어, 어도 그애?"라는 이상한 말소리를 흘렸다.

그 두 사람은 공교롭게도 좀 전에 소환술사가 어떤 술자인지 잘 모르겠다, 그런 것도 있었지, 라는 말을 주고받으며 웃었던 두 사람이었다.

영문을 알 수 없는 일에 남자들은 당황했다. 그런 그들에게서 슬그머니 시선을 뗀 미라의 눈은 원래의 맑은 푸른색으로 돌아와 있었다.

'이렇게까지 세밀하게 힘 조절을 할 수 있게 된 것도 모두 현실이 된 덕분이지.'

섬세하고도 세밀한 제어가 필요했지만 끊임없는 연습 끝에 비명지마시(痺命之魔視)로 대상의 혀만 마비시키는 방법을 터득한 미라는 지금 이 순간 그 성과를 유감없이 발휘해 보인 것이다.

지속시간은 1분도 채 되지 않지만 마나 소비량도 적고 국소적

이라 효과도 빨리 나타난다. 잘만 사용하면 상대의 영창을 봉할
수도 있을 거다.

소환술을 무시한 것에 대한 벌과 인체실험을 겸해서 행한 그것
의 효과는 아주 훌륭했다.

마비가 풀린 후에도 다섯 명은 대체 무엇이었을까, 하고 생각에
잠겼다. 그 결과, 귀에 거슬리는 그들의 목소리가 사라져서 미라
뿐 아니라 다른 관객들도 결승전 관전에 집중할 수 있게 되었다.

16

종반에 치달은 카드 게임 대회의 예선 결승전에서는 일진일퇴
의 공방이 펼쳐지고 있었다.

천사의 응원을 받은 미남은 약간의 빈틈도 보이지 않고 최선의
수를 써서 아슬아슬하게 버텨냈다. 그때마다 새된 비명이 터졌
고, 관객들 사이에서도 놀라움으로 가득한 환성이 일었다.

때때로 딱히 응원하는 쪽이 없을 경우, 자신도 모르게 지고 있
는 쪽을 응원하고 싶어지는 이들이 생겨나기 마련이다. 특히 패
색이 짙은 상황에서 끈기 있게 버텨내어 역전의 가능성이 조금씩
보이기 시작했을 경우에는 더더욱.

'끄응……. 아주 신이 났구나……. 이대로 가면 모처럼 이 몸이
나왔건만 지고 말지도 몰라!'

어느샌가 회장 전체의 분위기가 미남을 응원하는 쪽으로 기울
어져 있었다. 패배 직전의 상황에서 만회에 나서 끈기 있게 버티
는 플레이에 모두가 매료되고 만 것이다.

이름 없는 사십팔 장군(네임리스 라인)의 시모네크리스에게 아홉
현자의 일원인 덤블프가 질지도 모른다.

고작 카드 게임에서의 승패에 불과하고, 당연히 현실과는 다르
지만 어쩐지 마음에 안 든다.

미라는 조마조마한 얼굴로 전개를 지켜보고 있었다.

미남의 턴. 아직 아슬아슬한 상황이었지만 계속해서 날카롭게

역전하기 위한 카드를 내놓는다. 빈틈을 내보이지 않되 상대의 작은 빈틈은 놓치지 않겠다는 기백이 담긴 집중력이 막판에 다다르자 한층 더 고조되었다.

그런 미남의 맹공을, 미녀가 종이 한 장 차이로 뿌리쳐 나간다. 하지만 그 경쾌한 운용도 둔해지기 시작해 초조함이 엿보이기 시작했다.

그럴 만도 했다. 승리가 눈앞까지 다가온 상황에서 단 일격, 살짝 스치기만 해도 결판이 나는 접전에 돌입했기 때문이다. 심지어 역전당할 가능성까지 생기기 시작했다. 정신적으로 갈수록 궁지에 몰릴 수밖에 없었다.

또한 그 초조함은 미녀의 팬들에게까지 전염되었는지 이대로 가면 지지 않을까, 라는 음울한 분위기가 감돌기 시작했다.

'이럴 때일수록 믿고 성원을 보내줘야 할 것 아니냐!'

미녀의 팬들이 토해낸 성원에는 그러한 부정적인 마음이 섞여 있었다. 때문에 기세에서 밀릴 수밖에 없었고, 미남을 응원하는 새된 목소리에 의해 지워지고 말았다.

그때, 미라가 움직였다. 또다시 관객들 사이를 누비고 성큼성큼 나아간다.

그렇게 향한 곳은 미녀의 팬들이 모여 있는 장소였다.

"이대로 가면 위험해." "덤블프 덕에 단숨에 유리해졌었는데." "저렇게까지 버틸 수 있다니."

미녀의 팬들은 그런 말을 나누며 불안한 얼굴로 필드를 바라보고 있었다. 그 눈에는 이대로 역전당하는 게 아닐까, 라는 걱정이 가득 담겨 있었다.

"그대들이 그런 나약한 소리를 하면 어쩌자는 것이냐. 사력을 다하고 있는 지금과 같은 상황일수록 승리할 것을 믿고 응원하는 게 팬으로서의 도리가 아니더냐!"

격전으로 달아오른 회장 안. 미녀의 팬들이 있는 곳까지 다다른 미라는 그들 한가운데에서 그렇게 질타했다.

미녀는 실력으로는 뒤지지 않는다. 오히려 미남보다 한 수 위일 거다. 하지만 지금은 궁지에 몰렸다. 그 이유는 무엇일까.

마음의 힘에서 밀리고 있기 때문이다.

남성 팬들은 알아챘다. 미녀가 불안에 사로잡혀 있다는 사실을. 그리고 이해했다. 이 상황을 타파하는 데 필요한 것이 무엇인지를.

"그래, 맞아. 네 말이 옳아. 지금 우리가 지탱해주지 않으면 누가 그녀를 지탱해주겠어!"

미라의 질타를 듣고 정신을 차린 남자들은 마음에 불이 붙은 듯 뜨거운 성원을 그녀에게 보내기 시작했다. 미라도 거기에 끼어 응원했다.

그리고 지나치게 시끄럽게 군 탓에 모두가 점원에게 주의를 받았다.

혼나고 말았다며 다 같이 웃었다. 그 모습을 보고 미녀도 웃었다. 그러자 놀랍게도 전황에도 변화가 생겨났다.

아무래도 온 힘을 당한 응원이 통한 모양이다. 미녀의 분위기가 바뀌어 불안해하는 듯한 낌새가 사라지고 거센 반격이 시작되었다.

마음을 굳게 먹는 건 언제 어느 때나 중요한 일이다. 신기하게도 때때로 행운을 가져다주기도 하니 말이다.

미라와 팬들의 성원을 계기로 전황이 다시 미녀 쪽으로 기울어지기 시작했다. 그리고 미녀가 다시금 공세로 전환하자 회장이 들썩였다.

동시에 미남의 팬들이 비명과도 같은 소리를 질렀다.

"저 녀석, 초조해졌군."

미녀의 팬들 중 한 명이 그렇게 중얼거렸다. 관전 경험이 적은 미라는 알아채지 못했지만 아무래도 미남이 뭔가 실수를 한 모양이다.

실제로 미남은 매우 동요한 듯한 표정을 짓고 있었다.

그 직후, 단숨에 흐름이 바뀌었다. 미녀가 내놓은 카드가 가차 없이 미남 측의 유닛을 쓸어 나갔기 때문이다.

그리고 드디어 마지막 턴. 덤블프 카드가 미남 진영에 최후의 일격을 가했다.

"승자, 레오나!"

점원이 미녀의 이름을 외치자 회장 전체에서 커다란 박수 소리가 터져 나왔다. 그리고 환호성이 회장을 가득 메웠다.

역전에 이은 재역전. 다시 보기 어려운 명승부라 일컬어지게 되는 결승전은 미녀의 승리로 끝났다. 또한 한 번은 미남을 응원했던 중립 관전자들 또한 그 후로 다시 역전해 보인 미녀—— 레오나의 승리로 흥분해서, 회장은 흥분의 도가니가 되었다.

"그런데, 너는 누구니? 이 근처에서는 못 보던 얼굴인데, 너도 레오나 누님의 팬이야?"

표창식 준비를 위해 일단 대기실로 돌아간 미남과 미녀── 레오나. 그런 두 사람의 뒷모습을 배웅한 후, 레오나 팬 중 한 명이 문득 미라를 쳐다보며 말했다. 어쩐지 큰 기대가 섞인 얼굴로.

"이 몸 말이냐? ……아니, 이 몸은 지나가던 덤블프 팬이다."

자신이 모델이 된 카드가 지는 게 마음에 안 들었다. 그렇게 말할 수는 없는 노릇이라 미라는 에둘러 그렇게 대답했다.

"아하, 그쪽이구나. 하긴 그래. 우리도 덤블프는 좋아하거든. 레오나 누님의 비장의 카드니까 말이야!"

남성 팬은 약간 실망한 눈치이기는 했지만 곧장 마음을 다잡고 그렇게 말하며 웃어 보였다. 그리고 너와는 죽이 맞을지도 모르겠다고 쑥스러운 투로 주절거렸다.

"고마워, 네 덕분이야."

왠 남자가 미소녀와의 만남에 들떠 있던 남자를 살며시 끌어내고 앞으로 나섰다. 팬들의 리더로 보이는 그는 기쁜 듯한 미소를 지은 채 손을 내밀었다.

"무얼, 감사 인사를 받을 만한 일은 아니다. 그대들이 살짝 한심해 보여서 엉겁결에 참견을 한 것뿐이니."

미라는 그렇게 답하며 남자가 내민 손을 잡았다. 그리고 그 자리에 있는 레오나의 팬들을 흘끔 노려보았다.

"그거에 관해서는 면목이 없다고 밖에 할 말이 없네……."

"그러게."

"그래, 우리가 참 한심한 모습을 보였어."

팬들은 그런 말을 주고받으며 쓴웃음을 지은 채 이번 일을 가슴에 새기고 반성해, 다시는 같은 잘못을 반복하지 않겠다고 맹세했다. 그리고 계속 미라의 손을 잡고 있던 리더를 밀쳐내고 앞을 다투어 미라에게 악수를 청했다.

미라는 그런 그들에게 악수를 해주며 "뭐어, 힘내거라"라고 격려해 주었다.

카드 게임 대회 예선전을 끝까지 관전한 미라는 레오나가 본선에서도 활약하기를 기도하며 회장을 뒤로 했다.

그리고 그즈음. 가게 안쪽에 자리한 선수 대기실에서는 미남이 심하게 풀이 죽어 있었다.

"대체 어떻게 된 거야. 아주 절박한 상황이기는 했지만 너답지 않게 그런 실수를 하다니."

풀이 죽은 미남이 걱정되어 친구가 그렇게 말했다. 하지만 미남은 대답하고 싶지 않은지 고개를 숙인 채 "아무것도 아니야"라고만 답했다.

"아무것도 아니기는. 정확히 그때부터였잖아. 레오나 씨의 팬들이 소란을 피웠을 때. 그 직후부터 뭔가 이상해졌지. ……혹시, 그 녀석들이 뭔가 했냐?"

친구는 알고 있었다. 미남이 치명적인 실수를 하기 전, 전에 없던 초집중 상태가 풀리고 이상하리만치 집중력이 흐트러졌다는 사실을.

그리고 미남이 그렇게 된 타이밍이 바로 레오나의 반격의 계기가 되었던 그때였다는 것도.

"아니, 그렇지는 않아. 알잖아, 저들 중 그런 짓을 할 사람은 없다는 걸."

레오나의 팬들이 레오나를 이기게 하기 위해 미남이 불리해질 만한 짓을 했다?

상황만 놓고 보면 그럴 가능성도 있었다. 하지만 미남은 그 가능성을 부정했다. 레오나의 팬들은 상대 선수에게도 존경심을 표하는, 실로 신사적인 자들이라는 걸 알기 때문이다.

그리고 무엇보다도 자신이 컨디션 난조에 빠진 원인이 무엇인지, 미남은 잘 알고 있었다.

"……그래, 그랬지. 그럼 뭐야. 시합 중에 그렇게 멍청이처럼 집중력을 잃다니. 대체 무슨 일이 있었기에 그랬냐고."

친구 역시 레오나 팬들이 신사답다는 사실은 알았다. 하지만 그 이외의 이유가 떠오르지 않는 것도 사실이었다.

미남의 실력, 그리고 시합에 쏟는 정열을 알기에 그때 그런 상태가 된 걸 납득할 수가 없었던 것이다.

"그건……."

미남은 말을 머뭇거렸다. 말하기 어려운 것인지, 아니면 말하고 싶지 않은 것인지. 판단이 서지 않아서 친구는 그와 똑바로 마주본 채 입을 열었다.

"나한테도 말 못 할 일이야? 그럼 묻지 않도록 하지. 하지만 만약 고민거리가 있다면 나중에라도 말해."

또 이런 일이 없으리란 보장은 없다. 만약 또 큰 대회가 열렸을 때, 좀 전과 같은 상태에 빠져서는 안 된다.

상황이 될 때 그 원인을 제거해 둬야 한다. 친구는 그렇게 생각했지만 그 말을 도로 삼켰다. 시합에 진 직후이기 때문이다. 마음을 정리할 시간도 분명 필요할 거다.

그래서 하잘것없는 이야기를 나누기 시작했다. 덱을 강화해야겠다느니, 새로운 레전드 레어라도 찾아보자는 등의 이야기를. 좋아하는 것에 관해 이야기를 하려다 보니 죄다 카드 게임에 관한 내용이 되고 말았다.

그렇게 얼마쯤 대화를 나누던 참에.

"사실, 그때 말인데——."

마음이 진정됐는지 미남은 집중력이 흐트러진 원인에 관해 말하기 시작했다.

시합 종반. 척 보아도 패색이 짙어졌을 때. 어찌어찌 레전드 레어를 뽑아 위기를 모면했지만 반격 기회를 잡지 못하고 있었을 즈음.

"그 순간, 기회가 왔다고 생각했어. 하지만 알다시피 다음 턴에 레오나 씨도 덤블프를 내놓았지. 그때였어."

기억을 되짚어가며 이야기하던 미남은 문득 열에 들뜬 듯 황홀한 미소를 지어 보였다. 그리고 "들렸어. 그, 사랑스러운 목소리가"라고 말을 이었다.

"사랑스러운, 목소리? 그게 네 컨디션이 무너진 거랑 무슨 상관인데. 빙빙 돌려 말하지 말고 빨리 원인이나 말해 봐."

알고 싶은 건 컨디션이 갑자기 나빠진 원인이었지만, 미남은 도통 영문 모를 소리만 늘어놓았다. 친구가 그 사실을 지적하자 미남은, 이건 소중한 만남의 순간에 관한 이야기라고 말하더니 계속해서 순서대로 이야기를 늘어놓았다.

"발견했어. 천사를."

"뭐?"

너무도 추상적인 미남의 말에 친구는 무의식중에 얼빠진 목소리로 답했다. 하지만 미남은 전혀 개의치 않고 계속해서 이야기했다.

미남은 말했다. 레오나의 비장의 카드인 덤블프가 그 타이밍에 나왔을 때, 패배를 확신했다고.

하지만 그때, 문득 들려온 목소리에 고개를 들어보니 거기에는 천사가 있었다고 말하며 미남은 미소 지었다.

"처음 본 순간, 몸이 엄청나게 뜨거워졌던 걸 기억해. 게다가 그녀는 나를 응원해주고 있는 아이들과 함께 있었지. 천사가 나를 응원해준다. 그렇게 생각한 순간, 나도 이해가 안 될 정도로 강력한 무언가가 솟구쳤어. 그리고 신기하게도 지금까지 보이지 않았던 이길 방법이 보이기 시작했지. 그건 분명 천사가 가져다준 기적이었을 거야."

미남은 또다시 추상적인 말을 입 밖에 냈다. 하지만 이래저래 오래 알고 지낸 친구는 거기까지 듣고서 그가 무슨 말을 하려는 것인지 알아챘다.

"요컨대 그게 컨디션이 좋아진 원인이로군. 그리고 그 뒤에 컨디션 난조에 빠진 것도, 그 천사 때문이었던 건가."

전에 없이 고조된 집중력과 행운으로 인해 실력이 급상승했던 그 순간. 단숨에 시합의 흐름을 바꾼 계기와 관련된 천사.

친구는 '천사'라는 말이 그만큼 귀여운 아이를 뜻한다는 것을 알아챘다. 그렇다면 그 후 갑자기 컨디션이 곤두박질한 원인 또한 그 귀여운 아이일 것이라는 건 쉽게 예상할 수 있었다.

실제로 맞는 말이라 미남은 눈에 띄게 좌절해 고개를 푹 숙였다.

"그래…… 날 응원해주고 있는 줄 알았는데, 그게 아니었어. 천사는, 날 응원하고 있던 게 아니었다고."

미남은 그렇게 말하더니 어쩐지 푸념이라도 하듯 그때 자신이 본 광경에 관해 설명했다.

승리가 한 걸음 앞으로, 눈앞으로 다가왔던 그때. 아슬아슬한 상황에서 레오나를 필사적으로 응원하는 그녀의 팬들의 목소리가 들렸다.

그 응원에는 레오나의 승리를 믿는 너무도 뜨거운 마음이 담겨 있었다. 시합 상대이기는 하지만 멋진 동료들이 응원해주고 있구나, 라는 생각에 미남은 감동했다고 한다.

"하지만 나도 그에 뒤지지 않는다. 늘 응원해주는 사람들이 있다. 그리고 무엇보다도, 천사가―― 있다고 생각했는데."

그때의 일이 떠올랐는지, 미남은 갑자기 입을 다물었다. 하지만 얼마쯤 지나 더듬더듬 말을 이었다.

지나치게 소란스럽게 응원한 탓에 레오나의 팬들은 점원에게 주의를 받았다. 그런 그들 속에 잘못 볼 리가 없는 그 천사의 모습이 있었던 것이다.

"처음에는 내 눈을 의심했어. 너무도 기쁜 나머지 환각까지 보게 된 건가 싶었지. ……하지만 아니었어. 거기 있던 천사는 진짜였다고."

절망한 듯 미남은 하늘을 올려다보더니, 그 천사가 레오나 팬들과 친하게 대화를 나누는 모습을 봤다는 말을 덧붙인 후 "그 순간, 마법이 풀리기라도 한 듯 승리로 가는 길이 보이지 않게 되었어"라고 말하며 웃었다.

"그랬구만."

친구는 미남의 설명을 통해 대략적인 사정을 파악했다. 그리고 본인도 모를 사실 하나를 더 알아챘다. 미남은 그 천사라는 아이를 보고 반한 것이리라.

그 결과, 이상하리만치 컨디션이 좋아졌다. 하지만 레오나의 남자 팬들과 친하게 지내는 모습을 보고 질투심이 싹튼 거다. 그 바람에 이상하리만치 컨디션이 곤두박질치고 말았다.

이야기를 정리해보니 원인은 단순했다.

'그러고 보니 이 녀석, 이렇게나 인기가 좋으면서 사랑이니 연애니 하는 것과는 인연이 없었지.'

분명 처음으로 사랑에 빠진 것이리라. 그리고 처음 느낀 감정이었기에 기복이 심했던 것이다. 여러모로 오래 알고 지낸 친구는 이걸 어쩐다, 하고 생각했다.

미남을 흘끔 쳐다보니 아직도 충격에서 벗어나지 못했는지, 평소와 달리 불안해하고 있다는 게 느껴졌다. 말 그대로 처음 보는 모습이라 친구의 눈에는 이상해 보일 따름이었다.

'어정쩡한 사랑을, 마무리 짓는 게 좋을지도 모르겠어.'

우연히 회장에 있던 아이를 보고 처음으로 사랑에 빠졌다. 심지어 격렬하게 감정의 동요가 일어날 정도로 강렬한 사랑에.

친구는 생각했다. 제대로 형태도 맺지 못한 감정을 품은 상태로는 앞으로 사소한 일로도 악영향이 발생할지도 모른다고.

"그래서, 그 천사를 다시 한번 만날 수 있다면, 만나고 싶냐?"

시합은 모두 끝났지만 잠시 후에는 예선 종료 기념 파티가 가게에서 열릴 예정이었다. 미남이 말한 천사가 레오나의 팬이라면 분명 대회 본선 출장을 축하하기 위한 회장에 남아있을 거다.

친구는 미남의 첫사랑을 잠깐이라도 거들어주고자 했다. 잘 풀리건 그렇지 않건, 지금의 어정쩡한 상태보다는 나아질 테니. 절망의 구렁텅이에 빠진 듯한 얼굴을 한 지금의 미남보다는.

"……만나고 싶어."

긴 생각 끝에 미남은 작은 목소리로 그렇게 중얼거렸다. 그리고 "만나서 확인하고 싶어"라고 말을 이었다.

"확인하다니, 뭘?"

"저들과의 관계."

친구가 묻자 미남은 즉답했다. 저들. 바로 천사가 즐겁게 이야기를 나눴다는 레오나 팬들을 가리키는 것이다.

"뭐, 알았다. 그럼 찾아올 테니 여기서 기다려. 네가 나가면 또 소란스러워질 테니까."

그냥 같은 팬이 아닐까. 친구는 그렇게 생각했지만 뭐, 그걸 확

인해서 마음이 풀린다면 상관없겠다고 생각을 고치며 자리에서
일어났다.

"아참, 그 천사의 특징을 말해 봐."

그러고 보니 겉모습에 관해서는 한마디도 듣지 못했다. 친구는
그 사실이 떠올라 문 앞에서 몸을 돌렸다.

"아아, 그건——."

처음 봤음에도 아주 꼼꼼히 관찰했던 모양이다. 미남은 천사의
겉모습에 관해 자세히 설명하기 시작했다.

17

'슬슬 가봐도 되겠군.'

카드숍 '아스테리아 홈'을 나선 미라는 시간을 확인하고서 '카페 크래프트 벨 골동품점'으로 걸음을 옮겼다. 약속했던 사진 촬영을 하기 위해서다.

미라는 우연히 들른 카드 게임 대회의 예선전에서 그토록 찾던 '덤블프' 카드를 구경할 수 있었다. 카드가 실재했던 것은 물론이고 그 사십팔 장군을 쓰러뜨릴 정도의 성능을 지니고 있어서 매우 기분이 좋아졌다.

그러던 미라는 문득 생각이 나서 레전드 오브 아스테리아 카드를 꺼내 보았다.

"생각해보니, 이 한 장의 카드가 계기가 되었지."

꺼내 든 것은 퍼지다이스 카드. 거기에서부터 여러 가지 정보들이 이어져 나갔다. 미라는 참으로 신기한 인연이었다며 웃은 후, 골동품을 사랑하는 주인장이 기다리는 가게로 들어갔다.

그 무렵, '아스테리아 홈'의 대기실 앞.

'……설마 A랭크 모험가 '월광설화(月光雪花) 그란딜'의 취향이 작은 여자아이였을 줄이야……. 지금까지 열애설 같은 게 나지 않을 만도 했군. 저 녀석에게 다가오는 여성들은 다들 그럭저럭 성숙한 사람들이었으니.'

단정한 얼굴과 온화한 성격에 카드 게임 실력. 그리고 무엇보다도 A랭크 모험가가 될 정도의 실력을 갖춘 미남—— 그란딜.

온갖 매력을 골고루 갖춘지라 당연히 지금까지 수많은 여성들이 환심을 사려고 노력해왔다.

그런 여성 중에는 귀족 영애는 물론이고 높은 절벽에 피어난 꽃이라고 일컬어지기까지 하는 미녀들도 많았다. 하지만 그란딜은 단 한 번도 그녀들의 손을 잡은 적이 없었다.

대체 무엇이 불만이었는지 모르겠다. 심지어 여성들은 그란딜이라면 하렘, 일부다처도 용납할 것 같은 분위기마저 풍겼다.

그럼에도 불구하고 그란딜이라는 남자는 그 누구에게도 마음을 주지 않았다.

그러자 어느샌가 모험가 동료들 사이에서 소문이 퍼졌다. 그는 남색자(男色者)가 아닐까.

그런 소문이 은밀히 퍼졌을 즈음, 늘 함께 있던 것이 자신이었던지라 난감하기 그지없었다고 친구는 과거를 회상하며 생각했다.

그란딜과 같은 길드 소속에 B랭크 모험가이기도 한 그는 그렇지 않아서 다행이라는 생각에 가슴을 쓸어내리며 소녀가 취향인건 그것대로 문제가 아닐까 싶어 복잡한 심정 속에서 회장을 향해 걷고 있었다.

또다시 그 무렵, 아스테리아 홈의 내부. 대회 회장으로 쓰였던 홀 앞. 카드, 그리고 카드 게임 관련 상품을 취급하는 판매 공간에 번듯한 차림새를 한 남자가 있었다.

그의 이름은 에리오. '그리모어 컴퍼니'의 영업 담당이다. 그런 그의 곁에는 여성 점원이 있었다.

"아아~ 예상한 대로 대회는 다 끝난 것 같군요."

대회 초반부터 관전하고 있던 에리오는 중간에 잠시 빠져나갔 다가 지금 돌아온 참이었다. 그는 회장이 철거되고 승리 축하 파 티 준비가 한창인 모습을 보며 피곤한 표정으로 중얼거렸다.

"네에, 본선 진출자는 레오나 씨예요."

"과연, 역시 그렇게 되었나요."

점원이 답하자 에리오는 예상했던 일이라는 얼굴로 말했다.

"그나저나 갑자기 허겁지겁 나가셨을 때는 얼마나 놀랐는지 몰 라요. 무슨 일 있었나요?"

그건 지금으로부터 한 시간 정도 전의 일이다. 회장이 한껏 달 아오른 가운데, 에리오가 느닷없이 가게에서 뛰쳐나간 것이다.

점원이 그 일에 관해 묻자 에리오는 헛수고만 했다며 한숨을 내 쉬고는 그 이유에 관해 말했다. 지인에게서 긴 은발 머리의 사랑 스러운 소녀를 보았다는 유력한 정보가 들어왔기 때문이라고.

"어제 비공선이 학원에 내리지 않았습니까. 신경이 쓰여서 대 회가 시작되기 전에 잠깐 보러 갔죠. 그런데 말입니다. 확인해 보니 그 비공선에는 국장(國章)이 새겨져 있지 않더군요――."

비공선은 매우 귀중한 물건으로, 그중 대부분은 국가의 소유 다. 하지만 학원에 내려선 그것은 그렇지 않은 듯했다. 그렇게 운 을 뗀 에리오는 그때 보고 들었던 일들을 하나씩 늘어놓기 시작 했다.

그 비공선에는 많은 아이들이 타고 있었다고.

아이들은 학원 뒤에 신설된 고아원으로 들어갔다고.

그 비공선을 목격한 학생의 말에 따르면 많은 수의 정령들도 승선해 있었다고.

또한 관계자에게 들은 말에 의하면 멀리 떨어진 그림다트 방면에서 이곳, 알카이트까지 온 것 같다고.

그리고 아이들이 빈번히 '미라 누나(언니)'라는 소리를 했다고.

그러한 말들을 늘어놓은 후, 에리오는 며칠 전 같은 일을 하고 있는 사촌인 후리오에게 '정령 여왕'에 관한 이야기를 들었다고 말을 이었다.

"장소는 링크슬롯 왕국의 학스트하우젠. 괴도 퍼지다이스의 범행으로 떠들썩했던 그곳에 그 정령여왕도 나타났다더군요——."

에리오는 점과 점을 연결하듯 설명해 나갔다. 그림다트의 이웃 나라인 링크슬롯에 있던 '정령여왕'. 그림다트 방면에서 왔다는 비공선, 그 비공선에는 많은 정령들이 타고 있었다.

"그리고 무엇보다도 아이들이 입에 담은 '미라 누나'라는 이름이 바로 그 정령 여왕의 이름이었습니다!"

현재, '정령 여왕'은 여러모로 화제에 오르는 일이 많았다. 하지만 그 이명이 워낙 널리 퍼진 탓에 진짜 이름은 별로 알려지지 않은 듯했다.

에리오의 이야기를 끝까지 들은 점원은 그제야 미라라는 인물과 '정령 여왕'이 동일 인물임을 알아채고 놀라움을 감추지 못했다.

"다시 말해서, 이 도시에 정령 여왕님이……?"

"네에, 저는 그렇게 직감했습니다. 긴 은발 머리를 지닌 사랑스러운 여자아이라는 특징은 지나치게 애매하다고 하지 않을 수 없지만요. 하지만 지금 이 도시에 그 정령 여왕이 와 있다는 정보를 염두에 두자면 본인일 가능성이 매우 높아요."

그 대사건, 거악 키메라 클로젠의 토벌. 그것은 온 대륙에서 화제가 되어서 현재 그리모어 컴퍼니에서는 이 사건을 주제로 한 부스터팩 발매 계획이 진행 중이었다.

연관된 유명 모험가 카드가 재수록되는 건 물론이고 중심인물 중 한 명으로 알려진 정령 여왕 등도 수록될 예정이다.

그 때문에 신규 수록할 인물의 허가를 받는 것이 현재 그리모어 컴퍼니 영업팀의 최우선 사항이 되어 있었다.

때문에 에리오 역시 사소한 목격 증언만 듣고 뛰쳐나갔던 것이다.

"하지만 분위기를 보아하니 허탕을 치신 것 같네요."

여성 점원은 지칠 대로 지쳐 축 처진 에리오를 보고 그렇게 물었다.

"그렇답니다. 앤티크 가게에 있었다는 정보도 들었지만 한발 늦은 것 같더군요⋯⋯."

가게에서 뛰쳐나간 후, 에리오는 목격 장소를 중심으로 주변을 확인했다. 그렇지만 그녀는 이미 그곳을 떠난 뒤라 탐문 조사를 하며 거리를 뛰어다녔다.

하지만 별다른 소득을 올리지 못했고 간신히 추가 정보를 얻기는 했지만 한발 늦어서, 정령 여왕은 앤티크 가구점을 나선 뒤였다고 에리오는 쓴웃음을 지은 채 말했다.

그 후에는 새로운 정보도 없어서 한 바퀴 더 돌아보다가 방금 돌아온 것이다.

"아쉽네요. 계약에 성공했으면 보너스는 따놓은 거나 다름없었을 텐데."

"그러게 말입니다. '바카스'에서 호화스럽게 놀 기회였는데……."

기대가 컸던 만큼 낙담도 크다며 에리오는 깊은 한숨을 내쉬었다.

그때, 그런 에리오와 여성 점원에게 한 남자가 달려왔다.

"에마 씨. 긴 은발 머리를 한 여자아이 못 봤어? 저 사람들한테 물어보니 방금 전에 돌아갔다던데."

그란딜의 친구는 가게에서 뛰쳐나가기 직전에 걸음을 멈추고 여성 점원인 에마에게 물었다.

그는 대기실을 나서자마자 레오나 팬들에게 접촉했다. 그리고 찾는 사람이 덤블프의 팬이고 좀 전에 돌아가 버렸다는 이야기를 들었다.

지금 쫓아가면 붙잡을 수 있을지도 모른다. 하지만 가게를 나선 후에 우측으로 갔을지 좌측으로 갔을지는 알 수가 없다.

때문에 계속 출입구 근처에 있던 에마에게 물어본 것이었는데, 그 친구의 말에 가장 먼저 반응한 사람은 엉뚱하게도 에리오였다.

"잠깐, 그 얘기 자세히 좀 들려주겠어?!"

조금 전까지 역력했던 피곤한 기색은 어디로 갔는지, 에리오는 소름 끼치는 표정으로 친구에게 달려들었다.

"뭐? 아니, 그럴 상황이——."

가능하면 최대한 빨리 찾으러 가고 싶다. 자세한 설명을 할 여유는 없다. 친구는 그렇게 생각했지만 에리오의 기백에 밀려 완전히 걸음이 멎고 말았다.

"——긴 은발 머리의 소녀는, 혹시 마법 소녀풍 의상을 입고 있지 않았어?"

"……혹시 그 애가 누구인지, 아는 거야?"그란딜에게 들었던 특징 중에는 분명 마법 소녀풍 의상을 입고 있었다는 것도 있었다. 하지만 그 이상의 정보는 없다.

그란딜의 친구가 아는 것이라고는 겉모습뿐이다.

그러던 중에 에리오가 말을 걸어온 것이다. 보아하니 지금 찾고 있는 여자아이에 관해 겉모습 이상의 정보를 아는 듯했고, 되물어보니 "소문으로 들은 정도지만"이라고 답하기도 했다.

"알겠어. 말할 테니까 그쪽도 정보를 알려줘."

"좋아."

친구와 에리오는 정보 교환이라는 모양새를 빌려 긴 은발 머리 소녀에 관해 이야기하기 시작했다.

"정령 여왕……. 설마 동업자였을 줄이야."

그란딜이 자세하게 설명했던 특징과 에리오가 소문을 통해 알아낸 특징이 보기 좋게 일치했다.

그 말인 즉, 조금 전까지 회장에 있던 것은 정령 여왕 본인이었다는 뜻이다.

찾고 있던 여자 아이의 정체는 정령 여왕이라 불리는 A랭크 모험가였다. 친구는 그 사실에 놀라기는 했지만 매우 알기 쉬운 단서를 얻었다는 사실이 기쁘기도 했다.

그런 반면 에리오는 밖에 나가지 않고 계속 이곳에서 대회를 관전하고 있었다면 저쪽에서 찾아왔을 것이라는 사실을 알고 풀이 죽어 고개를 떨구었다. 그리고 누가 그렇게 될 줄 알았겠느냐는 에마의 위로를 받았다.

"그나저나 모험가가 정령 여왕을 모르다니. 키메라 클로젠 사건은 꽤나 화제가 되었는데."

에리오가 그렇게 말하자 친구는 쓴웃음을 지으며 답했다. 최근에는 대회를 앞두고 카드 실력만 갈고닦은 탓에 본업과는 다소 소원해지고 말았다고.

"그리고 보니 두 달 정도 전부터 매일 대전을 하셨죠."

에마가 문득 떠올랐다는 듯 중얼거리자, 친구는 그렇게 했는데도 그 녀석은 지고 말았다며 쓴웃음을 지었다. 그리고 어느 세계에든 뛰는 놈 위에는 나는 놈이 있는 것 같다고 떨떠름한 투로 말했다.

"그럼 나는 왼쪽으로."

"나는 오른쪽으로 가지."

그건 둘째 치고 지금 중요한 건 그 정령 여왕을 찾아내는 일이다. 가능하면 가게까지 와달라고 부탁하자. 그게 안 되면 연락처를 알려달라고 하자. 그렇게 방침을 정한 두 사람은 가게에서 뛰쳐나갔다.

'뭐, 이번에는 찾지 못한다 해도 동업자라는 사실을 알아낸 건 큰 수확이로군.'

친구는 거리를 샅샅이 둘러보며 생각했다.

정령 여왕은 A랭크 모험가다. 그렇다면 조합을 경유해 연락을 취할 수 있다. 지금 찾지 못한다 해도 만날 약속을 하는 건 충분히 가능한 것이다.

하지만 그렇게 하려면 품도 드는 데다 언제 메시지를 받아줄지도 모를 일이다. 던전에 들어가거나 다른 도시로 이동 중이라거나, 시간이 걸리는 일이 많기 때문이다.

메시지를 받았다는 연락이 돌아오면 만날 날짜를 정하기로 하면, 경우에 따라서는 몇 개월은 걸릴 거다. 그란딜이 그동안 계속 상사병을 앓게 되면 매우 성가셔질 것이다.

때문에 친구는 모험가로서 갈고닦은 지식과 기술을 최대한 활용해서 정령 여왕을 찾았다.

'제발 찾을 수 있기를.'

그에 반해 에리오는 어떻게든 접촉하는 것 말고는 목적을 전달할 방법이 없었다. 상업적 이용에 관한 용건은 조합에서 접수해 주지 않기 때문이다.

하지만 에리오는 이런 조건에서도 몇 번의 교섭을 성공시킨 바 있었다. 이번에도 그는 평소처럼 지금까지 키워온 인맥과 타고난 붙임성을 활용해서 길을 가는 사람들이나 노점 주인장 등을 상대로 탐문 조사를 하며 정령여왕을 쫓았다.

자신이 모르는 곳에서 수색 작전이 이루어지고 있는 가운데, 미라는 촬영 스튜디오로 변한 방에 와 있었다.

"그럼 정령 여왕님. 일단 여기 있는 소파 곁으로 와주십시오."

주인장이 그렇게 말하며 가리킨 것은 조금 전 미라가 구입한 소파였다. 하지만 어떻게 된 일인지 그 주변에는 그밖에도 여러 골동품들이 늘어서 있었다.

무슨 일이냐고 물어보니 주인장은 잠깐 말을 머뭇거린 후, 계속해서 따져 묻는 듯한 미라의 시선에 겁을 먹고 목적을 털어놓았다.

이번에 찍을 사진은 골동품 업계의 전환점이 될 정도로 중대한 한 장이 될 것이다.

때문에 미라가 알려준 정보의 증거라는 성격을 띤 이 사진은, 그 발단이 된 가게의 이름과 함께 온 대륙에 널리 퍼지게 될 거다. 심지어 사람에게서 사람에게, 골동품 애호가에게서 골동품 애호가에게, 상상도 못 할 정도로 널리 퍼질 것이다.

그러니 조금은 가게의 선전이 되도록, 자신의 가게가 자랑하는 최고급품을 진열해 보았다, 라고 그는 말했다.

"선전비를 쓰지 않고 온 대륙에 선전을 할 수 있을 것 같아서, 이 기회를 이용해보고자 하는 마음에……."

죄를 고백하는 듯한 말투이기는 했지만 죄책감은 전혀 느끼지 않는 듯한 분위기로 그렇게 털어놓은 후, 주인장은 다시 엄숙한 표정을 지으며 "불편하시다면 바로 치우겠습니다!"라고 말을 이었다.

"아니, 그럴 것 없네. 마음대로 하게나."

이러니저러니 해도 주인장은 골동품 애호가인 동시에 가게를 운영하는 장사꾼이다. 정말이지 보통내기가 아니구나, 하고 납득한 미라는 오히려 이 정도는 되어야 장사를 하는 거겠지, 라는 생각에 쓴웃음을 짓고는 선전에 관해서는 모른 척해주기로 했다.

"감사합니다. 그럼 사진을 찍도록 하겠습니다."

정중하게 고개를 숙여 감사 인사를 한 주인장은 곧바로 사진기를 들었다. 그리고 "아, 평범하게 계시면 됩니다. 그리고 시선은, 여기쯤으로 보내주셨으면 합니다"라고 미라에게 몇 가지 주문을 했다.

"흐음…… 이런 식으로 말인가?"

소파에 앉은 채, 가슴을 젖히고 마치 여왕처럼 위엄 넘치는 자세를 취하고 있던 미라는 주인장의 주문에 응해 마지못해 얌전한 포즈를 취했다. 또다시 '멋진 나'를 연출하는 데 실패한 것이다.

하지만 주인장의 주문대로 오도카니 얌전하게 소파에 앉은 미라의 모습은 귀한 집안의 따님 같은 분위기를 풍겨서, 더더욱 미소녀 같아 보였다.

"좋습니다, 그 꾸미지 않은 무구한 모습! 멋집니다!"

미라의 작은 몸에 감춰진 사랑스러움을 훌륭하게 이끌어낸 주인장은 다소 흥분한 얼굴로 셔터를 눌렀다. 그리고 "이건, 최고의 한 장이 될지도 모르겠군요"라고 중얼거리며 승천이라도 할 듯한 기세로 하늘을 올려다보았다.

"오오, 그런가. 그렇다면 이로써 정령들도 마음을 놓을 수 있겠군."

증거로 사용할 사진은 완벽하게 찍은 모양이다.

주인장의 표정을 통해 그렇게 파악한 미라는, 이로써 불우한 처지에 놓인 인공정령들의 환경이 개선될 것이라며 기뻐했다. 그리고 자신의 역할은 끝이라는 듯 자리에서 일어난 그 순간.

갑자기 주인장이 제지하고 나섰다.

"아, 기다려주십시오, 정령 여왕님. 가능하면 예비로, 몇 장 더 찍게 해주십시오. 초점이 어긋났거나 빛이 들어가거나 해서 첫 번째 사진을 못 쓰게 되는 일이 벌어질지도 모르니까요."

주인장은 송구스럽다는 듯이, 하지만 실로 진지한 얼굴로 그렇게 촬영을 속행하게 해달라고 부탁했다. 최고의 한 장을 찍었다는 실감은 들었지만 경우에 따라서는 그걸 쓰지 못하게 될지도 모른다면서.

"그렇군…… 확실히 한 장만으로는 불안하군그래."

미라는 눈앞에 있는, 삼각대에 장착된 사진기를 보며 그렇게 중얼거렸다. 그리고 그 사진기가 디지털식일 리가 없다고 새삼 생각했다.

현재 이 세계에 퍼져 있는 사진기는 플레이어 출신자들이 기술을 도입시켜 만든 것이다.

하지만 세상에 돌고 있는 물건은 모두 필름식이다. 디지털 카메라와 달리 현상하기 전에는 어떻게 찍혔는지 확인할 수 없다는 결점이 있다.

한 장만 촬영했다가 그 한 장에 문제가 생기면 끝장인 것이다.

주인장의 주장에 납득한 미라는 다시 한번 소파에 앉아, 조금 전과 같은 자세를 취하고서 새침한 얼굴로 "언제든 찍게나"라고 말했다.

"감사합니다. 그럼——."

주인장은 감사 인사를 하고서 사진기를 다시 겨누어 셔터를 눌렀다. 그러고도 "만약을 위해 한 장만 더"라는 소릴 해서 두 번 정도 더 촬영했다.

"정령 여왕님 덕분에 멋진 사진을 찍었습니다."

주인장은 환한 미소를 띤 채 말했다. 하지만 그것도 잠시뿐, 갑자기 진지한 표정을 짓더니 삼각대에서 떼어낸 사진기를 들고 미라의 주변을 살피듯 걷기 시작했다.

"새삼스럽게 들리시겠지만, 다른 각도에서 찍는 편이, 정령 여왕님의 매력을 더욱 잘 이끌어낼 수 있을지도 모르겠군요."

매우 진지한 표정으로 중얼거린 후, 주인장은 몇 장만 더 찍어도 되겠느냐고 물어왔다. 그리고 잘 찍힌 사진은 그것만으로 사람의 관심을 끄는 힘이 있다고 역설했다.

그렇게 되면 언젠가는 그러한 관심이 골동품계를 벗어나 일반층에게까지 퍼져 나갈지도 모른다.

그러면 골동품과 인연이 없던 이가 그걸 계기로 관심을 가질 가능성도 생길 거다.

그럼 가게의 입장에서도 장사할 기회가 생기고 골동품에 깃든 정령에 대한 좋은 인식도 더욱 퍼져 나가, 처우가 지금보다 좋아질 거다. 주인장은 유창하게 그런 말을 늘어놓았다.

"흐음……. 잘은 모르겠지만, 그럴 수도 있으려나."

느낌이 왔다는 좀 전의 사진으로 충분하지 않을까. 선전이나 광고 같은 것에는 그다지 밝지 않은 탓에 잘 모르겠어서 미라는 주인장의 말에 고개를 갸웃했다.

그러자 주인장은 때는 지금이라는 듯 말을 자아냈다.

"흔한 광고 피사체였다면 분명 방금 찍은 걸로 충분했을 겁니다. 하지만 당신은 다릅니다! 그 천사와도 같은 미모에는 충분하다는 한계를 돌파할 가능성이 숨겨져 있습니다! 하지만 그건 평범한 방법으로는 이룰 수 없는 일일 겁니다. 그렇기에 정답을 알기 위해 각도를 바꿔서 시험해보고 싶습니다!"

주인장은 몹시 감동한 듯한 목소리로 소리 높여 답했다. 그리고 선뜻 다가가기 어려울 정도의 열의를 실어 "정령 여왕님이기에 그런 가능성을 가지고 계신 겁니다"라고 말하며 정열적인 눈빛으로 미라를 바라보았다.

"호오⋯⋯. 이 몸만이 할 수 있는 일이다 이건가."

"네, 정령 여왕님 이외의 분에게는 어려울 겁니다."

짧은 대답이었다. 하지만 그로 인해 미라는 마음을 굳혔다.

이번에 찍은 사진은 가구 정령의 존재를 인지시키는 것을 목적으로 한 광고인 동시에 가게의 선전을 위한 것이기도 했다. 그런 탓에 정령들을 걱정하는 미라에게 타협한다는 선택지는 없었다.

"좋아, 알겠네. 모든 이가 골동품에도 정령이 깃든다는 것을 믿을 만한 사진을 찍어보지!"

그렇게 결의에 찬 투로 말한 후, 미라는 언제든 덤비라는 듯 자세를 잡고 사진기를 바라보았다. 그리고 대담한 미소를 짓고서 여유 넘치는 자신을 연출해 보였다.

"감사합니다. 아아, 그 고혹적인 미소, 멋지십니다!"

주인장은 소리 높여 외치더니 기세를 살려 셔터를 눌렀다. 그리고 그 순간을 계기로, 차례로 각도와 방향을 바꿔가며 사진을 찍기 시작했다.

"과연 정령 여왕님이십니다! 좋습니다, 아주 좋아요! 자, 여왕의 미소 접수했습니다! 자아, 이번에는 눈을 홉뜨시고! 구우——우웃! 그럼 시선을 확 떨궈볼까요——?!"

촬영을 계속하다 보니 열량이 한계를 돌파해 버린 주인장은 어딘가에 있을 듯한 카메라맨과 같은 상태에 돌입했다.

그 몸은 미라의 매력을 눈곱만큼도 놓치지 않겠다는 듯 유연하게 움직여, 모든 방위에서의 촬영을 가능케 했다. 그리고 중간중간 날린 포즈 지시는 미소녀로서의 미라의 사랑스러움과 작은 악마 같은 요염함을 최대한으로 끌어내고 있었다.

"이렇게, 말인가?"

그런 주인장의 분위기와 열기에 밀려, 미라 또한 시키는 대로 온갖 자세를 취했다.

정령 여왕이라는 이름에 걸맞게 여왕인 척을 하는 포즈에, 섹시한 사진 모델처럼 소파에 누운 자세 등. 소녀 특유의 사랑스러움 말고도 섹시함도 여러 차례 사진에 담아가며 촬영을 계속해 나갔다.

"그겁니다, 접수했습니다! 완벽하군요!"

미라를 피사체 삼아 셔터를 누르는 주인장은 엄청나게 흥분한 상태였다.

이는 분명 사랑하는 골동품들을 위해 시작한 촬영회였을 터다.

하지만 셔터를 누를 때마다, 미라가 포즈를 바꿀 때마다 주인장의 눈빛 또한 서서히 바뀌고 있었다.

"나이스, 피니시……!"

그리고 마지막 한 장, 마지막 필름에 발치부터 온몸을 훑는 듯한 섹시한 구도의 사진을 찍은 주인장은 승천해 버릴 것만 같은 만족스러운 미소를 띤 채 바닥에 널브러졌다.

동시에 해냈다는 만족감에 그는 애정과 정욕이 반반씩 섞인 눈을 살며시 감았다. 그의 얼굴은 마치 하늘의 부름을 받은 사람처럼 환하기만 했다.

주인장은 가장 큰 목적을 달성한 것이다. 미라의 매력을 남김없이 기록으로 남긴다는 목적을.

그리고 그것은 동시에 골동품 업계의 미래로 이어지는 한 장이기도 했다.

이번에 찍은 사진과 함께 정보가 나돌면 분명 대처법이 없었던 사연 있는 물건의 처우가 바뀔 것이다.

주인장은 골동품 업계의 미래에 광명이 비치게 되었다는 사실과 인생 최고의 보물을 손에 넣게 되었다는 사실에 신께 감사 기도를 올렸다.

18

기념 촬영에서 시작된 촬영회는 30분 정도 만에 끝났다. 미라
는 소파에 앉은 채, 거기에 깃든 정령의 존재를 확실하게 느끼면
서 주인장이 내온 홍차를 마시며 한숨을 돌렸다.

그 옆에서 뒷정리를 하는 주인장은, 마치 가보라도 다루는 듯
한 손놀림으로 사진기를 상자에 넣더니 만일의 사태가 벌어지지
않도록 단단히 자물쇠를 채웠다.

그리고 불쌍한 처지에 있는 골동품들에게 희망이 생겼다는 생
각 때문인지. 승천할 것만 같은 미소를 지었다. 그런 주인장의 모
습을 통해 미라는 골동품에 깃든 정령들의 대우가 앞으로 개선되
어 갈 것을 확신했다.

그때, 어떤 생각이 미라의 머리를 스쳤다. 여기서 조금 더 밀어
붙여 보는 건 어떨까.

"주인장, 일이 이렇게 되었으니 말이네만. 사연 있는 물건이라
오해를 받고 있는 정령들을 위해, 더욱 도움이 될 만한 정보를 알
려주지."

주인장이 촬영 기재를 모두 정리할 때까지 기다린 후, 미라는
그렇게 말을 꺼냈다. 그러자 주인장은 고개를 갸웃하면서도 흥미
가 동했는지 다시 진지한 표정으로 "정보, 말씀이십니까?"라고
되물었다.

주인장은 마음속으로 생각했다. 완벽한 사진만으로도 충분한

데 또 뭔가 있는 건가? 설마 그건 사진 이상의 무언가인가?

약간 다른 방향으로 상상의 날개를 펴기 시작한 주인장이었지만, 당연히 미라가 입 밖에 내는 정보가 그렇게 속물적일 리가 없었다.

"이 몸이 정령이 깃든 가구를 찾고 다닌 이유가 바로, 또 하나의 정보네."

벌떡 일어난 미라는 그렇게 설명하며 소파에게로 몸을 돌리더니 주인장에게 잘 보이도록 '계약의 각인'을 실행했다.

"이건……?!"

미라가 손을 내밀자마자 소파에서 흘러나온 빛의 입자가 눈부신 유성이 되어 미라의 손으로 빨려들었다. 그 광경을 처음부터 끝까지 목격한 주인장은 무슨 일이 일어났는지 파악이 안 돼 어리둥절할 따름이었다.

하지만 그러는 동안에도 그의 머리는 풀가동했고, 얼마쯤 지나 미라가 무엇을 한 것인지 알아챘다.

"분명 정령 여왕님은, 소환술사……. 그리고 정령……. 설마…… 방금 그건 소환 계약입니까?"

지금까지 소문만 무성할 뿐, 가구 정령의 존재는 확인된 바가 없었다. 때문에 당연하게도 그런 가구 정령과 소환 계약을 할 수 있다는 이야기를 주인장은 들은 적이 없었다.

그러나 같은 인공 정령인 무구 정령은 소환술사의 기초라 할 수 있는 소환술이다. 그렇다면 가구정령과 계약을 할 수 있어도 이상할 게 전혀 없다.

그러한 생각에 도달한 주인장은 기대로 가득한 눈으로 미라를 쳐다보았다.

　"음, 정답이네! 소환술사라면 이렇게 가구 정령 등과도 소환 계약을 할 수 있지. 그리고 당연히 이렇게 소환도 할 수 있고."

　소환술사가 지닌 가능성을 자신만만한 투로 설명한 후, 미라는 여세를 몰아 곧장 최초 소환을 시도했다.

　【소환술 : 마이 소파】

　술식이 발동함과 동시에 작은 마법진이 떠오르더니 조용히 소파가 나타났다. 그것은 감색을 띤 작은 1인용 소파였지만 성인 한 명 정도는 충분히 쉴 수 있는 크기였다.

　"이것 참, 멋지군요……!"

　아무것도 없었던 곳에 새것이나 다름없는 소파가 나타났다. 주인장은 그 상황에 놀람과 동시에 소파를 뚫어져라 쳐다보았다.

　"기본적인 토대는 후솔롯 시대와 비슷하지만 디자인은 생소하군요. 재질 역시 본 적이 없는 물건입니다. 아아, 하지만…… 정말로 다행입니다."

　대처법이 없어 사연 있는 물건으로 취급되고는 했지만, 주인장은 소파를 소중히 보관했다. 거기 깃들어 있던 정령이 이렇게 실체화해서 눈에 보이게 된 것이다. 주인장은 진심으로 기쁜 듯 웃으며 화려하게 재탄생했다고 할 수 있는 소환된 소파를 바라보았다.

　"그나저나 신기하군요. 원본이 된 소파와는 형상이 상당히 다르니 말입니다."

　한참을 기뻐한 후, 주인장은 그런 의문을 입에 담았다. 그러자 미라는 기다렸다는 듯 미소를 지으며 설명했다.

주인장은 소환술에 관해서는 그다지 지식이 없어 보였다. 그런 그도 이해할 수 있도록, 그리고 정보가 널리 퍼지도록, 또한 왜곡되지 않고 많은 사람들에게 전달되도록 미라는 말했다.

소환되는 인공정령은 술사의 이미지에 따라 변화한다고. 그리고 인연이 깊어질수록 그 변화의 폭은 넓어진다고.

"이 몸도 전투 계열 이외의 술식은 습득한 지 얼마 되지 않아서 말이네. 자세히는 말 못 하겠지만, 지금까지의 감각으로 미루어 볼 때 이러한 술식들은 상당한 가능성을 지니고 있는 것 같네. 그건 분명해."

미라는 소환술의 미래를 상상하고는 매드 사이언티스트 같은 미소를 지은 채 설명했다.

이전에 저택 정령의 욕실에 창문이 있었으면 좋겠다고 생각하자, 그 바람에 응하듯 커다란 창문이 생긴 일이 있었다.

정령이 영향을 미치는 범위 안에서라면 그럭저럭 다양한 변화가 가능하다는 건 이미 증명된 바다. 이제는 그 변화의 폭이 어느 정도인지를 검증하는 일만 남았다. 미라의 관심은 식을 줄을 몰랐고, 새로 계약한 정령 소파에게 품은 애착도 상당히 강했다.

미라가 추가로 제시한 정보. 그것까지 합쳐서 이번 일과 관련된 소문을 퍼뜨리면 골동품에 깃든 정령의 존재가 인지됨과 동시에 소환술에 관한 새로운 정보 또한 퍼져 나갈 것이다.

가구 소환. 분명 찾아보면 의자나 테이블 말고도 침대 같은 것도 찾을 수 있을지 모른다. 그러한 물건들을 모험 중에 사용할 수 있다면 휴식의 효율이 확 올라갈 거다.

안정된 테이블과 의자에서 식사를 하고. 부드러운 침대에서 잠들고. 평소 생활에 가까운 그러한 환경에서 쉬면 심적인 피로도 풀릴 것이다.

그러한 물건들은 짐을 꾸려 운반하기에는 부담이 크지만 소환술이라면 언제든 새것이나 다름없는 상태로 준비할 수 있다.

그러면 그만큼 운반할 도구나 약 등의 양을 늘릴 수 있을 테니 모험가 활동이 더욱 안정될 거다. 필수라고 할 정도는 아니지만 선택지에 넣어도 되지 않을까, 싶은 수준으로는 소환술사의 지위가 향상될 터다.

하지만 소환술의 장점은 거기서 끝이 아니다.

"헌데 주인장, 집에도 정령이 깃든다는 사실을 아는가?"

미라가 그렇게 묻자 주인장은 "그랬습니까? 그건 몰랐습니다"라고 솔직하게 답했다.

그리고 그 후, 얼마쯤 지나 미라의 말에 담긴 의미를 알아채고는 혹시, 라는 생각이 들었는지 표정이 바뀌었다.

"혹시…… 그 집의 정령과도 소환 계약을……?"

문득 머리를 스친 생각에서 주인장은 많은 가능성을 떠올렸다. 그리고 모험가를 둘러싼 환경, 그리고 소환술사가 처한 상황이 격변할 것이라 직감한 주인장은 모험가였던 시절의 일이 떠올랐는지 두근두근, 설레는 눈빛으로 미라를 바라보았다.

"그렇다네. 요전에 우연히 저택의 정령을 만나서 말이지. 계약했다네."

미라는 그렇게 긍정한 후, 때는 지금이라는 듯 계약한 저택의 정령에 관해 이야기하기 시작했다.

"그렇게 멋진 일이. 그렇다면 절도를 경계하지 않고 잠들 수 있을 테고, 벽이 있는 만큼 갑작스러운 습격에도 충분히 준비한 후 대처할 수 있겠군요. 그리고 무엇보다도 비바람을 걱정하지 않아도 된다는 점이 최고로 근사합니다. 만약 집을 소환할 수 있는 소환술사가 있다면, 향후의 매입 작업이 아주 쾌적해질 것 같군요. 특히 행상 일을 생업으로 하는 자에게는, 그 생활환경을 일변시킬 만큼의 존재가 될 겁니다."

미라의 이야기를 듣는 동안, 주인장은 저택 정령만이 지닌 특성에 연신 놀랐다. 또한 소환술사에 대한 인식도 상당히 상향 수정한 듯했다.

고용 소환술사가 한 명 있으면 여러모로 도움이 될 것 같다고 느껴준 모양이다. 주인장은 진심으로 소환술사를 고용할까 고민하기 시작했다.

그와 동시에 기대 섞인 눈으로 미라를 흘끔 쳐다보기는 했지만, 얼마 안 가 시선을 거두었다. A랭크 모험가인 동시에 이명까지 지닌 미라를 고용할 비용을 계속적으로 변통하기는 어려울 거라 판단하고, 눈물을 삼키며 포기한 듯했다.

"호오, 그 정도인가……."

그럭저럭 자신은 있었지만 주인장의 반응이 예상했던 것 이상이라 미라 또한 놀라고 있었다. 그러자 주인장은 그런 미라에게 이점에 관해 자세히 말해주었다.

특히 숙소 문제에 관해서는, 여행 경로를 계획할 때 그러한 것들을 고려할 필요가 없어지니 행동 범위를 상당히 넓힐 수 있을 것이라고 했다.

무엇보다도 집이라는 장소만큼 사람의 마음이 편해지는 장소는 없다. 활동할 때는 거의 노숙을 할 수밖에 없는 모험가, 도시에서 도시로 이동하는 행상인 등, 지붕도 벽도 없는 장소에서 휴식을 취하는 게 당연한 자들에게 이는 혁명이라 할 수 있는 정보라고 주인장은 절찬했다.

"오호라, 그래 그렇군! 분명 머지않아 소환술사는 큰 인기를 끌게 될 것이야. 주인장도 일찌감치 고용할 소환술사를 찾아두는 게 좋을지도 모르겠군."

주인장의 마음을 아는지 모르는지, 미라는 자신만만하게 가슴을 젖힌 채 그렇게 말했다.

미라는 소환술사의 인기가 폭발할 미래가 올 것을 믿고 있었다. 그리고 그것은 주인장의 말로 인해 확신으로 바뀌었다.

또한 그 근거는 이번 일뿐이 아니다. 학스트하우젠에서는 물의 정령 때문에 한바탕 난리가 났고, 학원에서는 크레오스도 분투하고 있기 때문이다.

'그나저나, 듣고 보니…… 확실히 그렇군. 모험가 파티에서만 활약하라는 법은 없으니 말이야…….'

소환술의 미래를 머릿속에 그리는 동시에 미라는 주인장의 말을 통해 그 사실을 알아챘다.

기본적으로 전투 바보에 모험을 좋아하는 미라는 지금까지 모험가라는 입장에서 소환술사의 미래를 생각하고 있었다.

소환술을 부흥시키려면 소환술사가 엄청난 실력의 모험가로 대두되는 게 제일일 거라고.

일반인들은 최정상급의 모험가를 말 그대로 영웅시하기 때문이다. 소환술은 강하다는 이미지를 세간에 퍼뜨리면 자연스레 인기도 회복될 거다. 미라는 그렇게 생각했다.

하지만 지금 이 순간, 다른 선택지의 존재를 알게 되었다.

지금까지 그러한 가능성 자체는 여러 차례 발견했었다.

사령술의 골렘을 이용한 택시부터, 정화의 술식을 사용할 수 있어 골동품상에게 고용되고 있는 퇴마술사까지.

그렇다, 게임이었던 무렵과 지금은 모든 면에서 환경이 다르다. 비단 싸우는 것만이 술사의 역할이 아닌 것이다.

오히려 소환술은 계약 상대가 많으면 많을수록 범용성이 늘어나기에, 위험이 따르는 전투보다는 생활적인 측면에서 활약할 기회가 많을 듯했다.

캐트시 조사원이나 가루다 공중 수송은 물론이고, 코로포클이 있으면 숲을 안전히 지날 수 있으며, 해왕귀(海王龜)가 있으면 편하게 바다를 건널 수 있다. 집의 정령과 계약하면 어디서든 숙소를 운영할 수 있다. 그 가능성은 무한대다.

일반직에서의 운용 범위를 넓히면 더 인기를 끌 수 있지 않을까.

미라는 그렇게 생각했지만 바로 생각을 고쳤다. 어쩐지 돈벌이 도구 같다는 생각이 들었기 때문이다.

지금까지 많은 양의 물을 팔거나 전리품으로 한몫 잡기는 한 탓에 새삼스럽기는 했지만, 완전히 그걸로 장사를 하는 건 좀 그렇지 않을까.

거기까지 생각한 후, 미라는 다시금 생각에 빠졌다. 노동에는 대가가 필요하다.

'흐음……. 조만간 모두에게 감사 인사라도 해야겠군.'

계약한 소환수 중 절반은 주종 관계에 있었지만, 그러기 이전에 동료다. 모든 소환 계약자를 그렇게 생각하는 미라는 나중에 뭔가 원하는 게 있는지 물어보기로 결심했다.

그 후, 미라는 집의 정령을 발견하려면 다른 정령에게 물어보는 게 빠르다는 사실이며, 계약에 이르기까지의 수순 등을 자세히 설명했다.

"이거이거, 귀중한 정보를 알려주셔서 감사합니다!"

열심히 서류에 펜을 놀리던 주인장은 정보를 대략 정리하고는 빙긋 웃으며 감사인사를 했다.

성적 취향은 둘째 치고 그가 가슴에 품고 있는 골동품에 대한 사랑 또한 진짜였다. 그런 그가 오래도록 앓고 있던 문제 중 하나가 가장 좋은 모양새로 해결되었으니 더더욱 기쁨이 클 것이다.

"무얼~ 별것 아니네. 이 몸도 부당한 대우를 받고 있는 가구 정령을 그대로 둘 수는 없었으니 말이야. 그나저나 이 일을 주인장에게 몽땅 맡기려니 미안하군."

정령이 깃든 골동품의 대우에 관해서는 전문가에게 맡기는 게

나을 것이라는 생각에 미라는 모든 일을 주인장에게 일임했다.

교회에 봉인된 가구들의 구출 말고도 이와 관련된 정보의 확산까지 모두.

여러모로 유명인이 된 미라가 해도 그럭저럭 효과는 있을 거다. 하지만 역시 전용 정보망을 가진 프로에 비하면 확산력이 떨어질 것이다.

또한 유익한 정보와 더불어 증거가 될 사진도 잔뜩 촬영했다. 이 주인장이라면 이것들을 사용해 효율적으로 정보를 퍼뜨릴 수 있을 거다.

그렇게 믿을 수 있을 정도로 뜨거운 정열을 느낀 미라는 똑바로 주인장을 바라보며 말했다.

"반드시 정령 여왕님의 기대에 보답해 보이겠습니다!"

주인장은 미라의 시선을 똑바로 받아낸 후, 그 자리에 무릎을 꿇으며 그렇게 말했다. 그 모습은 마치 여왕에게 충성을 맹세한 신하 같았다.

"음. 잘 부탁하네."

그렇게 소환술의 편리함을 포교한 미라는 분명 향후에는 소환술이 정점에 설 것이라는 믿음을 가슴에 품고 돌아갈 준비를 하기 시작했다.

우선은 구입한 소파를 회수해야 한다.

정령이 깃들어 있던 소파. 거기에는 이제 정령이 없다. 물이나 바람과 같은 원초 정령과 달리 인공정령은 소환 계약을 하면 술자를 숙주로 삼는 성질이 있기 때문이다.

그렇다고 해서 미라는 이대로 내버려 두거나 팔거나 할 생각이 없었다. 그 대신 무형술인 '아이템화'를 이용해 아이템박스에 수납했다.

원래 가구는 대상이 아니지만 기술대전에 실려 있던 '술식해석'과 '술식확장'을 습득하여 조정한 덕에 가능해졌다.

"음, 대성공이로군."

골동품 소파는 무사히 아이템박스에 수납되었다. 그 사실을 확인한 미라는 이로써 앞으로는 마음껏 가구 정령을 찾을 수 있겠다며 의기양양한 미소를 지었다.

정령의 그릇은 굳이 말하자면 어머니와도 같다. 오히려 존중해야 할 존재라 할 수 있을 거다. 그렇기에 미라는 정령과 함께 소중히 계속 사용할 생각이었다.

"오오, 소파를 아이템박스에…… 과연 정령 여왕님이십니다."

주인장은 놀라움과 감탄이 반씩 섞인 투로 말했다.

그가 취급하는 상품은 골동품이고, 가게 안을 보면 알 수 있듯 가구류 또한 많았다. 그리고 가구란 것은 무겁고 이래저래 부피가 크다.

때문에 주인장은 동경하고 있었다. 가구를 수납할 수 있도록 조정하는 '아이템화'를 사용할 수 있는 술사를. 그런 술사와 전속계약을 맺으면 매입 작업이 훨씬 편해질 거라는 생각에 밤잠을 설칠 정도였다.

하지만 술식을 개량할 수 있는 술사는 상당한 숙련자에 속해서 고용하려면 그 비용만으로 이익이 날아가고 말 것이다.

주인장은 생각했다. 미라만큼 이상적인 이는 없다고.

저택 정령에 의한 휴식 장소 확보. 무구 정령에 의한 불침번. 그리고 가구를 수납할 수 있는 '아이템화'. 무엇보다도 완전 스트라이크존 한복판인 외모. 주인장에게 미라라는 존재는 말 그대로 운명의 상대라 할 수 있었다.

하지만 미라에게는 운명도 뭣도 아니었다.

"주인장, 고맙네. 정말이지 좋은 물건을 샀어."

골동품 가게에서의 용건은 모두 끝났다. 미라는 그렇게 인사하고는 만족스러운 미소를 지었다.

"제가 할 말입니다. 오늘은 저에게 인생 최고의 날이었습니다."

미라와 전속 계약을 맺을 수 있다면 얼마나 좋을까. 그런 망상에서 재빨리 귀환한 주인장은 그렇게 고개 숙여 인사한 후 환한 표정을 지어 보였다.

망상은 이루어지지 않겠지만 그럼에도 주인장은 막대한 이익을 얻었기 때문이다.

그 후, 미라는 아쉬운 기색이 역력한 주인장의 안내에 따라 가게를 나섰다. 그리고 "이용해주셔서 감사합니다"라는 실로 정감 어린 주인장의 말에 손을 흔들어 인사해주며 '카페 크래프트 벨 골동품점'을 뒤로 했다.

19

저녁 시간이 되어 하늘은 붉게 물들었다. 탐색 활동을 펼친 에리오 일행에게는 허탈한 결과지만, 미라는 현재 하늘 위에 있었다.

실버호른 중심에 우뚝 선 대륙 최고봉의 술법 연구 기관, 은의 연탑. 그중 하나인 소환술의 탑으로 돌아온 미라는 환한 얼굴로 자신의 방에 들어섰다.

"어서 오세요, 미라 님."

"음, 다녀왔다."

마리아나의 배웅을 받으니 돌아왔다는 실감이 난다. 미라는 그런 생각을 하며 자신에게 뛰어든 루나를 받아내어 "착하게 잘 있었느냐~"라며 실컷 뺨을 비볐다.

미라는 거실에서 루나를 안은 채 소파에서 휴식을 취했다.

마리아나는 얼마간 시중을 든 후, 그대로 부엌에 들어갔다.

그런 마리아나를 눈으로 좇자, 수많은 식재료가 미라의 눈에 들어왔다.

솔로몬이 오늘 돌아올 거라고 연락을 취해준 것이리라. 마리아나는 저녁 준비를 하고 있었던 모양이다. 그리고 보아하니 오늘 저녁에는 엄청난 진수성찬을 먹게 될 것 같다.

"이거 저녁밥이 기대되는구나!"

미라가 기대로 부푼 가슴을 안고 말하자 루나도 기쁜 듯 "뀨이" 하고 답했다.

식재료 중에는 신선하고 질 좋은 채소도 많았다. 그중에는 조리에 사용할 것 말고도 루나가 먹을 것도 있을 것이다. 그래서인지 평소보다 더 기분이 좋아 보였다.

기본 손질은 거의 끝내두었던 모양이라 식사는 얼마 되지 않아 완성됐다.

과연 마리아나라고 해야 할지, 미라가 좋아하는 음식을 잔뜩 차린 동시에 부족해지기 쉬운 채소를 골고루 곁들인 훌륭한 메뉴 구성이었다.

미라는 좋아하는 음식을 마음껏 즐겼다. 마리아나는 식사를 하며 중간중간 그런 미라를 슬그머니 바라보았다. 루나는 그 옆에서 특제 샐러드를 맛보고는 미라에게 어리광부리기를 반복했다.

어제 고아원에서의 떠들썩한…… 아니, 지나치게 떠들썩한 식사 시간도 즐겁기는 했다. 하지만 두 사람과 한 마리가 함께 하는 오늘의 식사 시간도 행복한 가족 같은 분위기라 그에 뒤지지 않았다.

분명 그 둘은 완전히 다른 듯 보여도 본질적으로 같을 것이다.

그렇게 포근하고도 단란한 시간은 흘러갔다.

저녁 식사 후에는 목욕을 했다. 그리고 당연히 마리아나와 루나도 함께였다.

"──그래서 말해주었지. 다소 설명이 부족한 것이 아니냐고."

소환술 부흥 활동의 성과. 소장과 괴도의 팬들. 술사 조합에서의 격전과 지하수로. 그리고 퍼지다이스의 정체는 바로 라스트라

241

다였다고.

느긋하게 따끈한 욕조에 몸을 담그며 미라는 학스트하우젠에서 있었던 일들에 관해 신이 나서 말했다.

마리아나는 그 맞은편에서 그런 미라의 이야기를 즐거운 듯 들으며 때때로 미소 지었다. 그녀에게는 지금 이 시간이 행복 그 자체인지, 그 미소에는 안도감이 가득했다.

루나 역시 미라와 함께 있을 수 있어서 기쁜 듯했다. 욕조 한구석에 준비된 루나 전용 욕조에서, 미라가 있는 욕조로 폴짝 뛰어들어서는 미라의 곁으로 헤엄쳐 오는 재주를 부리기도 했다.

"오오, 헤엄도 잘 치는구나!"지상에서의 날렵한 모습과는 달리 낑낑대며 서툴게 헤엄쳐 오는 루나의 모습은 너무나도 귀여웠다. 미라는 참지 못하고 루나를 안아 올렸다.

그러자 마리아나가, 루나가 헤엄치는 건 처음 보았다고 말했다.

아무래도 미라의 곁으로 가고 싶은 나머지 욕조로 뛰어든 모양이다. 그 사실에 더더욱 감동한 미라는 더욱 격렬하게 루나를 귀여워해 주었다.

그렇게 루나와 장난을 치며 미라는 오늘까지 있었던 일을 이야기해 나갔다. 하지만 이야기하는 데 너무 열중한 탓에, 맞은편에 있던 마리아나가 어느샌가 옆까지 다가와 있다는 사실을 끝내 알아채지 못했다.

목욕을 마친 후, 역시나 마리아나의 도움을 받아가며 잠옷용 로브로 갈아입었다.

그러면서 빨래 등도 전부 맡겼다. 미라는 속으로 부부 같다는 생각을 했지만, 그 모습은 어쩐지 모녀의 그것에 가까웠다. 마리아나 엄마라고 해야 할 것 같다.

그 후, 두 사람은 그대로 거실에서 얼마간 술을 즐기며 느긋하게 담소를 나누다가 적당히 잠기운이 밀려온 참에 침실로 향했다.

당연히 마리아나와 루나도 함께였다.

"그런고로 말이다. 내일은 계속 이곳에 있을 예정이다."

"그럼 점심도 여기서 드시겠네요. 드시고 싶은 거라도 있나요?"

"뀨이~."

"네, 루나는 복숭아 사과를 먹고 싶다는 거죠?"

"호오, 벌써 그렇게까지 의사소통이 가능하다니……."

두 사람과 한 마리는 침대에 누워 내일 할 일에 관해 이야기하며 천천히 잠에 빠져들었다.

미라와 루나가 쿨쿨 고른 숨소리를 내기 시작하자 마리아나는 살며시, 수줍은 듯한 미소를 지은 채 눈을 감았다.

그날, 미라는 아침부터 아무것도 하지 않고 느긋하게 시간을 보내고 있었다.

"아, 미라 님. 어제 주셨던 빨랫감 주머니에서 메모지가 몇 장이나 나왔어요. 책상 위에 두었으니 확인해주세요."

"음, 알겠다."

마리아나가 준비해준 아침을 먹고, 그러한 대화를 나누면서 마리아나의 보살핌을 받아가며 루나와 장난을 친다.

현재로서는 아홉 현자와 이어진 단서가 없어서 움직이려 해도 그럴 수가 없었다.

더불어 일단 할당량은 달성하기도 해서, 임무의 긴급성은 사라졌다. 그 때문에 지금까지 바쁘게 돌아다녔던 반작용이라도 온 것인지 미라는 긴장이 풀려 있었다.

그렇게 몇 시간을 보낸 후. 점심 식사까지 마친 미라는, 미라의 시중을 들면서도 방 청소를 하는 마리아나를 바라보며 문득 생각했다.

오히려 임무의 우선도가 떨어진 지금이야말로 바쁘게 움직여야 하지 않을까.

소환술 연구, 소환술의 현황 개선, 직업으로서의 소환술 운용법, '의식 동조' 단련, 신기능 습득, 초월 소환의 실현 등.

하고 싶은 일은 말 그대로 산더미처럼 쌓여 있다.

너무도 가정적이고도 평온한 분위기에 둘러싸여 있다 보니 자신도 모르게 마음이 물러지고 말았다.

그 사실을 새삼 알아챈 미라는 벌떡 일어나 "잠깐 연구실에 들어가 있으마"라고 마리아나에게 말했다.

"알겠습니다. 필요하신 일이 있으면 언제든 말씀해주세요."

연구실에 들어간다. 그 말만으로 모든 뜻이 전달되었다. 마리아나는 살며시 루나를 안고 연구실로 향하는 미라의 뒷모습을 배웅했다.

아홉 현자가 모두 그러하듯, 술식의 연구와 단련을 할 때의 미라의 집중력 또한 일반인들의 그것을 훌쩍 뛰어넘었다. 그리고 마리아나도 그 사실을 알기에 연구실에까지는 들어가려 하지 않았다.

연구실에서 미라가 가장 먼저 시작한 일. 그것은 지금까지의 여행에서 얻어낸 소환술 연구 성과를 정리하는 것이었다.

부분 소환과 무장 소환과 같은 신기능들에 관해 그때그때 적어 두었던 연구 노트를 본격적으로 편집해 나간다.

그렇게 눈 깜짝할 새에 시간은 흘러서 해가 지기 시작했을 무렵. 보기 좋게 편집된 연구 노트가 완성되었다.

소환술의 신기능과 지식이 잔뜩 기재된 그것은 그야말로 현 시점에 있어 소환술의 최첨단이라 말해도 과언이 아닐 물건이었다.

뒤죽박죽 섞여 있던 메모를 정리한 덕에 머릿속도 정리가 되어 미라는 개운하다는 표정을 지었다.

그때, 문 건너편에서 마리아나의 목소리가 들려왔다. 저녁 식사 준비가 다 되었다고 알리러 온 것이다.

마리아나는 연구에 방해가 되지 않도록 한 걸음 물러나 있었지만 그건 그거다. 계속 무리를 하게 둘 생각은 털끝만큼도 없는 듯했다. 휴식 또한 연구에서 중요한 요소라는 사실을 알기 때문일 것이다.

"음, 지금 가마."

그렇게 대답하며 일어난 미라는 한껏 기지개를 켜고서 연구 노트를 들고 방을 나섰다.

"하루 늦어졌지만, 어서 오십시오, 미라 님."

거실로 돌아가 보니 크레오스가 있었다. 미라가 돌아왔다는 소식을 듣고 황급히 돌아왔다고 한다. 또한 학원에 관한 일 등으로 상의할 것이 있어서 이렇게 기다리고 있었다는 모양이다.

미라 역시 학원 문제에 관해서는 여러모로 논의하고 싶었다.

간단히 인사에 답해준 후, 곧바로 그러한 문제들에 관해 크레오스와 이야기를 나눴다.

학원에 관한 이야기는 식사 전부터 식사 후까지 이어졌다. 즐겁게, 그러면서도 진지하게 학생들에게 보탬이 되게끔, 수업 방침은 물론이고 그 내용에 이르기까지 전방위적인 소재에 관해 철저하게 논의해 나갔다.

그런데 그러던 도중.

"최근에 있었던 일인데, 다소 난감한 문의가 들어와서 말입니다……."

문득 크레오스가 그렇게 푸념을 하기 시작했다.

"문의라? 대체 무슨 내용이기에 그러느냐?"

그렇게 묻자 크레오스가 자세히 설명하기 시작했다. 그리고 그것은 미라에게 매우 익숙한 내용이었다.

소환술과로 들어온 문의. 그것은 물의 정령과 계약하려면 최소한 어느 정도의 시간이 걸리는가, 저택을 소환하려면 얼마나 걸리는가, 라는 것이었다.

심지어 그러한 것들을 문의한 자들은 거의 견습 수준의 소환술사였다는 모양이다.

물의 정령과 저택 정령에 관한 이야기가 나온 걸 보면 아무래도 미라의 선전 활동이 퍼지고 있기는 한 모양이다.

하지만 미라이기에 간단히 해내고 있는 것처럼 보일 뿐, 그러한 것들은 견습 소환술사가 바로 다룰 수 있는 것이 아니었다.

운이 좋으면 물의 정령과의 계약은 가능할 거다. 하지만 술사의 능력 자체가 갖춰져 있지 않으면 그걸 유지하거나 행사하는 게 어려워질 수밖에 없다.

때문에 그렇게 전달하자 태반이 실망한 듯한 얼굴로 돌아갔다고 한다.

하지만 그 뒤로 입학, 혹은 은의 연탑이 발행한 소환술 입문서를 구입해 가는 의욕이 있는 자들도 그럭저럭 있었다는 모양이다.

"아무래도 최근 들어 모험가들 사이에서 소환술의 활용법에 관한 소문이 퍼지고 있는 것 같습니다. 그건 잘 된 일이지만, 지나치게 가볍게 여기는 이들도 제법 많은 듯합니다."

크레오스가 난감하게 됐다는 듯 중얼거리자 미라는 "그러했나……" 하고 시선을 피하며 작은 목소리로 중얼거렸다.

향후의 활동에서는 그러한 측면을 지금보다 더욱 명확하게 밝히는 게 좋을 것 같다. 미라는 그렇게 생각을 고쳤다.

"그러고 보니 일전에 말이다. 내재 센스로 소환술을 익히게 하는 게 어떨까 생각해 봤는데, 그대의 생각은 어떠하냐?" 서둘러 다음 화제로 넘어가기 위해서 미라는 최근에 떠오른 생각에 관해 크레오스에게 물어보았다.

메인이 아니라 보조로서의 소환술. 거기에 소환술 부흥을 위한 새로운 가능성이 숨겨져 있을지도 모른다면서.

"내재 센스 말씀이십니까……. 과연…… 딱히 소환술사를 늘리는 것만이 방법은 아니니 말이죠. 오히려 내재 센스에 의한 소환술의 이점을 명확하게 제시할 수 있다면, 지금 활동 중인 술사를 이쪽으로 끌어들일 수도……."

우선 무엇보다도 오랜 세월 동안 축적된 소환술에 대한 안 좋은 이미지를 불식시켜야 한다. 그리고 내재 센스를 통한 습득이라 해도 소환술이 활약하는 일이 많아지면 그것만으로도 지위는 향상될 터다.

현재 상황을 염두에 두자면 그런 간접적인 접근 방식 쪽이 더 잘 먹혀들지도 모른다. 크레오스는 그런 취지의 답변을 했다.

그리고 미라는 좀 전에 정리한 연구 노트를 보여주었다. 그 노트에는 부분 소환이며 의식 동조와 같은 하급 소환에서 응용할 수 있는 여러 가지 기술들이 적혀 있었다.

"이건……! 아아, 이런 것까지……!"

소환술사의 최고 권위자인 아홉 현자가 기록한 연구 노트. 그것을 들여다본 크레오스는 순식간에 그것에서 눈을 뗄 수 없게 되었다.

아직 도달하지 못한 아홉 현자의 영역. 노트에 정리된 지혜는 그보다 더욱 진보한 것이었기 때문이다.

미라가 초반 페이지에 정리해둔 내용. 그것은 순수한 기술에 의한 소환술 기술이었다. 바꿔 말하자면, 기술만 있으면 다크나이트만 소환할 수 있다 하더라도 사용할 수 있는 물건이다. 다시 말해서 내재 센스로 습득한 소환술로도 충분히 활용할 수 있는 기술인 것이다. 이것은 확고한 가능성이라 할 수 있을 거다.

"멋집니다…… 이것만이라도 습득하면, 소환술은 이전과는 비교도 안 될 정도로 주목을 받을 겁니다."

난이도는 매우 어렵다. 하지만 어려운 만큼 가늠할 수 없는 잠재력을 지녔다고 크레오스는 흥분해 말했다.

"암, 그렇고말고."

보다 나은 소환술의 미래를 위해 기술을 제공하기로 결심한 미라는 곧바로 크레오스에게 시선을 고정시켰다.

"그럼 곧장, 그대부터 분발해 주어야겠다."

현재 크레오스는 소환술과의 대표로서 학원에서 교편을 잡고 있다. 그렇기에 새로운 기술을 퍼뜨리기 위해 그가 그걸 습득하는 것은 필수 사항이라 할 수 있었다.

미라는 미소를 지은 채 일단 부분 소환부터 전수하고자 했고, 크레오스는 앞으로 지옥의 특훈이 시작될 것이라는 예감에 미소를 지은 채 굳어졌다.

미라의 지도에 의한 크레오스의 특훈은 밤늦게까지 이어졌다.

크레오스는 처음 미라에게 부분 소환에 관해 들었을 때부터 계속 연습을 하고 있었는지, 기초는 어느 정도 되어 있었다. 하지만 무언가가 부족해서 아직 결실을 맺지 못하고 있었다.

하지만 이번에 직접 지도를 통해 미라가 부족했던 부분을 꿰뚫어 본 덕에, 크레오스가 지금까지 해온 노력은 단숨에 결실을 맺을 수 있었다.

"해…… 해냈습니다! 보셨습니까?!"

크레오스가 부분 소환한 홀리나이트의 방패가 미라가 소환한 다크나이트의 혼신의 일격을 드디어 받아냈다.

부분 소환된 방패는 통상 소환과 동등한 내구력을 지니고 있어서, 성공으로 판정해도 될 수준이라 할 수 있었다.

"음, 보았다. 잘했구나. 합격이다."

크레오스의 부분 소환은 몇 번이나 깨지고 몇 번이나 양단되었다. 하지만 지도를 받아가며 포기하지 않고 수십, 수백 번 조정을 거듭했고, 그런 끝에 결국 성공한 것이다.

미라가 합격 선언을 하자 크레오스는 마치 어린애처럼 기뻐했다.

또한 크레오스가 이어서 한 번 더 해보겠다며 시험한 부분 소환은 안정되어서 다크나이트의 일격을 막아냈다. 아무래도 감각을 완전히 익힌 모양이다.

미라 역시 그런 크레오스의 성장이 기뻤지만 더 크게 성장했으면 하는 바람이 있었다.

"그럼 이어서 다크나이트의 부분 소환도 시험해보도록 할까."

미라가 그렇게 말하자 크레오스는 "알겠습니다!" 하고 쾌활하게 답했다.

성공한 것이 어지간히도 기뻤는지, 지금의 그는 뭐든 할 수 있다는 만능감에 젖어있는 듯했다.

하지만 그건 몇 분 후에 완전한 무력감으로 바뀌었다. 같아 보이지만 홀리나이트와 다크나이트의 부분 소환은 난이도가 현격하게 다르기 때문이다.

홀리나이트는 그냥 방패를 소환하기만 하면 된다. 그에 반해 다크나이트의 경우는 검을 쳐올리고 내려치는 두 가지 동작이 필요하다. 심지어 그걸 불과 몇 초 만에 해내야 한다.

"도무지 끝이 보이지 않는군요……."

특훈으로 마나를 거의 소진한 크레오스는 마음이 꺾인 듯 고개를 푹 숙였다. 어지간히도 어려웠는지 좀 전과는 달리 비통한 표정을 하고 있었다.

"흠…… 이 정도가 한계인 듯하군."

홀리나이트를 부분 소환했던 감각에 지나치게 의존하고 있다. 그렇게 꿰뚫어본 미라는 더 할 수 있다는 크레오스를 다독여 오늘은 푹 쉬라고 말했다.

과한 의욕은 오히려 독이 된다. 미라의 그러한 말에 납득한 크레오스는 순순히 방으로 돌아갔다. 내일 또 부탁드린다는 말을 남기고.

크레오스의 특훈이 끝난 후, 미라는 느긋하게 입욕 시간을 만끽했다.

그렇게 분주하면서도 한가로운 미라의 하루가 지나갔다.

　다음 날 아침. 여덟 시에 일어난 미라는 아침 식사를 하고서 곧장 소환술 연구를 시작했다.

　다음 일정 같은 건 전혀 생각하지 않고 하염없이 소환술을 탐구한다.

　지금까지도 여행 중간중간 연구와 실험은 했었다. 하지만 이렇게까지 한 곳에 지긋하게 있는 건 오랜만이라서 현재 미라의 머릿속에는 지금까지 떠오르지 않았던 여러 가지 생각들이 차례로 떠오르고 있었다.

　"이렇게 하면 '의식 동조'의 거리를 지금보다 훨씬——."

　"흠……. 이러한 부분에까지 정령왕공의 영향이——."

　"과연……. 요컨대 시스템에 의해 상한이 설정되어 있는 겐가—."

　"여길 이렇게 할 수 있다면, 지금보다——."

　"그렇군, 무구 정령에는 그밖에도——."

　"오오, 이러한 일도——."

　미라는 여러 분야의 연구 내용을 정리하며 온갖 실험을 반복해나갔다. 그렇게 유익하고 무익한 것들을 가려내고, 무익한 것의 개량점에 관해 고찰했다.

　철저하게 연구하고, 시간을 잊고 몰두했다.

　하지만 그런 미라를 다정하게 현실로 돌려놓아 주는 존재가 있었다. 그렇다, 마리아나와 루나다.

과한 의욕은 독이 되는 법. 어젯밤 크레오스에게 했던 그 말은 자신에게도 해당하는 말이었다.

미라는 점심 식사와 저녁 식사 시간에는 빠짐없이 식탁에 와서 앉았다. 그리고 식사 후에는 루나와 놀아주고 마리아나와 시답잖은 대화를 하고서 다시 연구실로 향했다.

그리고 여덟 시 즈음에 크레오스가 오면 그를 지도하기 시작했다.

다크나이트 부분 소환의 난이도는 상당했다. 하지만 과연 현자 대행을 맡을 만한 인물이라 해야 할지, 아무 성과도 없이 물러서지는 않았다.

오늘의 특훈이 끝날 즈음에는 어제보다 훨씬 성공할 가능성이 보이기 시작했다.

크레오스는 내일 또 부탁드리겠습니다, 라고 말하고서 방으로 돌아갔다.

우수한 그의 모습이 듬직하다 생각하며 미라는 입욕 시간을 가졌다.

마리아나와 함께 하는 목욕은 너무도 평온했고, 루나가 마음을 위로해주기도 해서 미라는 그 행복을 만끽했다.

목욕을 마치고서는 야식 대신 디저트를 즐기고, 마리아나와 대화를 하다가 졸음이 오면 침대에 누웠다.

그런 나날이 며칠이나 계속되었다. 변함없는 하루하루가, 비슷비슷한 시간이 흘러갔다.

하지만 거기에는 어떠한 불편함도 없어서 미라는 지금까지 보낸 나날 중에서도 최고라 할 정도의 충실감을 느끼고 있었다.

행복의 형태가 정해져 있다면, 분명 가까운 사람의 모양새를 하고 있을 거다.

미라는 그런 생각을 하며 옆에 잠든 마리아나와 루나를 바라본 채 살며시 미소 지었다.

그날 미라는 아침부터 크레오스와 함께 알카이트 학원을 찾았다. 과거 자신도 참가했던 술기(術技) 심사회가 개최된다고 들었기 때문이다.

'그날과는 많이 달라졌다고 들었다만. 과연 어떻게 되었을지 기대되는군.'

소문에 따르면 허세만 가득했던 이전과 달리, 지금은 더욱 실전적인 시점에서 평가가 이루어지게 되었다고 한다.

이번에는 시연자가 아니라 관객으로 참가하게 된 미라는 소환술과의 학생이 어떠한 술식을 보여줄지가 특히나 기대되었다.

그렇게 심사회가 시작되기를 기다리던 중에.

"그러고 보니 미라 님. 일전에 말씀하셨던 편입생은 언제쯤 올 것 같습니까?"

크레오스는 기대가 가득한 얼굴로 그렇게 말했다.

편입생. 그것은 학스트하우젠에서 알카이트 학원에 추천했던 리나를 두고 한 말이었다.

미라가 재능을 인정하기도 한 탓에 크레오스의 기대가 큰 모양이었다.

"흐음~ 글쎄다. 모험가 동료도 있다고 들었으니 말이다. 설득과 준비, 이동을 하려면 어느 정도 더 걸리겠지."

미라는 정령비공선을 타고 하루 만에 귀국했지만 리나 일행은 육로로 올 것이다.

대륙 철도를 이용해도 학스트하우젠에서 오려면 상당히 오랜 시간이 걸릴 거다. 더불어 모험가인 그녀들에게는 나름의 준비도 필요하리라.

"아아, 미라 님이 인정하신 예비 소환술사…… 빨리 만나보고 싶군요."

크레오스는 분명 소환술과에 좋은 자극제가 될 것이라는 생각에 리나가 몹시도 기다려지는 모양이었다.

그래서인지 이미 편입 준비는 완료된 상태라고 한다.

그렇게 리나에 관해서, 그리고 소환술을 가르치며 돌아다니는 브루스라는 인물에 관해 이야기하며 기다리자 드디어 심사회가 시작되었다.

각 술과의 대표가 이날을 위해 특훈한 술식들을 선보여 나갔다. 시작부터 미라가 참가했을 때와 다른 점이 눈에 띄었다.

그것은 인원수였다. 대표가 세 명이 되어 있었던 것이다.

크레오스의 말에 의하면 보다 많은 우수한 술사에게 기회를 줌과 동시에 술식의 다양성을 해치지 않도록 하기 위한 조치라고 한다.

대표가 다루는 술식은 말하자면 하나의 지표가 된다. 이 술식이 강하다고 하면 많은 이들이 그를 모방해 다른 술식의 발전이 정체된다는 모양이다.

그 때문에 특기라 할 수 있는 술식과 방향성이 다른 세 명을 대표로 선출하게 된 것이다.

확실히 그 무렵보다 훨씬 의미 있는 심사회가 되었다.

다만 대표라고는 해도 미라가 보기에 그들의 실력은 아직 학생의 영역을 벗어나지 못한 듯했다.

하지만 각 술식에 쏟은 노력이나 위로 올라가고자 하는 향상심과 같은 자세에서는 미라로 하여금 초심을 떠올리게 할 정도의 열기가 느껴졌다.

'이 몸도 지지 않도록 열심히 해야겠구먼.'

학생 술사들의 시연을 지켜보며 미라는 결의를 새로이 했다.

최근 일주일 동안은 연구의 폭을 넓히는 데 집중했지만 슬슬

한 차원 위의—— 초월 소환에 관해 본격적으로 연구하는 게 좋겠다.

그런 생각을 하다 보니 소환술과 대표의 차례가 되었다.

"오오, 저 소녀는."

소환술과의 대표 중 첫 번째로 나온 이는 금발 머리를 트윈테일 스타일로 꾸민 소녀였다.

알카이트 왕국으로 돌아온 날, 학원 부지 내를 통과할 때 잠깐 보았던 소녀다.

역시 어디선가 만난 적이 있는 것 같은데. 이번에도 그렇게 느낀 미라는 옆에 있던 크레오스에게 은근슬쩍 물어보았다. 그녀는 어떤 인물이냐고.

"으음, 저 아이는 말이죠——."

상대가 미라이기 때문인지. 학생의 개인정보니 뭐니 하는 건 신경도 쓰지 않고 크레오스는 대표 소녀에 관해 자세히 설명해주었다.

소녀의 이름은 에밀리아 플로렌스. 오즈슈타인의 귀족인 플로렌스가(家)의 셋째 딸이라고 한다.

그리고 대표로 이곳에 있는 것을 보면 알 수 있듯, 아직 열네 살임에도 불구하고 소환술과에서도 손꼽히는 실력자라는 듯했다.

"호오. 귀족 영애라. 그렇구먼……."

그래서 어쩐지 건방져 보이는 건가, 라고 미라는 속으로 생각했다.

명백하게 귀족 영애에 대한 편견이었지만 실제로 에밀리아는 십중팔구가 그렇게 생각할 법한 분위기를 두르고 있었다.

하지만 이어진 크레오스의 설명에 따르면 그 외모에서 느껴지는 이미지와는 다르게 실로 성실하고 학구심이 뛰어나다는 모양이다. 심지어 올바르지 않은 일이라면 질색을 한다고 한다.

"그리고 무엇보다도 저 아이가 이전에도 말씀드렸던, 덤블프님의 팬이 모인 파벌의 리더입니다."

"뭣이라?!"

그러고 보니, 하고 미라는 그때 들었던 이야기를 떠올렸다.

그것은 덤블프를 무시했다는 이유로 영애가 다른 술과의 학생에게 덤벼들었다는 이야기였다.

아무래도 그때 들었던 이야기에 등장한 영애가 에밀리아였던 모양이다.

그 증거라고 해야 할지, 그런 이야기를 하는 동안 에밀리아가 시연하기 시작한 소환술은 덤블프의 장기였던 다크나이트의 동시 소환이었다.

군세라는 이명이 말해주듯, 천 기라는 엄청난 숫자를 동시 소환하는 술식은 덤블프를 논할 때 빼놓을 수 없는 요소였다.

그런 덤블프를 경애하는 그녀는 하염없이 그 기술을 갈고 닦는 데 전념하고 있다는 모양이었다.

"호오호오. 아직 술식 자체를 습득한 지 얼마 되지 않았을 터. 그런데도 두 기를 동시 소환하다니, 훌륭한 솜씨로군. 음음, 장래성이 있어."

조금 전까지의 건방져 보인다는 평가는 어디론가 가버린 지 오래다. 미라는 마치 수업 참관을 하러 와서 제 자식을 지켜보는 부모처럼 에밀리아의 모든 것을 긍정하기 시작했다.

하지만 실제로 에밀리아의 기술은 탄탄했다.

미라처럼 순식간에 하지는 못해서 준비에 시간은 걸렸다. 하지만 그걸 할 수 있고 없고는 천지 차이라 할 수 있다.

소환술에는 소환 가능한 최대 객체수라는 요소가 존재한다. 그리고 동시 소환이라는 것은 그저 단순히 여러 소환체를 전력으로서 소환하는 것이 아니다. 여러 무구 정령을 하나의 객체로서 다룰 수 있다는 것이 이 기술의 최대 이점인 것이다.

학생들 정도의 실력으로는 아무리 많아야 세 객체가 한계일 것이다. 다시 말해서 개별로 세 기의 다크나이트를 소환하면 그 이상은 소환할 수 없게 된다.

하지만 세 기를 동시 소환할 경우, 최대 객체수가 두 개 만큼 빈다. 그만큼 전략의 폭도 넓어지는 것이다.

동시 소환에 매진한 그녀에게는 무언가를 가르칠 수 있을지도 모른다. 그렇게 느꼈고 그렇게 하고 싶다고 생각한 미라는 에밀리아가 선보이는 소환술을 지긋이 바라보며 마나의 흐름과 술식의 구성 정도를 자세히 관찰했다.

그렇게 술기 심사회는 지체 없이 끝났다.

심사원이 모여서 각 술과의 평가를 해나갔다. 그때 미라도 그 자리에 입회했다.

채점 결과, 가장 높은 점수를 따낸 것은 성술과. 소환술과는 6 위다.

에밀리아의 동시 소환은 그다지 높은 평가를 받지 못하고 끝났다. 기술면에서는 상당한 수준이라 할 수 있었지만, 그걸 어떻게 활용할 것인지를 제시하지 못한 것이 평가가 그저 그런 이유였다.

그 의견에는 미라도 분명 그렇다며 납득했다.

채점 기준이 보다 실전적인 것으로 바뀌었으니, 동시 소환을 선보이려면 빈 소환 객체수로 어떻게 전략의 폭을 넓힐 지까지를 선보이는 게 중요하다고 생각한 것이다.

그럼에도 소환술과가 6위에 오른 것은 에밀리아가 아닌 나머지 두 명이 그리폰과 레드 풋 포니를 소환해서 이동 수단뿐 아니라 기승전(騎乘戰)의 다양성을 제시해 보였기 때문이다.

아직 하위에 머무르고는 있지만 만년 최하위에서는 벗어났다.

그 모든 것은 크레오스와 교사인 히나타, 그리고 학생들의 노력의 산물이었다.

"그나저나, 분하겠구나……."

채점 결과와 평가 내용은 교사를 통해 학생들에게 개별적으로 전달된다고 한다. 분명 지금쯤 에밀리아는 그와 관련된 내용들을 듣고 있을 것이다.

소환술과 대표들의 노고를 치하하기 위해 크레오스와 함께 대기실로 향하던 도중, 미라는 에밀리아의 심정에 관해 생각했다.

동시 소환을 습득하기 위해 상당한 노력을 해왔을 터다. 하지만 이번 평가에는 반영되지 않았다.

대표로서 무대에 올랐음에도 불구하고 그런 결과에 그치고 말았으니 상당히 분할 것이다.

"바보! 이 멍청이! 덤블프 님과 같은 동시 소환이 가능해졌다고 우쭐해져 있었어……! 이래서는 안 돼! 이 정도로 만족하면 덤블프 님이 비웃을 거야!"

대기실 앞에 접어들었을 때, 그런 외침이 문 건너편에서 들려왔다. 내용상 목소리의 주인공은 에밀리아일 것이다. 상당히 자신을 나무라고 있는 듯했다.

"그렇지 않다. 그대는 잘했다!"

대기실 문을 엶과 동시에 그렇게 말한 미라는 당당한 걸음걸이로 에밀리아에게 다가갔다.

갑자기 여성이 있는 대기실의 문을 여는 건 좀 그렇지 않나 싶었지만, 그런 걸 신경 쓸 수 없을 정도로 미라는 에밀리아에게 그 말을 해주고 싶었던 것이다.

"어? 아……! 당신은……!"

갑작스러운 목소리에 에밀리아는 어깨를 움찔했고, 당황해서 미라를 바라본 후에는 무언가를 알아챈 듯 놀란 표정을 지었다.

"갑자기 들이닥쳐 미안합니다, 에밀리아 양. 그게, 이분이 일전에 말씀드렸던 덤블프 님의 제자인 미라 님입니다."

"아아…… 역시 그랬나요…….."

아무래도 에밀리아도 지난주 학원 부지에서 보았던 걸 기억하는 눈치였다. 슬그머니 상황을 확인하고서 뒤따라 들어온 크레오스가 미라를 소개하자 약간 기쁜 표정을 짓기는 했지만, 그것은 이내 겸연쩍은 표정으로 바뀌었다.

이번 심사 결과를 듣고 어지간해도 분했던 모양이다. 그렇게 직감한 미라는 실로 근사한 동시 소환이었다고 에밀리아에게 말해주었다.

"그랬, 나요? 감사합니다."

에밀리아는 약간 당황했지만 기쁜 듯 감사 인사를 했다.

동경하는 덤블프 본인이 아닌 그 제자의 말이었지만 약간의 위로는 된 모양인지, 그 얼굴에 떠올랐던 분한 감정은 희미해지고 약간의 활기가 돌기 시작했다.

하지만 그럼에도 그녀의 얼굴에는 당혹감이 역력했다. 그리고 그 이유는 바로 미라였다.

"저기…… 그게. 지난번에는 죄송했어요!"

에밀리아는 잠시 망설이다가 결심을 굳힌 듯 그렇게 말하더니 갑자기 고개를 숙였다. 이번에는 미라가 당황할 차례였다.

'……지난번이라니, 언제를 말하는 게지……?'

학원에서 보았을 때는 멀리 떨어져 있어서 이렇다 할 사건은 없었다. 그럼 대체 언제의 일을 말하는 걸까.

딱히 짚이는 바가 없어서 미라는 어떻게든 기억해 내고자 에밀리아를 물끄러미 쳐다보았다.

그러자 문득 일전의 감각이 되살아났다.

그러고 보니 어디서 본 것 같은데. 지나치게 빤히 바라본 탓에 에밀리아가 조금 쑥스러워하기 시작했지만 미라는 개의치 않고 생각을 계속했다.

하지만 좀처럼 또렷한 이미지가 떠오르지 않았다.

그때, 무언가를 알아챘는지 에밀리아가 나직한 목소리로 "대륙 철도의 역에서"라고 중얼거렸다.

"오…… 오오~! 그래, 그랬군. 그 차분한 노신사와 함께 있던 소녀인가!"

에밀리아가 준 힌트 덕에 미라는 기시감의 정체에 도달해, 그 당시의 일을 겨우 떠올릴 수 있었다.

실버 사이드 역의 프리미엄 시트 전용 플랫폼, 열차에서 내린 소녀와 노신사.

당시에는 노신사의 이상적인 차분한 분위기에 눈길을 빼앗겼지만, 잠깐이나마 눈에 들어온 소녀는 듣고 보니 분명 에밀리아와 공통된 특징을 가지고 있었던 것 같다.

열차는 오즈슈타인 측에서 플랫폼으로 들어왔다. 다시 말해서 마침 그때 알카이트 학원으로 향하던 에밀리아와 스쳐 지나갔던 것이다.

"이것 참, 희한한 우연도 다 있군그래."

미라는 감회에 젖어 당시의 일을 회상했다. 그에 반해 에밀리아는 안절부절못하며 "그래서, 그게……" 하고 미라의 눈치를 살폈다.

"흠, 기억이 나기는 했다만…… 허어, 사과를 받을 만한 일이 있었던가?"

첫 만남의 순간은 기억이 났다. 하지만 그때 새삼 사과를 받을 만한 사건이 있었던가?

순식간에 지나간 일이었다는 인상밖에 없는 미라는 도통 짚이는 바가 없었다.

그러자 에밀리아가 말하기 껄끄러워하기는 했지만 결국 설명해주었다. 그때는 누가 보고 있다고 착각하고 시비를 걸고 말았다고.

그 말을 듣고서야 이해가 된 미라는 그냥 웃어넘겼다. 보다시피 금방 생각을 해내지 못할 정도로 마음을 쓴 적이 없으니 에밀리아도 신경 쓰지 않아도 된다면서.

"가…… 감사합니다."

에밀리아는 그 말을 듣고 안도하며 기뻐했다. 덤블프를 동경하고 존경하는 그녀에게는, 그 제자인 미라 또한 떠받들어 마땅한 존재이기 때문이다.

하지만 그런 상대에게 무례한 짓을 하고 말았다. 학원에서 발견한 그날부터 계속 가슴앓이를 해온 에밀리아는 이 순간 미라의…… 관대한 말 덕분에 마음의 안식을 얻을 수 있었다.

"심사회에서 그대의 실력은 잘 보았다. 제법 훌륭한 동시 소환이더구나."

약간 이야기가 엉뚱한 방향으로 새고 말았지만, 미라는 그렇게 에밀리아를 다시금 칭찬했다. 하지만 거기서 끝이 아니었다.

"허나 몇 가지 요소를 조정하면 더 좋아질 것이야. 그래서 말이다만! 에밀리아여. 지금 시간은 있느냐?"

미라는 지금부터 곧장 동시 소환의 요령을 가르쳐줄 생각으로 그렇게 말했다.

덤블프의 제자에 의한 특별 레슨. 바라마지 않던 제안이 어지간히도 기뻤는지, 그 말을 들은 에밀리아의 표정이 그 즉시 환해졌다.

하지만 다음 순간, 무언가가 떠오른 듯 단숨에 침울한 표정을 지었다.

"오늘은…… 검술 훈련이…….'

아무래도 다른 용건이 있는 모양이다. 크레오스가 말을 이어받아 설명한 바에 따르면, 다크나이트나 홀리나이트의 검술을 단련시키기 위해 지도를 맡은 특별 강사가 성에서 파견되었다는 모양이었다.

지금까지는 크레오스의 다크나이트를 검술 교사 삼고 있었지만 아무래도 한계가 있었다.

하지만 최근, 왕성에 들어온 지도 강사가 오게 된 뒤로 자신도 배우는 게 많다고 크레오스는 말했다.

"호오, 그것참 재미있겠군!"

요컨대 크레오스의 다크나이트보다 실력이 뛰어나다는 뜻이리라.

오히려 미라는 그 훈련에 관심이 갔다. 어쩌면 자신의 다크나이트나 홀리나이트도 성장시킬 수 있을지도 모른다고 생각한 것이다.

정령왕의 가호 때문인지, 아니면 다른 요인 때문인지. 지금까지 막다른 길에 봉착해 있던 무구 정령 자체의 성장 한계가 최근 일주일 동안의 연구로 인해 더욱 넓어졌다는 사실이 판명되었다.

간단하게 말하자면 레벨 상한선이 올라간 셈이다.

그러니 이번 일은 새로운 검술을 습득할 수 있을지 어떨지를 파악할 좋은 기회라 할 수 있을 것이다.

"이 몸의 지도는 일시적으로 연기해야겠구나."

미라는 에밀리아에게 그렇게 말한 후, 크레오스에게로 몸을 돌리며 그 수업을 보고 싶다고 말했다. 소환술의 탐구가 미라에게는 그 무엇보다도 우선이었다.

"알겠습니다. 아직 시간이 좀 남기는 했지만, 훈련장으로 가시죠."

미라의 표정을 통해 그러한 생각을 알아챈 것인지, 크레오스는 즉답하고서 걸음을 떼었다.

그에 반해 에밀리아는 머뭇머뭇 "연기⋯⋯라면 얼마나"라는 소리를 하면서도 그 뒤를 따랐다.

그 현자의 제자의 특별 레슨. 에밀리아는 이번 기회를 놓치면 다시는 오지 않을 거라 생각했던 모양이다.

하지만 미라가 후배 소환술사를, 그것도 덤블프 팬이라고 하는 에밀리아를 특별 취급하지 않을 리가 없었다.

에밀리아의 특별 레슨은 이미 결정된 사항인 것이다.

하지만 에밀리아 본인은 그런 미라의 속을 알 리가 없었다. 그저 인사치레로 해본 말인지, 정말로 믿어도 될지. 조마조마한 마음으로 그녀는 앞서 나가는 미라와 크레오스를 바라볼 따름이었다.

본 교사 옆에는 다종다양한 실기 수업을 할 수 있는 훈련동이
인접해 있었다.

일전에 소환술 교사 히나타의 안내로 마술과의 훈련을 견학하
러 간 적이 있던 미라는 그곳 1층에 자리한 로비를 어쩐지 그립
다는 듯이 둘러보고서 안쪽에 있는 훈련장으로 향했다.

복도를 따라가다 막다른 길에 있는 곳이 지난번에 견학했던 훈
련장이다. 많은 학생들이 들어가도 넓게 느껴질 정도로 번듯한
곳이었다.

하지만 앞장을 선 크레오스는 그 중간에서 모퉁이를 돌아 계단
을 올랐다.

"어디까지 갈 셈이냐?"

조금 전 막다른길에 있던 훈련장이 아닌 건가? 미라가 그렇게
묻자 이번에 소환술과가 사용할 곳은 제2 훈련장이라고 크레오
스는 답했다.

듣자 하니 훈련장은 다섯 개가 있다는 듯했다. 지난번에 미라
가 봤던 곳은 메인인 제1 훈련장. 그밖에도 규모와 용도가 다른
것이 제2부터 제5까지 있다고 한다.

그리고 이번에는 물리적인 훈련인 탓에 전용 훈련장인 제2 훈
련장에서 진행하고 있다는 듯했다.

"꽤나 크구나 싶기는 해지만 그렇게나 많았군."

그밖에도 식당에 탈의실과 샤워실, 세탁실과 무구 등의 정비실까지 있다고 한다. 훈련동(訓練棟)이라는 이름이 말해주듯, 그와 관련된 모든 일을 이곳에서 할 수 있는 것이다.

과연 술사 교육에 있어서는 대륙 제일로 꼽히는 학원에 있는 시설인 듯했다. 좋은 교육 환경이라는 생각에 만족하며 미라는 2층 복도를 걸어 나갔다.

그러던 그때.

복도의 막다른 길. 그 안쪽에서 날카롭고도 우렁찬 목소리가 울렸다.

"음…… 방금 그 목소리는."

미라가 그렇게 반응하자 "오늘도 일찍 오신 것 같군요"라고 크레오스가 말했다.

소환술과의 검술 훈련이 시작되려면 아직 30분이나 남았다. 하지만 지도 교사는 한 시간 전에는 훈련장에 들어와 이렇게 몸을 풀어둔다는 듯했다.

에밀리아도 매일 매우 열심히 가르쳐주는 멋진 선생님이라고 말했다.

하지만 미라의 관심사는 다른 곳에 있었다.

그것은 목소리다.

'허어…… 어디선가 들어본 적이 있는 것 같은데…….'

그게 어디였더라. 미라가 생각하는 동안, 크레오스가 훈련장의 문을 열었다. 순간, 정말 상당한 실력자인지 검격으로 인해 일어난 바람이 단숨에 복도로 퍼져나갔다.

"오늘도 잘 부탁드립니다."

"잘 부탁드립니다."

에밀리아와 크레오스가 인사했다. 그러자 구성지고도 차분한 목소리가 "오, 꽤나 일찍 왔군"이라고 답했다.

다시 들어도 귀에 익은 목소리다.

그런 생각을 하며 미라가 훈련장에 고개를 내민 참에 지도 교사와 눈이 마주쳤다. 그와 동시에 상대 역시 미라의 모습을 보고 놀란 표정을 지었다.

하지만 그것도 잠시뿐이었다.

"오오, 미라 아가씨 아니야. 오랜만이구먼!"

지도 교사는 쾌활하게 웃으며 그렇게 말했다.

그자는 군복을 입고 있었다. 또한 무기도 도끼가 아니라 검이라 이전과는 인상이 확 달라 보였다.

하지만 미라는 그 말과 얼굴을 보고 그가 누구인지를 또렷하게 기억해 냈다.

"오호, 아론이 아니냐!"

그렇다. 그곳에 있던 이는 키메라 클로젠 소탕 작전 때 행동을 함께 했던 A랭크 모험가, 아론이었다.

미라는 생각지 못한 곳에서의 예상치 못한 재회에 놀라면서도 당시의 일을 떠올리며 다가갔다.

"어라. 미라 님은 아론 공을 아십니까?"

미라와 아론이 재회를 기뻐하자, 그 모습을 지켜보던 크레오스는 약간 놀란 얼굴로 물었다.

아무래도 아론이 이곳에 있는 경위는 크레오스도 모르는 모양
이다.

"음. 키메라 어쩌고와 한바탕할 때, 함께 싸웠던 모험가 중 한
명이다."

그렇게 간결하게 답한 미라는 왜 이곳에 아론이 있는지가 새삼
궁금해졌다.

당시, 아론과 만났던 마지막 밤. 그는 이번 일이 끝나면 모험가
일을 그만둘 거라 말했다. 몸을 쓸 수 있는 동안 하고 싶은 일이
있다면서.

그런 아론이 지금은 검술 지도 교사가 되어 이곳에 있다니. 그
이유가 궁금해진 미라는 "해서, 왜 그대가 이곳에 있는 게냐?"라
고 단도직입적으로 물었다.

"그야 뭐, 별 건 아니고."

아론은 그렇게 운을 떼더니 사건의 전말을 간결하게 설명했다.

아론이 모험가 일을 관두면 착수하려 했던 일. 그것은 바로 젊
은이들의 육성이었다.

듣자 하니 그 본거지에서 대기하던 중, 아론은 젊은 모험가들
의 부탁으로 훈련을 시켜주고 있었다고 한다.

그리고 그 일을 계속하다 보니 이런 노후 생활도 나쁘지 않겠
다는 생각에 도달했다는 모양이다.

"술자리에서 그런 소릴 슬쩍 흘린 적이 있는데. 어딜 통해서 어
떻게 전해진 건지. 우즈메 아가씨가 이번 일이 끝나면 좋은 곳을
소개해주겠다고 하더라고."

결과적으로 아론은 그렇게 소개를 받아 알카이트 왕국의 병사들을 지도하는 직책을 맡은 것이었다.

다시 말해서 아홉 현자인 카구라가 솔로몬에게 소개해준 것이다.

이토록 확실하고도 강력한 추천은 보기 드물 것이다. 아론은 그 즉시 알카이트행을 결정했다고 했다.

들자 하니 병사들에게는 모험가 시절에 쌓아온 여러 가지 기술과 지식을 가르치고 있다는 모양이다. 실전적인 마물과의 전투법 말고도 군의 훈련과는 다른, 서바이벌에 무게가 실린 전술과 생존 방법 등이다.

수십 년이라는 실적으로 증명된 모험가의 노하우는 말 그대로 값을 매길 수 없는 재산이라 할 수 있을 거다.

크레오스의 말에 의하면 실제로 국내의 마물 토벌 임무 효율이 비약적으로 향상되었다고 한다.

"과연. 녀석, 아주 멋들어지게 일을 진행했군그래."

우수한 인재를 확보함과 동시에 군의 질을 향상한다. 이 얼마나 멋진 솜씨란 말인가. 하지만 그보다 미라는 아론을 다시 만난 것이 순수하게 기뻤다.

"덕분에 지금도 이렇게 충실한 나날을 보내고 있지. 우즈메 아가씨한테는 아무리 고맙다고 해도 부족할 거야."

감회에 젖어 그렇게 중얼거린 후, 아론은 기쁜 듯 입꼬리를 치올렸다.

나라와 아론, 양쪽 모두에게 이득인 이상적인 관계다. 미라 역시 그런 아론의 모습에 기뻐져서 살며시 미소를 지었다.

"암튼, 그렇게 됐어. 미라 아가씨. 훈련을 시작하려면 시간이 좀 남았으니. 준비 운동을 마무리할 겸 검은 기사를 좀 빌려주지 않겠어?"

옛날이야기가 끝나자마자. 아론은 도전적인 눈빛을 한 채 상의를 벗어 던졌다. 그리고 검을 내려놓고는 세워뒀던 가방에서 애용하는 도끼를 꺼내 들었다.

"음, 좋지, 좋아. 얼마든 빌려주마!"

무구 정령의 성장에 필요한 것은 뭐니 뭐니 해도 강자와의 전투 경험이다.

그런 상황에서 가장 훈련에 적합한 상대가 제안을 해온 것이다. 미라는 곧장 승낙하고 소환술을 발동했다.

"어? 이게, 뭐야?"

그 자리에 소환된 무구 정령을 바라보며 에밀리아는 놀란 투로 중얼거렸다.

미라의 거동에서 술식을 발동할 낌새는 전혀 느껴지지 않았고, 너무도 갑작스럽게 나타났다. 하지만 무엇보다도 그녀는 그 모습에 깜짝 놀랐다.

소환술과의 학생들은 엄두도 못 낼 정도의……. 교사인 히나타뿐 아니라 현자 대행인 크레오스가 다루는 무구 정령조차도 초월했다는 것을 한눈에 알 수 있을 정도의 기사였기 때문이다.

심지어 놀라운 점은 그뿐만이 아니었다.

"이건…… 역시 대단한 걸, 미라 아가씨. 그때 이후로 실력을 더 키웠다 이거로군."

그곳에 선 무구 정령을 앞에 두고 아론은 유쾌하다는 듯 웃었다.

이번에 미라가 소환한 것은 다크나이트도 홀리나이트도 아니라 그 복합체인 잿빛 기사였다. 공수에 모두 능하여 그 전투력은 A랭크 모험가에 범접할 정도다.

"그럼 시작해 볼까!"

한눈에 그 힘을 간파한 것인지. 준비 운동의 마무리라는 말이 무색하게 단숨에 덤벼든 아론의 기백은 진지하기 그지없었다.

아론과 잿빛 기사가 교차한 순간, 검과 검이 부딪히는 소리가 강렬하게 대기를 뒤흔들었다.

"아……."

순식간에 부풀어 오른 기백에 압도된 듯 에밀리아가 비틀거렸다. 그녀의 눈에는, 지금은 너무도 높은 경지로만 느껴지는 광경만이 비칠 따름이었다.

"조금 따라잡았다 싶으면 한참 먼 곳까지 가버리시는군요."

크레오스는 에밀리아를 살며시 부축해주며 눈 앞에 펼쳐진 격전을 바라본 채 나직하게 중얼거렸다. 그에 반해 미라는 지긋이 전황을 확인하며 대담한 미소를 짓고 있다.

'과연 아론이로군. 잿빛 기사의 힘으로도 밀릴 정도라니. 허나…… 이건 멋진 경험이 되겠어!'

아론과의 훈련은 분명 무구 정령의 성장으로 이어질 것이다. 그렇게 확신한 미라는 지금까지 상대가 없어서 시험해보지 못했던 이런저런 것들을 마음껏 쏟아내기 시작했다.

아론과 잿빛 기사의 전투는 십여 분간 계속되었다. 결과는 부풀어 오른 투기를 단숨에 집속시켜 필살의 일격을 보기 좋게 박아 넣은 아론의 승리였다.

"방금 그건 버티지 못하나."

"버텼으면 내가 두 손 두 발 다 들었겠지."

그것은 모험가 시절에 수많은 강자를 처치해왔다는 아론의 비장의 기술이라는 듯했다. 교묘하게 잿빛 기사에게 빈틈을 만들어 기술을 적중시킨 아론의 숙련된 전사로서의 면모가 돋보인 순간이었다.

"상당히 강화했다고 생각했다만, 역시 그대와 같은 강자에게는 아직 못 미치는 것 같군."

"무슨 소리야. 나는 이런 기사를 숨을 쉬듯 자연스럽게 소환해 내는 미라 아가씨가 더 무서운데. 한 기를 더 추가했다면 그 순간 끝났을 테니까 말이야."

일전을 마친 미라와 아론은 그런 말을 주고받으며 웃음을 주고받았다.

그리고 에밀리아는 그런 두 사람을, 지금까지보다 더욱 존경하는 눈빛으로 바라보고 있었다.

미라의 잿빛 기사와 아론의 온 힘을 다한 전투. 그것은 볼 기회가 흔치 않은 정상급의 결전이었다.

에밀리아가 높은 경지의 수준을 느낄 좋은 기회였다고 할 수 있었다. 하지만 여러모로 과정을 건너뛴 탓에 그 전투 속에서 어떠한 탐색전이 이루어졌는지, 얼마나 많은 전술의 공방이 오고 갔는지는 미처 이해하지 못했다.

때문에 본보기로는 부적합한 일전이었다.

하지만 그렇기에 에밀리아의 가슴 속에는 뜨거운 열정이 깃들었다. 미지의 영역을 두려워하지 않고 과감하게 도전해 나가는 도전정신이 바로 그녀의 재능이었다.

그렇게 에밀리아가 성장의 씨앗을 손에 넣은 가운데. 당사자인 미라와 아론은 크레오스에게 주의를 받고 있었다.

"으음…… 이렇게까지 본격적으로 붙으실 거면, 앞으로는 밖에서 해주십시오."

격렬하게 검을 섞을 때까지는 그나마 괜찮았다. 하지만 후반부, 필살기의 응수가 시작되었을 즈음부터 상황이 확 바뀌었다.

각 일격의 여파가 어지간한 마물은 가볍게 소멸하고도 남을 정도로 엄청났기 때문이다.

자세히 보니 훈련용 비품이니 뭐니 하는 물건들이 몽땅 흩어져 굴러다니고 있었다. 심지어 반은 파손되어 있기까지 했다.

더불어 크레오스가 본 바로는 훈련장에 둘러친 물리장벽도 상당히 상해버린 듯했다.

크레오스가 쓴웃음을 띤 채 그러한 사실들을 밝히자, 미라와 아론은 주변의 참상을 앞에 두고 어깨를 움츠리고서 "음" "알겠어" 하고 순순히 고개를 끄덕이며 답했다.

"오늘도 잘 부탁드립니다!"

어질러진 훈련장을 정리하던 중에 소환술과의 교사 히나타가 기운차게 말하며 들어왔다.

하지만 다음 순간, 히나타는 그 자리에 있던 미라와 크레오스, 에밀리아를 발견하고는 "어째서?!" 하고 외치며 물러섰다.

특히 미라와 크레오스가 이 자리에 있는 것이 너무도 의외였던 모양이다.

하지만 뒤따라온 학생들 때문에 히나타는 거의 떠밀리다시피 해서 그대로 훈련장에 다시 얼굴을 내밀게 되었다.

"기운이 넘치는구나, 히나타 선생."

"학생의 모범이 되는 활기찬 인사로군요."

미라와 크레오스가 그렇게 칭찬하자 히나타의 표정이 더더욱 복잡해졌다. 수업을 맡은 쪽인 교사가 수업을 받기에 앞서 의욕 만점인 모습을 보인 것이, 교사로서 겸연쩍게 느껴진 것이다.

히나타는 "그렇지 않아요"라고 대답하는 게 고작이었다.

그렇게 학생들이 모이기 시작했다. 그들, 그녀들은 훈련장에 벌어진 참상을 보고 당황하기는 했지만 뒷정리를 거들어주었다.

그 덕에 아론의 검술 지도는 시간대로 진행할 수 있었다. 아니, 진행할 수 있었어야 했다.

원인은 역시나 미라였다. 소개를 하자마자 학생들이 알아챈 것이다. 요즘 화제에 오르고 있는 정령 여왕인 것 같다는 사실을.

결과, 10분 정도 질문세례가 쏟아져 난리도 아니었다.

우쭐해졌던 당사자인 미라가 중간에 간신히 정신을 차린 듯 주의를 주었다. 지금은 귀중한 검술 지도 시간이 아니냐면서, 그 수업의 중요함을 일깨워준 것이다.

그 덕분인지 학생들은 이날, 평소보다 열심히 검술 지도 훈련에 임했다.

하지만 당연하다고 해야 할지. 오늘은 그것만으로 끝나지 않았다. 아론의 검술 지도가 끝난 후, 학생들의 요청으로 미라의 특별 수업이 시작된 것이다.

"잘 들어라. 속도도 중요하지만, 소환 범위도 잊어서는 안 된다──."

미라는 소환술의 기초적인 것부터 무수히 펼쳐지는 응용법에 관해서, 초급 소환술 중에서도 한 수 위의 상대에게도 통할 만한 것을 중심으로 설명해 나갔다.

그것은 상급을 넘어서 최상급 상대와 몇 번이나 싸워온 미라이기에 할 수 있는 수업이었고, 어느샌가 히나타와 크레오스, 그리고 아론까지도 학생들 사이에 섞여 그 가르침을 듣고 때로는 질문을 날리기도 했다.

방과 후가 지난 저녁 무렵. 최종 하교 시간을 알리는 종이 울릴 때가 되어서야 미라의 수업은 끝났다.

"미라 님, 나중에 또 가르쳐주세요."

"미라 님, 오늘은 정말 감사했습니다."

오늘이라는 날이 끝나버렸다는 사실을 아쉬워하며 학생들은 돌아갔다.

정령 여왕이라는 이명 때문인지, 아니면 다른 무언가 때문인지. 정신이 들어보니 남학생들은 미라를 '미라 님'이라 부르고 있었다. 그리고 여학생들은 모두 '미라 선생님'이라고 불렀다.

"또 보자고, 미라 아가씨. 나중에 기회가 되면 또 상대 좀 해 줘."

"음. 이쪽이 할 말이다."

그렇게 인사를 나눈 후, 아론도 성으로 돌아갔다.

히나타도 다음 수업을 위해 허겁지겁 돌아갔다.

남은 것은 크레오스와 어쩌다 보니 계속 미라의 곁에 있었던 에밀리아뿐이었다.

"헌데, 내일 수업 예정은 어떻게 되느냐?"

미라는 에밀리아를 흘끔 쳐다보고서 크레오스에게 그렇게 물었다.

"내일은 평소와 같은 수업을 할 예정입니다. 오후부터라면 문제없을 겁니다."

오늘은 예정이 있었던 탓에 에밀리아의 개인지도를 하지 못했지만 내일은 괜찮겠는가. 에밀리아에게 시간은 있겠는가. 크레오스는 미라의 말에 내포된 그러한 의미까지 알아채고 그렇게 답했다.

"그러냐. 그럼 내일 하면 되겠구나!"

소환술과에 관한 것이라면 모르는 게 없는 크레오스가 문제없다고 했으니 믿어도 될 것이다.

그 말을 들은 미라는 에밀리아에게로 고개를 돌리고는 "그럼 내일 오후에 시작해도 되겠느냐?"라고 말했다.

에밀리아는 그 말을 듣고서야 조금 전 두 사람의 대화가 자신의 개인 레슨에 관한 것이라는 사실을 알아챘다.

"아…… 네! 그게……."

나중으로 연기되었던 그것이 생각했던 것보다 빨리 실현되었다는 사실에 에밀리아는 기뻐했다. 하지만 동시에 크레오스의 눈치를 살폈다.

원래는 오후에 소환술과의 특별수업이 있었기 때문이다.

"신경 쓰지 않아도 됩니다. 다음주부터는 학생들의 요청이 많아서 동시 소환의 기초에 관해 가르쳐 나갈 예정이었으니까요."

이미 기초를 넘어선 에밀리아에게는 다소 지루한 시간이 됐을지도 모른다고 크레오스는 말했다. 그리고 미라에게 개인 레슨을 받으면 그런 시간을 유익하게 보낼 수 있을 테니 감사하게 여기라고 말을 이었다.

"미라 님에게 많은 것을 배우도록 하세요. 그러고서 향후 동시 소환 수업을 할 때, 에밀리아 양도 저를 도와주면 고맙겠습니다."

크레오스는 끝으로 그렇게 말하고서 미소를 지었다. 그 말을 들은 에밀리아는 "네! 맡겨만 주세요!"라고 힘차게 답했다.

개인 레슨은 이곳 제2 훈련장에서 하기로 했다. 사용 수속 등은 크레오스가 해두겠다고 한다.

내일 일정이 정해지고 에밀리아가 집사와 함께 귀가한 후, 미라도 마리아나가 기다리는 장소로 돌아갔다.

크레오스는 아직 볼일이 남은 모양인지 두세 시간 정도 있다가 학원을 나설 것이라고 한다.

탑에 있는 자신의 방으로 돌아온 미라는 마리아나, 루나와 함께 저녁 식사를 하거나 목욕을 하며 아주 따스한 시간을 보냈다.

그렇게 충분히 기운을 보충한 참에 크레오스가 돌아왔다.

크레오스는 그의 방으로 쓰이고 있는 집무실에서 준비를 하고서 미라를 찾아왔다.

"그럼 시작해 볼까."

"네, 잘 부탁드리겠습니다."

학원에서의 수업과 이건 별개다.

지금은 부분 소환의 습득을 진행하고 있지만 무장 소환, 의식 동조와 같은 기술도 아직 남아있다. 크레오스가 해내야만 하는 일은 아직 산더미처럼 많았다.

따라서 이날도 크레오스의 특훈은 밤늦게까지 계속되었다.

　다음 날 아침. 에밀리아의 개인 레슨은 오후부터라 미라는 오전 내내 마리아나와 담소를 나누며 루나와 놀거나, 소환술 연구 등을 하며 지냈다.

　그리고 점심시간 전에 탑을 나서, 마리아나가 손수 만든 도시락을 왜건에서 먹으며 느긋하게 학원으로 향했다.

　미라가 학원에 도착한 건 오후 수업이 시작되기 20분 전이다. 안뜰에는 짧은 휴식을 만끽하는 학생들의 모습이 드문드문 보였다.

　아무래도 소환술과 밖에까지 미라에 관한 소문이 퍼진 모양인지. 몇몇 학생들이 "정령 여왕이다"라고 수군거리는 모습이 보였다.

　또한 귀로 들어오는 목소리를 통해서도 소환술에 대한 학생들의 인식이 조금씩 변화하고 있다는 사실을 알 수 있었다.

　지금까지 해온 일, 그리고 크레오스와 히나타의 노력이 착실하게 결실을 맺고 있는 모양이다. 그 사실을 어렴풋이나마 확인한 미라는 의기양양한 걸음걸이로 훈련장으로 향했다.

　"오오, 벌써 와 있었나."

　아직 예정보다 다소 이른 시간임에도 제2훈련장에는 이미 준비를 완벽하게 마친 에밀리아가 있었다.

　"안녕하세요, 미라 선생님. 오늘 하루 잘 부탁드립니다!"

　어지간히 기대가 컸던 것인지. 활기차게 인사하는 에밀리아의 얼굴에는 기대감이 가득했다.

그런 에밀리아의 모습을 보고 미라는 생각을 고쳤다. 소환술에 대한 인식이 바뀌기 시작한 건 분명 자신들의 노력 때문만이 아닐 것이다. 에밀리아처럼 열심히 노력하는 신참 소환술사들이 있기 때문일 거다.

"음. 그럼 조금 이르지만 시작해 볼까!"

미라 또한 마음을 다잡고 에밀리아의 개인 레슨에 임했다.

레슨을 시작하고 몇 시간이 지난 후. 미라의 지도하에 에밀리아는 신호를 하면 동시 소환을 완료하는 공정을 하염없이 반복하고 있었다.

"음. 그럭저럭 숙달은 된 것 같구나. 일단 이 정도 속도라면 실전에도 투입할 수 있을 것이야."

요점을 파악하고 독자적으로 연구한 이론을 잔뜩 도입한 덤블프류 동시 소환술.

그 기초에 관한 가르침과 에밀리아의 재능이 합쳐지자 그 속도는 극적으로 개선되었다. 술기 심사회 때와는 비교도 되지 않을 정도였다.

"가…… 감사합니다!"

기진맥진하기는 했지만 미라에게 인정을 받자 에밀리아는 기뻤다. 그리고 동시에 그녀는 놀라고 있었다. 최근 성장이 지체되었던 문제가 거짓말처럼 해소되었기 때문이다.

놀라움과 기쁨. 에밀리아는 그 두 가지를 동시에 맛보며 지금까지의 고민이 사라졌다며 환하게 웃었다. 하지만 소환술 문제가 얽히면 미라는 매우 엄격해진다.

"허나 자만해서는 안 된다. 이제야 시작점에 선 것이나 다름없으니 말이야."

그렇게 못을 박은 후, 미라는 최종적인 목표는 이 정도라고 말하며 동시 소환을 선보였다.

그때, 술식을 행사하는 듯한 낌새는 전혀 보이지 않았다. 그럼에도 정면에는 다크나이트 두 기가 순식간에 소환되었다. 심지어 그런 일이 두 번, 세 번 반복되었다.

"굉장해……."

그것은 그야말로 에밀리아가 상상도 하지 못했던 영역이었다. 동시 소환을 한 번 하는 데에도 상당한 집중력이 필요하건만, 미라는 안색 하나 바꾸지 않은 것은 물론이고 조짐조차 보이지 않고 말을 하며 행사해냈기 때문이다.

에밀리아의 입장에서는 신기(神技)라 해도 과언이 아니었다.

하지만 그것을 눈앞에서 본 에밀리아는 좌절하기는커녕 어린 애처럼 순수하게 놀라고는 빨리 다음 단계를 지도해 달라고 탐욕스럽게 요구해 왔다.

"좋은 눈이로구나. 허나 그렇다면 이쯤에서 질문 하나를 하마. 에밀리아여. 그대는 이 동시 소환의 이점이 무어라 생각하느냐?"

에밀리아의 눈에 더욱 뜨거운 정열이 깃들었다. 그것을 확인한 미라는 다음 지도로 넘어가기 전에 그런 질문을 던졌다.

"이점, 말씀이신가요?"

몹시 흥분한 듯했던 에밀리아는 미라의 그 질문을 듣고 평정심을 약간 되찾았다. 그리고 얼마간 생각한 후에 답을 입 밖에 냈다.

에밀리아가 답한 동시 소환의 이점. 그것은 무엇보다도 한 번의 소환으로 여러 개체의 전력을 만들어낼 수 있다는 것과 한꺼번에 머릿수를 늘릴 수 있기에 견제에 유용하다는 점, 그리고 소환 객체수를 절약할 수 있다는 것이었다.

예상했던 대로 기초적인 지식은 확실하게 익힌 모양이다.

"음음. 바로 맞혔다. 허나, 그걸로는 부족해."

기특하다는 듯 고개를 끄덕이면서도 그 정도로는 정답이라 할 수 없다고 말을 이은 미라는, 모든 다크나이트를 송환하고서 약간 눈에 띄는 동작을 취하며 소환술을 행사해 보였다.

미라의 바로 옆에 나타난 것은, 다크나이트였다. 하지만 이번에는 한 기뿐이라 에밀리아는 어떻게 된 일인가 싶어 고개를 갸웃했다.

동시 소환의 이점에 관해 말해놓고서 한 기만 소환하다니. 이 행위에는 대체 무슨 의미가 있는 걸까, 싶었던 것이다.

하지만 그것은 에밀리아의 지레짐작에 불과했다. 단독 소환처럼 보이게 한 것뿐이었던 거다.

턱. 누군가가 에밀리아의 어깨에 단단한 손을 얹었다.

"어?"

흠칫 몸을 떨고서 뒤를 돌아본 에밀리아는 다시금 소리 내어 놀랐다. 놀랍게도 에밀리아의 등 뒤에 다섯 기나 되는 다크나이트가 늘어서 있었기 때문이다.

그렇다. 좀 전에 미라가 사용한 소환술은 확실히 동시 소환이었다. 다만 지금까지와 달리 한 기를 제외한 나머지의 소환 지점을 모두 에밀리아의 등 뒤로 설정해 둔 것이다.

"소환 지점의 지정은 상당히 자유롭게 할 수 있어서 말이다. 이렇듯 동시 소환과 합치면 더 큰 효과를 발휘하지."

미라가 보여준 것은 한 번의 소환으로 단숨에 형세를 역전할 가능성을 지닌 기술이었다.

에밀리아는 얼마쯤 지나서야 뭐가 어떻게 된 일인지를 이해하고는 다시금 경악했다.

소환 지점으로 지정할 수 있는 범위는 술사의 기량과 비례해 넓어진다. 미라의 기량으로는 자신을 중심으로 반경 20미터 범위 내라면 어디로든 소환이 가능했다.

그 기술을 사용해 적을 에워싸듯 소환하면 눈 깜짝할 새 포위진이 완성되는 것이다.

또한 조금 전에 미라가 했던 것처럼 정면으로 주의를 끌면서 소환하면 퇴로를 막음과 동시에 기습까지 할 수 있다.

이것이야말로 동시 소환에 감춰진 또 하나의 이점이었다.

"그럼 곧바로 시작해 볼까."

"아, 네!"

소환 지점의 자유도를 높이는 것. 이 또한 동시 소환에서 중요한 요소라고 설명하고서 미라는 지도를 개시했다.

우선 에밀리아의 소환 범위부터 확인했다. 에밀리아는 제법 우수해서 5미터 떨어진 곳까지는 소환할 수 있었다.

하지만 그건 단독 소환일 경우뿐이었다.

"우으…… 이게…… 뭐지? 어떻게 된…… 어라?"

5미터 떨어진 곳에 동시 소환. 그것도 딱히 문제는 없었다. 하지만 한 가지 조건을 추가하자 에밀리아는 술식 자체를 실패하는 상황에 빠졌다.

그 조건이란 소환 장소를 가까운 곳과 먼 곳으로 나눈다, 였다.

지금까지 에밀리아는 두 기를 나란히 동시 소환했었다. 이번 목표는 그중 한쪽을 멀리 떨어뜨리는 것뿐이다.

하지만 그것뿐임에도 불구하고 에밀리아는 오늘 레슨 중 가장 애를 먹고 있었다.

"미라 선생니임……."

에밀리아는 쉼 없이 도전했지만 이제는 대체 어째서 실패하는 것인지조차 알 수 없게 되었는지, 고개를 푹 숙인 채 미라에게 도움을 구했다.

"뭐어, 처음에는 다 이런 법이지."

동시 소환에는 고도의 기술이 필요하다. 하지만 동시 소환이라고 뭉뚱그려 말해도 그 앞에는 여러 개의 장해물이 기다리고 있다.

소환 지점을 별도로 지정하는 것 또한 그중 하나다.

"잘 들어라. 여기까지는 마나 주입 방법이 일반 소환을 할 경우와 크게 다르지 않지만——."

조금 전까지 에밀리아의 술식 구성을 가만히 관찰하고 있던 미라는 그녀가 애를 먹고 있는 부분을 짚어주고 그 대책을 자세히 설명해주었다.

그 요점은 감각에 의한 부분이 커서 지식보다는 경험이 중요했다.

에밀리아는 미라의 지도에 따라 그 감각을 습득하기 위해 반복 연습을 했다.

하지만 아무리 에밀리아라 해도 시간이 걸릴 듯했다. 에밀리아는 이날 중에 그것을 달성해내지 못했다. 하지만 미라의 조언 덕분에 중간중간 어떤 감각인지는 느끼고 있는 듯했다.

"어이쿠, 벌써 시간이 이렇게 되었나. 오늘은 이만해야겠군."

최종 하교 시간을 알리는 종소리를 듣고 미라는 레슨 종료를 선언했다. 그러자 에밀리아는 아쉬움이 가득한 표정을 지었지만, 그런 감정을 떨쳐내듯 "미라 선생님. 오늘은 정말 감사했습니다!" 라면서 고개를 숙였다.

"고마워할 것 없다. 이 몸이 좋아서 가르친 것이니."

뜨거운 학구심이 느껴지는 성실한 에밀리아의 모습에 미라 역시 밝게 답했다. 그리고 이어서 "그럼 내일 같은 시간에 보자꾸나"라고 말했다.

그러자──.

"네?!"

녹초가 되었던 에밀리아의 얼굴이 놀라움으로 물들었다.

그 얼굴을 본 순간, 안 좋은 예감이 미라의 머리를 스쳤다. 이거 너무 혹독하게 지도한 걸지도 모르겠다. 넌더리가 나서 다시는 안 하겠다고 하지는 않을까.

하지만 그건 괜한 걱정에 불과했다. 오히려 에밀리아는 특별 레슨이 오늘로 끝일 거라 생각해서 내일 또 보자는 미라의 말에 놀란 것뿐이었다.

"내일도, 지도해주실 수 있나요?!"

당사자는 지금까지 쌓였던 피로가 어디론가 날아가 버린 듯 환한 미소를 지어 보이기까지 했다.

"음. 그대에게 의욕과 시간이 있다면, 내일 보자꾸나."

"있어요! 둘 다 있어요! 꼭 좀 부탁드릴게요!"

미라의 말에 에밀리아가 즉답했다. 소환술에 대한 그녀의 정열은 진짜배기였던 모양이다.

어지간히도 기뻤던 것인지 에밀리아는 내일도 특별한 훈련을 하게 됐다고 마중을 나온 집사에게 자랑을 하듯 이야기하며 귀가했다.

'내일은 오늘 하던 것을 이어서 하고…… 또 무얼 가르칠까.'

미라 역시 내일 예정에 관해 생각하며 왜건을 타고 귀갓길에 올랐다. 에밀리아는 가르치는 보람이 있어서 미라도 상당히 기분이 좋았다.

탑으로 돌아와 한숨을 돌린 참에 크레오스가 귀가했다. 이번에는 크레오스가 특훈을 할 차례다.

하지만 그 전에 최근 일과가 된 대화를 하기 시작했다. 바로 학원의 수업에 관한 이야기였다.

크레오스가 세운 향후 수업 내용을 미라가 체크하는 것이다.

또한 중간중간 에밀리아의 성장 정도와 소환술과의 수업 진전도에 관해서도 이야기했다.

"다들 열심히 하고 있는 듯하군. 에밀리아도 좋은 모범이 될 것 같구나."

"불과 하루 만에 거기까지 해내다니……."

오늘부터 소환술과에서는 동시 소환에 관한 본격적인 수업이 시작되었다. 성공한 이는 없지만 모두가 실마리 정도는 잡았다고 한다.

다른 학생들도 에밀리아 못지않게 가르치는 보람이 있을 것 같다며 미라는 웃었다.

크레오스는 에밀리아의 성장 속도는 아무리 봐도 너무 빠른 듯하다면서 쓴웃음을 지었다.

마찬가지로 그 벽을 넘어선 크레오스이기에 그 사실을 알 수 있는 것이다.

대화가 대충 일단락되자 크레오스도 자신의 특훈에 돌입했다. 오늘은 그도 유난히 기합이 들어간 듯 보였다.

술기 심사회로부터 일주일이 지난 후. 소환술 연구와 실험에 크레오스의 특훈. 그리고 에밀리아의 개인 레슨도 그 후로 계속되고 있었다.

본인의 노력과 미라의 지도 덕분에 에밀리아의 실력은 비약적으로 성장했다.

그 결과, 놀랍게도 5미터 이상의 거리를 두고 동시 소환을 성공하는 데 이르렀다. 이는 미라도 놀랄 정도의 재능이었다.

"흠, 아침의 학원도 청춘의 열기로 가득하구나."

에밀리아의 특훈은 보통 오후부터 시작이었다. 하지만 이날, 미라는 특훈의 다음 단계를 위해 아침부터 학원에 와 있었다.

에밀리아의 동시 소환이 그럭저럭 실전에서도 통할 정도의 수준이 되었으니.

오늘은 실제로 마물을 상대로 훈련을 하기로 한 것이다.

"좋은 아침입니다!"

약속장소는 훈련동 로비. 미라가 그곳에 얼굴을 내밀자 에밀리아의 기운찬 인사 소리가 들려왔다.

"오오, 벌써 와 있었느냐."

미라도 약속 시간보다 훨씬 일찍 왔건만. 에밀리아는 그보다 더 일찍 와 있었던 모양이다.

"눈이 일찍 뜨여서, 도저히 가만히 누워 있을 수가 없었어요."

몹시도 기대를 했었는지, 에밀리아는 마치 소풍을 앞둔 어린애처럼 들떠 있었다.

"흠, 그렇다면 곧바로 출발해 볼까."

이제 곧 실전에 임하게 될 텐데, 에밀리아는 불안함이라고는 거리가 멀어 보일 정도로 흥분한 듯 보였다.

그것은 자신감에 의한 것일까, 자만심에 의한 것일까.

어쨌든 오늘은 에밀리아에게 중요한 하루가 되리라 생각하며 미라는 마음을 다잡고 그녀를 밖으로 데려나갔다.

가루다 왜건을 타고 초급자 수련용 숲으로 이동한다.

"아, 벌써 도시가 저렇게 멀리——. 저 산맥은 어디까지 이어져 있을까요——. 숲이 보이기 시작했어요——."

그러는 동안, 에밀리아는 하늘에서 보이는 경치에 매우 흥분해 떠들어댔다.

하지만 그런 이유만은 아니었다. 소환술을 갈고 닦으면 이런 일도 가능해진다는 걸 체감했기 때문이다. 그 때문에 갈수록 기력이 차오르는 것이 느껴질 정도였다.

그렇게 도착한 숲 앞. 얼마쯤 찾아다닌 끝에 첫 번째 마물과 조우했다.

"자아, 나왔다. 에밀리아여, 싸울 수 있겠느냐?"

미라가 확인하자 에밀리아는 가벼운 걸음걸이로 앞서 나아갔다.

"네, 싸울 수 있어요!"

당당한 모습으로 마물을 향해 나아간 에밀리아는 그대로 미라가 지켜보는 가운데, 진짜 마물을 상대로 전투를 개시했다.

그녀의 실력은 진짜배기였다. 첫 실전임에도 불구하고 동시 소환을 구사해서 보기 좋게 첫 전투를 완벽한 승리로 장식해 보인 것이다.

"이것 참 놀랍군그래. 설마 처음부터 이토록 훌륭하게 쓰러뜨려 보일 줄이야."

미라가 그렇게 덮어놓고 칭찬하자 에밀리아는 기뻐하면서도 당연한 일이라고 답했다.

"그야 미라 선생님한테 잔뜩 배웠으니 당연하죠. 배운 대로 하면 괜찮다는 걸 알기도 했고요."

에밀리아가 마물 앞에서도 겁먹지 않고 당당하게 맞설 수 있었던 이유. 그것은 미라의 가르침 때문이었다고 한다.

"흠, 그러하냐. 멋진 마음가짐이로구나."

미라는 에밀리아의 스승으로서 표정을 바로잡으려 했지만, 기쁜 마음에 자꾸만 입가에 미소가 걸렸다.

그렇게 첫 전투를 마친 뒤에도 에밀리아는 몇 번인가 마물과의 전투를 이어 나갔다.

하지만 마지막으로 조우한 마물은 두 마리라 아직 경험이 부족한 그녀에게는 버거운 상대였다.

간신히 승리하기는 했지만 반성할 점이 많았다.

"머리로는 아는데, 몸이 잘 움직이질 않았어요⋯⋯."

에밀리아는 그렇게 반성했다. 하지만 그녀는 그대로 풀이 죽어 있지는 않았다.

그렇기에 이렇게 미리 힘든 싸움을 경험할 수 있어 다행이라고, 의욕이 가득한 눈으로 말했다.

정말이지 근성 있는 아이다. 미라는 그렇게 느끼며 앞으로는 상대가 여럿일 때의 전투법을 가르치는 데도 힘을 써보자고 향후의 지도 방침을 정했다.

어쨌든 실전을 경험한 덕에 한층 더 성장한 것은 사실이었다.

숲까지의 원정을 마치고 학원으로 돌아와 보니 점심시간이 조금 지나 있었다.

"정말 감사합니다, 미라 선생님. 방과 후에 또 부탁드릴게요!"

몇 차례의 전투로 지쳤을 텐데도 에밀리아는 오후 수업에 출석하기 위해 힘차게 교사로 달려갔다.

"자아, 또 무엇을 가르쳐 볼까."

오늘도 방과 후에는 평소처럼 훈련을 한다. 미라는 수많은 집단 전술을 떠올리며 어떤 게 에밀리아에게 딱 맞을지를 궁리하면서 왕성으로 향했다.

그리고 솔로몬이 의뢰한 마봉석 생성 등을 수행하면서 방과 후가 되기를 기다렸다.

방과 후. 평소처럼 제2 훈련장에서 미라의 지도하에 에밀리아의 특훈이 시작되었다.

미라는 아침의 반성점을 염두에 둔, 여러 대상을 상대하기 위한 소환술 강좌를 개시했다.

"──이런 식으로 활용할 수도 있다만……. 왜 그러냐, 에밀리아, 어째 표정이 밝지 못한 듯하다만……."

어떻게 된 일인지 미라의 이야기를 늘 활활 타오르는 눈으로 듣던 에밀리아가, 영 집중을 하지 못하는 것 같았다.

아침부터 특훈을 한 탓에 지친 걸까. 미라가 그렇게 물으려 하자 에밀리아는 "죄송합니다"라고 사과한 후, 결심을 굳힌 듯 입을 열었다.

"저기, 실은 특별실에 장식된 덤블프 님의 초상화에…… 초상화에……."

그렇게 말하는 에밀리아의 목소리는 이전까지 들어본 적이 없는 분노로 가득 차 있었다.

그녀의 말에 의하면 여러 이벤트와 행사 등에 쓰이는 특별실이라는 장소가 있다는 모양이다.

그곳에는 아홉 현자 전원의 커다란 초상화가 걸려 있어서, 아닌 게 아니라 학원에서 가장 신성한 장소라고 에밀리아는 말했다.

"저는 오늘, 그 특별실의 청소 당번이었어요. 그래서 평소처럼 덤블프 님의 초상화를 보려고 한 때였죠──."

에밀리아는 부글부글 끓어오르는 분노를 억누르려 했지만 결국 참지 못하겠다는 듯 소리쳤다. "──덤블프 님의 초상화에만, 지독한 낙서가 되어 있었어요!"라고.

"뭣…… 이라고……?!"

에밀리아의 말에 미라 또한 할 말을 잃었다.

모든 초상화에 한 것이라면 그냥 장난꾸러기의 장난이라고 치부할 수 있었을 것이다.

하지만 덤블프의 초상화만 그렇게 되어 있었다면 이야기가 달라진다.

그것은 완전히 목표가 명확한 행위인 동시에 덤블프를 향한 악의에 의한 범행이라 할 수 있기 때문이다.

"과연, 그래 알았다. 그러한 녀석들이 무사태평하게 있을 거라 생각하면 마음을 다스리기가 어려울 만도 하지."

다른 것도 아니고 덤블프만을 노린 범행이라니, 용서할 수 없다. 이는 누군가의 선전포고다. 그렇게 결론을 내린 미라는 "특훈은 일시 중단이다. 그 범인에게 피의 복수를 해주자!"라고 고함을 쳤다.

이 상태로는 분명 에밀리아도 마음이 흐트러져서 특훈에 집중이 안 될 것이다.

그리고 무엇보다도 이대로는 자신의 마음도 가라앉을 것 같지 않아서 미라는 행동에 나섰다.

"네, 해치워버리자고요!"

그건 에밀리아 역시 마찬가지인지, 마치 사냥꾼처럼 날카로운 눈으로 그렇게 답했다.

23

"호오, 이거 원…… 범인은 목숨이 필요 없는 모양이로군."

특별실에서 낙서가 되었다는 덤블프의 초상화를 확인한 미라는 심상치 않은 양의 분노로 얼굴을 가득 메운 채 저주라도 내뱉듯 중얼거렸다.

덤블프의 초상화는 정말이지 엉망진창으로 망가져 있었다.

눈썹은 이어졌고, 눈꼬리를 늘어뜨려 엉큼한 눈초리처럼 보이게 했다. 코털이 삐져나오게 하고 귀털도 솟아난 것처럼 그렸다. 이마에는 '대머리'라고 적었다.

뺨에는 빨간 동그라미를 그려 멍청해 보이게 만들었고, 입술은 보라색으로 덧칠해서 무슨 병에라도 걸린 사람 같다.

또한 '평범한 할아범'이라느니 '에로 할아범' 따위의 단어도 곳곳에 적혀 있었다.

"네, 반드시 찾아내서 피투성이로 만들어주겠어요!"

그것은 보기에 따라서는 처참한 모습이라고 할 수 있는 상태였다.

하지만 낙서가 된 것은 초상화의 겉에 있는 유리 부분이다. 때문에 깨끗하게 닦아내면 원래대로 될 터다.

그렇지만 에밀리아의 말에 의하면 상당히 지우기 어려운 펜으로 그렸는지 열심히 닦아 보았지만 별로 깨끗해지지 않았다고 한다.

자세히 보니 에밀리아가 애를 쓴 흔적인지 분명 곳곳에 닳아진 부분도 남아있었다.

하지만 지울 수 없는 것은 아니다. 이미 크레오스가 비품 신청을 해서 전용 세제가 모레 즈음에는 도착할 것이라는 모양이다.

하지만 문제는 지울 수 있고 없고가 아니다.

덤블프를 노리고 낙서를 한 자가 있다. 중요한 것은 그 사실이고 미라는 이를 선전포고로 받아들였다.

"이럴 때는, 우선 현장 조사부터 해야겠지."

범인에 관한 단서를 찾기 위해 미라는 곧바로 소환술을 행사했다.

소환 대상은 당연히 최근 들어 여러모로 출연 빈도가 높은 단원 1호와 멍슨이다.

"어떤 사건이든 소생에게 맡겨주십시오냥!"

"오너 님, 본인의 지혜가 필요하십니까멍?"

단원 1호는 화려하게, 멍슨은 쿨하게 나타났다. 하지만 둘은 직후에 서로를 인식하고 곧장 눈싸움을 벌이기 시작했다.

정말이지 평소와 같은 두 마리였다. 그런 그들을 미라가 중재하려던 그때.

"어…… 어어?! 그 모습…… 그 반응은. 단원 1호님과 멍슨 님하고 똑같아?! 굉장해! 아니…… 설마 진짜……?!"

두 마리의 모습을 눈앞에서 본 에밀리아가 갑자기 매우 흥분해 말하기 시작한 것이다.

뿐만 아니라 빛과 같은 속도로 다가서서 반짝반짝 빛나는 눈으로 단원 1호와 멍슨을 보고 "이야기로 들었던 모습 그대로예요……" 하고 황홀한 미소를 짓기까지 했다.

"호…… 호오, 잘 알고 있구나."

과연 덤블프 팬을 자칭할 만한 것 같다. 단원 1호와 멍슨은 잠자리에서 들려주는 아홉 현자 이야기에는 등장하지 않을 텐데도 알다니.

"당연하죠! 단원 1호님과 멍슨 님을 아는 건, 상식이라고요!"

하지만 에밀리아는 책에 실리지 않은 그런 부분에 관해서도 사람들의 입을 통해 전해지는 이야기나 관계자의 이야기 등을 수집하고 돌아다녔던 모양이다.

에밀리아는 생각했던 것보다 덤블프에 관해 자세히 아는 것 같았다.

"설마, 덤블프 님이 계승해주신 건가요?!"

조건이 빡빡하기는 해도 소환 계약이라는 것은 일부를 제외하고 계승시킬 수 있었다.

에밀리아는 사제 관계라면 충분히 가능하다고 생각한 모양이다.

그래서 사실은 덤블프 본인이라고 예상하기 전에 계승이라는 가능성이 먼저 떠오른 것이다.

제자 설정이 살아 있어 다행이라며 안도한 미라가 '음── 그 말이 맞다'라고 긍정하려던 그때──.

"계승? 무슨 소리(입니까냥?)──."

단원 1호가 어라, 하고 고개를 갸웃하며 그런 소리를 하려고 했다.

하지만 그 순간 모든 사실을 알아챈 멍슨이 잽싸게 단원 1호의 입을 막아 치명적인 말이 나오는 걸 저지해 보였다.

나아가 냄새 마법으로 의식을 앗아가기까지 했다. 실로 훌륭한 활약이었다.

"으음, 괜찮은 걸까요……?"

"늘 있는 일이다."

단원 1호는 눈을 까뒤집고 쓰러졌다. 그 모습에 당황한 에밀리 아에게 전혀 문제없다고 말한 후, 미라는 빠르게 "스승님께서 계승해 주신 믿음직한 동료들이지"라고 말을 쏟아냈다.

조사 요원인 단원 1호는 잃었지만 멍슨이 있으면 어떻게든 될 거다.

그렇게 미라 일행은 특별실에 범인의 흔적이 남아있지는 않을 지 조사하기 시작했다.

'우선 소환은 자제하는 게 좋을 것 같군.'

에밀리아가 지켜보고 있다. 그밖에도 많은 것을 알고 있을지도 모른다.

미라는 경계심을 강화해 정체가 들통나지 않도록 신중하게 행동하자고 결심하며 조사에 임했다.

그렇게 특별실을 조사하고 다닌 결과, 범인을 알아내기 위한 증거는 하나도 발견되지 않았다.

놀랍게도 멍슨의 능력으로도 냄새의 흔적을 찾아내지 못한 것 이다.

"상당히 철저하게 청소한 것 같습니다멍. 이래서는 본인의 코 도 쓸모가 없습니다멍……."

멍슨이 기가 죽어 그렇게 말했다.

그리고 그 말을 듣고 낙담한 이가 또 한 명 있었다.

"그럴 수가⋯⋯."

에밀리아다. 그녀는 낙서를 보고 심한 충격을 받기는 했지만 그럼에도 강한 책임감을 가지고 청소 당번인 다른 학생들과 함께 청소를 완수하기 위해 애를 썼다.

덤블프의 초상화에 되어 있던 낙서를 지우려고 노력했던 게 역효과를 거두어 범인의 냄새까지 지워버린 것이다.

성실한 성격이 낳은 비극이다.

"자, 너무 침울해하지 말거라. 충격적인 일을 겪었음에도 성실히 청소를 하는 책임감. 실로 훌륭하구나."

자신의 책임을 다한 것뿐, 잘못한 건 하나도 없다며 미라는 에밀리아를 칭찬했다. 그리고──

"이것 말고도 찾을 방법은 얼마든 있을 게다. 좌절하고 있을 시간은 없다. 반드시 범인에게 따끔한 맛을 보여주자꾸나!"

그렇게 말하며 에밀리아의 등을 턱, 하고 두드려주었다.

"네, 맞아요. 반드시 해내자고요!"

에밀리아 역시 기운을 내서 일어나자마자 범행 시간은 압축할 수 있을지도 모른다고 말했다.

듣자하니 특별실은 평소에 잠겨 있다는 모양이다.

그 열쇠는 늘 직원실에서 보관해서, 몰래 가지고 나오는 건 불가능한 상태라고 한다.

"이 방의 청소는 신청한 사람들이 맡게 되어 있고, 저희 소환술과가 이전에 청소를 했던 건 사흘 전이에요. 그때는 당연히 덤블프 님의 초상화에 낙서 같은 건 되어 있지 않았고요."

에밀리아는 그렇게 단언했다. 그녀는 덤블프의 초상화를 보기 위해 솔선해서 특별실 청소 담당을 맡겠다고 나섰다는 모양이었다.

그런 그녀의 말이니 사실일 거다.

"그리고 오늘까지 행사로 이곳을·사용하지도 않았을 거예요. 다시 말해서…… 어제나 그저께 청소를 맡았던 술과에 범인이 있지 않을까 싶어요."

에밀리아가 그렇게 추리를 펼쳐 보였다.

그녀의 말대로 현시점에서 생각할 수 있는 가능성 중에는 그게 가장 높다고 보아도 문제없을 듯했다.

"흠, 해서 어제와 그저께의 담당은 어디였느냐?"그나저나 덤블프의 초상화에 낙서를 하다니, 그 동기는 무엇일까.

누군가에게, 적어도 학원 학생에게 원망을 살 만한 짓은 한 적이 없다는 생각에 미라는 의아해졌다.

하지만 에밀리아는 어쩐지 확신에 찬 표정으로 말을 받았다.

"그저께가 성술과, 그리고 어제는…… 마술과였어요!"

이게 바로 답이라는 듯 에밀리아가 소리쳤다.

그녀의 말에 따르면 일전의 술기 심사회에서 마술과 대표였던 카이로스가 미라에게 된통 혼이 났던 일은 학원에서도 유명한 이야기라고 한다.

심지어 카이로스는 그 유명한 덤블프의 제자라는 사실이 알려진 미라를 습격했다가 역습까지 당한 적이 있었다.

"미라 선생님을 덮치다니 최악의 남자예요. 심지어 귀족이라는 지위를 앞세우다니…… 아니, 이건 제가 할 말이 아니네요…….

하지만 그런 소문이 퍼져 나간 결과, 마술과는 현재 역풍을 고스란히 받고 있어요. 게다가 술기 심사회에서도 마술과의 판정 기준은 상당히 엄격해졌다고 들었어요."

나아가 그러한 이유 탓에 당시 신입생들밖에 없었던 소환술과는 여러모로 괴롭힘을 받고 있었다는 모양이다.

하지만 지금은 에밀리아를 필두로 대항할 수 있는 인재가 자라나기 시작해, 그러한 직접적인 괴롭힘은 자취를 감췄다고 한다.

그러한 배경 탓에 억하심정으로 덤블프의 초상화에 낙서를 했을 수도 있다, 라는 것이 에밀리아의 추측이었다.

"그렇다면 우선 마술과로 탐문 수사를 가봐야겠습니다멍."

성술과의 소행일 확률은 매우 낮다고 판단했는지 멍슨은 마술과로 탐문 수사를 가자고 제안했다.

"음, 그게 좋겠구나. 탐문 수사야말로 수사의 기본이니 말이다."

"네, 어서 가죠!"

범인은 발품을 팔아 찾아야 하는 법이다. 조사의 원점으로 돌아간 미라 일행은 곧장 마술과로 쳐들어가기 위해 특별실에서 나왔다.

그렇게 에밀리아가 문을 다시 단단히 잠그던 그때.

옆방으로 들어가는 여학생의 모습이 미라의 눈에 들어왔다. 하지만 그뿐만이 아니었다. 곧이어 그 방에서 체육복 차림의 여학생들이 나온 것이다.

'호오, 옆방은 탈의실로 쓰이고 있나 보군.'

다시 보니 특별실 옆은 여자 탈의실, 그리고 그 옆은 남자 탈의실이라고 되어 있었다.

그리고 그 안쪽에는 커다란 글씨로 '제2 체육관'이라고 적혀 있었다.

커다란 학원이라 그런지 체육관도 하나가 아닌 모양이다.

'흐음...... 여자 탈의실이라.'

이 얼마나 근사한 단어인가, 라는 생각과 함께 미라는 상상에 잠겼다. 하지만 그 직후에 "자아, 미라 선생님, 가죠!"라는 에밀리아의 말에 정신을 차리고는 "으, 음, 가자꾸나" 하고 어색한 투로 답했다.

마술과를 찾은 미라 일행은 일단 특별실 청소 담당을 찾았다.

하지만 특정 작업은 그다지 어려운 것이 아니었다. 특별실 안은 말끔했지만 바깥에는 냄새가 남아있었기 때문이다.

멍슨의 능력으로 최소한 어제 특별실에 들어간 것으로 추측되는 인물은 특정할 수 있었다.

"——그런 일이 있었어요. 마술과 분들이 청소했을 때는 어땠나요?"

청소 당번 몇 사람에게 에밀리아는 같은 질문을 했다.

그 내용은 '마술과는 범행 혐의가 짙으니 자백해라'—— 따위가 아니라 어디까지나 덤블프의 초상화에 낙서가 되어 있었다는 사실과 뭐 아는 바는 없느냐는 것이었다.

"아니아니, 세상에. 그런 천벌 받을 짓을 한 녀석이 있다고......?"

마술과 청소 담당 중 한 명은 에밀리아의 이야기를 끝까지 들자마자 진심으로 놀란 표정을 지었다.

그러한 반응과 동시에 미라가 안고 있는 멍슨이 보고를 했다.

『한없이 진실에 가깝습니다멍. 그의 표정에 떠오른 감정은 놀라움과 약간의 두려움뿐입니다멍.』

무난한 질문을 해서 그에 대한 반응을 멍슨이 판별하는 방식으로 조사를 해나갔다.

그 결과 청소 담당들에게서 의심스러운 낌새는 전혀 보이지 않아서, 오히려 그들의 결백함만 증명하고 끝나고 말았다.

"만약 연기라면 청소 당번은 천재들의 집단일 겁니다멍."

탐문 수사를 마친 참에 일단 소환술과로 돌아온 미라 일행은 교실에서 정보를 정리했다.

"하지만 멋대로 열쇠를 가지고 나갈 수 없는 이상, 어제 담당이었던 마술과가 제일 수상하기는 한데요⋯⋯."

여러모로 짚이는 바가 있는지, 에밀리아는 아직 그 가능성을 버리지 못한 듯했다.

"흐음~ 정황상으로 보면 그러하다만⋯⋯."

에밀리아의 말대로 타이밍만 놓고 보면 마술과 이외의 범인은 있을 수 없는 상황이다.

하지만 그렇다면 가장 먼저 의심을 살 게 뻔한 짓을 굳이 할까?

또한 무엇보다도 에밀리아가 말한 강한 동기를, 마술과가 지금도 품고 있을까.

듣자 하니 최근에는 그렇게까지 큰 충돌은 없다고 한다. 하지만 마음속까지는 알 수 없다는 것도 분명한 사실이다.

'흐음, 내부 사정을 더욱 자세히 알 만한 자는 없으려나…….'

다소 주관이 섞인 에밀리아가 아니라 마술과의 상황을 파악하고 있을 만한 자는 없을까.

그 점에 관해 생각하던 중, 문득 어떠한 묘안이 미라의 뇌리를 스쳤다.

그리고 그와 거의 동시에 하교 시간을 알리는 종이 울렸다.

"좋아, 우선 오늘 조사는 여기까지 하도록 하지. 내일 이어서 하자꾸나."

미라가 그렇게 말하며 일어섰지만 에밀리아는 아직 불만인 눈치였다. 그럴 만도 하다. 사랑하는 것을 모욕당했으니.

"알겠어요……."

하지만 미라의 말을 거스를 수는 없어서 에밀리아는 순순히 고개를 끄덕이며 답했다.

"그럼 조심히 돌아가거라."

그렇게 마중을 나온 집사에게 에밀리아를 맡긴 후, 미라는 그 즉시 왕성으로 향했다.

24

"흐음, 어디에 있을꼬."

에밀리아와 헤어진 미라가 찾은 곳은 왕성이었다.

안면을 텄다고 할 수 있는 위병과 인사를 나누고 왕성 안으로 들어간 미라는 시녀 릴리와 타바사를 경계하며 목표 인물을 찾았다.

미라가 찾고 있는 것은 마술과 내부 사정에 밝을 것으로 예상되는 자.

그것은 마술사의 정점에 서 있는 루미나리아였다.

일단 미라는 지나가던 사무관에게 루미나리아가 어디에 있는지 아느냐고 물었다.

그러자 뜻밖에도 그 소재지가 단숨에 판명되었다.

놀랍게도 루미나리아는 현재 술사 부대를 훈련시키고 있는 중이라고 한다.

"호오…… 일은 똑바로 하고 있는 모양이로군."

훈련 시설을 들여다보니 그곳에는 술사 부대를 엄격하게 지도하는 루미나리아의 모습이 있었다.

참으로 성실하군……이라고 미라가 감탄한 찰나.

이번에는 여성 술사를 지도하기 시작하는가 싶더니 몸을 찰싹 밀착시키고는 손으로 몸을 더듬어대는 것이 아닌가.

하지만 그럼에도 여성 술사는 싫어하는 기색은 전혀 보이지 않았고, 마술도 방출할 때마다 정확도가 높아지고 있었다.

저 상태로 대체 어떻게 지도를 하는 건가 싶어 어이가 없기는 했지만 미라는 훈련이 끝날 때까지 기다렸다.

미라가 왕성을 찾은 뒤로 한 시간 남짓이 지나자 술사 부대의 훈련이 종료되었다.

그 후, 미라는 여성 술사 중 한 명에게 저녁 식사 제의를 하고 있던 루미나리아를 붙잡아 비어 있던 회의실을 찾았다.

"그래서, 갑자기 내 오늘 밤의 즐거움까지 빼앗아가면서 나를 찾은 이유가 뭔데?"

훼방꾼 취급을 했지만 미라 쪽에서 만나러 온 게 신기해서인지 루미나리아의 얼굴에는 흥미롭다는 빛이 가득했다.

그런 루미나리아에게 미라는 간결하게 물었다.

"학원에서 있었던 일이다만. 듣자 하니 소환술과에 대한 심술이 심했다던데, 지금의 마술과는 어떻게 돌아가고 있느냐?"

마술과가 심술을 부리기 위해 덤블프의 초상화에까지 낙서를 할 정도의 집단인가 아닌가.

그것을 확인하기 위한 질문이었다.

하지만 루미나리아는 "……글쎄" 하고, 전혀 모르겠다는 투의 답변만 내놓았다.

"그대……."

술기 심사회 건도 있으니 상황은 확실하게 파악해두는 게 좋겠다. 그렇게 합의를 봤건만 이 따위의 대답이나 하다니.

미라가 루미나리아에게 따가운 눈총을 쏘아댔다.

"아니, 한 달에 한 번 정도 여러 정보를 듣고는 있다고. 괜찮아 괜찮아, 지금은 다 진정되었다니까. ······아마도."

그렇게 마치 적당한 말들을 대충 늘어놓듯 내뱉은 후, 루미나 리아는 이어서 "그래서, 왜 갑자기 그런 걸 묻는데?" 하고 화제를 돌렸다.

그런 루미나리아의 태도에 한숨이 나오기는 했지만 미라는 낙 서 사건에 관해 설명했다.

"──낙서! 낙서라니! 꽤나 재미있는 일이 벌어졌구만!"

아홉 현자라는 존재는 나라의 영웅인 것은 물론이고, 알카이트 학원의 학생들에게도 존경의 대상이다.

그런 아홉 현자의 초상화에 낙서······ 아니, 그게 아니라도 이 상한 짓을 한 이는 학원 창립 이래 한 명도 없었다.

심지어 덤블프만을 첫 낙서의 대상으로 골랐다는 소식에 루미 나리아는 배를 끌어안고 웃어댔다.

"너무 웃는 것 아니냐!"

루미나리에게는 우스운 일인 듯했지만 당사자인 미라에게는 선전포고나 다름없었다.

"뭐, 그렇지. 어쨌든 그것참 재미있······── 아니, 아홉 현자의 체면이 걸린 중대한 사태 같네. 일이 그렇게 됐다면 나도 수사에 참가하도록 할게. 슬슬 학원 쪽 일을 제대로 파악해두려던 참이 었거든."

루미나리아는 송곳처럼 날카로운 미라의 시선을 슬그머니 흘 려 넘기며 그것참 재미있겠다는 얼굴로 그렇게 말했다.

게다가 좋은 생각이 있다는 듯 말을 이었다.

"그래서 말인데, 그렇다고 당당하게 조사를 하러 들어가면 범인이 경계할 것 아냐?"

루미나리아에게서는 뭔가 좋지 못한 일을 꾸미는 낌새가 느껴졌다. 하지만 그녀는 그 내용에 관해서는 말하지 않고 "그럼 내일 아침 일곱 시에 보자"라고 말하더니 대담한 미소를 지은 채 떠나갔다.

유명인인 루미나리아가 대체 어떻게 수사에 협력한다는 것일까.

무슨 꿍꿍이속인지는 모르겠지만 저렇게 된 이상은 억지로라도 따라올 거다.

따라서 미라는 불길한 예감 속에서, 왕성에 하루 묵기로 했다.

다음 날 아침. 일곱 시 반.

"어찌하여, 일이 이렇게 된 것인지……."

약속대로 루미나리아와 합류한 미라는 현재 자신이 놓인 상황 앞에서 하늘만 올려다볼 뿐이었다.

"오오, 완전 잘 어울리네!"

그렇게 절찬을 하고 있는 건 루미나리아다. 그러는 루미나리아 역시 어제와는 달랐다.

그녀는 현재, 머리를 파란색으로 물들인 것도 모자라 알카이트 학원 지정 학생복을 입고 있었다. 심지어 안경을 써서 지적인 인상을 풍기도록 위장하고 있다.

그리고 미라로 말하자면. 이쪽 역시 머리를 검게 물들이고 억지로 교복을 입고 있는 상태다.

그렇다. 이것이 바로 루미나리아가 생각한 작전이었다.

아홉 현자인 루미나리아와 지금은 정령 여왕이라 불리고 있는 미라가 수사 같은 걸 하면 학생들에게 불필요한 긴장감을 주게 될 것이다.

그뿐만 아니라 눈 깜짝할 새에 소문이 퍼져서 범인이 숨어버릴 우려도 있다.

그렇기에 같은 학생이 되어 눈에 띄지 않게 수사를 하려는 거다.

"이야아, 한 번쯤 이걸 입고 학원 안을 걸어보고 싶었거든. 근데 왜, 알잖아? 어쩐지 좀, 양심의 가책 같은 게 느껴진다고나 할까. 하지만 한 명이 더 있으면 어떨까? 조금은 괜찮을 것 같은 느낌이 들잖아?"

작전이니 뭐니 하는 건 그냥 핑계에 불과하다는 듯, 루미나리아는 흥분한 투로, 그리고 즐거운 듯 그런 소리를 했다.

오히려 교복을 입기 위한 구실로 이번 사건을 이용하고 있는 듯한 낌새마저 느껴졌다.

"같은 학생이라면 대화하기가 더 수월할 거라기에, 어쩔 수 없이 입은 것이건만……."

교복을 입은 루미나리아는 척 봐도 신이 나 있었다.

미라는 그런 그녀를 뚱한 눈으로 노려보았지만 루미나리아는 신경도 쓰지 않았다.

"물론 그런 이유도 있고. 그래서 말인데, 슬슬 그 몸에도 익숙해졌지? 그럼 이 배덕감도 이해할 것 아냐."

오히려 자신만 재미를 보지는 않지 않겠냐는 투로 루미나리아가 말했다.

그 말을 들은 미라는 다시금 전신거울을 보았다.

"끄응……."

미라는 교복 차림의 자신을 쳐다보았다. 그 모습에서는 루미나리아가 말한 대로, 확실히 뭐라 설명할 수 없는 감각이 느껴졌다.

미라는 불현듯 등줄기를 타고 퍼지는 그 느낌에 부르르 몸을 떨었다.

여자 교복을 입는다는 행위에 따른 뭐라 형용하기 어려운 감정은, 분명 혼자서는 견디기 어려운 부류의 것이리라.

하지만 옆에는 같은 입장인 루미나리아가 있다.

그 상황은 의문의 안도감을 줄 뿐 아니라 배덕감도 반감시킬뿐더러, 말로 설명하기 어려운 고양감을 미라에게 안겨 주었다.

"좋아, 그럼 가 보자고."

"……음."

결심을 굳힌 미라는 루미나리아의 뒤를 따라 그 모습 그대로 알카이트 학원으로 향했다.

학생들의 등교 시간. 기운찬 얼굴에 졸린 얼굴까지, 학생들의 표정은 각양각색이었다.

미라와 루미나리아는 그런 학생들에 섞여 교문을 지나 교사로 들어갔다.

그리고 두 사람은 소환술과로 향했다. 우선 오늘 작전을 에밀리아에게 전해두기 위해서다.

"흠…… 아직 오지 않은 겐가?"

교실을 들여다보니 에밀리아의 자리는 비어 있었다. 아직 등교하지 않은 걸까.

미라가 그런 생각을 하던 참에 마찬가지로 교실을 둘러보던 루미나리아가 "그나저나 정말 나이대가 제각각이네"라고 말했다.

그녀의 말대로 현재 소환술과는 신입생과 복귀 그룹이 뒤섞여 있는 상태라 어린애부터 스무 살 언저리까지가 한 교실에 있었다.

"이제 막 본격적으로 시작된 참이니 말이다. 앞으론 달라질 거다, 앞으로는."

지금은 시골 학교 같은 분위기지만 곧 다른 술과에 버금갈 정도로 성황을 이룰 거다.

그런 소환술의 미래를 꿈꾸던 중에, 복도 저편에서 낯익은 얼굴이 다가오는 게 보였다.

"어이쿠, 마침 잘 되었군. 잠시 기다려라."

미라는 그렇게 말하고서 그 인물에게 달려갔다.

그 인물은 바로 히나타였다.

소환술과의 교사라면 학생인 에밀리아에 관해 이래저래 잘 알 것이라고 미라는 생각한 것이다.

"히나타 선생, 조금 묻고 싶은 게 있다만 얘기 좀 할 수 있겠느냐?"

미라는 자신이 변장했다는 사실을 잊고 그렇게 가볍게 말을 붙였다.

"아, 저기……?"

그 때문에 히나타의 입장에서는 낯선 학생이 갑자기 친근하게 말을 걸어온 것으로만 보였다.

이럴 때 어느 정도 엄격한 교사라면 그 말투와 태도에 주의를 줬을 것이다.

하지만 히나타는 현재 머리를 풀회전시키고 있었다.

이런 학생이 있었던가. 혹시 자신이 잊은 걸까. 그럴 리가. 이토록 친근하게 말을 걸어오는 걸 보면 그만큼 가까운 관계였을 터다. 하지만 누구인지 기억이 안 난다.

히나타는 교사로서 그래서는 안 된다는 생각에 미라를 흘끔거리며 누구인지 기억해 내려 했다.

"이봐라~ 히나타 선생~?"

굳어진 얼굴로 꼼짝도 하지 않는 히나타의 눈앞에 대고 미라는 왼손을 팔랑팔랑 흔들어보았다.

그러자 곧, 히나타의 눈이 번쩍 뜨이더니 광명이라도 비친 듯 확신에 찬 표정을 지었다.

"미라다! 가만…… 어째서?!"

히나타는 미라의 왼쪽 손목에 채워진 팔찌를 보고 변장 사실을 알아챘다. 그리고 그와 동시에 왜 그런 짓을 했는지 궁금해져서 외쳤다.

여전히 표정이 휙휙 잘도 바뀐다.

"이건 말이다――."

어쨌든 대화가 가능해진 히나타에게 미라는 낙서 실행범을 찾아내기 위한 일이라고 현재의 상황을 설명했다.

"그런 일이라면, 나도 온 힘을 다해 도울게!"

이야기를 끝까지 듣자마자 히나타는 그렇게 답했다.

듣자 하니 현시점에서는 어찌어찌 닦을 수는 있으니 일을 키우지 말라는 학원 운영 위원회의 지시가 교사들에게 내려져 있다는 듯했다.

하지만 히나타도 소환술사인 탓에 그 말에 납득할 수는 없었다고 한다.

그렇기에 교사가 아닌, 심지어는 덤블프의 제자라는 번듯한 지위에 있는 미라가 파헤친다면 참견하지 못할 거라고 히나타도 의욕에 찬 투로 말했다.

"그래서 말이다만——."

히나타도 동료로 끌어들인 미라는 곧장 에밀리아에 관해 물었다. 교실에 없는 듯한데 평소에는 언제쯤 등교하느냐고.

"어라? 에밀리아라면 매일 다른 애들보다 일찍 오고 있는데……."

그렇게 답한 히나타는 슬그머니 교실을 들여다보자마자 "아, 역시 그렇네. 가방은 있으니까 이미 와 있을 거야"라고 말을 이었다.

아무래도 에밀리아는 이미 등교한 모양이다.

하지만 그 모습은 보이지 않았다.

혹시 수사 중이라는 사실이 들통 나서 범인에게 납치당한 건 아닐까. 그런 예감이 미라의 뇌리를 스쳤다.

하지만 "어딘가에 있을 테니까 방송으로 불러볼까?"라고 히나타가 말하기에 교내방송을 부탁했고, 호출 방송이 울려 퍼지고서 몇 분이 지난 후.

에밀리아가 무사한 모습으로 다가왔다.

"와……! 미라 선생님?! 엄청 귀여워요. 게다가 잘 어울리세요!"

교실 앞 복도에서 교복 차림을 한 검은 머리 소녀가 변장한 미라라는 걸 알아본 에밀리아는 기쁜 듯이 웃으며 그렇게 말했다.

그러자 그 미소에 반응한 것인지 루미나리아가 "너도 충분히 귀여운걸?"이라고 말하며 끼어들었다.

"고, 고맙습니다."

변장을 했음에도 루미나리아의 미모는 여성조차도 포로로 삼기에 충분했다. 하지만 에밀리아 또래의 소녀가 그 매력을 알기에는 너무 일렀다.

에밀리아는 살며시 뺨을 붉히기는 했지만 본능적으로 무언가를 감지한 것인지 살짝 뒤로 물러섰다.

"이 녀석은 신경 쓰지 말거라. 그냥 마술과 관계자이니. 뭐어, 내부 사정에 관해서는 잘 알지 못하는 듯했다만…… 이야기를 했더니 따라오겠다며 고집을 부려서 말이다. 어쩔 수 없이 합동 조사를 하게 된 게다."

미라는 소중한 소환술과의 학생에게 껄떡대지 말라는 듯 루미나리아를 밀어내며 그렇게 설명했다.

"리아나야. 잘 부탁해."

체격 차이도 있어서 루미나리아는 그런 미라를 가볍게 끌어안는 자세로 적당히 치우고서 그렇게 자기소개를 했다.

그러자 에밀리아는 "에밀리아예요"라고 대답하자마자 "마술과…… 그나저나 어쩐지 어디서 본 적이……"라는 소리를 하며 루미나리아를 쳐다보았다.

그럴 만도 했다. 뭐가 어찌 되었건 특별실에 걸린 초상화 중 한 장에 그려진 본인이니.

"뭐어, 그건 둘째 치고 말이다——."

미라는 곧장 화제를 바꾸어 오늘 예정을 설명했다.

에밀리아에게 설명을 마친 미라와 루미나리아는 그대로 마술과를 찾았다.

또한 에밀리아도 수사에 참가하고 싶다고 했지만 아무리 그래도 수업이 우선이다.

술사의 학원이라고는 하지만 교양 수업도 풍부하게 갖춰져 있었다. 그러한 것들을 빼먹게 할 수는 없는 노릇이다.

그렇게 미라 일행은 쉬는 시간이나 교실 이동과 같은 여러 타이밍을 노려 마술과 학생들을 대상으로 은근슬쩍 탐문 수사를 진행했다.

마술과의 분위기며 파벌 등의 상황, 사소한 소문, 그리고 다른 술과에 대한 인상 등에 관해 상세하게 정보를 모았다.

"그나저나 참, 남자들은 단순하기도 하구나……."

탐문 수사가 대충 끝난 참에 소환술과 대표의 방—— 크레오스의 방에서 두 사람은 정보를 정리했다. 또한 크레오스는 현재 수업 중이라 멋대로 쓰고 있는 중이었다.

탐문 수사는 거의 아무런 어려움도 없이 진행되었다.

루미나리아의 제안으로 탐문 수사의 대상을 남학생들로 한정한 결과, 웃음이 날 만큼 효율적으로 정보가 모였다.

미소녀인 미라와 미녀인 루미나리아. 속은 둘째 쳐도 겉모습은 완벽한 이 두 사람이 불러 세우면, 어지간한 남자는 비밀 한두 개쯤은 간단히 토로하게 되어 있었다.

게다가 루미나리아가 직접 전수한 농락술까지 완비해서 탐문 수사에 임했으니, 학생들은 저항할 수조차 없었을 것이다.

"이 디리드라는 남자가 제1 후보로군."

"뭐, 현재 상황만 보면 그럴 것 같네."

수집한 정보를 정리해 보니 덤블프의 초상화에 장난을 칠 것 같은 인물 한 명이 수사선상에 떠올랐다.

두 사람의 의견이 일치한 인물. 그것은 이전에 미라가 혼쭐을 내줬던 카이로스의 추종자였던 남자였다.

더불어 어제는 사정 청취를 하지 못했던 특별실 청소 담당 중 한 명이기도 했다.

듣자 하니 디리드라는 남자는 현재 그다지 좋다고 할 수 없는 처지에 놓인 듯했다.

카이로스의 추종자 노릇을 했을 때만 해도 디리드는 말 그대로 마술과에서 잘 나가는 인물이었다.

하지만 카이로스가 그러한 사건을 일으킨 이후, 그 입장은 역전되었다. 현재는 같은 마술과 안에서도 고립된 상태라고 한다.

다시 말해서, 그런 처지가 된 것에 원한을 품고 범행을 저질렀을 가능성이 있는 것이다. 그렇게 된 원인에, 덤블프의 제자인 미라가 얽혀 있기 때문이다.

"그나저나 그 술기 심사화에서 꽤나 큰 파문을 일으켰던 모양이구만."

"무슨 소리냐. 이 몸은 개혁에 공헌한 것뿐이건만."

그때의 영향이 좋은 쪽과 나쁜 쪽으로, 여러 모양새로 나타나고 있다. 루미나리아는 실로 귀찮다는 투로 그 밖에도 있을 것 같다는 소리를 했다.

그에 반해 미라는, 겉으로는 당당한 척했지만 그 말투는 어쩐지 겸연쩍어하는 것처럼 들렸다.

25

훈련동에 있는 제1훈련장. 미라 일행은 오늘도 마술과 학생들이 실력을 갈고닦고 있는 그곳을 찾았다.

"자아, 디리드는 어디에 있을꼬."

수십 명에 달하는 훈련장을 미라는 둘러보았다. 하지만 아는 바라고는 성별과 이름뿐이었다.

그러한 상태로 찾는 건 시간 낭비라며 루미나리아가 적당한 남학생을 붙잡아 물어보려던 참에——.

"오, 저 녀석이 틀림없을 것 같군."

미라가 척, 하고 어떤 이를 가리키며 말했다.

그러자 루미나리아 역시 미라가 가리킨 방향을 보자마자 "오호, 그럴싸하네" 하고 동의의 뜻을 밝혔다.

두 사람이 보낸 시선 끝. 그곳에는 훈련장 구석에 명백하게 혼자서 고립되어 있는 남자의 모습이 있었다.

들었던 이야기와 일치하는 상황이다.

미라와 루미나리아는 확신에 달하자마자 그에게로 다가갔다. 그리고 다가가던 도중에 이름을 **조사**하여 디리드 본인이라는 것도 확인했다.

"잠깐 이야기 좀 할 수 있겠느냐?"

옆쪽에서 미라가 말을 붙이자 디리드는 무뚝뚝한 얼굴로 "응?" 하고 고개를 돌렸다. 현재 처한 상황 탓인지, 마술 행사가 잘 되지 않아서인지 별로 기분이 안 좋아 보였다.

하지만 그는 미라와 루미나리아의 모습을 보자마자 당황한 표정을 지었다.

"뭐, 뭐야?"

그럼에도 그렇게 답한 디리드의 뺨은 약간 붉어져 있었고, 눈에는 어렴풋한 기대감이 서려 있었다.

남자란 존재는 미소녀와 미녀가 갑자기 말을 걸면, 그런 뜻이 아니라는 걸 알면서도 한 가닥 희망을 품기 마련이다.

"조금 묻고 싶은 게 있다만, 그대는 그저께 특별실 청소 당번이었지?"

미라는 마치 그런 그에게 현실을 들이밀 듯 그렇게 말했다.

"……아아, 그런 거였나. 요컨대 내가 낙서를 한 범인이 아니냐고 묻고 싶은 거지?"

디리드는 기대감을 거두고 눈을 감더니, 한숨을 내쉬며 쓴웃음을 지었다.

"호오, 잘 아는구나."

질문의 내용을 통해 디리드는 자신에게 씌워진 용의까지 짚어내 보였다. 미라가 그 영민함에 놀라자 그는 별 것 아니라는 투로 말을 이었다.

"소환술과 녀석들이 저렇게나 소란을 피우고 있으니, 직전의 청소 담당을 의심하는 건 당연하지. 심지어 그중에는 밉상인 나까지 있었으니, 조금만 생각해 보면 예상할 수 있는 일이라고."

부루퉁한 얼굴로 이유를 설명한 후, 디리드는 이야기를 이어나갔다.

"하지만 분명히 말해두겠는데 나는 아니야. 애초에 나는 표적이 되기 싫어서 카이로스한테 붙었던 것뿐이니까. 없어지고 난 뒤엔 그건 그것대로 잘됐다고 생각하고 있다고. 지금도 자업자득이라고 생각하고, 조용해져서 오히려 좋아. 그러니 그 녀석을 때려눕혔다는 덤블프의 제자에게 원한 같은 건 없어. 애초에 화풀이 삼아 초상화에 낙서를 하다니, 그런 애 같은 짓을 할 리가 없잖아."

아무래도 마술과에는 이미 덤블프 초상화 낙서 사건에 관한 소문이 퍼진 모양이다. 그리고 디리드에게 의심의 눈빛을 보내고 있는 듯했다.

그는 그 사실을 알면서 그렇게 변명했다. 그리고 끝으로 "뭐, 내 말 같은 건 아무도 안 믿겠지만" 하고 어쩐지 자포자기한 듯이 말하고서 피식 웃었다.

그 언동은 범행을 얼버무리거나 숨기기 위한 게 아니라, 오히려 체념하고 현재 상황을 받아들이고 있는 것처럼 들렸다.

"흠, 그러하냐. 해서 청소를 했다면, 그때 뭔가 신경 쓰이는 건 없느냐? 누군가가 이상한 행동을 취했다거나, 근처에서 수상한 인물을 보았다거나."

현시점에서는 수상하지만, 당연히 그의 말대로 정말 결백할 가능성도 충분히 있었다.

그 점을 고려한 미라는 질문의 내용을 그렇게 바꾸었다.

그는 용의자인 동시에 낙서가 이루어지기 전, 현장에 있었던 중요 증인이기도 한 것이다. 어쩌면 진범인을…… 뭔가 수상한 행동을 한 인물을 보았을지도 모른다.

"뭐? 아, 어어…… 글쎄……."

디리드는 갑자기 질문 내용이 바뀌자 놀란 눈치였다. 변명은 됐으니 자백하라고 추궁하지 않은 것은 물론이고 갑자기 증인 취급을 하다니.

그러한 태도 변화에 순간적으로 어안이 벙벙해졌지만, 디리드는 곧장 마음을 다잡듯 생각에 잠겼다.

그리고 얼마간 생각한 끝에 답변했다.

"음…… 딱히 없는데. 청소는 평소처럼 끝났어. 평소 걸린 시간과 큰 차이는 없었다고. 우리는 분담해서 청소를 해서, 엉뚱한 짓을 했다면 그만큼 담당 장소의 청소가 늦어졌을 거야. 하지만 그날은 그렇지 않았어. 방을 나선 시간도 같았다고. 솔직히 말해서 뭔가를 할 수 있었던 녀석은 없었을 거야."

디리드는 그렇게 명확하게 답했다.

꽤나 청소가 익숙한지, 그 증언에서는 그의 자신감을 엿볼 수 있었다. 분명 거기에 거짓은 섞이지 않았을 것이다.

"그렇다면 청소 당번은 상관없을지도 모르겠네."

디리드의 증언을 듣고 루미나리아가 그 가능성을 입 밖에 냈다. 낙서를 실행하기 가장 용이한 것은 청소 당번이지만 그들 중에는 범인이 없을 것이라고.

"그럴지도 모르겠구나. 애초에 낙서 같은 걸 했다간 가장 먼저 의심을 살 입장이니 말이야. 그 타이밍에 범행에 나서는 건 어리

석기 그지없는 짓이지."

"뭐, 그렇지. 하지만 이렇게 하나씩 의심 요소를 지워나가는 것도 조사에서는 중요해."

조금만 생각해 보면 알 수 있는 일이다. 그런 미라의 발언에 옳은 말이라면서 고개를 끄덕이며 루미나리아는 이 또한 수사의 묘미라는 듯이 웃었다.

미라에게는 화딱지 나는 일이었지만 루미나리아는 어쩐지 게임을 즐기는 듯한 느낌으로 어울리고 있는 것 같았다.

그러자 두 사람이 그런 대화를 나누는 모습을 난감하게 됐다는 얼굴로 쳐다보던 디리드가 뭔가 생각난 듯 "아, 그러고 보니……" 하고 중얼거렸다.

"아니…… 하지만……."

하지만 직후에는 그렇게 어물거리더니 입을 다물고 말았다.

"무어냐, 뭔가 생각난 듯한 얼굴이었다만."

"맞아, 그래 보이던데. 끙끙 앓지 말고 털어놔 보라고."

어쩐지 의미심장해 보이는 디리드의 태도에 미라와 루미나리아는 동시에 그렇게 캐물었다.

그러자 디리드는 미녀와 미소녀가 코앞까지 다가오는 바람에 상당히 당황한 듯했다.

하지만 그럼에도 그는 어찌어찌 평정심을 유지하며 미라 일행의 재촉에 못 이겨 자백했다.

그것은 일주일하고도 하루 전, 다시 말해서 8일 전에 목격한 일이라는 듯했다. 특별실 청소를 마치고 돌아가려던 디리드는 몇 명의 남학생이 모여서 수군거리는 현장과 조우했다고 한다.

"근처를 지나친 것뿐이라 자세히는 못 들었지만, 분명…… 준비가 어쩌니 다음 주 결행이니, 그런 소리를 했던, 것 같아."

어찌어찌 기억을 더듬어가며 그렇게 증언을 마친 디리드는 끝으로 "뭐, 믿어달라는 말은 않겠어"라고 말하고는 이 이상은 아는 게 없다며 입을 다물었다.

"흐음…… 듣고 보니 참으로 수상쩍은 집단이로군."

"그러게. 그게 낙서 범행을 두고 말한 거라면, 범인은 여럿이라는 뜻이 되나."

8일 전에 획책되었던, 그날로부터 일주일 후에 결행될 예정이었던 무언가. 예정이 바뀌지 않았다면 그것은 어제 실행되었다는 뜻이 된다. 정확히 낙서 사건이 일어난 날에.

다시 말해서 덤블프 초상화에 낙서를 한 범인은 여럿이고, 심지어 계획적이었을 가능성이 떠오른 것이다.

"해서, 그 녀석들의 이름 같은 것은 아느냐?"

의심스러운 요소를 하나씩 확실하게 소거해 나가다 보면 해결에 가까워질 수 있을 거다.

그렇게 하려면 우선은 집단의 정체를 알 필요가 있다.

하지만 유감스럽게도 디리드는 그다지 귀담아듣지 않고 지나쳤을 뿐이라 그 집단을 유심히 확인하지 않았다. 그런 탓에 얼굴도 기억나지 않는 모양이었다.

다만 여러모로 생각한 끝에 그는 이름 하나를 떠올려내 주었다.

"아아, 하지만 분명 누군가가…… '스벤'이라고 불렀던 것 같은

데⋯⋯."

스벤. 그게 집단 중 한 사람의 이름일까.

어쨌든 다음 수사의 단서가 될 만한 중요한 정보다.

"흠, 스벤이라⋯⋯. 그럼 다음은 그 단서를 토대로 조사해보지. 정보를 제공해주어 고맙구나."

그렇게 말하자마자 미라는 진범인을 찾기 위해 냉큼 발길을 돌렸다.

그러자——

"저기, 이봐. 나를 잡으러 온 거 아니었어?"

디리드가 망설임이 가득한 얼굴로 미라를 불러 세웠다. 모두가 의심하고 있는 자신을 붙잡지 않아도 되겠느냐면서.

"음? 그대가 한 게 아니라지 않았느냐. 아니면 그 말은 거짓이었던 게냐?"

"아니, 거짓말은 아니지만⋯⋯."

디리드가 낙서 실행범일 가능성은 낮아졌다. 따라서 미라는 "그럼 그럴 필요는 없지 않느냐"라고 답하자마자 걸음을 떼었다. 뻔뻔하게 활보하고 다니고 있을 낙서 실행범을 벌하기 위해서.

그 등 뒤에서. 의심을 받는 데 익숙해지기 시작했던 디리드는 미라를 멍하니 바라보고 있었다.

그때, 루미나리아는 그런 그에게 살며시 얼굴을 가져다 대었다.

"누구든 다시 시작할 수 있어. 너도 말이야."

그렇게 속삭이자마자 루미나리아는 그의 머리를 거칠게 쓰다

듣고서 "정진해라"라는 말과 미소를 남기고 떠나갔다.

그런 루미나리아의 뒷모습을 배웅하던 디리드는 가슴 속에서 무언가가 솟구치는 것을 느꼈다.

그것이 무엇인지를 알기 위해. 그리고 무언가가 등을 떠밀어준 것 같아서 디리드는 결심을 굳혔다.

그 후, 그는 자신이 폐를 끼쳤던 자들을 찾아가 성의껏 사과하고서 처음부터 다시 걸어 나가기 시작하지만, 그건 또 다른 이야기다.

훈련동 로비에서 미라와 루미나리아가 스벤이 대체 누구일까에 관해 대화하던 도중, 오전 수업 종료를 알리는 종소리가 울렸다. 에밀리아가 받는 일반교양 수업도 일단락됐을 것이다.

지금까지는 이대로 점심시간이 지난 후에 특훈을 시작했다.

하지만 오늘은 다르다. 덤블프 초상화에 낙서를 해서 선전포고를 해온 녀석들에 대한 보복이 그보다 우선이기 때문이다.

"흠, 에밀리아도 수업이 끝났을 터이니. 마중을 가도록 할까. 어쩌면 스벤이라는 이름을 듣고 뭔가를 알아챌 수도 있으니."

"그게 좋겠네. 우선 에밀리아한테 물어보도록 할까."

그렇게 결론을 내린 두 사람은 곧장 소환술과로 돌아갔다.

목적지는 교실이다. 아침에 헤어질 때 교실로 데리러 가겠다고 약속을 했었기 때문이다.

그렇게 교실에 도착해보니, 그곳에는 에밀리아 말고도 웬 소년 한 명이 더 있었다.

"아침에도 그러더니 오후에도 안 된다고?!"

"응, 미안해. 중요한 볼일이 있거든."

"……알았어."

"정말 미안해, 필 군. 내일은 괜찮을 거야."

보아하니 소년은 에밀리아에게 상당히 마음을 연 듯했다. 그리고 에밀리아 역시 소년을 귀여워하고 있는 눈치였다.

얼핏 보면 동생을 잘 돌보는 누나와 약간 어리광쟁이인 남동생 같았다.

하지만 지금은 약간 사이가 삐걱대고 있는 듯 보였다.

"그럼 내일은 꼭이야. 약속한 거야?"

그렇게 말하고서 소년은 교실에서 나갔다. 그러면서 슬쩍 보인 그 얼굴을, 미라는 본 적이 있었다.

'오오? 방금 그 소년은…… 고아원의 우등생이 아닌가.'

아르테시아와 라스트라다가 운영하고 있는 고아원. 그곳에서 아르테시아 학원의 소환술과로 편입한 소년이 한 명 있었다.

어두운 성격에 무뚝뚝한 아이로 기억했던 미라는, 그가 제법 밝아지고 딱 부러지게 말하게 되었다는 사실에 감탄했다.

학원에 입학시키길 잘했다. 미라는 그런 생각에 기뻐하며 교실로 들어갔다.

"방금 그 소년, 다소 내성적이라 걱정이었다만 제법 잘 적응한 것 같군그래."

"아, 미라 선생님!"

미라가 말을 붙이자 에밀리아는 몸을 돌려 기쁜 얼굴로 달려왔다.

"혹시, 보셨나요?"

에밀리아가 약간 쓴웃음을 지은 채 말하자 미라는 "중간부터 보았지"라고 답했다.

그리고 "그대를 꽤 따르는 것 같더구나"라고 말을 잇자, 에밀리아는 소년과의 관계를 간단하게 알려주었다.

듣자 하니 처음에는 미라가 말한 대로 매우 내성적이었다는 모양이다.

그래서 에밀리아는 소환술과의 대표로서 그가 반에 빨리 녹아들 수 있도록 적극적으로 말을 붙이기 시작했다.

인사부터 간단한 대화는 물론이고 수업에 관한 이야기, 나아가 잡담을 하다 보니 어느 정도는 말을 해주기 시작했다고 한다.

그리고 지금은 조금이라도 선배들을 따라잡을 수 있도록 아침 자율 훈련에 나오고 있다고 한다.

"호오, 그 정도로 애쓰고 있었을 줄이야. 정말이지 훌륭한 선배로구나!"

미라가 그렇게 칭찬하자 에밀리아는 자랑스러운 미소를 지어 보란 듯이 기쁨을 표출했다.

26

에밀리아라면 스벤이라는 이름을 듣고 뭔가 알아챌지도 모른다.

합류하자마자 지금까지 있었던 일들을 이야기하고서 그 점에 관해 묻자, 예상은 보기 좋게 들어맞았다. 에밀리아는 스벤이라는 남자에 관해 아는 모양이었다.

그런 에밀리아의 말에 따르면 스벤이라는 자는 선술과 학생으로, 여학생들 사이에서는 상당한 유명인이라고 한다.

"호오…… 무어냐. 혹시 엄청난 미남이기라도 한 게냐?"

"그리고 실은 팬클럽이 있거나 한 거야? 그렇다면 예정했던 것보다 공을 들여 벌을 줘야겠는데."

혹시 학원물에 자주 등장하는, 특정 학생의 팬클럽이라는 존재가 튀어나오는 건 아닐까.

미라와 루미나리아는 그런 사태를 예감하고는 정말 재수 없다는 속내를 감추지 않고 표현했다.

하지만 그렇지가 않았다. 에밀리아는 그와 정반대라 할 수 있는 이야기를 입에 담았다.

"아뇨, 그런 게 있을 리가 없어요. 그 녀석은…… 그 변태는 스커트 속 훔쳐보기 상습범이니까요. 모든 여학생들이 경멸하고 있어요."

스벤이라는 남자에 관해 그렇게 설명한 에밀리아는 이어서 그가 '계단 아래의 관찰자'라는 별명으로 알려져 있다고 덧붙여 말했다.

그 이름의 유래는 상상하기 어렵지 않았다. 어디선가 나타나서는 계단 아래서 여학생의 스커트 속을 관찰하기 때문이다.

"그 남자는, 정말로 변태예요. 저도…… 몇 주 정도 전에 피해를 당할 뻔했거든요."

이야기를 하다 보니 그때의 일이 생각났는지, 에밀리아는 혐오감을 얼굴에 훤히 드러내며 당시의 일에 관해 말했다.

듣자 하니 뭐라 말할 수 없는 오한이 느껴져 뒤를 돌아보았다가, 바짝 숙인 자세로 스커트 속을 들여다보려는 스벤과 눈이 마주쳤다고 한다.

그리고 에밀리아는 그렇게 여학생들에게 민폐만 끼치고 있는 그를 가차 없이 두들겨 팼다는 모양이다.

"오호라……."

"동기가 될 수는 있을 것 같네."

그 에피소드를 끝까지 들은 미라와 루미나리아는 그 후, 한 가지 추측을 해보았다.

어쩌면 스벤이 얻어맞은 것에 대한 복수심에 에밀리아가 소중히 여기는 덤블프의 초상화에 낙서를 한 것일지도 모른다고.

그리고 일주일하고도 하루 전에 그러기 위한 준비와 정찰을 겸해 특별실 앞에서 범행 예정을 세우고 있었던 것일지도 모른다.

"그럴 수가……."

그럴 가능성도 있을 것 같다고 생각하자, 에밀리아는 다 자신 때문이 아닐까 싶어져 말문이 막혔다.

몇 주 전에 했던 감정적인 행동으로 인해 하필이면 자신이 존경하는 덤블프의 초상화가 희생되다니.

하지만 이는 수많은 추측 중 하나에 불과했다.

"뭐어, 여기서 이러고 있어 봐야 해결되는 건 없을 터."

"맞아. 이럴 때는 본인에게 직접 물어야지."

아무리 추측을 늘어놓아 봐야 답은 안 나온다.

결국은 추측에 불과하기 때문이다. 따라서 다음 표적을 붙잡기 위해서 미라 일행은 에밀리아의 손을 잡고 달려나갔다.

목적지는 선술과다.

선술과를 찾은 미라 일행은 곧바로 탐문 수사를 개시해, 스벤이 있는 위치를 알아냈다.

수집한 정보에 의하면 그는 배드민턴부에 소속되어 있다고 한다.

현대 스포츠도 이 세계에 제법 퍼져 있는 모양이다.

그리고 배드민턴부는 늘 제1 체육관에서 연습하고 있다는 듯했다.

"배드민턴이라……."

"배드민턴……."

이야기만 들으면 동아리 활동에는 성실하게 참가하고 있는 듯했지만, 미라와 루미나리아는 스벤이라는 남자의 이미지상 분명 무언가가 이유가 있을 것 같다는 예감이 들었다.

배드민턴은 생각보다 움직임이 격한 스포츠다. 게다가 루미나리아의 말에 따르면 유니폼 같은 것도 기본적으로 현실과 같다고 한다.

쇼트 팬츠 타입은 물론이고 원피스 스커트 타입도 있다.

다시 말해서 그의 목적은, 그것일 것이다.

어쨌든 스벤의 위치는 알아냈다. 남은 일은 제1 체육관으로 쳐들어가는 것뿐이다.

"자아, 어쨌든 가보도록 할까."

그렇게 말하며 미라가 걸음을 떼자, 에밀리아가 "저기, 미라 선생님" 하고 제지했다.

"음? 무어냐?"

미라는 무슨 일인가 하고 돌아보았다. 그러자 에밀리아는 미라를 지그시 쳐다보더니 현시점에서의 문제점에 관해 말했다.

"미라 선생님은, 체육복을 갖고 계신가요? 제1 체육관은 체육복을 입어야 들어갈 수 있거든요."

그럴 수가. 에밀리아의 말에 따르면 학생뿐 아니라 교사라도 체육관에 들어가려면 전용 복장으로 갈아입어야만 한다는 모양이다.

또한 알카이트 학원 지정 체육복과 동아리 활동별 유니폼 등에는 전용 술식이 삽입되어 있다고 한다.

그것은 체육관에 둘러쳐진 술식에 호응해 방어막을 전개하여, 부주의 등에 따른 사고로 인한 부상을 방지하는 효과가 있었다.

몸을 격렬하게 움직이는 장소인 체육관에서는 경우에 따라 위험도가 높은 경기 등도 행해진다. 때문에 들어가려면 반드시 체육복을 입어야 하는 것이다.

"그리고 체육관 안에는 정상적으로 기능하고 있는지를 판별하는 술식 같은 것도 탑재되어 있어서, 비슷한 옷 같은 걸로 얼버무릴 수는 없어요."

에밀리아는 그렇게 설명을 마무리했다.

놀랍게도 이상이 감지되면 학원 경비용 마도인형(스톨워트 돌)이 체육관에서 강제로 끌고 나간다는 모양이다.

따라서 당장 스벤과 접촉하려면 알카이트 학원 지정 체육복을 손에 넣을 필요가 있었다.

"흐음~ 차마 그것까지는 준비하지 못했다만⋯⋯."

예상치 못한 부분에서 발목이 잡혀 고개를 갸웃하고 있던 미라는 그대로 어쩌면 좋겠냐는 듯이 루미나리아에게 시선을 옮겼다.

이렇게 교복까지 준비했을 정도니, 어쩌면 가지고 있을지 모른다고 생각한 것이다.

"아니, 큰일이네. 내 건 있지만 미라가 입을 건 없는데."

그렇게 말하자마자 루미나리아는 아이템박스에서 체육복을 꺼내 보였다.

교복도 그랬지만 어째서 그러한 물건까지 준비해둔 걸까 싶어서 미라는 식겁했다.

그런 가운데 에밀리아는 놀란 얼굴로 루미나리아의 팔에 주목했다.

"리아나 씨⋯⋯ 그건 혹시 조자의 팔찌인가요?!"

아무렇지 않게 체육복이 등장했을 때, 에밀리아는 슬쩍 보인 아이템박스 쪽에 격한 반응을 보였다.

"뭐, 그렇긴 한데."

정확히 말하자면 달랐지만 루미나리아가 긍정하자 에멜리아는 존경스럽다는 표정을 지어 보였다.

조자의 팔찌는 현역 1류 모험가의 증표로 여겨지는 물건이다. 그 때문에 에밀리아가 큰 충격을 받은 것이다.

"자아, 그럼 어쩔 수 없으니. 나랑 에밀리아 둘이서 체육관에 가도록 할까."

루미나리아는 냉큼 에밀리아의 어깨에 손을 두르더니 체육복이 없는 미라는 남겨둔 채 조사를 진행하자고 제안했다.

"그래야겠네요. 그 변태의 죄를 추궁하고 올 테니, 미라 선생님은 기다리고 계세요."

그리고 에밀리아 역시 이건 어쩔 수 없겠다고 고개를 끄덕이며 답하더니 루미나리아의 제안에 따라 걸음을 떼려 했다.

"아니, 그럴 수는 없지. 이건 이 몸에게도 결코 용서치 못할 사건이니 말이야. 남에게 맡겨둘 수는 없지! 어때, 에밀리아 그대도 그렇게 생각하지 않느냐?"

미라는 그 자리에서 제지했다.

방금 한 말도 진심이기는 했지만 이유는 하나 더 있었다. 귀여운 제자인 에밀리아와 스벤보다 변태일 가능성이 높은 루미나리아를 단둘이 보낼 수는 없다고 생각했기 때문이다.

"……듣고 보니 그렇네요. 미라 선생님의 심정, 저는 이해해요!"

덤블프의 초상화에 낙서를 한 범인. 그를 밝혀내는 일을 남에게 맡길 수는 없다는 미라의 호소에 에밀리아는 공감했다.

그럼 어떻게 해야 미라도 체육관에 들어갈 수 있을까.

"그래, 그럼 그걸 이 몸에게 빌려다오."

루미나리아가 가진 체육복을 빌리면 해결될 일이다. 미라는 좋은 생각이라는 듯 말했지만 일이 그렇게 호락호락하지는 않았다.

"사이즈가 완전 다를 텐데에."

루미나리아는 미라의 온몸을 구석구석 살펴보고서 웃는 얼굴로 거부했다.

게다가 에밀리아가 덧붙인 말에 따르면, 사이즈가 안 맞으면 체육복에 삽입된 술식이 정상적으로 작동하지 않는다고 한다. 미라와 루미나리아만큼 체격 차가 나면 분명 오류로 인식할 것이라는 모양이다.

그럼 어쩌면 좋을까. 둘이서 그렇게 생각을 하던 중에 에밀리아가 무언가를 생각해낸 듯 "앗" 하고 소리쳤다.

"오오, 왜 그러느냐, 에밀리아. 뭔가 좋은 생각이라 난 것이냐?"

에밀리아의 표정은 명백하게 뭔가 좋은 생각을 해낸 듯 보였다. 하지만 그 직후에 "저기, 아뇨…… 그게" 하고 시선을 피했다.

"무엇이든 좋다. 무엇이든 좋으니, 자아 어서 말해 보거라!"

학원에 관해서는 에밀리아가 훨씬 더 잘 안다. 그러니 에밀리아라면 자신은 상상도 못 할 방법을 알 것이라는 생각에 미라는 열의를 담아 캐물었다.

에밀리아는 확실히 미라를 체육관에 들여보낼 수단을 떠올려낸 듯했다.

하지만 어째서인지 "그게, 그러니까……" 하고 머뭇거리기만 할 뿐, 그 방법을 말하려 하지 않았다.

"무언가 생각이 난 것이지? 자아, 어서 말해 보거라. 범인을 용서할 수 없는 건 이 몸도 마찬가지이니!"

그럼에도 미라는 괴물었다. 범인을 자신의 손으로 벌하기 위해, 그리고 에밀리아를 루미나리아와 단둘이 있게 하지 않기 위해.

"……알겠, 어요."

그러자 미라의 열의가 전해진 것인지 에밀리아는 체념한 듯한 얼굴로 자신이 떠올린 방법에 관해 말해주었다.

그녀가 문득 알아챈 사실. 그것은 자신과 미라는 그렇게까지 체격 차이가 나지 않는다는 것이었다.

"——그러니 제 여벌 체육복을 미라 선생님이 입어도 술식은 정상적으로 작동하지 않을까, 싶었거든요."

그것이 에밀리아가 떠올린 방법이었다.

실제로 체격만 놓고 보면 에밀리아 쪽이 미라보다 우수했지만 루미나리아만큼 큰 차이는 없었다.

그러니 여벌 체육복을 미라가 입으면 된다. 그 방법에는 아무런 문제도 없을 듯했다.

하지만 거기까지 설명한 에밀리아는 다음 순간, 어두운 얼굴로 이렇게 말을 이었다. "실은 오늘 체육 수업 때 입었거든요"라고.

듣자 하니 에밀리아는 어제 체육 수업 때 입었던 체육복을 깜박하고 가져가지 않았다는 모양이다.

그 때문에 오늘 수업 때는 그 대신 여벌 체육복을 입었다.

결과적으로 에밀리아가 가지고 있는 체육복은 양쪽 모두 입었던 것들이란 뜻이 된다.

"아무리 그래도, 그게…… 미라 선생님한테 더러워진 옷을 빌려드리기는 좀 그래서…….”

여벌 체육복의 존재를 떠올린 것까지는 좋았지만 곰곰이 생각해 보니 남에게 빌려줄 만한 상태가 아니었다. 그 때문에 에밀리아는 말하기를 주저했던 것이다.

“저기, 또 여벌 체육복을 가진 사람이 없는지 물어보고 올게요.”

하지만 이곳은 학생 수가 많은 커다란 학원이다. 미라와 체격이 비슷한 지인도 몇 명은 있다.

그렇게 말하고서 에밀리아가 달려…… 나가려던 그때.

“아니, 이 이상 시간을 낭비할 수는 없어. 에밀리아 걸 빌려줘. 미라라면 신경 안 쓸 거야.”

그러한 말로 루미나리아가 불러 세웠다. 그리고 “그렇지?” 하고 미라를 돌아보며 물었다.

“음? 으음, 뭐어 그렇지. 신경 쓸 것 없다. 그보다는 빨리 스벤이라는 녀석을 추궁하고 싶다만.”

그 정도는 사소한 문제라고 미라는 단언했고, 실제로 덤블프의 초상화에 낙서를 한 범인 쪽이 더 신경 쓰였다.

“으음…… 네, 알겠어요……!”

미라와 루미나리아의 말에 에밀리아는 약간 당황한 눈치였다.

더러워진 체육복을 미라에게 입히는 것에 대한 저항감도 있었지만, 무엇보다도 그러한 물건을 빌려준다는 것이 부끄러웠기 때문이다.

하지만 그녀는 미라와 루미나리아의 기세에 밀려 마지못해 자신의 체육복을 가지러 교실로 달려갔다.

27

제1체육관에 있는 여자 탈의실. 미라 일행은 그곳에 있었다.

체육관에 들어가려면 체육복을 입어야만 했기 때문이다.

도착하자마자 옷을 갈아입기 시작한 루미나리아는 상큼한 얼굴로 "젊은 여자의 냄새가 나." 따위의 천박한 말을 중얼거렸다.

그리고 미라는 에밀리아에게서 체육복을 받아들고 있었다.

"저기, 이쪽을 입으세요."

에밀리아는 슬그머니 냄새가 나나 맡아보고서 오른손에 든 체육복을 미라에게 내밀었다.

"으, 음. 수고를 끼쳐 미안하구나."

그것을 받아들 때, 미라는 그제야 자신이 무엇을 건네받으려는지를 알아챘다.

초상화 낙서 사건에 정신이 팔려있기는 했지만 여학생이 입었던 체육복이라는 물체의 실물을 앞에 두자, 그제야 사태가 파악된 것이다.

여학생이 입었던 체육복. 그것을 빌리는 이 상황은 지금까지는 있을 수 없었던, 터무니없는 사건이 아닐까.

하지만 지금은 자신도 같은 여자다.

미라는 그 사실을 가슴에 애써 새겨 넣으며 최대한 긴장한 티를 내지 않고자 애를 쓰며 여학생이 입었던 체육복을 받아들었다.

위쪽은 심플하게 흰 옷감에 목 부분과 소매에 녹색 줄이 들어갔다. 그리고 아래쪽은 감색 반바지였다.

체육복을 건넨 에밀리아도 그 자리에서 갈아입기 시작했다.

순간, 미라는 에밀리아의 속옷 차림을 보지 않고자 고개를 돌렸다.

평소 같았다면 눈 호강이라는 생각에 응시했겠지만, 상대는 자신을 선생님이라 부르며 따라주는 에밀리아다.

그러한 상대를 그런 눈으로 볼 수는 없는 일이다.

때문에 미라는 탈의실 구석까지 이동해 등을 돌린 채 옷을 벗었다.

'그나저나 이거…… 참…….'

속옷 차림이 된 미라는 체육복을 손에 든 상태로 굳어 있었다.

여학생이 입었던 체육복을 입는다는, 그 행동이 얼마나 죄스러운 것인지를 새삼 깨달았기 때문이다.

하지만 그걸 입지 않으면 체육관에 들어가지 못한다. 그러니 어쩔 수 없다. 그렇게 자신의 행동을 정당화하기 위한 변명을 뇌까리며 미라는 에밀리아가 빌려준, 여학생이 입었던 체육복을 입었다.

'오오…… 뭔가 희미하게 소녀의 향기가…….'

배어있는 냄새가 오히려 좋은 향기처럼 느껴진다는 생각을 하며 미라는 옷을 다 갈아입었다.

빌린 체육복을 입은 미라는 교복을 입었을 때보다 커다란 배덕감에 온몸을 부르르 떨었다.

"어때, 미라아? 진짜 여학생이 입었던 체육복의 착용감은?"

미라가 뭐라 표현할 수 없는 감각에 가슴 설레어 하고 있던 참에 루미나리아가 슬그머니 속삭였다.

자세히 보니 그녀는 작전 성공이라는 듯 짓궂은 눈웃음을 짓고 있었다. 게다가 곰곰이 생각해 보니 에밀리아가 체육복을 빌려주도록 유도한 건 루미나리아였다.

"그 뭐라 형용하기 어려운 반응. 그 반응이 보고 싶었다고."

그녀는 알고 있었던 것이다. 그 행위에 감춰진 배덕감과 뭐라 표현하기 어려운 고양감을.

"두고 보자……."

루미나리아의 손바닥 위에서 놀아난 미라는 날카로운 눈으로 쏘아보며 원망 섞인 말을 토해냈다.

완벽하게 체육복으로 갈아입은 세 명은 곧장 스벤에게 사정 청취를 하기 위해 제1 체육관에 발을 들였다.

'흠, 문제없는 듯하군.'

체육관과 체육복의 술식이 호응해서 방호막이 형성되었다. 그것을 몸으로 느낀 미라는 학생들을 위해서라지만 용케 이렇게까지 했구나, 라는 생각에 감탄했다.

그렇게 겨우 들어선 제1 체육관 안은, 열기로 가득했다.

제1 체육관은 실내치고 상당한 규모를 자랑했다. 그 너비는 폭 30미터, 길이 40미터 정도로 배드민턴뿐 아니라 농구와 탁구 등, 다른 동아리 활동을 하는 모습들도 보였다.

그만큼의 동아리들이 한자리에 모인 탓에 젊음의 활기가 넘쳐

나서, 미라는 자신이 있을 곳이 아닌 것 같다는 생각에 거북해졌다. 한참 전에 학교를 졸업한 이에게, 그곳에 펼쳐진 청춘은 너무도 눈이 부셔 보였기 때문이다.

하지만 같은 입장일 터인 루미나리아는 "아직 미숙하지만, 그런 것도 나름 괜찮지"라는 소리를 지껄이며 지금의 상황을 만끽하고 있는 듯했다.

그리고 에밀리아로 말하자면, 마치 사냥꾼 같은 눈빛으로 체육관 안을 둘러보고 있었다.

어쨌든 무사히 제1 체육관에 들어선 미라 일행은 그대로 스벤이 소속되어 있다는 배드민턴부를 향해 전진했다.

우측 안쪽에 있었다.

"찾았어요, 저 녀석이에요!"

그곳으로 향하던 도중, 에밀리아가 목소리를 죽여 말했다.

그녀가 가리킨 곳은 배드민턴부가 모인 장소에서 약간 떨어진 지점으로, 그곳에는 열심히 준비 운동을 하고 있는 남자가 있었다.

그 남자는 까까머리에, 미라나 에밀리아는 상대도 되지 않을 정도로 듬직한 체구를 지니고 있었다.

"흠…… 어떤 변태 애송이일까 했더니만…….."

"어이쿠, 이렇게 나오셨나."

계단 아래서 스커트를 들여다본다기에 음침하고 음흉한 타입의 남자를 상상했던 미라와 루미나리아는 스벤의 실제 모습을 보고 놀라지 않을 수 없었다.

선술사이기도 해서인지 제법 단련을 한 모양이다. 척 보아도 근육질인 데다 준비 운동을 하는 것만 보아도 유연성이 상당해 보였다.

이어서 선보인, 브리지 자세에서는 여유마저 느껴질 정도였다.

하지만 에밀리아는 저런 남자를 너덜너덜하게 패줬다고 한다.

미라는 에밀리아를 흘끔 쳐다보고서, 여자들은 참으로 무서운 존재라는 생각에 몸을 바르르 떨었다.

"자아, 심문하러 가죠."

단순 체력 승부가 벌어지면 승산은 없을 거라는 생각이 절로 들 정도로 체격 차가 나는데도, 에밀리아는 전혀 겁먹지 않고 성큼 성큼 스벤을 향해 걸어갔다.

"겉모습은 둘째 치고 소문은 사실인 것 같군그래……."

스벤은 팔짱을 끼고서 브리지 자세를 유지하고 있었다. 그 목 근육의 힘은 상당해 보였지만, 미라는 그의 진정한 목표를 알아챘다.

그가 바라보고 있는 방향을 보면 한눈에 알 수 있었다. 스벤은 준비 운동을 하는 척, 낮은 시점에서 여자부원들의 스커트 안을 노리고 있었던 것이다.

미라 일행은 그런 그에게 다가갔다. 그러던 도중에 시야 끄트머리에 보였는지, 스벤은 브리지 자세를 유지한 채 상황을 살피려는 듯 고개를 이쪽으로 돌렸다.

그리고 여학생이라는 것을 확인한 순간. 스벤은 헤벌쭉한 얼굴로 미라 일행의 발치부터 머리끝까지를 샅샅이 훑듯 쳐다보았다.

그러던 그의 눈이, 결국 에밀리아의 존재를 확인했다.

그 순간── 스벤은 눈을 부릅뜨더니 엄청난 신체 능력을 발휘해 벌떡 일어나, 그대로 달아나기 시작했다.

"아, 잠깐!"

에밀리아를 보고 도망친다는 것은 뭔가 켕기는 게 있다는 증거라 할 수 있으리라.

역시 그가 정말 화풀이 삼아 낙서를 한 범인인 것일까.

그렇게 생각한 미라 일행은 그 즉시 스벤의 뒤를 쫓았다.

스벤은 제1 체육관의 관객석까지 가볍게 도약하더니, 그대로 뒤편 통로로 도망쳤다.

그 육체적인 능력에 선술사로서의 기동력까지 겸비한 그의 도주 실력은 그야말로 일류라 해도 과언이 아닐 정도였다.

하지만 그렇다 한들 결국 학생 수준에 불과하다. 마찬가지로 선술을 익힌 미라의 탁월한 기동력의 상대는 못 되었다.

"어이쿠, 술래잡기는 여기서 끝이다."

스벤은 통로를 질주해 계단을 오르내리며 교란하려 했다. 그러한 행동을 통해 그가 얼마나 도망치는 일에 도가 텄는지 알 수 있었지만, 미라는 그런 그를 가볍게 따라잡아 정면에 척, 하고 내려섰다.

하지만 앞길이 막힌 걸 확인한 스벤의 반응속도는 매우 재빨라서, 앞으로는 못 빠져나가겠다는 걸 본능적으로 알아채자마자 냉큼 발걸음을 돌렸다.

하지만 왔던 길에는 홀리나이트가 서 있어서 독 안에 든 쥐 신세였다.

"뭐……?!"

갑자기 나타난 그 존재에 동요한 스벤은 그 자리에서 멈칫했다.

미라는 단숨에 그 빈틈을 파고들어 스벤의 등을 턱, 하고 밀었다.

그러자 앞으로 고꾸라지듯 다가와 부딪힌 스벤을 홀리나이트가 그대로 단단히 구속했다.

"자아, 단념하거라."

미라는 꼼짝도 못 하게 붙잡은 스벤을 노려보았다. 그 눈은 아홉 현자 중 덤블프의 초상화를 정확하게 노려서 낙서한 상대에 대한 분노로 가득했다.

"정말 인정사정 안 봐주고 붙잡았구나."

그제야 따라잡은 루미나리아는 그 상황을 보고 쓴웃음을 지을 따름이었다. 학생은 물론이고 일류 전사라 해도 빠져나가기 어려울 만큼 단단히 구속해두었기 때문이다.

"이 상태라면 뭐든 다 물어볼 수 있겠네요."

그보다 한발 늦게 따라붙은 에밀리아는 꼼짝도 못 하게 구속된 그 모습을 보고 미라와 비슷한 눈을 하고 스벤을 노려보았다.

"……나한테 볼일 있어?"

스벤은 몇 번인가 발버둥을 쳤지만 이 구속에서는 벗어날 수 없을 것 같다고 체념한 듯했다.

하지만 그럼에도 그의 변태성은 조금도 흔들리지 않았다. 절망적인 상태임에도 그 눈은 때는 지금이라는 듯 미라를 비롯한 세 사람을 끈적한 시선으로 훑어보았다.

"어제 있었던 일이라고 하면, 알겠어요?"

그런 시선에는 지지 않겠다는 듯이 에밀리아가 성큼성큼 다가가 빙긋 웃으며 맞받아쳤다.

스벤은 에밀리아의 미소를 보고 약간 얼굴이 굳어졌다. 흠씬 두들겨 맞았던 때의 기억이 되살아난 것이리라.

하지만 그는 짚이는 바가 없다는 듯이 "……아니, 전혀"라고 답했다.

그렇지만 무언가를 얼버무리고 있다는 건 분명했다. 흑심으로 그득했던 눈이 문득 아무것도 없는 벽을 쳐다보았기 때문이다.

의식적으로 거짓말을 하려다 보니 자신도 모르게 외면하는 쪽으로 머리가 돌아가고 만 것이다.

"이미 들었을 것 아녜요. 덤블프 님의 초상화 사건에 관해서. ……당신이 한 짓 아니에요? 그때 내가 벌을 준 것에 대한 화풀이로, 덤블프 님의 초상화를……!"

에밀리아는 평정심을 유지하고 있는 척을 했지만, 그 눈은 말 그대로 원수라도 보는 듯했고 말의 곳곳에서는 분노가 배어 나오고 있었다.

덤블프의 초상화에 낙서를 한 중죄에 관해 에밀리아는 캐물었다.

하지만 그 말을 들은 순간, 스벤의 눈이 약간 둥그레졌다. 그리고 그다음에는 항복이라는 듯 두 손을 팔랑팔랑 내저으며 희미한 미소를 지은 채 "그건 내가 한 게 아냐"라고 말해 결백을 주장했다.

"그럼, 왜 날 보자마자 도망쳤죠?"

에밀리아가 그렇게 추궁하자 스벤은 일전에 있었던 일 때문이라고 답했다.

"그때는 네 친구가 말렸잖아? 하지만 너는 납득하지 않은 눈치였지. 그래서 그때의 일을 이어서 하려는 건 줄 알았어."

그는 일전의 사건 때 벌을 덜 줘서 화가 덜 풀린 게 아닐까, 라고 생각했다는 모양이었다.

그런 불길한 상상을 하던 참에 정말로 에밀리아가 찾아와서 반사적으로 도망치고 만 거다.

게다가 그는 그렇게 자백하고서 그날 일은 정말로 미안했다고 진지하게 말을 이은 후, 반성하고 있다며 고개를 숙였다.

하지만 그것도 잠시뿐. 자신을 믿어달라는 듯이 굳은 눈빛을 보내던 그의 시선은, 이윽고 에밀리아의 뒤를 지나 루미나리아의 가슴께에 고정되었다.

반성은 하고 있지만 멈출 생각은 없는 모양이다.

그 후, 스벤에게 몇 가지 질문을 더 해보았지만 낙서는 하지 않았다는 주장을 무르지 않았다.

"그래, 어떻게 생각해?"

확인을 하듯 루미나리아가 말했다.

스벤을 풀어준 미라 일행은 다시 한번 소환술과 교실에서 지금껏 얻어낸 정보를 근거로 회의를 하고 있었다.

완벽한 증거가 없는 탓에 스벤을 계속 구속해둘 수는 없었다.

하지만 그의 태도는 어딘가 이상하다는 것을 미라는 알아챘다.

"흠…… 처음 에밀리아를 봤을 때는, 훨씬 명확한 위기감 같은 것이 있는 것 같았는데 말이다."

또 얻어맞을 것 같아서. 도망친 이유를 그렇게 설명했는데, 그 말은 사실일까.

오히려 그 이외의 무언가를 숨기려 하는 듯 보였다. 그것이 스벤을 관찰하고 느낀 미라의 감상이었다.

"그러게. 나도 그런 인상을 받았어."

루미나리아 역시 동의하자 에밀리아도 "역시 수상해요"라며 같은 의견을 내놓았다.

그렇게 회의를 하던 도중.

"어이쿠, 벌써 움직이기 시작한 것 같군그래."

무언가를 숨기고 있다. 그렇게 직감한 미라는 제1 체육관을 뒤로하면서 부활한 단원 1호를 슬그머니 매복시켰다.

그런 단원 1호에게서 보고가 들어온 것이다. 아무렇지 않게 제1 체육관에서 나온 타깃은 잽싸게 옷을 갈아입자마자 그대로 허둥지둥 어딘가로 향하기 시작했다고.

마술과의 디리드에게 얻은 정보에 의하면 스벤 말고도 여러 명이 특별실 앞에서 무언가를 획책하고 있었다고 한다.

요컨대 공범이 있는 것이다.

스벤은 낙서는 하지 않았다고 했다. 그 말이 사실이라 해도, 낙서 자체는 하지 않았어도 그 범행에 관여했을 가능성은 충분히 있는 것이다.

미라 일행은 고의적으로 이 목격 정보를 언급하지 않아, 스벤이 경계심을 품지 않고 동료들에게 접촉하도록 했다. 동요시키면 뭔가 행동에 나설 것이라고 예상하고.

그 생각이 들어맞은 모양이다.

낙서 실행범이라는 사실을 발뺌하지 못할 상태까지 몰아세워, 한꺼번에 벌하는 것. 그것이 미라와 에밀리아의 목표였다.

단원 1호에게 스벤을 추적하라고 명령한 후, 미라 일행도 교실에서 뛰쳐나갔다.

동아리동에 있는 어느 빈 교실.

"무슨 일이기에 갑자기 불러냈어. 애초에 너는 동아리 활동 중 아니었어?"

남자가 그런 소리를 하며 스벤을 노려보았다.

"제일 경계심이 허술해지는 시간은 뒷정리 시간이라며. 그걸 놓쳐도 괜찮은 거야?"

남자는 어쩐지 놀리는 듯한 투로 말을 이었다. 그런 그의 말을 들은 스벤은 매우 심각한 얼굴로 "긴급사태야"라고 답했다.

"……뭐야, 무슨 일이야?"

스벤의 분위기가 심상치 않다. 그렇게 느낀 남자는 깊은 한숨을 내쉰 후, 그렇게 물었다.

"아까 에밀리아 쪽에서 접촉해 왔어."

그 말을 스벤이 입에 담은 순간, 남자는 흠칫 놀란 표정을 지었다.

"뭐야……? 설마 들킨 건 아니겠지?"

두 사람에게 에밀리아는 간과할 수 없는 존재인 모양이다. 남자는 초조한 표정을 짓기는 했지만 애써 냉정한 투로 확인했다.

에밀리아가 왜 접촉해온 것인지, 어디까지 아는 것 같은지를.

"몰라. 하지만 잘 얼버무린 것 같아."

스벤은 문답의 결과에 관해 떠올린 후, 일단 증거를 손에 넣지는 못한 것 같다고 말했다.

하지만 남자의 표정은 풀리지 않았다. "어쨌든 의심을 산 건 사실이잖아"라고 말하자마자 고심하듯 눈을 감았다.

"그래, 맞아. ……그리고 처음 보는 동료 둘도 확인했어. 한쪽은 엄청난 실력의 소환술사. 또 한쪽은 모르겠지만, 분위기로 볼 때 그쪽도 엄청난 실력자겠지."

스벤이 추가 정보를 제시하자 남자의 표정이 더욱 험악해졌다.

"아니 잠깐, 위험할 것 같은 협력자까지 있다고? 흐~음…… 그럼 완전히 의심이 걷혔다고 방심하지 않는 편이 좋겠어. 만약을 위해 대책을 생각해 두자."

남자는 그렇게 결정하자마자 수첩을 꺼내 무언가를 적어나갔다.

"로저는…… 동아리 활동 중인가."

"그래, 그럴걸."

"그럼 에밀리아에 관해서는 내 쪽에서 녀석에게 말해두지. 너는 괜히 의심 사지 않도록 조심하고."

"알아. 그럼 나중에 보자고."

"그래."

방에는 둘 말고 아무도 없었지만, 그럼에도 스벤과 남자는 수군수군 작은 목소리로 이야기했다.

이야기가 일단락되자 두 사람은 아무 일도 없었다는 듯이 그 방을 뒤로 했다.

"──라는 이야기를 하고 있었다는군."

"수상한데."

"분명 그 녀석들이 범인일 거예요!"

25미터 정도 떨어진 장소에서, 두 사람이 빈 교실에서 나오는 모습을 확인한 미라 일행은 자세를 낮춘 채 자신들이 느낀 바를 주고받았다.

스벤과 또 한 명의 남자의 대화 내용은 옆에서 잠복하고 있던 단원 1호 덕분에 모두 알아낼 수 있었다.

"해서 에밀리아여. 대화에 등장한 로저라는 녀석에 관해서는 아느냐?"

미라가 그렇게 묻자 에밀리아는 얼굴을 확 찌푸리면서도 "네"라고 고개를 끄덕이며 답했다.

에밀리아의 말에 의하면 로저라는 인물 또한 스벤과 마찬가지로 여학생들 사이에서 유명하다고 한다.

더욱이 "방에 있던 또 한 명의 정체도 짚이는 바가 있어요"라고 말을 잇고서 그 인물의 이름을 말했다.

디르겐. 그것이 빈 교실에서 스벤과 대화를 나눈 남자의 이름이었다.

심지어 디르겐이라는 인물 또한 나머지 두 명과 마찬가지로 유명인이라는 모양이다.

"흠…… 이야기의 흐름상, 그 두 사람도…….'

혐오감으로 가득한 얼굴을 한 에밀리아의 태도로 미루어볼 때, 디르겐과 로저가 유명한 이유는 미남이거나 하기 때문이 아닌 듯했다.

"맞아요. 변태예요."

넌더리가 난다는 듯 단언한 후, 에밀리아는 그들이 얼마나 많은 죄를 지었는지 상세하게 설명해 나갔다.

듣자 하니 그 두 사람은 스벤조차도 능가하는 변태라고 한다.

디르겐은 그림 솜씨가 탁월하다고 한다. 심지어 그 재능은 여러 상들을 싹쓸이할 정도라는 모양이다.

하지만 거기서 그친다면 그가 변태라 불릴 이유는 없었을 것이다. 문제는 그 재능의 활용법이었다.

놀랍게도 디르겐은 그 재능과 기술을 사용해 여학생들의 누드화를 멋대로 그려내고 있다고 한다.

그것은 진짜와 구분이 안 될 정도로 완성도가 좋아, 그가 그린 누드화는 비밀리에 거래되고 있다는 모양이다.

에밀리아는 어느 날, 그중 한 장이 밖으로 유출되는 사건이 일어났다고 말했다.

그때는 아슬아슬하게 에밀리아가 그것을 발견해, 소각 처분해서 아무 일도 없었다는 듯했다.

"그 뭐라고 해야 할지, 터무니없는 재능 낭비로구나……."

멋대로 알몸 그림의 대상이 된 여학생들의 입장에서는 용납이 안 될 것이다.

그런 생각에 미라는 어이가 없어 헛웃음을 지었다.

하지만 이 상황에서 다른 의견을 표하는 이가 한 명 있었다.

"하고 있는 짓은 좀 그렇지만, 좋아하는 일에 재능을 쓰고 있다면 낭비라고 할 수 없지 않을까."

루미나리아였다. 태연한 얼굴로 이쪽에 있기는 하지만, 굳이 말하자면 루미나리아는 저쪽 인간이다. 그렇기에 재능을 최대한으로 이용하는 디르겐에게 공감하고 있는 듯했다.

"……아니, 뭐, 멋대로 그러고 있다는 게 잘못인 것 같긴 하지만."

미라와 에밀리아의 반응을 보고 아무도 자신에게 공감하지 않고 있다는 사실을 알아챈 루미나리아는 슬그머니 시선을 피하며 그런 말을 덧붙였다.

"아무튼 나머지 한 명 말인데요——."

본론으로 돌아가 에밀리아가 이야기를 이어나갔다.

나머지 한 명, 로저라는 남자에 관해서.

그는 압도적인 망상력과 의문의 바람을 부리는 자라 한다.

지나치는 여학생을 물끄러미 쳐다보는 로저. 운동하는 여학생을 물끄러미 쳐다보는 로저. 식사 중인 여학생을 물끄러미 쳐다보는 로저.

그의 지인에게 들은 바에 따르면, 로저라는 남자는 그 망상력으로 눈에 비친 여성의 알몸을 선명하게 뇌리에 그려낼 수 있다는 듯했다.

시선을 날리는 것만으로도 범죄라고 에밀리아는 말했다.

심지어 그게 다가 아니다. 그가 있는 곳에는 느닷없이 의문의 바람이 불어 닥치는데, 그 바람은 보기 좋게 스커트 자락을 들추고 지나간다고 한다.

"——그리고 구체적으로 말씀드리자면, 두 달 정도 전에 제 친구가 피해를 당했어요. 의문의 바람이 스커트를 들추기에 고개를 돌려보니 그가 있었다고."

그는 우연이라고 말하며 조용히 웃고 있었다고 한다.

하지만 그 후, 한 달 정도에 걸쳐 친구가 몇 번이나 같은 피해를 당했다. 심지어 바람이 불 리가 없는 실내에서까지.

그리고 그때마다 현장에는 로저가 있었으며 기분 나쁜 시선을 보내고 있었다.

그 말을 들은 에밀리아는 스벤과 비슷한 수준으로 로저를 두들겨 팼다는 모양이다.

그 결과, 혼쭐이 났는지 친구가 피해를 입는 일은 없어졌다고 한다.

"그렇다면 그 로저란 녀석도 에밀리아에게 원한이 있을지도 모른다는 거네."

로저에게는 에밀리아가 싫어하는 짓을 할 동기가 있다. 복수를 위해 에밀리아가 소중히 여기던 덤블프의 초상화에 낙서를 하기에 이른 게 아닐까.

그러한 범행 동기가 성립되었다.

"너무해…… 덤블프 님은 상관없는데……."

한낱 화풀이 때문에 상관도 없는 덤블프의 초상화가 피해를 입었을지 모른다는 예상에 에밀리아는 할 말을 잃었다.

"하지만 아직 예상일뿐이야. 어쨌든 그 로저라는 녀석한테도 물어봐서 반응을 확인해 보자고. 그 결과 확실한 증거가 나오면, 알지?"

"음, 혼쭐을 내줄 테다!"

아직 한없이 의심스러울 뿐, 확실한 증거를 확보한 건 아니다. 하지만 증거만 나오면 인생 최대의 공포를 맛보게 해주겠다며 미라는 씩씩댔다.

"네, 혼쭐을 내주자고요!"

에밀리아는 믿음직한 미라의 태도에 기운을 되찾고 결의를 새로 하고는 의욕을 불사르며 답했다.

"자아, 문제는 로저의 현재 위치인데."

다음 사정 청취 대상은 정해졌지만 과연 로저는 지금 어디에 있을까.

"분명 동아리 활동 중이라고 했다만, 어느 동아리일는지."

스벤과 디르겐의 대화 내용을 되짚어보며 미라는 다시 한번 근처에 있던 학생에게라도 물어볼까, 라고 생각했다.

그러던 중에 에밀리아가 문득 생각났다는 듯이 "앗" 하고 외쳤다.

"수영부였던 것 같아요. 친구 중 한 명 중에 수영부였던 애가 있는데, 같은 동아리였던 그의 시선을 견딜 수가 없어서 그만뒀다고 했거든요."

수영부. 전해 들은 로저의 성격으로 미루어, 딱 맞는 곳인 듯했다. 수영복은 몸의 굴곡이 잘 드러난다. 그러니 그의 망상력을 최대로 발휘할 수 있을 터다.

"흠, 가 보도록 할까."

미라가 곧장 결단을 내리고 걸음을 내디딘── 그 직후.

"저기, 이번에는 어떻게 할까요."

에밀리아가 다소 말하기 거북하다는 투로 그렇게 말했다.

"……설마. 수영장도, 그런 게냐?"

에밀리아의 반응과 상황을 보고 '이번에는'이란 게 무슨 뜻인가 싶어서 미라는 고개를 갸웃했지만, 짧은 침묵 끝에 그 말의 뜻을 이해했다.

미라가 설마 그러냐고 묻자, 에밀리아는 그렇다고 답했다.

그렇다. 체육관과 마찬가지로 수영장에도 특별한 술식이 걸려 있었다.

다시 말해서 수영복에 들어가려면 수영복을 반드시 착용해야 하는 것이다. 심지어 수난 사고는 생명의 위기로 이어지기에 체육관보다 훨씬 엄중한 술식이 걸려 있다는 모양이다.

"그대는……."

"당연히 있지."

미라가 돌아보자 루미나리아는 당연하다는 듯 수영복을 꺼내 보였다. 학원 지정 수영복이 분명했다.

"또 이런 일이 벌어질 줄이야……."

또다시 루미나리아와 에밀리아가 단 둘이 들어갈 위기에 봉착하고 말았다.

하지만 미라는 학원 지정 수영복을 가지고 있지 않다. 혹시나 하고 릴리 일행이 만든 수영복을 꺼내 보았지만, 유감스럽게도 학원 수영장에서는 쓸 수 없을 듯했다.

어쩌면 좋을까. 미라는 체육복 때에 이어 다시금 고민에 빠졌다.

하지만 이번에는 조금 전과 달랐다.

"그럼 이번에도 제 예비 수영복을 가져올게요. 이번에는 괜찮아요!"

에밀리아는 맡겨달라는 듯 가슴을 편 채 그렇게 말하더니 뛰쳐나갔다.

그렇다. 그녀는 체육복뿐 아니라 학원 지정 수영복도 예비로 한 벌 더 준비해둔 야무진 아이였던 것이다.

알카이트 학원에는 1년 내내 사용할 수 있는 실내 수영장이 있다. 그리고 그건 교사에 인접한 수영장동에 있었다.

그곳에 도착한 미라 일행은 근처에 있던 남학생에게 로저의 현재 위치를 물었다.

그러자 예상한 대로 아직 수영장에 있다는 모양이었다. 심지어 한 달 정도 전부터 상당히 성실하게 동아리 활동을 하고 있는 듯하다고도 했다.

"자아, 이제 붙잡아 대화를 하는 일만 남았군그래."

"네, 그러네요."

로저는 어떤 목소리로 지저귀어 줄까. 미라와 에밀리아는 대담한 미소를 지은 채 수영장동의 여자 탈의실로 달려갔다.

그렇게 세 사람은 학원 지정 수영복으로 갈아입기 시작했다.

그다지 올 일도 없었을 텐데 루미나리아는 어쩐지 익숙해 보였다.

"역시 나라니깐. 이거 완전 범죄 수준인데?"

축복받은 그 몸매는 남자가 바라는 욕망을 체현했다 해도 과언이 아닐 정도로 완벽했다.

심지어 거기에 얼핏 수수해 보이는 학원 지정 수영복까지 입었다.

이 두 요소가 합쳐진 지금의 루미나리아는 감히 헤아리지 못할 정도의 매력을 뽐내고 있었다.

"이…… 이것은……."

루미나리아가 자화자찬을 하던 가운데, 미라는 에밀리아에게 빌린 학원 지정 수영복을 들고 긴장하고 있었다.

미라의 손에 들려 있는 것은 진짜 여학생의, 진짜 학원 지정 수영복이다.

심지어. 현재 그러한 물건을 만지고 있는 것도 모자라 본인의 합의하에 그것을 입으려 하고 있다.

지금까지 미라는 여학생용 교복과 입었던 체육복과 같은, 남자의 입장에서 보았을 때 평범한 옷이 아닌 물건들을 넘어서 왔다.

하지만 여기서부터는 진짜 미지의 영역이다.

전에 없던 배덕감과 거기에 약간 섞여든 행복감에 미라는 마른침을 꿀꺽 삼켰다.

어쨌든 이렇게 꾸물대고 있을 때가 아니다. 곧 에밀리아도 옷을 다 갈아입을 것 같으니, 혼자서 학원 지정 수영복을 바라보고 있으면 이상하게 여길 거다.

'에잇~ 될 대로 되라!'

결심을 굳힌 미라는 반쯤 벗었던 교복을 단숨에 벗은 후, 곧장 학원 지정 수영복에 살며시 발을 집어넣었다.

순간, 뭐라 형용하기 어려우면서도 난해한 감정이 온몸을 타고 흘렀다.

'평상심…… 평상심을 유지해야 한다…….'

이대로 가면 한낱 변태의 일원이 되고 말 거다. 스벤 일행과 같은 부류가 될 거다. 그 사실을 깨달은 미라는, 자신은 평범한 미소녀라고 마음속으로 열심히 외치는 동시에 이 물건은 아무 것도 아닌, 빌린 물건에 불과하다고 자신을 설득했다.

엄습해오는 배덕감을 꾹 억누르며, 미라는 어찌어찌 학원 지정 수영복으로 갈아입었다.

학원 지정 수영복으로 갈아입은 미라 일행은 그 후 추가로 몇 가지 작전을 짜고서 풀장에 돌입했다.

"이거이거, 꽤나 크군그래……."

수영장동에 설치된 실내 수영장은 지극히 심플한 구조로 되어 있었다. 그런 동시에 설비는 충실했고, 수영장 자체도 50미터 길이에 레인(lane)이 열 개는 되었다.

이 정도 규모라면 올림픽도 치를 수 있을 것 같다는 생각이 들 정도로 알카이트 학원의 수영장은 번듯했다.

그런 수영장은 현재, 수영부 부원들로 붐비고 있었다. 속도를 겨루는 자부터 해파리처럼 물 위에서 떠다니는 자, 해괴한 수영법을 시험해보는 자 등. 수영부 부원이라고 뭉뚱그려 표현했지만 그 활동 내용은 가지각색인 듯했다.

하지만 한 가지 공통점이 있었다.

그것은 어딜 보아도 청춘의 열기로 넘쳐난다는 것이었다.

"뭐라고 해야 할지…… 청춘이로구먼."

"그래, 청춘이네."

함께 속도를 겨루는 소년들. 라이벌인 동시에 친구이기도 한 그들은 승패에 일희일비하며 다음에는 꼭 이기겠다면서 다시 헤엄치기 시작했다.

수영하는 법을 가르치고 있는 소녀와 배우고 있는 소녀. 자세

히 보니 둘 중 배우고 있는 쪽은 선배인 듯했다.

두 사람은 소꿉친구인지. 상당히 사이가 좋아 보였고, 가르치는 쪽의 소녀는 약간 짓궂은 미소를 지은 채 상대 소녀를 놀리고 있었다. 그리고 거의 가라앉아가던 선배에게 수영복을 붙잡혀 벗겨질 뻔하거나 하고 있었다.

풀사이드에는 준비 운동 중에 장난을 치다 교사에게 혼나고 있는 학생의 모습도 보였다.

다이빙대 위에 서기는 했지만 거기서 꼼짝도 못 하고 있는 이도 있었다.

또한 수영용 비트판을 가라앉혔다가 친구를 맞추고 웃어대는 이, 두 장을 써서 위에 올라탔다가 뒤집혀 넘어지는 자 등등…….

그곳에는 그야말로 청춘이라 표현해 마땅할 숭고한 시절의 한 장면이 사방에 널려 있었다.

미라와 루미나리아는 지나간 세월을 돌아보며 그 너무도 눈부신 청춘의 한 장면을 바라보았다.

그러한 청춘의 한 장면을 배경 삼아, 미라 일행은 풀사이드를 성큼성큼 걸어 나갔다.

"어째 주목을 모으고 있는 것 같군."

"그러게. 뭐 이런 미인이 셋이나 모여 있으니 안 볼 수가 없겠지."

미라와 루미나리아, 그리고 에밀리아. 미소녀 둘과 미녀가 모여 있는 탓인지 자연스럽게 이목이 집중되고 말았다.

개중에서도 루미나리아에게는 더욱 더 뜨거운 눈빛이 쏟아졌다. 남학생들은 그 압도적인 몸매에서 눈을 떼질 못했다.

하지만 그만큼 눈길을 끌면 수영부 부원 이외의 사람이 이곳에 있다는 게 알려질 수밖에 없다. 교사인 듯한 남성이 무슨 일인가 하고 달려오는 모습이 보였다.

"잠깐 너희들, 우리 부 학생은 아닌 것 같은데…… 가만, 너는 플로렌스였던가? 이 둘과는 아는 사이냐?"

남성 교사는 루미나리아와 미라, 그리고 다시 루미나리아를 시선으로 훑은 후, 그 뒤에 있던 에밀리아를 알아보고 그렇게 물었다.

또한 플로렌스는 에밀리아의 성이다.

"네, 여기 계신 두 분은…… 그게."

으음, 어떻게 둘러댄다, 하고 에밀리아가 고민하던 그때——.

"분명, 린벨 선생이었지? 잠깐 나 좀 볼까?"

루미나리아는 그렇게 말하자마자 남성 교사와 어깨동무를 하고서 뭐라고 속삭이기 시작했다.

그러자 놀랍게도 린벨이라 불린 남성 교사의 얼굴이 단번에 굳어지더니 눈 깜짝할 새 긴장한 표정을 지었다.

"——그런고로, 우리는 신경 쓰지 않아 줬으면 좋겠어."

"네, 알겠습니다!"

루미나리아가 살며시 어깨동무를 풀자 린벨은 쇠기둥처럼 꼿꼿하게 자세를 바로잡으며 답했다. 그러면서 루미나리아가 "그리고 조용히 좀 하고"라고 말을 잇자, "죄송합니다"라고 목소리를 죽여서, 성의를 다해서 사과하고는 "수고 많으십니다" 하고 깊숙이 고개를 숙였다.

이제 아무 문제도 없다며 루미나리아가 걸음을 떼기에 미라와 에밀리아는 그 뒤를 따랐다.

"그대, 뭐라 한 게냐?"

뭘 어떻게 했기에 교사가 저렇게 된 것인가. 미라가 그렇게 묻자 루미나리아는 별 것 아니라고 답했다.

그냥 자신에 관한 이야기를 했을 뿐이라고.

다시 말해서 루미나리아는 아홉 현자라는 권력을 사용해 교사의 입을 봉한 것이다. 써먹을 수 있는 건 최대한 써먹자는 게 루미나리아의 방식이었던 것이다.

미라는 어이가 없어 정말이지 못 말리겠다고 대꾸했다.

그에 반해 에밀리아는 고개를 갸웃할 따름이었다. 그럼에도 건드려서는 안 될 것 같다는 느낌을 받았는지 자세히 캐물으려고는 하지 않았다.

그렇게 강제로 교사의 허가를 받아 수영장 안을 둘러보던 중.

"흐~음, 그나저나……."

학원 지정 수영복을 빌려 입을 때만 해도 배덕감에 몸서리를 쳤지만, 큰맘 먹고 입고 나니 그렇게까지 신경 쓰이지 않는 것인지. 학원 지정 수영복을 미라의 자태는 당당하기만 했다.

다만 당당하기는 했지만, 그 착용감이 신경 쓰이는 눈치였다. 영 불편하다는 듯 가슴 언저리의 옷감을 몇 번이나 매만지고 있었기 때문이다.

"응? 뭐야, 왜 그래?"

미라가 이상한 움직임을 취하고 있다는 걸 알아챈 루미나리아가 무슨 일이냐고 물었다.

"뭐라고 해야 할지…… 그게, 영 답답한 느낌이 들어서 말이야."

미라는 난감하게 됐다는 듯 눈살을 찌푸리고서 가슴 언저리가 답답하게 느껴진다고 답했다.

그 말을 듣자마자 루미나리아는 쓴웃음을 짓고서 "아~ 그런 건 굳이 말하지 않는 게 매너──"라고 말하며 에밀리아 쪽으로 슬그머니 시선을 옮겼다가 "……이미 늦었나"라는 말과 함께 더욱 짙은 쓴웃음을 지었다.

빌린 학원 지정 수영복을 입었더니 가슴 언저리가 조금 답답하게 느껴졌다.

그 말인즉슨, 그런 뜻인 것이다.

"됐어요…… 갈아입을 때 저도 알아챘으니까요…… 괜찮아요…… 작아서 죄송해요."

에밀리아는 자신의 가슴에 손을 얹은 채 절망으로 물든 눈동자로 먼 곳을 바라보고 있었다.

키로만 보면 미라보다 에밀리아 쪽이 좀 더 연상 같았다. 하지만 한 부분만 보면, 미라가 좀 더 우위에 있는 상태였다.

게다가 에밀리아는 같은 또래에서도 아래에서 1, 2위를 다툴 정도로 아담해서, 내심 신경 쓰고 있었던 모양이다.

"아…… 아니, 그 뭣이냐. 애초에 아직 열네 살이 아니냐. 이제 시작이다. 어때, 그대도 그렇게 생각하지?!"

이제야 자신이 실언을 했음을 알아챈 미라는 흔해빠진 위로의 말을 건네며, 다이너마이트급 몸매를 지닌 루미나리아에게 도움을 구했다.

"······그래, 맞아. 아직 충분히 가능성은 있는 상태야. 앞으로 어떻게 하느냐에 달렸지."

루미나리아는 에밀리아의 가슴께를 뚫어져라 응시하며 그런 말을 속삭였다.

그리고 "나는 그 상태에서 크게 성장한 애들을 몇이나 보아 왔거든"이라고 말하고서 몇몇 여성의 이름을 입에 올렸다. 심지어 마치 자신이 키워냈다는 것 같은 얼굴로.

"그렇게나······ 저, 노력할게요!"

대체 어디까지가 진실인지는 모르겠지만 그럼에도 에밀리아에게는 약간의 희망을 심어줄 수 있었던 것인지. 그녀의 얼굴은 조금 밝아져 있었다.

하지만 크다고 다가 아니다. 작다 해도 거기에는 무한한 꿈이 담겨 있으니.

그렇지만 가진 자와 가지지 못한 자의 사이에 놓인 골은 깊고도 깊다. 그런 소리를 하면 더더욱 에밀리아의 심기가 불편해질 것이다.

과거 플로네와 카구라 사이에서 발발했던 전쟁을 직접 목격한 바 있는지라, 두 사람은 그러한 말을 하지 않고 미래에 대한 희망을 품을 수 있게 두기로 했다.

흔해빠진 문제가 있기는 했지만 미라 일행은 계속해서 안쪽으로 들어갔다.

이 시설의 안쪽에는 수영장 말고도 웨이트 트레이닝을 위한 기구 등이 갖춰진 장소가 있었다.

그런 트레이닝 에어리어가 눈에 들어오기 시작했을 즈음.

"아, 찾았어요!"

에밀리아가 그곳에 있던 한 남학생을 손가락으로 가리켰다. 저기 인물이 바로 로저라고.

어디, 변태 일당 중 한 명인 로저란 건 대체 어떤 남자일까, 하고 미라와 루미나리아는 그에게로 시선을 돌렸다.

두 사람의 눈에 들어온 것은, 열심히 턱걸이를 하고 있는 삼각수영복 차림의 남자였다.

"흠, 저 남자냐? 얼마나 변태 같은 얼굴을 하고 있을까 했더니만, 그렇지도 않군그래."

"그러게. 오히려 겉모습만 보면 성실할 것 같은 인상인데."

근육 트레이닝을 하고 있는 로저. 두 사람이 그를 보고 느낀 첫인상은, 전해 들었던 변태적인 모습과는 아예 딴판이라는 것이었다.

평소에도 저렇게 단련을 하고 있는 것인지. 로저의 몸은 그야말로 수영 대회 대표 선수라 해도 믿을 정도로 탄탄했다.

실로 다부진 몸이다. 오히려 여성에게 인기가 있지 않을까 싶을 정도로 완벽하다.

또한 미라 일행이 있는 쪽에서는 옆얼굴만 보였는데, 특출한 미남이라고 할 정도는 아니라도 호남아(好男兒)라고는 할 수 있을 정도의 외모를 지녔다.

친구 그룹 중 중심인물 정도는 맡고 있을 것 같은 인상이다.

하지만 척 보아도 그만큼의 잠재력을 가지고 있다는 걸 알 수 있을 정도임에도, 그의 주변에는 사람 한 명 보이지 않았다.

"그렇기에 저 남자의 본성이 밝혀질 때까지 시간이 걸려서, 수많은 여학생은 물론이고 선생님들까지 의문의 바람의 피해자가 되고 말았어요. 히나타 선생님도…… 이전에 경험한 적이 있다고 말했어요."

에밀리아는 표독스러운 눈으로 로저를 노려보며 과거의 수법에 관해 이야기했다.

로저는 얼핏 보면 변태성과 인연이 없을 것 같다. 때문에 그는 당당하게 범행을 행했다.

그 눈으로 여학생을 바라보며 알몸을 상상하고, 답 맞추기를 하듯 바람을 다루어 스커트를 들추었다.

범행 중의 로저는 결코 움직이지 않는다. 정말 아무런 상관도 없다는 듯이.

그 때문에 그의 행동에 어떠한 의미가 있는지 한참이 지나도록 아무도 알아채지 못했다. 그래서 스커트를 들추는 바람이 인위적이라는 사실이 판명된 것도 늦어진 것이다.

"그야말로 프로의 범행이로군."

"그 바람은 술식으로 일으킨 거야? 발동 사실을 들키지 않을 정도면 상당한 수준인 것 같네."

로저는 변태지만 성희롱 행위에 있어서는 천재다. 그렇게 이해한 미라와 루미나리아는 다시금 걸음을 옮기기 시작했다.

그렇게 한 걸음, 두 걸음 다가가던 도중. 턱걸이를 마친 로저는 옆에 있던 가방에서 물통을 꺼내 그대로 들이켰다.

그리고 시원하다는 듯 "후우" 하고 한숨을 내쉬고는, 뭔가 눈치를 챈 것인지 아무렇지도 않게 고개를 돌렸다.

"음? ……으음?!"

미라 일행과 눈이 마주친 순간, 두 사람을 인식한 로저의 눈에 희색이 또렷하게 퍼져 나갔다. 그리고 뒤이어 그 시선은 루미나리아에게 집중되었다.

하지만 그럼에도 그는 변태성과는 무관하다는 듯 진지함 그 자체인 표정을 하고 있어서, 변태성 100%인 망상을 펼치고 있으리라는 것은 상상할 수도 없을 정도였다.

하지만 다음 순간, 그런 그의 포커페이스가 무너졌다.

루미나리아 옆을 지나 성큼성큼 앞으로 나아간 에밀리아를 발견했기 때문이다.

"뭐……?!"

그리고 역시나. 스벤 때와 마찬가지로 로저도 에밀리아의 모습을 보자마자 소스라치게 놀란 표정을 지었다.

그리고 그다음으로 취한 행동도 같았다. 에밀리아가 있다는 사실을 알자마자 로저는 그 즉시 달아나기 시작했다.

"역시 도망치는군."

"켕기는 게 있다는 증거네요!"

"좋아, 쫓아보실까."

그런 행동을 취할 거라 예상했던 세 사람은 즉시 그의 뒤를 쫓았다.

도망친 로저는 예상했던 것보다 금방 따라잡을 수 있었다. 수영장용 대형 샤워실로 도망쳤다가 발이 미끄러져 넘어졌기 때문이다.

수영장 시설 중 하나로서 존재하는 이 장소에는 열 개 이상의 샤워기가 있었다. 따로 설치된 레버를 돌리면 천장에 있는 샤워 헤드에서 물이 비처럼 쏟아지게끔 되어 있다.

사용 빈도가 높았고, 그 때문에 그는 남아 있던 물을 밟고 넘어진 것이다.

"거기까지다!"

때문에 로저가 손을 짚어 자세를 바로잡고 출구에 도착하기도 전에 미라는 그렇게 말했다. 로저가 출구 문을 열기 전, 붙잡자마자 일격을 날리거나 해서 마음대로 요리할 수 있는 거리다.

"자자, 기다려 봐, 진정하라고……."

이 이상은 못 도망친다는 걸 깨달은 것인지. 로저는 몸을 돌려 항복의 뜻을 표하듯 두 손을 들었다. 하지만 이 마당에 와서도 그의 시선은 루미나리아를 향하고 있었다.

정말이지 당당한 변태다.

"내가 온 이유, 알죠?"

덤블프 초상화 낙서 사건에 관해 떠보기 위해 에밀리아가 물었다.

"아니, 모르겠는데……."

그러자 놀랍게도. 로저의 얼굴에 약간의 긴장의 빛이 퍼졌다.

그것은 사소한 변화였지만 에밀리아가 온 걸 보고 성가시게 됐다고 생각하고 있는 건 분명해 보이는 얼굴이다.

"그럼, 왜 도망친 건데요?"

입으로는 부정하는 로저에게 에밀리아가 따져 물었다.

그 말을 들은 로저는 답변을 거부하듯 시선을 피했다. 도망칠 빈틈은 물론이고 가능성마저 사라지자 최후의 저항이라도 하겠다는 듯이.

"자, 빨리 털어놓는 게 신상에 이로울 게다."

"그래, 이제 도망칠 곳은 없다고."

이제 다 잡았다는 생각에 미라 일행은 로저에게 다가섰다.

그와 동시에 로저의 시선이 다가오는 루미나리아에게로 천천히 옮겨갔다.

궁지에 몰린 상태임에도 저러다니——그 변태성이 감탄스러울 지경이라는 생각을 한 직후.

로저의 입꼬리가 씨익 하고 치올라가더니, 미약한 바람이 불어왔다고 느껴진 순간. 뭐가 어떻게 된 것인지 갑자기 머리 위에 있던 샤워 헤드에서 일제히 물이 쏟아지기 시작했다.

"뭣이라?!"

"우왁, 차가워."

"꺅!"

예상치 못한 타이밍에 찬물을 뒤집어쓴 미라 일행은 당황해서 무의식중에 소리를 질렀다.

대체 무엇을 어떻게 한 것인지. 자세히 보니 모든 샤워기에서 물이 쏟아지고 있었다.

"이놈, 설마 이걸 노렸던 것이냐."

이러한 방법으로 빈틈을 만들어내려 하다니, 제법이다. 생각지 못한 반격에 미라는 훌륭하다고 상대를 칭찬했다.

하지만 다음 순간, 그것을 보고 깜짝 놀랐다.

"……."

샤워기에서 한꺼번에 물이 쏟아지게 한 수법은 훌륭했다. 조금 이나마 빈틈이 생긴 것은 사실이기 때문이다.

하지만 그런 절호의 기회를 잡았음에도 불구하고 로저는 아직 도 그 자리에 있었다.

무슨 생각을 하는 것인지, 그는 달아나려 하지 않고 물끄러미 세 사람을 쳐다보고 있었다.

"그대, 어째서——."

로저는 더더욱 날카로워진 눈빛으로 미라 일행을 바라본 채 꼼짝도 하지 않았다.

무슨 속셈이란 말인가. 달아날 생각은 없다는 것인가. 미라는 로저의 행동이 의아할 따름이었다.

그 순간 떠올렸어야 했다. 에밀리아가 해주었던 이야기를. 그가 진지한 표정을 짓고 있을 때 어떤 일이 벌어지는지를.

"아니, 뭐야 이게?!"

로저가 보인 의문의 행동. 그 이유를 알아내기도 전에 사태가 급변했다. 느닷없이 에밀리아가 비명을 지른 것이다.

"뭣, 이라고······?!"

무슨 일인가 싶어 돌아본 미라는 그 원인을 목격했다.

대체 무엇이 어떻게 된 것인지. 에밀리아의 학원 지정 수영복이 군데군데 찢어지기 시작한 것이다.

이미 상체 부분은 괴멸 상태다. 하지만 아직 사태는 끝나지 않아서, 하체 쪽까지 침식이 진행되고 있었다.

그리고 에밀리아는 더 버티지 못하고 그 자리에 주저앉고 말았다.

심지어 거기서 끝이 아니었다.

"무어냐, 이건?!"

"어이쿠, 이쪽도 시작됐나."

미라와 루미나리아의 학원 지정 수영복도 에밀리아의 것과 마찬가지로 찢어지기 시작한 것이다.

서서히 상체가 드러나더니, 그대로 하체 부분까지 퍼져 나갔다.

"좋았어! 눈호강눈호강!"

미라 일행의 알몸이 시시각각 드러나고 있다. 로저는 작전 성공이라는 듯 미소를 지은 채 세 사람을── 특히 루미나리아를 머리끝에서 발끝까지 뚫어져라 훑어보았다.

그리고 이번에는 그 빈틈을 놓치지 않았다. 절경을 앞에 두고 떠나가기 아쉬운 눈치이기는 했지만, 로저는 "고맙다!"라고 말하며 달아나고 말았다.

"그나저나, 작전대로라고는 하나 생각했던 것보다 심하게 당해 준 것 같군."

"그러게 말이야."

알몸이 되었음에도 당당하기만 한 두 사람은 끝내 도망친 로저를 쫓지 않았다.

왜냐하면 일단 풀어주기로 처음부터 정해두었기 때문이다.

에밀리아의 추궁을 받은 그는 분명 지금부터 공범자들과 합류할 것이다. 그렇게 모인 현장을 덮치자는 것이 이번 작전의 목표였다.

"그나저나 이 반응…… 술식 이상을 사용한 듯하군그래."

"그런 것 같네."

그것은 술식 이상이라는 현상이다.

로저는 미리 샤워기를 조작해두었던 것으로 추측되었다. 무언가를 신호 삼아 샤워기에서 나오는 물에 어떠한 변화를 주기 위해서.

그 물을 뒤집어쓰면 수영장과 수영복에 삽입된 술식에 노이즈를 발생시켜 술식을 파괴. 그 반응을 통해 학원 지정 수영복이 찢어지도록 만든 것이다.

"학생 때 이런 방법을 생각해 내다니, 앞날이 기대되는구먼."

"에로의 힘이라는 것도 무시 못 하겠네."

미약한 반응과 술식의 잔재를 통해 원리를 파악한 두 사람은 학생치고는 꽤 재미있는 생각을 해냈다며 유쾌하다는 듯 웃었다.

실제로 술식 이상을 발생시킨 것은 물론이고 그 영향의 대상을 학원 지정 수영복에 한정지어 이렇게까지 제어해낸 그의 실력과 열정은 감히 가늠하기가 어려울 정도였다.

언젠가는 은의 연탑에 들어올 정도의 실력자가 될지 모른다며 두 사람은 알몸 상태로 로저를 칭찬했다.

"우으…… 어째서 두 분은, 그렇게 아무렇지도 않은 건데요……."

에밀리아는 웅크려 앉은 채, 같은 상태임에도 당당하기만 한 두 사람을 바라보며 울음 섞인 목소리로 중얼거렸다.

술식 이상에 의한 효과는 일시적이다. 수영장에 삽입되어 있는 것은 규모가 큰 덕에 술식이 다소 흔들리는 정도의 피해만 입고 끝났다.

그에 반해 수영복이 찢어진 미라 일행은 술식이 흔들리는 동안 샤워기의 물을 멈추고 곧장 교복으로 다시 갈아입었다.

외부인이라 탈의실 로커를 사용하지 않고 에밀리아의 옷까지 모두 아이템박스에 수납해둔 덕에 빨리 옷을 갈아입을 수 있었던 것이다.

만약 그렇게 하지 않았다면 알몸 상태로 수영장에서 나왔어야 했을 거다.

에밀리아는 그렇게 되지 않아 다행이라며 진심으로 가슴을 쓸어내렸다.

"자아, 지금부터가 진짜로군."

미라는 젖은 머리를 말리며 드디어 범인을 몰아세워 단죄할 순간이 왔다며 두 눈에 독기를 품고 있었다. 실로 분노로 가득한 눈이었다.

덤블프 초상화 낙서 사건의 용의자 중 한 명인 로저.

그는 그 동기가 된 에밀리아가 접촉해오자 모종의 행동에 나섰을 것이다.

의심을 받고 있다는 사실을 알았으니 공범인 스벤, 디르겐 일행과 대책을 세우려 하리라.

그 순간을 덮쳐 발뺌하지 못할 상황으로 몰고 가, 낙서 사건의 공범들을 일망타진하는 것.

그것이 조금 전 세운 작전이었다.

"어이쿠, 보고가 들어왔군. 움직이기 시작한 모양이구나."

미라 일행의 알몸을 감상한 후에 도주한 로저는, 당연히 수영장 출구에서 대기 중이던 멍슨이 미행 중이다.

그런 멍슨의 보고에 의하면 로저는 술구로 연락을 취하더니 어딘가로 향하기 시작했다는 모양이다.

또한 단원 1호가 잠복하며 감시하던 스벤도 무언가를 보자마자 초조한 얼굴로 움직이기 시작했다고 한다.

"작전대로 되었구나!"

분명 대책을 짜기 위한 회의를 하려는 것이리라.

상황으로 미루어 그렇게 판단한 미라는 드디어 클라이맥스라며 대담한 미소를 지었다.

"이 몸——의 스승님의 초상화에 낙서를 한 죄, 뼈에 사무치도록 후회하게 해주자꾸나!"

"네, 후회하게 해줘요!"

미라와 에밀리아는 의욕을 불사르며, 섬뜩한 눈빛을 한 채 뛰쳐나갔다.

"자아, 어떤 결말이 기다리고 있으려나."

루미나리아로 말하자면 그렇게 잘 풀리려나, 라고 말하는 듯한 얼굴을 하고서 강 건너 불구경을 하는 사람 같은 분위기로 두 사람의 뒤를 따랐다.

"이제 소생만 있어도 충분하다냥. 운동신경 없는 멍멍이는 다치고 싶지 않으면 빠져라냥."

"안에 있는 세 사람이 뿔뿔이 흩어져 도망치면 어쩔 생각이냐멍? 하지만 본인의 코라면 셋을 모두 추적할 수 있다멍."

동아리동의 구석진 곳에 단원 1호와 멍슨이 범인들을 감시 중인 방이 있었다.

그리고 당사자 두 마리는, 늘 그렇듯 서로 으르렁거리고 있었다.

"해서, 상황은 어떠하냐?"

미라는 단원 1호와 멍슨을 집어 들어, 그 두 마리를 품에 안으며 물었다.

그러자 예상한 대로 "좀 전에 세 번째 사람이 들어갔습니다멍" "안에 셋이 모여 있습니다냥"이라고 동시에 대답했다.

그리고 말 떨어지기 무섭게 "소생이 보고하겠습니다냥" "본인이 간결하게 정리해 보고할 겁니다멍"이라고 경쟁이라도 하듯 말을 이었다.

"그대들은 정말이지……. 뭐어, 되었다. 그럼 번갈아가며 말하거라."

두 마리는 우수하기는 하지만 싸움이 끊이질 않았다. 하지만 미라는 지금은 어쩔 수 없다는 생각에 두 마리에게서 모두 보고를 받았다.

누가 먼저 말할 것인지를 두고 한 번 더 다투기는 했지만, 현재 상황은 대충 파악할 수 있었다.

우선 그 교실에 세 사람 이외의 사람이 출입한 흔적은 없다고 했다.

또한 들어가서 어딘가로 움직인 낌새는 없었으니, 세 사람은 분명 안에 있다고 했다.

다시 말해서 용의자는 이 세 명뿐인 것으로 추측되었다.

"자아, 범인들은 끼리끼리 모여 무얼 하고 있을까. 낙서 사건에 대한 반성? 아니면 미리 입을 맞춰두려는 겐가?"

"잡아들여버리죠!"

타깃은 눈앞에 있다.

미라와 에밀리아는 아주 끝장을 내버리자며 그 교실을 향해 걸어 나갔다.

단원 1호와 멍슨에 의해 그 도중에 설치되어 있던 경보 장치 같은 것은 모두 해제된 상태다.

그리고 마지막 보루였을 문의 잠금 장치도 단원 1호가 화려하게 따버렸다.

미라와 에밀리아는 고갯짓을 주고받은 후, 그 문을 열어젖혔다.

"거기까지다, 범인들!"

"투항하세요!"

미라 일행이 가택수색을 하듯 들이닥치자, 그곳에는 보고 받은 대로 스벤과 디르겐, 그리고 로저가 있었다.

세 사람은 당연하게도 매우 놀란 눈치였다. 비명을 지르며 일어나더니 무슨 일인가 하고 경계심을 드러내며 상대의 정체를 확인했다.

"너희는……!"

"어떻게 이곳을……?!"

"미행한 건가?!"

세 사람은 미라 일행의 모습을 확인하자마자 놀라서 소리쳤지만, 거기서 끝이 아니었다. 어째서인지 에밀리아의 모습을 보자마자 허둥지둥 무언가를 감추더니 그대로 잽싸게 창가를 향해 달려간 것이다.

"어이쿠, 그렇게는 안 되지."

창문으로 도주할 속셈이라 예상한 미라는 그 창문 앞에 다크나이트를 나란히 소환했다.

세 사람은 덤블프 초상화에 낙서를 했을지도 모르는 용의자다.

때문에 미라는 가차 없이 대응했다. 나타난 다크나이트는 다가오면 베겠다는 듯한 박력을 내뿜으며 흑검(黑劍)을 겨누었다.

그러자 느닷없이 나타났을 뿐더러 살기등등한 다크나이트를 본 남학생들은 비명을 지르며 나동그라졌다.

그러던 중에 로저는 손에 들고 있던 무언가를 떨어뜨리기도 했다.

그것은 상자였는데, 에밀리아는 딱히 개의치 않고 남학생들을 노려보았다.

"감히, 덤블프 님의 초상화에 낙서를…… 절대로 용서 못 해!"

에밀리아가 악귀처럼 험악한 얼굴로 스벤 일행에게 다가간다. 그 분노는 미라에게 지지 않을 만큼 격렬했다.

"잠깐잠깐, 무슨 소리야?!"

"이봐, 잠깐만…… 그건 우리가 한 게——?!"

디르겐과 로저는 단죄를 위해 다가서는 에밀리아를 향해 목숨 구걸을 하듯, 그러면서도 억울함을 호소하듯 항의했다.

또한 스벤은——

"응? 잠깐 있어 봐. 정말로, 그게 용건…… 이었어? 떠보려고 한 말이 아니고?"

겁에 질리기는 했지만 황당하다는 얼굴로 그렇게 말했다.

"시치미 떼 봐야 소용없어요."

그에 반해 에밀리아는 더 이상 들을 것도 없다는 듯이 다가갔다. 그리고 미라 또한 미치광이 같은 미소를 지은 채 세 명을 향해 "유언을 남기고 싶다면 지금 하거라"라고 말했다.

덤블프의 초상화를 더럽힌 죄는 무겁다. 때문에 미라와 에밀리아는, 변명은 접수하지 않는 무자비한 집행자가 되어 세 사람을 몰아붙였다.

그리고 그때——

"어이쿠, 잠깐. 어쩌면 그 녀석들은 정말로 낙서 실행범이 아닐지도 몰라."

루미나리아가 그런 소리를 했다.

"뭣, 이라고?"

"무슨, 말씀이세요?!"

끼기기긱, 소리를 내며 미라와 에밀리아가 고개를 돌렸다. 루미나리아는 그런 두 사람을 보고 쓴웃음을 지으며, 조금 전에 로저가 떨어뜨린 상자를 "봐" 하고 내밀었다.

"무엇이냐, 이것은……."

"뭐야, 이게……!"

그 내용물을 본 순간, 미라는 당혹스러운 표정을 지었다. 그리고 에밀리아로 말하자면, 분노의 불꽃을 더욱 강하게 불사르며 세 사람을 날카롭게 쏘아보았다.

공포에 떠는 남학생들이 감추려 했던 것.

그것은, 사진이었다.

하지만 평범한 사진이 아니다. 무려 여학생들만을 노려서 찍어 댄 도촬 사진으로, 그것들이 상자에 가득 들어 있었던 것이다.

"설마, 그것에도……."

에밀리아는 한여름의 태양마저 얼어붙을 만큼 싸늘한 눈빛으로 로저 일행을 쳐다보더니, 스벤이 등 뒤에 감추고 있던 상자로 손을 뻗었다.

"이건…… 아무것도 아냐."

스벤은 저항하려 했지만 "입 다물고 내놓으세요"라고 에밀리아가 위협하자 굳어진 얼굴로 순순히 내놓았다.

그렇게 스벤에게 압수한 상자를 열어보니, 우르르 나왔다.

상자는, 더욱 많은 도촬 사진으로 넘쳐났다.

심지어 스벤의 상자에는 로저의 것보다 아슬아슬한 것이 많았다.

수영복과 체육복 차림의 여학생 말고도 옷을 갈아입는 사진에 팬티가 흘끔 보이는 것들까지 섞여 있었던 것이다.

"이거 대단한걸. 가만, 아아, 그렇게 된 건가. 이것 때문에 에밀리아를 보고 도망치려 한 거였어."

루미나리아는 옆에서 불쑥 고개를 내밀더니 태연하게, 하지만 엄선이라도 하듯 상자 속 내용물을 확인했다. 그리고 거기에 들어 있던 '최신'이라 적힌 봉투를 집어 들어 그 안을 보자마자 과연, 하고 납득했다는 듯한 얼굴로 그걸 미라에게 건넸다.

"음, 그렇게 된 것이라니?"

루미나리아는 무슨 소릴 하는 걸까. 봉투를 받아든 미라는 고개를 갸웃하며 그 내용물을 확인했다.

"이럴 수가…… 이것은……."

봉투에 들어 있던 것도 도촬 사진이었다.

심지어 평범한 도촬 사진이 아니다. 그 사진에는 모두 에밀리아와 미라가 찍혀 있었고, 어느 것 할 것 없이 아슬아슬한 장면들로 가득했던 것이다.

훈련동에서 계단을 올라가는 미라를 아래에서 마구 찍어댄 사진 열아홉 장. 약간 멀리서 찍기는 했지만, 스커트 안을 정확히 포착해낸 에밀리아의 사진이 여덟 장.

페가수스의 등에 올라타고자 다리를 든 미라를 찍은 사진이 다섯 장. 그리고 함께 타고자 다리를 든 에밀리아의 사진도 다섯 장.

훈련동 로비에서 선잠을 자는 미라를 모든 앵글에서 담은 사진 스무 장(낮은 시점이 많음).

탈의실에서 옷을 갈아입는 에밀리아의 모습을 망원 렌즈로 촬영한 듯 보이는 사진 일곱 장.

그밖에도 온갖 장소와 상황에서 찍은 사진 수십 장이 튀어나왔다.

"이런 모습까지……!"

그것들을 본 순간, 에밀리아는 할 말을 잃었다. 하지만 그녀의 얼굴에는, 공포나 수치심과 같은 감정이 아니라 분노의 빛이 떠오르기 시작했다.

무엇보다도 그녀가 용서할 수 없다고 느낀 점은, 거기에 미라의 사진이 있다는 것이었다. 심지어 에밀리아를 찍은 것과 비교했을 때 2배는 더 많았다.

그러한 사진을 통해 알 수 있는 것은, 평소의 미라가 얼마나 빈틈투성이인가 하는 점이었지만 은인인 미라를 표적으로 삼았다는 사실을 알게 된 에밀리아의 눈빛은 더욱 살벌해지기 시작했다.

그렇게 입을 다문 에밀리아가 다가와 정면에 서자 디르겐은 군말 한마디 하지 않고 들고 있던 상자를 내밀었다.

"……!"

"이것 참, 굉장하군그래……."

"진짜 대단한데?"

상자의 내용물을 보자마자 에밀리아는 또다시 할 말을 잃었다. 그에 반해 미라와 루미나리아는 그것을 통해 짐작할 수 있는 그의 재능에 놀랐다.

거기에 들어있던 것은 사진보다 다소 큰 종이 십여 장이었다. 그리고 그 종이들에는, 정말로 사진으로 착각할 정도의 필치로 여학생들의 나체가 그려져 있었다.

대체 이 정도 완성도의 물건을, 어떻게 완성한 걸까.

디르겐에게 캐묻자, 그는 에밀리아의 추궁에 못 이겨 자백했다.

우선 스벤이 특유의 은밀성을 살려 대상의 사진을 찍는다.

다음은 로저가 그 사진을 토대로 뛰어난 망상력을 전개. 뇌내 망상으로 모든 옷을 벗겨 알몸으로 만든다.

끝으로 디르겐이 로저가 상상한 그림을 종이 위에 묘사한다.

"이것이야말로 남자의 꿈의 결정체."

"여자들은 이해 못 하겠지."

"우리 셋, 태어난 때는 다를지라도 뜻은 하나다."

세 사람이 지닌 재능을 합쳐 이 정도 완성도의 물건을 만들어 낸 것이다. 아무리 추구해도 결코 도달하지 못할 이 광경은 그렇기에 하나의 도달점이라 할 수 있고, 오히려 실물을 능가했을 정도라고 스벤 일행은 장담했다.

"저질."

그 한 장 한 장에 어느 정도의 가치가 있는지. 그에 관해 열정적으로 설명하자 에밀리아는 그들과 대조적으로 몹시도 싸늘한 눈빛으로 세 사람을 쳐다본 후, 상자 안에 있던 십여 장의 그림을 찢어발겼다.

스벤 일행은 멈춰달라고 애원했지만 에밀리아가 그 손을 멈추는 일은 없었다.

'뭐어, 어쩔 수 없지.'

세 사람의 특출한 특기를 이용해 완성한, 십여 장의 누드화. 심지어 근처에 있는 여학생이 모델인, 터무니없는 물건.

남자의 마음을 이해하는 미라는 그들이 추구한 로망에 마음속으로 동의하고 있었다. 청춘 시절, 귀여운 동급생의 이런저런 것들이 얼마나 신경 쓰였던가.

하지만 현재 미라는 에밀리아 편이다. 때문에 그녀의 행동을 막으려 하지는 않고, 찢겨 나가는 누드화를 말없이 보내주었다.

"다들 정말 열정적이구만. 뭐, 저 또래 애들은 다들 그렇지만."

루미나리아는 세 사람에게 연민 어린 눈빛을 보내는 동시에 어쩐지 우쭐거리는 듯한 표정으로 말했다.

그녀는 이미, 그러한 것들을 수없이 보았을 뿐 아니라, 마음껏 즐겨왔기 때문이다. 그렇기에 그러한 태도를 취하는 것이었지만, 실로 어른스럽지 못하다는 것은 말할 필요도 없었다.

31

대량의 도촬 사진을 소지하고, 그것을 토대로 한 누드화까지 그렸던 스벤 일행.

그런 세 사람을 심문해 보니 몇 가지 의문이 더 해명되었다.

우선 이 세 사람을 의심하는 계기가 된 마술과의 디리드의 증언이 문제였다.

"설마 처음부터 잘못된 것이었을 줄이야……."

디리드는 이 세 사람이 특별실 앞에서 준비가 어쩌니 다음 주 결행이라느니 하는 말을 하는 걸 들었다고 했다.

게다가 언급했던 시간대가 낙서 사건 발생 일주일 전이었다. 때문에 미라 일행은 다음 주 결행이라는 말을 듣고 낙서 사건을 떠올린 것이다.

하지만 진실은 그것과 거리가 멀었다.

"학원 이면에서, 그런 거래가 이루어지고 있었다니."

꼭 학원 코미디물 같다며 루미나리아는 웃었다.

낙서 사건이 있었던 어제 세 사람이 결행했던 일. 그것은 사진 비밀 거래였다.

그렇다. 이번에 그들에게서 압수한 많은 사진은 그들의 취향, 취미이기 이전에 상품이기도 했던 것이다.

그리고 디르겐이 그린 누드화는 놀랍게도 주문 생산품이라는 모양이다.

또한 그들이 특별실 앞에 있었다는 진술을 본래의 상황에 맞게 고치면 '여자 탈의실 옆에 있었다'는 뜻이 된다는 사실이 판명되었다.

세 사람은 어떻게든 내부를 몰래 찍을 수 없을까 하고 현지 조사를 했던 것뿐이었다.

"그러고 보니 확실히 옆이 여자 탈의실이었지."

특별실 주변 환경을 떠올려본 후, 미라는 오호라 하고 납득했다.

곰곰이 생각해 보니 표적의 정면에서 계략을 꾸밀 사람은 없을 것이다. 조금 떨어진 곳에서 상황을 살피는 게 정석이라 할 수 있으리라.

다시 말해서 그러다가 우연히 특별실 앞에 있게 되었다는 뜻이다.

그리고 에밀리아가 찾아온 건 이때 판매한 사진이 어디선가 유출되어 본인에게 들통 났기 때문일 거라고 세 사람은 생각했다.

그래서 그렇게 도망을 쳤던 것이다.

"어찌 되었건, 살려둘 수는 없겠네요."

세 사람에게서 모든 사정을 확인한 결과, 확실히 그들은 낙서 실행범이 아니라는 사실이 판명되었다.

하지만 그건 그거라고 에밀리아가 싸늘한 투로 말을 토해냈다.

현시점에서는 카메라라는 것이 등장한 지 그렇게까지 오래되지 않은 탓에 그쪽 방면의 법 정비는 충분하다 할 수 없어서, 세 사람이 감옥에 처박힐 일은 없을 것이다.

따라서 법적으로는 그들을 처벌할 수는 없겠지만, 도촬을 당한 쪽의 심정을 생각하면 이대로 그냥 넘길 수는 없는 일이다.

"자, 워워~. 여기서부터는 어른들한테 맡기라구."

루미나리아는 당장에라도 세 사람을 때려죽일 것 같은 에밀리아를 뜯어말리며 그렇게 말한 후, 미라에게 고개를 돌리며 학원장을 불러와 달라고 말했다.

"흠, 알겠다."

일단은 학원 내부에서 벌어진 일이다. 어쨌든 우선 그곳의 수장에게 알리는 게 최선일 것이다.

미라는 고개를 끄덕여 답하자마자 대기 중이던 단원 1호에게 전언을 부탁했다.

"——그런고로, 학원장을 찾아 데려와 주겠느냐."

"맡겨만주십시오냥!"

직감과 민첩함이 뛰어난 단원 1호라면 직접 가는 것보다 빨리 찾아올 것이다.

그렇게 생각한 미라는 달려가는 단원 1호를 배웅했다.

미라 일행은 학원에서 이루어졌던 비밀 거래의 주모자들을 발견해 붙잡았다.

수면 아래서 횡행하고 있던 도촬 사건을 훌륭하게 해결해, 여학생들의 평온을 되찾아주었다.

하지만 문제 하나가 남았다.

"그나저나 이거 원. 원점으로 돌아와 버렸군그래……."

그렇다. 스벤 일행이 다른 사건의 범인이란 사실이 판명됨과 동시에 원래 쫓고 있던 낙서 사건에 관한 조사를 처음부터 다시

해야만 하게 된 것이다.

혹시 몰라서 낙서 사건에 관해 세 사람을 추궁해 보았지만 완전히 관련이 없다는 사실만 확인하게 됐다.

덤블프의 초상화에 낙서가 행해졌다고 예상되는 시간. 어제 마술과가 특별실 청소를 마치고서 에밀리아 일행이 청소를 하러 들어가기 전까지.

스벤 일행은 비밀 거래의 준비와 판매로 정신이 없었다고 한다.

사진 분별과 판매 리스트 작성. 고객에 대한 최종 보고. 나아가 시간과 거래 장소를 세심하게 바꿔가며 팔아치운 탓에 애초에 특별실에 다가갈 틈도 없었다는 것이다.

"그 증거를 내놓으라면, 이 시간별 거래표밖에 못 내놓겠지만. 하지만 그런 애들 같은 장난을 칠 시간이 있으면 베스트 샷을 찍기 위한 사전 준비라도 하는 게 낫지."

낙서 같은 걸 해서 득 될 게 뭐냐고 스벤은 의기양양하게 떠들어댔다.

또한 디르겐은 낙서 같은 걸 하느니 누드화를 완성시킬 거라고 말했고, 로저 역시 안뜰에서 진을 치고 있는 게 훨씬 나을 거라고 답했다.

또한 세 사람 모두 수상쩍은 인물을 목격하지도 못했다는 모양이다.

그렇게 문답을 주고받던 중에 기다리던 학원장이 몇 명의 교사들과 함께 도착했다.

"이것 참, 늦어서 죄송합니다."

그런 말과 함께 찾아온 학원장은 일단 미라를 보고 고개를 숙였다. 그리고 그대로 루미나리아를 보자마자 얼굴이 굳어지고 엄청나게 긴장해 온몸이 뻣뻣해졌다.

과연 학원장이라 해야 할지. 지금은 여학생으로 변장해 있는 루미나리아의 정체를 한눈에 꿰뚫어본 듯했다.

"상황은 전해들었습니다——."

그는 왜 루미나리아가 이곳에 있는가, 하는 것보다 왜 변장을 하고 있는지를 먼저 고려한 듯 보였다.

학원장은 애써 냉정한 척 말하고서, 몇 마디를 더 나눈 후에 스벤 일행을 끌고 갔다.

학원장의 말에 의하면 스벤 일행은 정학과 반성문 처분, 벌어들인 수익은 위자료로 몰수, 더불어 몇 개월간 봉사 활동을 하게 될 것이라고 한다.

또한 몇 명의 교사들이 증거품인 사진을 회수해 갔다.

스벤 일행이 빼돌리려 한 세 개의 상자. 그리고 교실 구석에 놓여 있던 상자도 내용물을 확인한 후 압수했다.

아무래도 가장 먼저 빼돌리려 한 상자 말고도 사진이 더 있었던 모양이다.

그렇게 교사들이 상자를 확인해 나가던 도중, 그 내용물이 슬쩍 보였다.

스벤 일행은 여학생뿐 아니라 여러 분야의 사진을 찍고 다녔던 모양이다. 개중에는 남학생과 교사 말고도 작은 동물 사진까지 있었다.

기척 없이 접근할 수 있는 스벤의 능력 덕분일까. 특히 사진에 찍힌 작은 동물들은 전혀 경계심을 품고 있지 않아, 너무도 사랑스러워 보였다.

"이건…… 참으로 사랑스럽군그래."

"그러게 말이에요."

상자의 내용물을 확인하던 여교사는 작은 동물 사진에 푹 빠지고 말았다. 미라는 그 옆에서 그녀와 같은 사진을 들여다보며 그 사랑스러운 모습에 미소를 지었다.

"확실히…… 하지만, 뭔가 분한 마음이 드네요."

"이것도 재능이긴 하다는 건가?"

어느샌가 에밀리아와 루미나리아도 불쑥 고개를 내밀고 있었다.

도촬은 해서는 안 되지만, 작은 동물들의 이런 사진이라면 문제없을 것 같다.

이쪽 방면으로 실력을 갈고 닦으면 분명 근사한 동물 전문 카메라맨이 될 수 있지 않을까.

미라는 그런 생각을 하면서도 반출되고 있는 상자들을—— 특히 팬티가 흘끔 보이는 사진이 정리되어 있던 상자를 미련이 가득한 눈으로 배웅했다.

그렇게 하나의 사건을 해결했지만 수사는 원점으로 돌아가고 말았다.

"자아, 이제 어떤 방법으로 범인을 찾으면 좋을까……."

미라 일행은 다시 한번 현장인 특별실로 돌아오자마자 낙서가 된 초상화를 올려다보며 고민에 빠졌다.

"그나저나 예술적이네."

새삼 낙서된 초상화를 본 루미나리아는 아주 코미컬하게 변한 덤블프의 모습에 큭큭, 하고 웃었다.

크레오스의 말에 의하면 낙서는 이마 쪽 유리에 되어 있어서 내일 도착할 전용 세제로 말끔하게 지울 수 있다는 모양이다.

솔직히 말해서 그냥 닦아내면 끝나는 문제다.

하지만 그렇다고 그럼 됐다는 식으로 끝낼 수는 없다는 게 미라와 에밀리아의 심정이었다.

"우선 처음부터 상황을 다시 정리해 볼까."

"네, 알겠어요!"

"알겠습니다냥!"

"복습은 중요합니다멍."

미라 일행은 수사의 원점으로 돌아가, 이번 낙서 사건에 관해 처음부터 되짚어보기로 했다.

첫째. 범인은 어째서 덤블프의 초상화에만 낙서를 한 것인가.

둘째. 청소 시간 이외에는 잠겨 있는 이 방에 범인은 무슨 수로 침입했는가.

중요한 것은 이 둘이다. 그렇게 다시금 추리의 지표를 정하기는 했지만, 미라 일행은 여기서부터 어쩌면 좋을지를 두고 고민에 빠졌다.

"──이렇게 된 거, 그저께 이 방에 들어온 모든 사람을 상대로 사정청취를 해볼까……."

"──똑바로 예의를 갖춰 **이야기**하면, 누군가가 자백해줄지도 모르겠네요⋯⋯."

조금 전과 같이 탐문 수사를 했다가 다른 사건에 도달하기라도 하면 의미가 없다. 미라와 에밀리아는 그렇다면 차라리 과격한 방법을 써보자는 생각을 하기 시작했다.

그렇게 두 사람이 덤블프의 초상화를 바라본 채 분노의 불길을 키우고 있던 그때──

"누굽니까냥?!"

단원 1호가 갑자기 날카로운 목소리로 외치더니 바람과도 같은 속도로 문을 열어젖혔다.

그러자 어쩐 일인지.

"우왁!"

그 문 건너편에는 한 소년이 있었다.

그는 놀란 얼굴이었지만 곧바로 어쩐지 거북한 표정을 짓고서 시선을 이리저리 돌리기 시작했다.

"흠, 그대는 분명⋯⋯."

"필 군? 무슨 일이야?"

그는 에밀리아를 데리러 교실에 갔을 때 함께 교실에 있었던 소년, 필이었다.

또한 소환술의 적성이 있는 것으로 인정되어 아르테시아와 라스트라다가 운영하고 있는 고아원에서 몇 주일 전에 소환술과로 편입하게 된 우수한 소년이기도 했다.

"저기, 그게⋯⋯ 에밀리아 누나가⋯⋯ 있다고 해서⋯⋯."

교실에서 느꼈던 붙임성 있어 보이는 인상과는 달리, 필은 에밀리아의 눈치를 살피듯 말을 더듬거렸다.

"흠, 혹 에밀리아에게 볼일이라도 있는 게냐?"

에밀리아는 필을 돌봐주고 있다고 말했다. 그렇다면 공부나 소환술에 관한 것 중 모르는 부분이 있을 때, 가장 먼저 에밀리아에게 물어보고 싶을 것이다.

때문에 미라는 에밀리아에게 볼 일이 있는 것이리라고 생각했다.

그러자 필은 미라의 말을 듣고 눈을 껌벅거렸다. 그리고 미라의 얼굴을 빤히 쳐다보더니, 깜짝 놀란 듯 눈이 휘둥그레졌다.

"……어라? 설마 미라 누나?!"

고아원에서 함께 놀았을 때와 달리, 지금의 미라는 머리를 물들이고 여학생으로 변장한 상태다.

하지만 필은 목소리로 알아챈 모양이다. 그 얼굴에 순수한 기쁨과 놀라움이 떠올랐다.

"호오, 용케 알아챘구나. 바로 보았다, 이 몸이다."

미라가 긍정하자 필은 당황한 투로 "왜 미라 누나까지 여기 있는 거야?"라고 물었다.

"그건 말이다…… 누가 덤블프의 초상화에 낙서를 했다고 들었기 때문이다. 소환술을 사랑하는 자로서 간과할 수야 없지!"

어째서 여기 있느냐는 질문에 미라는 얼굴이 벌겋게 달아오를 정도의 분노를 담아 그렇게 말했다.

"그렇……구나."

미라의 말을 듣자마자 필은 어쩐지 안색이 안 좋아져서 "저기,

그거……" 하고 쭈뼛거리며 고개를 들어 덤블프의 초상화를 바라보았다.

"음, 다름이 아니라, 이 초상화에 그려진 인물이 바로, 위대한 대소환술사인 덤블프다!"

미라는 보란 듯이 가슴을 젖힌 채 요란하게 자화자찬을 했다. 그 뒤에서는 그걸 자기 입으로 말하냐면서 루미나리아가 쓴웃음을 지었지만 전혀 개의치 않았다.

"뭐, 지금은 고얀 낙서 때문에 무참한 모습이 되었지만 말이다. 실로 괘씸한 녀석이 다 있구나, 그것참!"

"정말, 최악이에요!"

초상화를 올려다보며 미라가 분통을 터뜨리자 에밀리아도 뒤따라 동의했다.

그렇게 두 사람이 씩씩거리자 옆에 있는 필의 안색은 갈수록 안 좋아졌다.

그러던 그때. 루미나리아가 슬그머니 필의 옆으로 다가갔다. 그리고 입을 한일자로 다문 채 고개를 푹 숙인 필의 어깨에 손을 얹고서 살며시 뭐라고 귓속말을 했다.

그 순간, 필의 표정이 놀라움과 슬픔으로 뒤섞인 것으로 바뀌었고, 이어서 루미나리아가 뭐라고 속삭이자 서서히 각오를 다진 듯한 표정으로 바뀌기 시작했다.

"어서, 저 둘이라면 괜찮을 거야."

루미나리아는 그렇게 말하며 필의 등을 턱, 하고 두드려주었다.

"흠? 무어냐, 무슨 일이야?"

"어? 무슨 말씀이세요?"

루미나리아가 한 말에 미라와 에밀리아는 고개를 돌려 무슨 소리냐고 물었다.

그러자 필이 그런 두 사람 앞으로 조심스럽게 걸어 나갔다.

"저기……."

필이 말을 머뭇거린다. 하지만 이내 크게 심호흡을 하더니 결심을 굳히고 입을 열었다.

"잘못했어요! 거기 낙서한 건 저예요!"

그것은 필이 용기를 있는 대로 쥐어짜내서 한 고백이었다.

미라와 에밀리아가 혈안이 되어 찾고 있는 낙서 실행범. 그게 자신이라고 필은 말한 것이다.

"뭣…… 이라고?"

"필 군…… 무슨 소릴……."

이 말을 들은 미라와 에밀리아는 놀랐다. 두 사람은 마치 동료의 칼에 등을 찔린 듯한 얼굴로 필을 바라보았다.

같은 소환술사일뿐더러 이렇게 어린 소년이, 저토록 악의로 가득 찬 용납할 수 없는 잔학무도한 소행을 저지르다니. 두 사람은 그런 생각이 드러날 정도로 놀란 얼굴을 하고 있었다.

"그나저나 재미있을 것 같아서 일일이 딴죽을 걸지는 않았는데, 이 정도 낙서로 이렇게까지 난리를 피우는 것도 어떻게 보면 재주네."

예상치 못한 사실에 충격을 받은 미라와 에밀리아를 바라보며 루미나리아는 어깨를 으쓱하고서 웃어 보였다.

그렇다. 루미나리아가 말한 대로, 사건의 본질은 어린애가 하는 장난의 대명사라 할 수 있는 낙서다.

조금 혼을 내거나 벌로 깨끗이 청소시키고 말 일이다. 결코 미라와 에밀리아처럼 범인의 목을 베어버리겠다는 각오로 이를 갈 일은 아닐 터였다.

심지어 이번에는 유리에 낙서를 했을 뿐이라 깨끗하게 지우면 원래대로 돌아온다.

그 정도의 일이 이번과 같은 큰 소동으로 번진 이유. 그건 누가 봐도 미라 때문이었다.

만약 이번 사건에 얽히지 않았다면, 에밀리아에게 동조하지 않았다면 이렇게까지 일이 커지지는 않았을 거다.

필이 자수하는 타이밍도 어느 정도는 앞당겨졌을 터다.

"뭐, 비밀 거래의 주범을 잡을 줄은 꿈에도 몰랐지만 말야."

어린애 장난 하나로 이렇게까지 일을 키우다니 웃겨 죽겠다고 웃으며, 루미나리아는 "관심 끌고 싶어 하는 애들이 쓰는 상투적인 수단이잖아"라고 말을 이었다.

"혹 그대는, 처음부터 범인을 알고 있었던 게냐?"

미라는 으스대며 말하는 루미나리아를 지그시 노려보았다.

하지만 그 물음에 그녀는 고개를 가로저으며 답했다.

"아니, 알아챈 건 방금 전이야. 이 녀석은 딱 봐도 뭔가를 반성하고 사과하러 온 것 같았잖아? 뭐, 눈이 뒤집혀 있던 너흰 못 알아챈 것 같았지만 말이야."

낙서 실행범이 필이라는 사실을 알아챈 건 방금 전이다. 그렇게 답한 루미나리아는 오히려 척 보면 모르냐는 듯, 무시하듯 의기양양한 미소를 지어 보였다.

"끄응······!"

"으······."

미라와 에밀리아는 다시 한번 필의 태도를 떠올려보았다. 그리고 분명 뭐라고 말을 하려고 했던 것 같다는 사실을 알아챘다.

"정말로 필 군이, 그랬어?"

에밀리아는 진지한 얼굴로 다가가 필에게 그렇게 확인했다.

그 목소리는 지금까지와 달리 다소 냉정했다. 에밀리아 역시 좀 전까지 속이 부글부글 끓었을 것이다. 하지만 범인이 지인인데다, 돌봐주며 귀여워하고 있는 후배라는 사실을 알고 나자 마음이 복잡해질 수밖에 없었다.

"네······ 잘못했어요."

필은 눈을 내리깐 채 답하고서 눈을 꽉 감았다.

순간, 에밀리아의 눈이 또다시 분노로 물들었다.

하지만 그럴 수밖에 없었다. 필은 자신이 그토록 소중히 여겼던 것을 의도적으로 더럽혔으니.

그러나 에밀리아는 크게 심호흡을 하고서 "왜 이런 짓을 했어?" 하고 그 이유를 물었다.

믿기 때문이다. 그가 그냥 장난을 치려고 이런 짓을 할 리가 없다고.

그렇다면 이런 짓을 한 데에는 분명 뭔가 이유가 있을 거다.

"저기······ 왜냐하면······ 난, 에밀리아 누나가——."

필은 눈물을 글썽거리면서도 울음을 꾹 참고 그 이유를 설명했다.

그의 목소리는 울음이 섞여서 알아듣기 어려웠고 감정이 지나치게 앞서 있어 두서없게 들렸다.

하지만 그런 말의 곳곳에서는 그의 마음이 고스란히 전해져 왔다.

필이 덤블프의 초상화에 낙서를 한 이유.

그것은 알고 보니 어린애다운 질투 때문이었다.

우선 현재 소환술과는 어린애부터 어른까지 다양한 연령층이 1학년 동급생으로 재적하고 있다는 특수한 상태에 놓여 있다.

그런 가운데 중도 입학하게 된 필에게 곧장 반에 녹아들기란 매우 어려운 일이었으리라.

그런 상황에서 그를 돌봐준 것이 바로 에밀리아였다.

아이의 마음은 솔직해서, 필은 바로 에밀리아를 잘 따르게 되었다.

심지어 빨리 동급생들을 따라잡기 위해 아침과 방과 후에도 특별히 시간을 내서 연습을 봐달라고 하기도 했다.

필에게는 그런 연습 시간들이 너무도 기쁘고 소중했으리라.

하지만 에밀리아는 틈만 나면 덤블프 님에 관한 이야기를 몇 번이고 반복했고, 그 결과 질투심이 싹텄다.

그런 가운데 방과 후 연습이 자습 시간으로 바뀌었다. 그 이유는 에밀리아가 덤블프의 제자에게 직접 지도를 받게 되었기 때문이었다.

그 후 며칠이 더 지나 운명의 날. 낙서라는 범행을 저지르고 만 어제.

분명 덤블프의 제자에게 특훈을 받는 건 방과 후뿐이었는데, 아침 연습 시간까지 빼앗기고 말았다.

소중한 시간을 전부 덤블프가——. 그런 생각이 기폭제가 되어 불만이 가득했던 필의 질투심이 폭발했다.

그 결과 충동적으로 덤블프의 초상화에 낙서를 하는 모양새로 화풀이를 하고 만 것이다.

이것이 이번 사건의 전말이었다.

"……이 몸이 원인이었나?!"

필 소년이 떠안고 있던 어두운 감정. 그 원흉이 자신임을 알게 된 미라는 마치 창끝이 코앞에 날아든 사람처럼 당황했다.

"그런가 보네. 이거 걸작인걸!"

사실을 알게 된 루미나리아는 웃음을 터뜨렸다. 그리고 어린 소년에게서 소중한 누나와의 시간을 빼앗은 건 큰 죄라고, 그야말로 당연한 결과라고 딱 잘라 말했다.

그러자 그런 두 사람의 말을 들은 필은 왜 미라 누나의 잘못이냐는 듯 고개를 갸웃했다.

"어이쿠, 소년. 아직 몰랐던 거야? 놀랍게도 여기 있는 미라가 바로 에밀리아의 훈련을 봐주던 덤블프의 제자거든."

필의 표정을 통해 무엇을 궁금해 하고 있는지 알아챈 루미나리아는 마치 죄인을 고발하는 듯한 투로 그렇게 말했다.

그에 반해 원흉이라 할 수 있는 미라는 그 말을 듣고 슬그머니 시선을 피했다. 에밀리아의 특훈은 다소 느닷없이 시작한 감이 있었기 때문이다.

그 결과 필의 소중한 시간을 빼앗게 되었다는 게 밝혀지자 미라는 죄책감을 느끼지 않을 수 없었다.

"그랬, 구나."

하지만 필은 미라가 덤블프의 제자였다는 사실을 알고 오히려 안도한 듯한 표정을 지었다.

어디 사는 누구인지도 모를 사람이 아니라 에밀리아와 비슷하게 좋아하는 미라가 바로 그 사람이라는 걸 알았기 때문이리라. 이제 그 마음에 질투심 같은 감정은 남아 있지 않은 듯 보였다.

"미안해, 필 군. 소환술 연습을 봐주기로 약속했는데. 미라 선생님한테 배우는 게 기뻐서, 내 생각만 했어."

에밀리아는 그렇게 말하며 필을 외롭게 한 일을 후회했다.

"미안하게 됐다, 필. 그런 소중한 약속이 있는 줄은 몰라서 말이다."

미라도 원인을 제공한 사람으로서 사죄의 말을 입에 담았다.

"잘못했어. 미라 누나, 에밀리아 누나, 미안해!"

그러자 필은, 두 사람은 잘못 없다며 몇 번이나 고개를 가로저으며 답했다. 그리고 충동적으로 낙서를 한 일을 사과했다.

그렇게 세 사람은 사과의 말을 주고받아 서로를 용서했다.

낙서 사건은 해결된 것이다.

32

"그런데 필 군. 여기 문은 잠겨 있었을 텐데, 어떻게 들어왔어?"

낙서 사건은 그 범인이 자수한 덕에 해결되었다.

하지만 거기에는 한 가지 의문점이 남아 있었다. 멋대로 반출할 수 없는 열쇠가 필요한 특별실에, 필은 무슨 수로 침입한 것일까.

"오오, 그리고 보니 그렇군."

미라 또한 듣고 보니 맞는 말이라며 기억을 더듬어 보았다.

열쇠는 직원실에 있고 가지고 나오려면 허가가 필요하다. 하지만 열쇠 반출 기록이나 무단 반출한 흔적은 남아 있지 않았다.

그 이유는 대체 무엇일까.

"듣고 보니 그러네. 그 케이스에 걸린 술식을 속이는 게 쉬운 일도 아니고."

열쇠가 보관되어 있는 케이스는 특별 제작된 물건이다. 루미나리아는 그것을 대체 어떻게 공략한 건지 궁금한 눈치였다.

상황상 열릴 리가 없는 문. 그것을 어떻게 연 것일까. 수수께끼의 답을 궁금해하는 세 사람의 시선이 필에게 집중되었다.

"그게, 별로 안 복잡해서——."

세 사람이 쳐다보자 필은 당황스러웠지만, 아무렇지도 않게 그런 답을 입밖에 냈다.

놀랍게도 필은 열쇠 자체를 사용하지 않고, 자신이 가진 자물쇠 따기 기술로 특별실의 문을 열었다고 한다.

실로 대담하기 그지없는 데다 어린애답지 않은 수단이었다.

"……그러고 보니, 그 고아원에서는 여러 기술을 가르치고 있다고 했었지. 분명 그 중에 자물쇠 따기도 있었던 것 같은데……."

미라는 아르테시아와 라스트라다가 운영하는 고아원에서 있었던 일을 떠올렸다. 그곳에서는 여러 분야의 선생님들이 아이들에게 여러 가지를 가르치고 있었다.

그중 스카우트 계열의 기술인 함정 해제와 자물쇠 따기를 가르치는 선생도 있었던 것 같다.

"역시 그 사람이 운영하는 고아원답네……. 근데 말이야, 이 방 잠금장치는, 상당히 복잡하지 않았어?"

루미나리아가 그렇게 말하자, 에밀리아가 듣고 보니 그런 것 같다며 주머니에서 열쇠 하나를 꺼냈다.

그 열쇠가 바로 이 특별실의 열쇠인 모양이다.

미라와 루미나리아는 어디 보자, 하고 에밀리아의 손을 주목했다.

그러자 놀랍게도 그 열쇠는 날이 네 개나 되고, 각각 이빨이라 불리는 튀어나온 부분도 10단 정도 있는 물건이었다.

"이 무슨……."

보자마자 자물쇠 따기 같은 걸 시도할 생각이 싹 가실 것 같은 열쇠가 아닌가, 라는 생각에 미라는 쓴웃음을 지었다.

하지만 필은, 이건 오래된 타입의 열쇠인 데다 이 정도면 그렇게까지 어렵지는 않다고, 또다시 아무렇지도 않게 단언해 보였다.

"이거 스카우트로서 앞길이 창창해 보이는데? 소환술이 아니라 이쪽으로 더 활약하는 거 아냐?"

필의 기술은 어린 나이임에도 이미 완성되어 있었다. 이대로 실력을 키워나가면 초일류 스카우트로 이름을 떨칠 날이 올 거라고, 루미나리아는 유쾌하게 웃으며 말했다.

"뭣······이라고······?"

그건 흘려들을 수 없는 이야기라는 듯이 미라가 반응했다.

"필! 그대도 다음 방과 후부터는 에밀리아와 함께 소환술 특훈이다. 알겠느냐?!"

소중한 미래의 소환술사를 스카우트 같은 것에 빼앗길 수는 없다. 위기를 느낀 그런 생각에 미라는 거의 반강제로 필을 끌어들였다.

필은 미라와 에밀리아를 번갈아 쳐다보더니 환한 미소를 지은 채 "잘 부탁드립니다!"라고 힘차게 대답했다.

다음 날 방과 후. 특별실에는 미라와 에밀리아, 그리고 필이 있었다.

도착한 세제를 사용해 셋이서 덤블프의 초상화에 그려진 낙서를 깨끗하게 닦고 있다.

"음, 이 정도면 되겠지. 위엄 넘치는 이 중후함. 그리고 흘러넘치는 카리스마. 실로 근사하구나. 그야말로 이상적인 모습 그 자체야!"

세제의 효과는 끝내줘서 낙서가 사라졌을 뿐 아니라 유리에 반지르르하게 광택이 날 정도였다. 한 걸음 물러나 전체적으로 보면 후광이라도 비치고 있는 듯해서 신성한 분위기마저 느껴질 정도의 광택이다.

그렇게 원래 상태보다 나아진 초상화를 미라는 황홀한 눈으로 쳐다보았다.

이상적이라 생각했던 모습을 형태로 빚은 덤블프는 말 그대로 홀딱 반해버릴 정도의 나이스 가이였다.

"네, 이 위엄에, 이 관록. 그리고 전해져 내려오는 수많은 일화. 정말 멋진 분이에요!"

동료들이었다면 미라의 말을 가볍게 흘려 넘겼을 거다. 하지만 에밀리아는 덤블프의 팬인 탓에 흘려 넘기기는커녕 이야기를 더욱 부풀려 나갔다.

에밀리아가 존경심을 넘어선 감정을 담아 황홀한 미소를 띤 채 동의하자 미라도 기쁜 듯 몸을 젖히고서 "암, 그렇고말고!"라고 답했다.

"……."

필은 그런 두 사람을 부루퉁한 얼굴로 쳐다보고 있었다.

필에게 미라와 에밀리아는 자신이 제일 좋아하는 누나들이다.

그런 두 사람이 각별히 사랑하는 아홉 현자의 일원인 덤블프. 심지어 소환술사인 덤블프는 수많은 전설을 남긴 진짜 영웅이다.

두 사람이 푹 빠질 만도 하다. 필도 그 사실은 알았지만, 어째서인지 덮어놓고 좋아할 수가 없었다.

그것은 분명 질투심 때문일 것이다. 그렇기에 소년은 결심했다.

언젠가 덤블프를 뛰어넘는 소환술사가 되어주겠다고.

낙서 사건이 해결되고서 며칠 후. 미라는 에밀리아 일행을 지도하기로 한 시간보다 일찍 루나틱 레이크를 찾았다.

정확히 오후 간식 시간에, 언제 찾아가도 완비되어 있는 최고급 디저트를 노리고 솔로몬의 집무실을 방문하자 그는 웃는 얼굴로 "여어, 기다리고 있었어"라고 말하며 환영해 주었다.

순간, 미라는 반사적으로 발걸음을 돌렸지만 도망칠 곳은 없었다. 복도 좌우에서 시녀인 릴리와 타바사가 다가오고 있는 낌새가 느껴졌기 때문이다.

일주일 정도 전부터 어떠한 소문이 돌고 있었다. 드디어 미라커스텀 이너 팬츠가 완성되었다는 소문이.

때문에 미라가 택할 수 있는 길은 후방밖에 없었다.

"여어, 어서 와."

웃는 얼굴로 자신을 환영하는 솔로몬을 흘끔 노려봐준 후, 소파에 벌렁 드러누운 미라는 "그래, 무슨 일이냐?" 하고 단도직입적으로 물었다.

솔로몬이 누가 봐도 작위적인 미소를 짓고 있을 때는 반드시 성가신 일이 따라붙기 마련이다.

하지만 이번에 솔로몬이 입 밖에 낸 이야기는 미라가 예상했던 것과 조금 달랐다.

"사실 어제, 재미있는 통지문이 도착했거든."

뭔가 꿍꿍이속이 있는 게 아니라 단순히 정보 공유가 목적인 듯했다. 솔로몬은 여러 장이 포개어진 서류 중 한 장을 집어 자리에서 일어나, 미라가 누워 있는 소파 앞으로 다가가 그걸 내밀었다.

"흠…… 어디 보자── 뭣이라?!"

솔로몬이 웃는 얼굴로 미라를 맞이한 이유. 그것은 니르바나 황국이 각국에 보낸 투기대회 개최 통지문이었다.

니르바나 황국은 플레이어가 건국한 나라 중 정점에 있는 아틀란티스 왕국에 버금가는 국력을 자랑하는 대국이다.

그런 대국에서 개최되는 투기대회라면 대륙 최대급의 이벤트가 될 게 분명하다.

"어때, 너한테 맡긴 임무와도 관련이 있을 것 같지 않아?"

그리고 투기대회라는 점을 통해 솔로몬은 무언가를 확신하는 듯한 표정으로 그렇게 말을 이었다.

그리고 미라 또한 그 말을 통해 모든 사정을 알아챘다.

"메이린, 말이구나."

아홉 현자 '장악의 메이린'. 강한 상대를 찾아 무사 수행을 하고 있는 듯한 그녀에게 이 투기대회는 절호의 무대라 해도 과언이 아닐 것이다.

다시 말해서 어디를 쏘다니고 있는지 알 수가 없는 지금의 상태에서, 확실히 붙잡을 수 있는 상태가 되는 것이다.

이 메이린을 확실하게 붙잡을 기회를 놓칠 수는 없다는 뜻이리라.

"자아, 이번에야말로 그녀를 데리고 와 보자고."

"그렇군. 어서 나라에 눌러앉게 해야지."

위치만 특정하면 어떻게든 될 거다.

미라와 솔로몬은 대담한 미소를 지은 채, 이번에야말로 메이린을 포획하기 위한 작전 회의를 시작했다.

KENJA NO DESHI WO NANORU KENJA Vol.14
©2020 by Ryusen Hirotsugu / fuzichoco
All right reserved.
First published in Japan in 2020 by MICRO MAGAZINE, INC.
Korean translation rights reserved by Somy Media, Inc.

현자의 제자를 자칭하는 현자 14

2021년 4월 10일 1판 1쇄 인쇄
2021년 4월 14일 1판 1쇄 발행

저　　　자 류센 히로츠구
일 러 스 트 후지 초코
옮 긴 이 정대식
발 행 인 유재옥
담당편집자 정영길
편집 1팀 이준환 정현희
편집 2팀 정영길 김민지 조찬희
편집 3팀 오준영 곽혜민 김혜주
미　　　술 김보라 서정원
라이츠담당 김슬비 한주원
디 지 털 박상섭 이성호 최서윤
발 행 처 ㈜소미미디어
등　　　록 제2015-000008호
제 작 처 코리아피앤피
주　　　소 서울시 마포구 토정로222, 403호(신수동, 한국출판콘텐츠센터)
판　　　매 ㈜소미미디어
마 케 팅 한민지 이주희
전　　　화 편집부 (070)4164-3962, 3963 기획실 (02)567-3388
　　　　　판매 및 마케팅 (070)4165-6688, Fax (02)322-7665
ISBN 979-11-6611-606-3 04830
ISBN 979-11-5710-460-4 (세트)